HEYNE <

D1855040

Das Buch

Im eisigen Winter des Jahres 1284 entdecken spielende Kinder in einem Fluss die Gebeine dreier Reisender, die auf grausame Weise ermordet wurden. Seither geht in der Diözese Draguan die Angst um. Gerüchte unter den Bauern halten sich, dass die Schreckensfunde mit dem rätselhaften Dorf Heurteloup in Zusammenhang stehen. Der abgeschiedene Ort war in Vergessenheit geraten, bis der Mönch Chuquet beim Vergleich alter und neuer Steuerlisten feststellte, dass früher nicht zwölf, sondern dreizehn Gemeinden der Diözese angehörten.

Der Bischof von Draguan, ein uralter Mann, ist tief beunruhigt und beauftragt den jungen, gelehrten Priester Henno Gui mit der Aufklärung der rätselhaften Ereignisse. Doch als der in Draguan eintrifft, ist der Bischof bereits einem Mordanschlag zum Opfer gefallen. Der unerschrockene Priester bricht dennoch in das vergessene Dorf auf.

Es wird eine Reise in das Herz einer Verschwörung, die aus den Urängsten des Mittelalters erwuchs – einer Zeit, in der Wissen und Glauben miteinander im Krieg lagen.

Der Autor

Romain Sardou hat mit *Das Dreizehnte Dorf* ein Debüt gegeben, das über die Grenzen seiner Heimat Frankreich hinaus Begeisterung auslöst. Nachdem der Sohn des großen Chansoniers Michel Sardou zunächst Erfahrungen an der Oper und später im Filmgeschäft in Los Angeles sammelte, erfüllte er sich mit diesem historischen Roman einen lang gehegten Kindheitstraum. Romain Sardou ist 30 Jahre jung und lebt in Paris.

ROMAIN SARDOU

DAS DREIZEHNTE DORF

Roman

Aus dem Französischen
von Karin Meddekis

WILHELM HEYNE VERLAG
MÜNCHEN

Die Originalausgabe
PARDONNEZ NOS OFFENSES
erschien bei XO Editions, Paris

FSC
Mix
Produktgruppe aus vorbildlich bewirtschafteten Wäldern und anderen kontrollierten Herkünften
Zert.-Nr. SGS-COC-1940
www.fsc.org
© 1996 Forest Stewardship Council

Verlagsgruppe Random House
FSC-DEU-0100
Das FSC-zertifizierte Papier *München Super* für Taschenbücher aus dem Heyne Verlag liefert Mochenwangen Papier.

5. Auflage
Taschenbucherstausgabe 06/2005
Copyright © 2002 by Editions XO
Copyright © der deutschprachigen Ausgabe 2004 by
Karl Blessing Verlag GmbH, München
Copyright © dieser Ausgabe 2005 by
Wilhelm Heyne Verlag, München,
in der Verlagsgruppe Random House GmbH
Printed in Germany 2005
Umschlagillustration: Bridgeman Giraudon, Berlin
Umschlaggestaltung: Nele Schütz Design, München, unter Verwendung eines Ausschnitts aus dem Gemälde »Papst Urban II. weiht die Kirche St. Sernin in Toulouse« von Antoine Rivalz (1667-1735); Musée des Augustins, Toulouse
Druck und Bindung: GGP Media GmbH, Pößneck

ISBN-10: 3-453-47017-6
ISBN-13: 978-3-453-47017-0
http: //www.heyne.de

Für meine Frau

Prolog

Auszug aus den Verhören, die vom Bischof Bérulle de Noy in Tarles, Sabarthès, im September 1290 geführt wurden und in den Registern der heiligen Inquisition in Foix hinterlegt sind.

Wir, Aveyron Quentin und Sidoine Méliesse, ständiger Vikar des Bischofs de Noy und Berichterstatter des Gerichtshofes und der Synode von Sabarthès, bestätigen am Tag vor Mariä Geburt, im fünften Herrschaftsjahr von Philipp von Frankreich, die Richtigkeit und Wahrhaftigkeit der unter Eid gemachten Aussagen von Chrétiennotte Paquin, der Tochter von Bréand Paquin, und von Guillemine Got, der Patentochter des Vaters Anselme, des Pfarrers von Domines.

Die Protokolle, die unter der Amtsgewalt von Monseigneur de Noy aufgesetzt wurden, legen Zeugnis von den Umständen ab, die mit den Morden in der Diözese Draguan in Zusammenhang stehen. Sie eröffnen den großen Prozess der Jakobinerversammlung von Passier. Die Vollstreckungsgewalt ordnete an, dass alle Zeugen des Falles vor einer kirchlichen Autorität aussagen müssen und angehört werden. Monseigneur de Noy wurde von den Landvögten und den Magistraten des Amtsbezirkes als alleinige Autorität bestimmt. Er ist befugt, die Geständnisse und Strafen zu Protokoll zu nehmen.

Die entsprechende Akte wurde im bischöflichen Palast zu Tarles in Anwesenheit zweier Beisitzer und des inquirierenden Bischofs beglaubigt. Sie wurde von dem Berichterstatter Sidoine Méliesse an dem unten angegebenen Tag und Jahr auf Velin niedergeschrieben.

…Wie es der Brauch vorsah, saß der Berichterstatter links neben dem Bischof vor einer kleinen, hölzernen Schreibgarnitur. Die Sitzung vom 7. September 1290 hatte noch nicht begonnen. Der Inquisitor nahm unter einem großen, grünen Kreuz Platz. Der Vikar Quentin zog den Dominikanerrock an und legte den schwarzen Kragen um. Nur Méliesse, der Berichterstatter und Schreiber, war schon lange bereit: Seit dem frühen Morgen wartete er ungeduldig vor seinem Schreibpult. Seine mit Bleikugeln beschwerten Bogen lagen ordentlich vor ihm. Er hatte fünf Federkiele gewetzt und verfügte über ein randvoll gefülltes Tintenhorn, einen Lederschaber, ein *rasorium* und eine Schale mit frischem Wasser, um seine steifen Finger zwischendurch zu lockern. Der Schreiber rechnete mit einem langen Tag. Schließlich bestellten die Inquisitoren von Passier ihn nur für besonders heikle oder geheime Sitzungen. Méliesse war ein weithin bekannter Berichterstatter: Er schrieb nach Diktat und konnte in einer einzigen *Pecia* die Ergebnisse mehrerer Verhörtage zusammenfassen. Er war in der Lage, das Okzitanische und Provenzalische, das die Zeugen aus dem Süden sprachen, noch während der Niederschrift in ein perfektes Latein zu übersetzen. Die beispielhafte Protokollführung, die die Kirchentribunale überaus schätzten, erlaubte es den Richtern des Königreiches, auch unbedeutende Aussagen zu archivieren. Méliesse, der von allen Magistraten jener Zeit anerkannt wurde, schrieb schnell, leserlich und fehlerlos. Die Zuhörerschaft bei dieser Sitzung, deren Zutritt dem Volk und den Rechtsgelehrten sowie der Gerichtsbarkeit verboten war, konnte auf die Talente des rundlichen Mannes, der sich über sein Pult beugte und immer in eine tintenbefleckte Kutte gehüllt war, nicht verzichten.

Das Inquisitionstribunal fand in einer Halle des Erzbistums

Tarles statt. Der große Saal mit drei Doppeltüren war über sechzig Fuß breit und zwanzig Ruten lang. Die Decke verlor sich in feuchten Gewölben, die im Laufe der Jahre Schimmel angesetzt hatten. Durch die mit Kobaltsalz gebläuten Fenstergläser drang Licht. Die Emporen waren menschenleer, und die Schritte hallten auf dem makellosen Pflaster bis in den letzten Winkel des Saales.

Der Inquisitor, Vater de Noy, der zwischen zwei Greifen auf einem Armsessel mit einer hohen Lehne saß, wirkte ebenso unheimlich wie die geschwärzten Wände. Der Mann war so dürr und sein Stuhl so schmal, dass es aussah, als würden beide eine Einheit bilden – eine hochmütige, eiskalte, emporragende Marmorsäule. Bérulle de Noy war dafür bekannt, auch besonders gerissenen Gläubigen die Wahrheit zu entreißen. Er trug die weinrote, griechische Tunika der Bischöfe des Südens.

Der Vikar und der Berichterstatter warteten auf die Eröffnung der Sitzung. Nur das schwache Echo des Morgengesangs der Mönche aus dem fernen Kloster war zu hören. De Noy, ein pünktlicher, ehrerbietiger Mann, geduldete sich, bis der Chor seinen ersten Hymnus beendet hatte, ehe er mit dem Prozess begann.

Quentin, der ständige Vikar, öffnete sogleich die Tür: Hinter den Flügeln warteten ein Subdiakon und zwei junge Mädchen, die sich aneinander schmiegten und ziemlich verstört aussahen. Die Mädchen standen auf unsicheren Beinen, und ihre Handgelenke waren gebrochen. Sie trugen lange, zerschlissene und grob geflickte *Cotten*. Ihre Holzpantinen waren noch voller Schlamm. Die beiden Bauernmädchen waren die wichtigsten Zeugen im Fall von Draguan. Man ließ sie eintreten. Méliesse fing sofort an zu schreiben.

Die Sitzung begann nach dem Lobgesang in dem Saal Saint-Anastase des Erzbistums Tarles. Die beiden jungen Mädchen Paquin und Got wurden dem Monseigneur de Noy von dem Subdiakon Amneville, der nicht an dem Verhör teilnahm, vorgeführt. Er ließ sie gegenüber von Seiner Exzellenz Platz nehmen. Paquin und Got bekreuzigten sich und beteuerten, sich dem Verhör zu unterwerfen. Monseigneur de Noy erteilte ihnen dennoch den Befehl, zusätzlich zwei Vaterunser zu beten. Die Zeuginnen beugten sich dem bereitwillig …

… Die beiden Mädchen erwiesen sich als gute Christinnen. Der Bischof de Noy kannte das Räderwerk der kirchlichen Justiz sehr gut und wusste, worauf es ankam. Schon die geringsten Unstimmigkeiten könnten ihn sein Amt kosten. Etwa, indem man seinen Prozess mit neuen Enthüllungen über Ketzereien der Katharer in Verbindung brachte. Deren Glaubenssätze waren bekannt: Sie konnten nicht ein Vaterunser beten oder ein Glaubensbekenntnis ablegen, ohne den Zorn ihrer Gemeinschaft und ihrer Engel auf sich zu ziehen. Für die Katharer war der menschliche Leib zu unrein, um das Recht zu haben, den Namen Gottes auszusprechen oder ihn durch die Anrufung eines Heiligen anzubeten. Der Mund des Menschen konnte nicht gleichzeitig dazu dienen, irdische Nahrung zu verschlingen (die später von demselben unreinen Körper auf schändliche Weise wieder ausgeworfen wurde) und mit lauter Stimme den Ruhm des Herrn zu besingen. Bei den Katharern fand der Name des Herrn nur innerlich einen Widerhall. Indem de Noy die ersten beiden Zeuginnen zwei Vaterunser beten ließ, deutete er die Besonderheit dieses Prozesses an. Er hatte nichts mit den Streitfällen der Albigenser, der Waldenser, der Patarener, der Kleinen Brüder oder der alten Bogomilen aus dem bulgarischen Reich zu tun. Dieses war ein besonderer Fall, und daher ging er auch in die Geschichte ein.

Der Bischof de Noy: »Paquin und Got, ich verhöre Euch heute im Namen der inquisitorischen Kurie. Ihr werdet angeleitet, vor uns die Begebenheiten, die ihr in der Nähe des Dorfes Domines zu Beginn der so genannten ›Armageddon-Affäre‹ beobachtet habt, zu bezeugen. Nennt für den Berichterstatter der Synode zuerst Euren Namen und Familienstand, Euer Alter und Geschlecht sowie diejenigen, die während des Falles, um den es heute geht, Eure nächsten Verwandten waren.«

Der Bischof zeigte auf Chrétiennotte Paquin, das jüngere der beiden Mädchen. Sie hatte große, leuchtende Augen, goldblondes Haar und den makellosen Teint eines Kindes. Ihre wunderschönen Gesichtszüge standen in krassem Gegensatz zu dem finsteren Glaubenstribunal.

Chrétiennotte Paquin: »Ich heiße Chrétiennotte Paquin. Ich bin die jüngste Tochter des Flickschneiders Bréand Paquin, Hilfsweberin im Dienste von Brune Halibert und seit Allerheiligen Gaëtan Gauber, dem Packträger, versprochen. Ich bin vierzehn Jahre alt und noch unberührt. Die Erscheinung fand im dreizehnten Herrschaftsjahr unseres früheren Königs, Philipp des Kühnen, statt. Ich war sieben Jahre alt.«

Guillemine Got: »Ich heiße Guillemine Got und bin die Tochter von Everard Barbet, ehemals Tarascon, Frau des Messingschlägers Siméon Got. Ich habe drei Kinder und weiß nicht, wie alt ich bin. Es heißt, ich soll damals etwa zehn oder zwölf Jahre alt gewesen sein.«

Die Tochter des Messingschlägers war forscher als ihre Freundin. Härter. Das Misstrauen beider Mädchen, die in den kleinen, geflochtenen Stühlen förmlich versanken, war deutlich zu spüren.

Der Bischof de Noy: »Wiederholt nun, was die Öffentlichkeit der Diözese Draguan seit sieben Jahren davon weiß und was heute für den Gerichtshof niedergeschrieben werden muss. Sagt, was ihr mir unter dem Siegel der christlichen Beichte enthüllt habt, und seid vor Gott frei von allen Sünden und allen Lügen.«

Bérulle de Noy war ein geschickter Inquisitor, der seine Zeugen niemals unter Eid verhörte. Er rief ihnen nur die Höllenqualen der ewigen Verdammnis in Erinnerung, die sie erwartete, wenn sie ihrer Christenpflicht nicht genügten. Auch vor falschen Versprechungen scheute er nicht zurück. De Noy gehörte zu den Examinatoren, die auch bei Unschuldigen eine Ketzerei aufstöberten. Er griff niemals zur Folter. Allein sein finsterer Blick und seine dunkle Stimme reichten aus, um einem Angeklagten das Gefühl zu geben, auf der Streckbank zu liegen, wo dieser mehr gestand, als er jemals begangen hatte.

Chrétiennotte Paquin: »Unsere Geschichte begann kurz nach der Bittwoche des heiligen Markus, in der Jahreszeit, wenn die Ulmen ihre Blätter tragen.«

Guillemine Got: »Wir spielten beide am Ufer des Montayou. Heimlich, denn unsere Eltern verboten den Kindern, sich diesem Laichplatz des Dorfes zu nähern.«

Chrétiennotte Paquin: »Die Erscheinung tauchte genau vor dem kleinen Holzdamm auf, den die Vorfahren von Simon Clergues ge-

baut haben. Wir warfen Steine auf die Fische, die gelaicht hatten …«

Guillemine Got: »… als sich das ›Ding‹ zeigte, kurz nachdem wir gekommen waren.«

Sidoine Méliesse wusste nichts über den Anfang jener Unruhen, die die Diözese Draguan berühmt gemacht hatten. Er hatte von dem Geschrei der Menge erfahren, von dem grauenvollen Ende und den Gerüchten, die um die Scheiterhaufen mit den Gebeinen kursierten … Aber er wusste nicht, dass die Geschichte mit zwei einfachen Bauernkindern, die an einem kleinen Fluss spielten, ihren Anfang genommen hatte.

Chrétiennotte Paquin: »Es ähnelte von weitem einem Tierkadaver, der im Fluss schwamm. Es drehte sich im Strudel, ging unter und tauchte durch die Strömung und das Plätschern des Wassers wieder auf. Als das Ding sich in den Holzlatten des Damms von Clergues verfing, gingen wir näher heran.«

Guillemine Got: »Von nahem hatte das Ding nichts mehr mit dem Kadaver eines Wiesels oder einem Fischgerippe gemein.«

Chrétiennotte Paquin: »Es war lang, grau und an einigen Stellen ganz schwarz.«

Es herrschte Stille. Die Erinnerungen der beiden Mädchen waren erschütternd. Die Ältere fuhr mit matter Stimme fort:

Guillemine Got: »Es war der Arm eines Menschen, Monseigneur. Ein Menschenarm, der grausam abgerissen worden war.«

Mit einem Kopfnicken bestätigte Chrétiennotte diese Aussage. Guillemine erklärte, wie die Erscheinung angeschwemmt worden war: Eine Lammblase war aufgepumpt und mit einer Schnur an dem Armstumpf befestigt worden. Der kleine Beutel zog die scheußliche Fracht an der Schnur durch den Fluss. Als sie an dem Damm ankam, war die Haut gespannt und der Ballon halb leer. Das Ding war offenbar schon ein paar Tage unterwegs.

Der inquirierende Bischof überzeugte sich von der Mitschrift des Berichterstatters und gab dem Vikar Quentin ein Zeichen. Dieser stand seit Beginn der Sitzung neben einer großen Holztruhe an der Mauer. Er öffnete nun seinen geheimnisvollen Koffer und zog einen länglichen, verschnürten Zwilichbeutel heraus. Vor den Augen der beiden Mädchen knotete er ihn auf.

Selbst Méliesse erblasste. Ohne Rücksicht walten zu lassen, ließ der Bischof das soeben beschriebene menschliche Glied vorführen, das vom Gerichtshof in Passier aufbewahrt wurde. Die Haut war verschrumpelt, vertrocknet und ergraut. Der ganze Knochen war kaum drei Fingerbreit lang. Die Hand war am Gelenk abgetrennt und der Knochen einfach in der Mitte durchgebrochen worden. Um einen Knochen an dieser Stelle zu brechen, bedurfte es großer Kraft und unglaublicher Grausamkeit. Die beiden Zeuginnen bestätigten erstarrt die Echtheit des »Dinges«.

Der Vikar packte das Beweisstück wieder ein. Es schien ihm nichts auszumachen, mit einem menschlichen Knochen zu hantieren. Der Bischof fuhr mit dem Verhör fort.

Méliesse fasste alles für die Vorgesetzten von de Noy zusammen.

Paquin und Got versicherten, ihren Eltern zunächst nichts erzählt zu haben. Sie seien beide heimgekehrt, ohne Angst zu zeigen.

Am nächsten Tag gingen die beiden Mädchen wieder an den Damm. Der verweste Armstumpf hing noch immer zwischen den Holzstäben. Die beiden Kinder beschlossen, ihn aus dem Wasser zu ziehen, als plötzlich etwas anderes auftauchte, das den Fluss hinunterschwamm. Dieses Ding verfing sich ebenfalls in dem Damm.

Die beiden Mädchen ergriffen sofort die Flucht. Es handelte sich um einen weiteren Arm, der grausam zerfleddert war und in den Eingeweiden eines Tieres an der Oberfläche schwamm.

Die Kinder erzählten im Dorf nichts über ihre Erlebnisse. Seitdem sie die neue Erscheinung gesehen hatten, waren sie vor Entsetzen wie gelähmt. Sie waren davon überzeugt, dass ein anderer die Leichenteile finden würde, sodass sie sich nicht bloßstellen mussten.

Trotz ihrer Angst, ihrer Alpträume und des Fiebers sagten sie kein einziges Wort. Die kleine Paquin wurde schwer krank. Ihre Stirn war plötzlich mit braunen Flecken übersät, und sie sah in blaue Tücher gehüllte junge Feen. Der Heiler des Dorfes diagnostizierte »das Feuer des heiligen Antonius«, eine Erkrankung, die nur der Heilige nach seinem Willen vom Himmel aus hervorrufen und heilen konnte. Das kleine Mädchen sprach fortan kein einziges Wort mehr.

An den nächsten drei Tagen kehrte Guillemine Got trotz der Gefahren und der ersten Sommergewitter allein an den Montayou zurück.

Dort fand sie drei weitere Arme, die kleiner waren als der erste Armstumpf, sowie zwei Beine und zwei Oberkörper. Alle Leichenteile stammten von Menschen und waren grausam abgehackt worden.

Méliesse schrieb die Schilderungen der kleinen Got wortgetreu auf. Die junge Frau erinnerte sich lebhaft an die Farbe, die Form und die Konturen des nassen Fleisches.

Der Bischof de Noy: »Was hat euch veranlasst, im Dorf über eure Entdeckungen zu sprechen?«

Guillemine Got: »Der Regen, Monseigneur. Er ließ den Montayou ansteigen. Die Leichenteile drohten über den kleinen Damm geschwemmt und stromabwärts getrieben zu werden, ohne dass sie jemand gesehen hatte. Wir waren die Einzigen, die davon wussten. Ich musste meinen Eltern von diesem Teufelswerk erzählen, sonst wäre alles verloren gewesen …«

Die beiden Mädchen sprachen nun über die Bestürzung der Dorfbewohner von Domines. Fast zwei Stunden lang hörte der Richter de Noy aufmerksam zu. Paquin und Got beschrieben die aufregenden Tage, die auf ihre Enthüllung folgten.

Anschließend führte der Subdiakon Amneville die Väter Méault und Abel herein, zwei Mönche, die in der Diözese Draguan dienten. Sie bestätigten die Richtigkeit der Aussagen der beiden jungen Mädchen.

Als Gewähr ihrer Aufrichtigkeit mussten die beiden Mönche ein ganzes Ave-Maria rezitieren und ihre Verbundenheit mit der römisch-katholischen Kirche betonen. Anschließend gaben sie ihre Kenntnis des Vorfalls zu Protokoll.

Sie stimmte mit den Aussagen der beiden jungen Mädchen überein.

Die Bewohner von Domines bekamen es mit der Angst zu tun, als sie von den Leichenteilen erfuhren, die der Montayou angetrieben hatte. Diese Erscheinungen setzten sich mit höllischer Regelmäßigkeit fort. Man fand einen weiteren Oberkörper, Schädel und gefaltete Hände in Paketen. Jedes Teil wurde in einer Schafsblase, einer Decke oder in Schweinsblasen angeschwemmt. Alles wurde nach und nach aus dem Wasser gefischt.

Am vierten Tag nach dem Geständnis von Guillemine Got wurde nichts mehr angeschwemmt.

Domines gehörte zum Amtsbereich von Draguan. Diese Pfarrgemeinde war die kleinste des Bistums, einer elenden Diözese, die seit dreißig Jahren unter der Herrschaft eines gewissen Bischofs Haquin stand. Dieser ließ einen bekannten Medikus aus Sabarthès, Meister Amelin, rufen. Der gelehrte Heilkundige blieb lange Tage mit den menschlichen Gliedern, die auf dem Hauklotz trockneten, allein. Die Bevölkerung wurde unruhig, aber der Bischof beruhigte die Menschen, indem er daraufhin wies, dass schon Papst Innozenz III. 1209 ähnliche Untersuchungen angeordnet hatte, um den Mord eines Mädchens zu klären.

Bis zum Ende der Untersuchungen schwieg der Medikus. Nach sieben Tagen verbrannte er seinen Kittel und öffnete den bedeutenden Männern des Weilers die Türen zu seiner Werkstatt. Der Bischof Haquin und seine Gläubigen entdeckten erstaunt auf einem großen Holztisch drei menschliche Körper, die Stück für Stück in geduldiger Kleinarbeit zusammengesetzt worden waren. Es war ein ergreifender Anblick. Obwohl die Leichenteile verwest, abgemagert und noch feucht waren, konnte man deutlich die Körper eines Erwachsenen und zweier Kinder erkennen. Meister Amelin erklärte, es handele sich seines Erachtens um einen Mann sowie ein Mädchen und einen Jungen gleichen Alters. Vermutlich um Zwillinge.

Méliesse hob diskret den Kopf und warf einen Blick auf den großen Holzkasten neben Aveyron Quentin. Keine zehn Schritte von ihm entfernt lag ein Haufen Knochen, die vermutlich beschriftet und verpackt waren. Das war kein schöner Gedanke.

Der dreifache Mord versetzte die Einwohner von Domines in helle Aufregung. Der Teufel musste seine Hand im Spiel haben. Der Montayou floss nur wenige Tage nach Westen. Er entsprang in einer verlassenen Sumpfgegend. Flussaufwärts lebte niemand an den Ufern des Flusses. Keine Straße führte an dem Fluss entlang.

Mehr brauchte es nicht, um den Aberglauben anzufachen.

Es wurden Messen gelesen und Kuriere und Truppen losgeschickt. Der Bischof Haquin sandte drei Gruppen los, die die Ufer des Flusses und das Land absuchen sollten. Sie brachen bewaffnet auf.

Um die Mittagszeit beendeten die vier Zeugen ihre Aussagen. Sidoine Méliesse hatte sieben Bogen beschrieben und zwei Federkiele abgenutzt. Die Ordensbrüder des Erzbistums sangen bereits den Lobgesang zur sechsten Tagesstunde. Alle Anwesenden wunderten sich, wie schnell die Zeit verstrichen war. Sie hatten jedes Zeitgefühl verloren. Alle hatten gebannt den Erinnerungen an die Geschehnisse gelauscht, die sich vor sieben Jahren zugetragen hatten, düstere Ereignisse, die Nahrung für viele zukünftige Skandale boten.

Alle außer Bérulle de Noy. Der Bischof kannte die makabren Geschichten auswendig. Dank seiner Hartnäckigkeit und seines Gefallens an dem Verfahren wurden die Akten bis heute im Archiv der Inquisition aufbewahrt. Er wusste, dass es Monate dauern würde, bis er alle Zeugen und Aussagen gehört hätte. Vor allem wusste er, dass er der Erste sein würde, der bald alle widersprüchlichen Elemente von »Armageddon« in Händen halten würde und Schlussfolgerungen daraus ziehen könnte. Er war bereit. Und ziemlich ungeduldig.

Bevor die Sitzung geschlossen wurde, fügte Vater Abel etwas hinzu.

Vater Abel: »Die drei Leichen, die im Montayou gefunden wurden, konnten kurze Zeit später identifiziert werden. Ein Herzog und seine beiden Kinder wurden von der Gerichtsbarkeit in F. seit ihrer Abreise aus Clouzès nach Pitié-aux-Moines als vermisst gemeldet. Obwohl der Flusslauf nicht auf ihrem Wege lag, wird angenommen, sie könnten sich verirrt haben und unglücklicherweise…«

Auf Befehl des Bischofs endete Méliesses Bericht hier.

Er wurde »ARMAGEDDON – I« genannt und eröffnete den ersten von neunzehn *Codices*, in denen die Untersuchung des Monseigneur de Noy überliefert wird. Dieser Codex und alle dazugehörigen Dokumente können heutzutage in der Nationalbibliothek unter der Nummer 2-84563-076-X eingesehen werden. Die Dokumente wurden von Professor Emmanuel Prince-Erudal restauriert und chronologisch geordnet.

Die hier vorliegenden Auszüge sind authentisch. Ihre Sprache wurde lediglich »behutsam unserem modernen Sprachgebrauch angepasst«. Die historischen *Peciae*, die diesen Prolog betreffen, gehören alle zum Codex mit dem Titel: »Erster Teil: Im Jahre 1283«.

ERSTER TEIL

I

Für den größten Teil des Abendlandes war der schreckliche Winter im Jahre 1284 eine Katastrophe. Für die Einwohner von Draguan bedeutete er einen weiteren Fluch.

Die Eisschicht, die die kleine, verwitterte Statue der heiligen Jungfrau Maria seit mehreren Wochen einhüllte, zerbrach. Die Kälte spaltete diese arme Gottesmutter aus Gips, die einsam auf dem flachen Land stand, dort, wo die Wege nach Domines und Befayt sich kreuzten.

Die Trümmer wurden nicht aufgesammelt. Man ließ sie dort wie eine Mahnung liegen, um diejenigen zu entmutigen, die sich noch in die Diözese Draguan wagten.

Niemals zuvor hatte es eine solche »Teufelskälte« gegeben. Die Familien, die in der Einsamkeit wohnten, suchten in den Gemeinden Schutz. Unzählige Feuerstellen auf den Feldern warfen einen roten Schein auf das Land. Die Menschen bedeckten die Dächer mit Ölpapier und getrockneten Binsen. Das ganze Volk schmiegte sich an Strohballen und das warme Fell der Tiere, die in die Hütten geholt worden waren. Der strenge Winter in jenem Jahr war schlimmer als die Hungersnöte des schwarzen Jahrhunderts.

Ein gutes Jahr nach den beunruhigenden Ereignissen am Damm von Domines dachte der Bischof von Draguan, Monseigneur Haquin, noch immer, dass sich zu viele Mächte gegen seine kleine Diözese verschworen. Wie alle Menschen hier trug er eine dicke Fellmütze und sorgte sich um die zersplitterten Jungfrauen und die »höllische« Kälte.

Als der Frost einsetzte, musste er seinen Bischofssitz verlassen und in eine kleine Zelle im zweiten Stock des Domstiftes ziehen. Die enge, niedrige Kammer war frisch gekalkt und einfacher zu wärmen als seine eigentliche Wohnstatt. Er gewöhnte sich schnell an die Bedingungen seines neuen Zufluchtsortes: Ein Stuhl, ein Tisch und eine Truhe, alles aus einfachem Holz, genügten für sein Amt. Sein einziger Luxus war ein breiter Chorstuhl, von dem sich der alte Mann niemals trennte. Diesen Holzstuhl, der für ihn zugleich ein Erinnerungsstück und ein geweihter Gegenstand war, nahm er überallhin mit. Besonders in diesen Zeiten. Haquins Charakter hatte sich beträchtlich verändert, seitdem man die drei Leichen im Montayou gefunden hatte. Der Mann, der bislang nicht nur als mächtig, sondern auch als entschlusskräftig und geistesgegenwärtig gegolten hatte, verwandelte sich plötzlich in einen alten, weißhaarigen Einsiedler, der seine Schäfchen vergaß und immerzu vor seinen heiligen Büchern hockte. Seine Augen nahmen die undurchdringliche Tönung der Kirchenfenster an. Sein Blick verhärtete sich. Niemand verstand, warum der etwa achtzigjährige Bischof sich das Schicksal der im Montayou aufgefundenen Leichen so sehr zu Herzen nahm und die Christenschuld so umfassend auslegte.

Im Morgengrauen des 6. Januar 1284 stand der Bischof wie jeden Morgen vor seinem Schreibpult. Die Gipfel der Pyrenäen hoben sich vage vom Horizont ab. Ein heftiger Sturm fegte durch die Straßen und durch die Hütten. Alles auf seinem Weg erfror: die schlecht geschützten Behausungen und die Dreschtennen.

Haquins Kammer, die einzige, die um diese Tageszeit erhellt war, badete im leuchtenden Schein knisternder Kerzen.

Jemand klopfte an die Tür. Der Vikar des Bischofs, Bruder Chuquet, nannte seinen Namen und trat ein. Er war ein Mann von dreißig Jahren. Wie alle Mitglieder seines Ordens trug er die Tonsur und eine ungefärbte, langärmelige Kutte, um die er einen Gürtel geschlagen hatte. An seiner Schulter war zur Erinnerung an den Orden von Tabor, der Draguan gegründet hatte, ein kleines Abzeichen mit einer Nadel befestigt. Der treue, gewissenhafte Mann hatte auch die Aufgabe eines Verwalters inne. Er begrüßte seinen Herrn ehrerbietig.

»Guten Morgen, Monseigneur.«

Der alte Mann, der sich über sein Schreibpult beugte, murmelte einen Gruß, ohne den Kopf zu heben. Chuquet brachte den Krug mit gefrorenem Wasser, den er jeden Morgen in die Aushöhlung der Feuerstelle schob.

Er schloss leise die Eichentür, damit sein Herr nicht bei der Lektüre gestört wurde. Bruder Chuquet, der gerade erst aus dem Bett gestiegen war, machte sich sofort an die Arbeit und bemühte sich, das Feuer im Ofen zu entfachen.

»Haben wir Neuigkeiten von unserem Abenteurer?«, fragte der Bischof.

»Leider nicht, Monseigneur. Es ist bitterkalt. Der Ziegenhirt Adso ist vor fünf Tagen aus Passier zurückgekehrt. Er beteuert, dass beinahe das ganze Königreich unter einer Schneedecke begraben liegt. Sogar die großen Straßen sind nicht mehr passierbar. Im Augenblick sind wir die Einzigen, die nicht eingeschneit sind.«

»Hm …«

»Bevor das Tauwetter einsetzt, können wir nicht hoffen«,

fügte der Mönch hinzu. »Der Winter hat gerade erst begonnen. Er wird in den nächsten Wochen sicher noch härter werden.«

»Das ist schade. Was ist heute für ein Tag?«

»Heute ist der Tag des heiligen Emiel, Monseigneur.«

»Ach, der gute Emiel?... Dann ist noch nichts verloren«, sagte der Bischof. »Es müsste ein schöner Tag werden. Wir werden sehen.«

Der Vikar kannte die Symbolik des heiligen Emiel nicht, aber er hatte nicht den Mut, es zuzugeben. Er wollte nur warten, bis das Wasser im Kübel heiß war, und dann ins Refektorium gehen. Er beobachtete, wie die Holzscheite prasselnd Feuer fingen und die Flammen in die Höhe leckten. Dann stellte Chuquet den Wasserkrug auf den Ofen.

Durch ein einziges Fenster, das aus gewachstem Leinen bestand, drang Tageslicht in diesen Raum. Der Mönch blickte auf den großen Platz von Draguan, auf dem die Kirche und das Domstift standen. Obwohl seit Jahren kein Domherr mehr im Bistum die Messe las, trug das Haus diesen Namen früherer Zeiten. Ein alter Bischof, drei Mönche und fünf Pfarrer für zwölf Gemeinden waren alles, was Draguan – ein kleines Bistum auf dem Lande – zu bieten hatte.

Die Straßen des Marktfleckens waren menschenleer. Die Wolken hingen tief und berührten fast die Spitze des Kirchturms. Normalerweise wagte sich bei diesem Wetter niemand hinaus. Chuquet entdeckte an einer Straßenbiegung ein mattes Licht, das an diesem frühen Morgen auf und nieder wippte und verschwand.

Wieder ein Ehebruch, sagte sich der Vikar im Stillen.

Als der Vikar am Schreibtisch des Bischofs vorbeiging, sah er die farbige Miniatur eines Codex, in die sein Herr vertieft war. Die Neugier gehörte nicht zu seinen Lastern, aber die große Konzentration des Bischofs und die Bewegungen seiner Lippen machten ihn stutzig.

Die Original-Buchmalerei, deren grelle Farben ins Auge stachen, bestand aus Symbolen und kleinen Figuren: Ein großes, kunstvolles Gemälde mit zahlreichen Ikonen und bunt schillerndem Arkanum. Als Chuquet den Sinn des Werkes erkannte, erblasste er wie ein Klostermönch, der auf frischer Tat bei einem Diebstahl ertappt worden war. In der Mitte des großen Bildes sah man eine scheußliche Gruppe nackter Frauen, die sich paarten, hundsköpfige Ungeheuer, fliegende Hippogryphen, Krähen mit abgeschnittenen Hälsen, dunkle Wälder, die von Feuerfunken gehetzte Menschen ausspien, Scheiterhaufen aus Menschenfleisch, umgedrehte Kruzifixe, die die Wänste der Pfarrer mit den geilen Mienen durchbohrten. Das Bild war zweifellos eine der schändlichsten Darstellungen des Bösen, die je ein Mensch hervorgebracht hatte. Wie konnte der Stilus eines Meisters diese teuflischen Kurven und Kanten ziehen, ohne dass das Pergament in Flammen aufging?

Chuquet wandte sich ab und bemühte sich, keinen einzigen Blick mehr auf die ungeheuerlichen Eingebungen dieses Frevlers zu werfen. Leider waren die anderen Arbeiten auf dem Lesepult des Bischofs ebenso schändlich. Der Vikar sah teuflische Federzeichnungen auf Pergament, Abhandlungen der Apokalypse, johanneische Miniaturen, Kalender der Kalabrier, niederträchtige Abbildungen von Sukkuben und Formeln aus dem *Nekronomikon* … Chuquet wusste nicht mehr, wohin er seinen Blick wenden sollte. Lief er nicht Gefahr, den klösterlichen Anstand und die strengen Ordensgelübde zu verletzen?

Der Bischof bemerkte die Verlegenheit des Vikars nicht, griff nach einem anderen Buch und legte seinen Lesestein auf den Text.

Gott steh mir bei, dachte Chuquet. In der Abtei in Gall hätte mir mein Vorwitz zwei Wochen Nachtwache oder sieben Schläge mit der Rute der *decani iuniores* eingebracht. Der Mönch beschloss, sich davonzustehlen. Nachdem er sich davon überzeugt hatte, dass das Wasser im Krug kochte, verabschiedete er sich vom Bischof. Er lief ins Refektorium und gesellte sich zu den beiden anderen Mönchen des Bistums.

Kurz nachdem der Vikar gegangen war, unterbrach Haquin seine Lektüre und zog unter dem Schreibpult eine kleine Schachtel hervor. Die dicken Nüsse, die er im Herbst gesammelt hatte, bewahrten den ganzen Winter über ihre zarte, feuchte Frucht. Er wählte zwei große Walnüsse aus und warf sie in den Topf mit dem kochenden Wasser.

Als Haquin später seinen Becher füllen wollte, unterbrach ihn ein unerwartetes Geräusch: das Schnauben eines Pferdes, das wohl vor dem Domstift stand. Der alte Mann verharrte reglos und lauschte, hörte aber nichts mehr. Er stand auf, trat an das Fenster und starrte hinaus. Schließlich erkannte er im schwachen Licht des Morgens einen großen, kräftigen Fuchshengst, der an der Eingangstür festgebunden war. Er war nicht zu vergleichen mit den mageren Kleppern dieser Gegend. Unter dem dicken Sattel lag ein Tuch, um das Fell zu schützen. Jetzt schnaubte das Pferd wieder. Sicher kam es von weit her. Der Reiter war nicht mehr an seiner Seite.

Die Straßen von Draguan waren menschenleer.

Der alte Mann wich mit besorgter Miene zurück. Seit mehreren Wochen erwartete er einen wichtigen Reisenden, aber dieser würde gewiss nicht auf einem solchen Pferd erscheinen.

Der Bischof wollte gerade rufen, doch das Dröhnen schneller Schritte, die immer näher kamen, ließ ihn verstummen.

Chuquet kehrte zurück, hellwach jetzt und rege wie ein Soldat.

»Verzeiht mir, Monseigneur.«

Der Mönch trat schon ein, ehe der Bischof ihn dazu aufgefordert hatte.

»Ein Fremder ist angekommen und bittet, Euch sprechen zu dürfen.«

»Ach ja? Ist das nicht unser neuer …?«

»Nein, Monseigneur«, unterbrach ihn Chuquet. »Es ist ein Fremder. Er möchte Euch dringend sprechen. Seinen Namen hat er mir nicht genannt.«

Die Stimme des Vikars war hektisch und überschwänglich. Für ihn schien alles bestens zusammenzupassen: die Kälte, die frühe Tagesstunde und …

»Wie sieht der Besucher aus?«, fragte der Bischof.

»Es ist ein großer Mann, Monseigneur. Sehr groß. Sein Gesicht konnte ich nicht erkennen. Er ist von Kopf bis Fuß in eine lange, nasse *Cappa* gehüllt.«

Haquin schien die Nachricht weniger aufzuregen als seinen Vikar. Der seltsame Fremde war wieder einmal nicht der Mann, dessen Ankunft er schon so lange herbeigesehnt hatte. Dieser Besuch verhieß nichts Gutes.

»Bringt ihn in den Kapitelsaal!«, sagte er. »Wir lassen ihm die Ehre zukommen, die einem Weitgereisten gebührt.«

Der Mönch trat einen Schritt vor. Es machte ihm sichtlich Freude, dass die Bedeutung dieser Begegnung so sehr aufgewertet wurde. Dennoch wandte er ein:

»Nein, nein, Monseigneur. Der Herr hat ausdrücklich gesagt, dass er von Euch keine Höflichkeiten erwartet. Er hat es eilig und bittet um ein kurzes Gespräch.«

Der Bischof zuckte mit den Schultern.

»Dann bringt ihn hierher, wenn es sein Wunsch ist. Scheinbar ein Edelmann, der sich nicht um die Konventionen schert.«

Chuquet war schon verschwunden. Der Bischof räumte geschwind seinen Schreibtisch auf. Er deckte das Tintenfass zu und legte seine Codices, Pergamente und die anderen Arbeiten in die große Holztruhe. Auf dem Tisch ließ er nur ein paar harmlose Blätter liegen.

Es dauerte nicht lange, bis er schwere Schritte auf dem Gang hörte. Er zog das Silberkreuz, das er auf der Brust trug und das seinen Rang symbolisierte, unter dem Pelzrock hervor.

Der geheimnisvolle Besucher folgte Chuquet. Der Vikar hatte nicht gelogen: Der Mann war in der Tat sehr hoch gewachsen und von Kopf bis Fuß in einen dunklen, feuchten Überrock gehüllt. Man konnte weder seine Arme noch sein Gesicht erkennen. Eine Kapuze verdeckte seine Gesichtszüge. Der arme Mönch, den die Statur des Mannes und der Widerhall der beschlagenen Stiefel einschüchterten, wagte kein Wort zu sagen.

Als er vor der Kammer des Bischofs ankam, klopfte er und öffnete auf den Befehl seines Herrn die Tür. Der Unbekannte stellte sich vor Haquin hin, ohne zu sprechen oder sein Gesicht zu enthüllen.

»Lasst uns allein, Chuquet«, befahl der Bischof.

Der Vikar verbeugte sich kurz und schloss die Tür hinter sich.

Er lief ins Refektorium hinunter, das im Erdgeschoss neben der Eingangstür lag. Dort saßen die Brüder Abel und Méault in düsteres Schweigen versunken an einem Tisch. Méault, ein Mann mit stattlichem Wanst und rotem Gesicht, war seltsam fahrig und nervös. Abel, der Älteste von ihnen, war gefasster, schien aber ebenfalls beunruhigt zu sein.

Als Chuquet zu ihnen kam, fragten sie ihn leise nach dem Unbekannten.

»Sicherlich ein Abgesandter aus Jehan oder des hohen *Suffragans*?«, schlug Méault vor.

Nachdem vor einem Jahr die Leichen in Domines entdeckt worden waren, hatte Monseigneur Haquin in der Erzdiözese Passier um Hilfe gebeten. Aber seine Briefe waren alle abgewiesen worden. Später hatte er sich an die Instanzen von Jehan gewandt. Es war fast dasselbe. Man hatte noch nicht einmal die Güte, ihm zu antworten. Ein dritter Brief, der zu den Bischöfen geschickt worden und unbeantwortet geblieben war, hatte ihm die letzte Hoffnung auf eine gemeinsame Lösung der Montayou-Affäre geraubt.

»Vielleicht haben sie sich endlich Zeit für diesen Fall genommen und nach langen Debatten einen Boten geschickt«, fügte Méault hinzu. »Hinter diesem Aufzug (er meinte den prächtigen Fuchshengst und den schwarzen Überrock) verbergen sich gewiss eine Soutane und ein wichtiger Brief.«

Seine beiden Mitbrüder waren nicht überzeugt.

»Oder es handelt sich um einen alten Bekannten des Bischofs, der ihn nach vielen Jahren wiedergefunden hat«, schlug Abel, der Dienstälteste, vor.

Aber auch diese Vermutung fand keine rechte Zustimmung. Seit seiner Ankunft in dieser Diözese im Jahre 1255 hatte Haquin nie über seine Vergangenheit gesprochen. Kam er aus Paris, aus einem Diakonat im Norden oder von einem anderen Bischofssitz in der Provinz? Niemand schien es zu wissen. Draguan wurde vom Adel und dem höheren Klerus so selten besucht, dass nichts über die Vergangenheit des Bischofs durchsickerte. Obwohl er sein Amt jetzt schon dreißig Jahre ohne Unterbrechung ausübte, hatte die Gemeinde bislang kaum etwas über ihn erfahren. Die einzige Post, die Monseigneur Haquin erhielt, waren die Dekrete aus dem Erzbistum Fougerolles oder dem Amtsbezirk Passier. Während all der Jahre hatte er seine Diözese nicht ein einziges Mal verlassen, und kein Fremder war in den Weiler gekommen, um ihn zu besuchen. Über Haquins Leben gab es keine anderen Anhaltspunkte als sein Wirken in dieser Diözese.

Die Talente des Bischofs verrieten indes, dass er einst ein anderes Leben geführt haben musste. Haquin kannte erstaunliche Erfindungen und Neuerungen, die auf zahlreiche Reisen oder den Umgang mit ausländischen Herren schließen ließen. Er zeigte den Frauen, wie man Wolle nach dem Vorbild der Spinnerinnen von Florenz entschweißte, mit Butter einfettete und kämmte. Er zog Kerzen nach einer neuen Formel aus Tannin und Harz. Unter seiner Anleitung war eine kleine Wassermühle gebaut worden, die die Länder des Nordens erprobt hatten. Sie diente dazu, das Korn mühelos zu mahlen, Mehl zu sieben oder Tücher zu walken. Er war es auch, der das alte Pferdegeschirr in den Verschlag warf und durch ein Kummet ersetzte. Die Neuerung verdreifachte die Zugkraft aller jämmerlichen Klepper des Dorfes und wurde wie ein Wunder gefeiert. Gleichzeitig ließ der Bischof kleine Brücken und Straßen bauen, die Moore trockenlegen und Werkzeug schmieden.

Seine Lebenskraft und sein starker Charakter flößten allen Respekt ein. Und bei den einfältigen Bauern zählte der Respekt mehr als das Wissen. Er bedeutete ihnen alles.

Bruder Chuquet, der sich im Erdgeschoss aufhielt, fragte sich, ob er von dem Gespräch der beiden Männer nicht etwas aufschnappen könne. Er schlich zur Treppe und lauschte.

Der überraschende Besuch hatte Chuquet ebenso sehr aufgewühlt wie seine beiden Mitbrüder. Mittlerweile war er seit fünfzehn Jahren in Draguan und litt zunehmend an der Eintönigkeit der kleinen Pfarrei auf dem Lande. Noch war er jung genug, um von einem aufregenderen Leben zu träumen. Die Toten, die aus dem Fluss gefischt worden waren, hatten ein wenig Abwechslung in sein tägliches Einerlei gebracht. Bot die Ankunft des Unbekannten die Gelegenheit für einen neuen Anfang?

Doch auf der Treppe konnte er nichts hören. »Nein«, sagte er zu Abel, als er ins Refektorium zurückkehrte, »das ist gewiss kein Höflichkeitsbesuch. Kein vernünftiger Mensch reitet in dieser Jahreszeit nach Draguan hinaus, ohne einen triftigen Grund dafür zu haben!«

Kaum ein anderes Bistum im ganzen Königreich war so abgelegen wie Draguan. Sein Name wurde auf den Karten der Gerichtsbarkeit oft ausgelassen oder gestrichen. Als der Vorgänger von Haquin, Jorge Aja, die Kanzel, die ihm zu dürftig erschien, verlassen hatte, mussten die Gläubigen und die Pfarrer der dazugehörigen Dörfer drei Jahre auf einen neuen Bischof warten. Weder der Hof noch die Konvente der Region interessierten sich für das wertlose Bistum. Obwohl sich die Diözese über drei Täler erstreckte, zählte sie nur achtzig Familien, die verstreut zwischen den Mooren und den undurchdringlichen Wäldern lebten. Die Erde hier war schwer zu bestellen. Keine Familie im Königreich und kein Baron wollten jemals die Rechte kaufen, um ihren Namen mit diesem Landstrich ohne solide militärische Befestigung zu verbinden. Draguan gehörte zu den wenigen Bezirken des Königreiches, die von keinem Herrn abhängig waren. Das Volk hatte keine Standarte, der es Ehre erwies. Diese Provinz gehörte zu keiner Gerichtsbarkeit. Die Menschen waren vollkommen ungebunden.

Ungebunden und frei, aber zugleich ohne Schutz. Keine Zitadelle hielt Eindringlinge zurück. Keine Garnison von Bogenschützen schlug räubernde, deutsche Reiterbanden oder Vagabunden in die Flucht. Die Dorfbewohner mussten ihr Land, das nur Kohl und Rüben hervorbrachte, selbst beschützen. Die wenigen Plünderer und Soldaten, die sich hierher verirrten, nahmen aus dieser Gegend den Schwur mit, niemals in das Sumpfloch zurückzukehren. Die Bauern überlebten mit einer Hippe weniger und die Frauen mit einem geröteten Schoß.

Die Kirche war der einzige Beistand in Draguan. Sie war zugleich König, Ratgeber, Richter, Lehrer, Schiedsrichter, Familie und die große Schwester des Volkes. Die Gläubigen hatten sich daran gewöhnt. Der Transept ihrer Kirche beschützte sie besser als jede Burgfestung.

Méault schlang die Finger so fest ineinander, dass die Knochen knackten. »Wer dieser mysteriöse Besucher auch sein mag, er sieht nicht so aus, als habe der Himmel ihn geschickt!«

Abel und Chuquet hatten keine Lust und keine Zeit, über die böse Bemerkung zu lächeln: Aus der Kammer des Bischofs drang furchtbarer Lärm hinaus, der durchs ganze Haus hallte. Die drei Mönche rannten sofort aus dem Refektorium hinaus. Nie zuvor hatte einer von ihnen einen solchen Knall vernommen. Der dunkle Schatten des Besuchers stürzte bereits die Treppe hinunter. Die Brüder waren so verwirrt und ängstlich, dass sie ihn vorbeihuschen ließen. Kurz darauf saß der Unbekannte im Sattel und galoppierte davon.

Chuquet lief zur Kammer des Bischofs. Er sah den Leichnam des alten Mannes auf dem Boden liegen. Sein Schädel war gespalten und bestand nur noch aus gebrochenen Knochen und rohem Fleisch. Zertrümmert wie nach einem Schlag mit der

Keule. Der arme Vikar traute seinen Augen nicht. Dicker Nebel schwebte durch den Raum. Ein beißender, unbekannter Geruch stieg ihm in die Nase.

Als Chuquet auf die Leiche zuging, rannen ihm Tränen über die Wangen. Das dicke Blut des Bischofs sickerte über die Rückenlehne seines wertvollen Chorstuhles aus altem Nussbaumholz. Die Figuren auf der breiten, geschnitzten Stange in Nackenhöhe waren alle sorgfältig ausgearbeitet: Eine Gruppe Schüler umringte ehrfürchtig eine große Persönlichkeit. Der Hierophant in der Mitte hatte die Arme beschwörend zum Himmel erhoben. Die harmlose, einfache Gravur war wunderschön und konnte alles bedeuten: die ersten Versammlungen der Christen, die ionischen Schulen, die ägyptischen Kulte, die Verehrer von Mithra oder die Eleusinischen Mysterien.

Das Holz des Stuhles war unversehrt, aber die jungen Schüler, die ihren Herrn auf dem kunstvoll geschnitzten Balken umringten, waren alle in Blut getränkt.

II

Am Abend fiel in Draguan der Schnee in großen dicken Flocken. Die Menschen hatten den ganzen Tag über den Tod des Bischofs gesprochen. Auch in der Nacht beruhigten sich die Gemüter nicht. Die Gläubigen verließen die verschneiten Straßen, um ihre Beratungen am Feuer fortzusetzen.

Innerhalb weniger Stunden war der gute Ruf Haquins dahin: Aus einem Heiligen war ein Verräter geworden. Die Bewohner beklagten seinen Tod nicht, sondern sie schimpften lauthals.

Jeder wusste über den kurzen Besuch des »Mannes in Schwarz«, den furchtbaren Lärm und den zertrümmerten Schädel des Opfers Bescheid. Keine Waffe dieser Welt konnte ein Wesen aus Fleisch und Blut so brutal in Stücke schlagen. Für die hilflose, abergläubische Menge gab es nur eine Erklärung: Der Bischof musste sich unverzeihlicher Sünden schuldig gemacht haben. Nur das konnte eine solche Strafe rechtfertigen. Die Bauern wiederholten es pausenlos: Der Bischof war der Wut des Teufels zum Opfer gefallen. Seine dunkle Vergangenheit wurde lebendig. Seine Schweigsamkeit, seine Einsamkeit, seine Melancholie: Alles diente der krankhaften Phantasie als Nahrung, um dem Geheimnis auf die Spur zu kommen. Er war ein Verdammter, ein Kindermörder, ein Verbündeter der Ketzer, ein Mailänder, ein Sodomit. Béatrice, die erste Dienerin des Bischofs, gestand sogar, in seinem Schrank (es war mehr als zwanzig Jahre her) einen San-Benito-Umhang gefunden zu haben, dieses unheilvolle, gelbe Gewand, das die Inquisition denen anzog, die sie erschlagen hatte. Die Menschen in Draguan bekreuzigten sich. Haquin war gar kein richtiger Bischof gewesen! Dreißig Jahre lang hatten sie unter der Fuchtel eines Abtrünnigen gestanden. Die Messen, die Beichten, die Taufen, die Absolutionen – all das verwandelte sich nun nachträglich in eine Quelle des Schreckens, der Schande und der Wut… Und das fortwährende Unglück in Draguan, seitdem die Leichen im Fluss angeschwemmt worden waren, bekam nun ein Gesicht und einen Sinn. Selbst der strenge Winter wurde Haquin zur Last gelegt.

Jeder Bewohner des Dorfes tat seine Meinung über die Herkunft des Mörders und die Umstände des Mordes kund. Jeder wollte das interessanteste Detail zur Erklärung des Unheils beisteuern. Simon Clergues, der Leinenweber, versicherte, er habe den schwarzen Mörder vor der Tat durch die Straßen laufen sehen. Haribald, der Scherenschleifer, beschrieb eine dunkle Reitertruppe, die am Dorfausgang wartete (ihre Pferde waren leuchtend rot, fügte er hinzu). Die Schankwirtin schwor bei allen Heiligen, auf dem Rücken des Pferdes hätten zwei Männer gesessen (ein Riese und ein Zwerg. Wenn der Riese entkommen war, musste der Zwerg sich noch im Dorf aufhalten). Der Bogenmacher Pelat beteuerte, der Unbekannte habe bei seiner Flucht einen blutenden, scheußlichen Gegenstand in der rechten Hand gehalten... Der Barbier Antéliau glaubte sogar, den Kopf des Bischofs erkannt zu haben! Nach einigen Stunden konnte nichts mehr die widersprüchlichen, verrückten Enthüllungen zügeln. In ihrer Empörung griffen die Menschen zu geweihten Gegenständen. Kreuze wurden zerbrochen, Heiligenbilder zertrampelt und zertreten. Die Mönche mussten den Bischofssitz und das Domstift verbarrikadieren, um sich vor der aufgebrachten Menge zu schützen. Diese brachte die Stellvertreter des Bischofs unmissverständlich mit dessen früheren Schändlichkeiten in Verbindung.

»Der Mann in Schwarz hätte euch auch töten sollen!«, schrie ein altes Weib und warf Steine auf das Haus der Mönche.

Am Abend lauerten die Dorfbewohner auf den Wegen rund um den Marktflecken im Hinterhalt. Sie warteten auf die Rückkehr des »Mannes in Schwarz« oder auf das Erscheinen der bösen Geister, die während des Tages gerufen worden waren. Einige Wächter versuchten, ihre Familien zu schützen. Andere wollten ihre Aussagen und ihre phantastischen Geschichten, die sie am Nachmittag zum Besten gegeben hatten, durch Taten bekräftigen.

Simon Clergues, der Leinenweber, stellte sich mit drei Männern hinter das alte, verfallene Nordtor, das ehemals stolz zwischen zwei Pfeilern emporgeragt hatte. Heute war es nur noch eine einsame, wacklige Mauer, die als Befestigung diente. Die Wächter sollten die Dorfbewohner rechtzeitig warnen.

Im Domstift hatten sich der Vikar Chuquet und die beiden Mönche wie bei einer Belagerung verbarrikadiert. Die drei Mönche hatten die Ausgänge verstärkt. Sie hatten die Tür zu Haquins Arbeitsstube mit Sandarakwachs versiegelt, alle Fackeln geputzt und eine Kerze im Namen des Herrn gesegnet. Die beiden Stockwerke des Hauses lagen im Halbdunkeln und in einer tödlichen Stille. Jedes Fenster war mit Holzbrettern und Bleifensterläden bedeckt. Die Eingangstür wurde von Bohlen, Truhen und langen Eisenstangen gestützt.

Die drei Männer wachten in dem kleinen Refektorium, das ihnen als Wärmstube diente. Sie hatten die Tagesstunden weder besungen noch gepriesen und die Mahlzeiten am Mittag und am Abend ausgelassen. Sie waren den Pflichten gegenüber dem Verblichenen nicht nachgekommen. Die Gebete und Lobpreisungen zum Gedenken eines Verstorbenen folgten strengen Regeln und zogen sich über einen Monat hin. Aber am Tag des Mordes waren die Gemüter der Mönche zu erhitzt, um sich mit einer Andacht zum Seelenheil ihres Herrn aufzuhalten.

Draußen hatte ein Schneesturm eingesetzt, der immer ungemütlicher wurde. Der kleine Unterschlupf von Simon Clergues war bald eingeschneit und zwischen den weißen Bäumen kaum noch zu erkennen. Der Leinenweber und seine drei Gefährten warteten hinter der Verschanzung und stampften mit den Füßen, um sich zu wärmen. Auch die Hände schmerzten ihnen, obwohl sie Stofflappen darum gewickelt hatten.

Die Wächter am Dorfeingang wurden von zwei kräftigen

Dorfbewohnern unterstützt. Ein gewisser Liprando und der hünenhafte Grosparmi, der zweite Scherenschleifer von Draguan, bewachten die Umgebung. Grosparmi kümmerte sich um den nördlichen Teil des Dorfes. In regelmäßigen Abständen ging er an der Mauer vorbei, wo Simon Clergues auf der Lauer lag. Seine Mission führte ihn vom Nordtor des Dorfes bis zu den entlegenen Schweineställen. Er passierte die Kreuzung der Wege nach Domines und Befayt, wo die Kälte die kleine Maria aus Gips kürzlich zertrümmert hatte. Sein Rundgang führte auch ein Stück durch den Wald. Grosparmi war von Kopf bis Fuß in einen mit Fischtran gegerbten Mantel gehüllt. Es stank fürchterlich, aber die Feuchtigkeit konnte nicht durch den eingefetteten Umhang dringen. Er hielt eine mit Nägeln beschlagene Egge in der Hand. Sie diente dazu, große Erdklumpen zu spalten, die den Schwingpflug auf den Feldern behinderten. Aber damit konnte man auch einen Mann mit einem Hieb erschlagen.

Grosparmi ging immerzu denselben Weg. Bald hatten sich seine Augen an die Dunkelheit gewöhnt. Die geringste Veränderung würde ihm auffallen. Ihn konnte nichts mehr überraschen. Fast nichts.

Als er zum wiederholten Mal an der Kreuzung von Domines und Befayt vorbeikam, wo die kleine Gipsstatue normalerweise in einer Nische stand, riss der bewaffnete Wächter plötzlich erstaunt die Augen auf. Die Scherben der Jungfrau waren aufgesammelt und mit Schnee zusammengefügt worden. Die Statue stand wieder an Ort und Stelle! Bei seinem letzten Rundgang hatten die Scherben noch im Schnee gelegen. Der Mann war sich ganz sicher.

Grosparmi hob die Waffe. Er suchte zu Füßen der Statue nach fremden Spuren – und fand Fußabdrücke, die seine eignen kreuzten. Eine Person – eine einzige – war hier entlanggegangen. Ihre Schritte führten geradewegs nach Draguan.

Der Scherenschleifer stöhnte, richtete sich auf und marschierte sofort weiter, um den Unbekannten einzuholen. Sein Blick war auf die Spuren im Schnee gerichtet. Die Fußabdrücke des Fremden waren groß, und wie der Abstand verriet, waren auch seine Schritte groß. Größer als seine. Grosparmi ging vorsichtig neben den Spuren im Schnee her und bereitete sich innerlich auf einen Kampf vor. Mit einem Male waren die Spuren verschwunden. Mitten auf dem Weg. Als hätte sich der Herumtreiber in Luft aufgelöst!

Grosparmi blickte hoch und horchte angestrengt. Das Blut pulsierte in seinen Schläfen. Ein Pfeifen zerriss die Stille. Dann brach er zusammen und schrie wie am Spieß. Er hatte einen harten Schlag auf den Oberschenkel erhalten.

Sein Schrei drang bis zum Verschlag von Clergues, der einen Pfeilschuss entfernt war. Der Leinenweber und seine Männer schraken zusammen. Sie umklammerten ihre Waffen und verließen die Deckung.

In einer Entfernung von etwa zwanzig Metern erblickten sie zwischen den Bäumen auf den verschneiten Hängen eine große Gestalt, die in Richtung Draguan marschierte.

»Der Mann in Schwarz« war zurückgekehrt.

Der Teufel trug noch immer eine schwarze Cappa mit langer Kapuze, die das Gesicht verdeckte. Er erinnerte an einen Nachtvogel. Sein Gesicht war zur Erde geneigt. Er ging zu Fuß und hatte nur einen einfachen Quersack bei sich.

»Er hat kein Pferd mehr«, sagte Clergues. »Vermutlich will er mitten in der Nacht unbemerkt zurückkehren. Oder sein Hengst ist bei der Kälte zusammengebrochen.«

Die vier Männer, die das Nordtor bewacht hatten, marschierten auf einem anderen Weg ins Dorf. Die meisten Hütten in Draguan standen dicht nebeneinander, und oft gab es Zugänge von einer Hütte zur anderen, die nur durch Strohlehm verschlossen waren. Die Nachricht von der Rückkehr des Mörders verbreitete sich daher wie ein Lauffeuer. Innerhalb weniger Augenblicke wusste jeder Bescheid. Die Menschen hielten den Atem an.

Die drei Mönche im Domstift hörten die Schläge an der Tür. Eine aufgeregte Stimme rief: »Er ist zurück. Der Fremde ist wieder da! Der Mann von heute Morgen! Er hat Grosparmi erschlagen …«

In diesem Augenblick betrat der Fremde Draguan. Er schritt weit aus und ging auf das Domstift zu.

Eine Gruppe Dörfler, die von den Wächtern gewarnt worden war, stieg von den Erkern hinab und nahm seine Verfolgung auf, ohne ihm zu nahe zu kommen. Der Unbekannte konnte seine Verfolger nicht sehen. Dennoch beschleunigte er seine Schritte.

Liprando, der andere Wächter im Wald, fand Grosparmi, der schwer verwundet im Schnee lag, aber noch lebte. Er stammelte wirres Zeug über einen Schatten, dessen Verfolgung er an der Kreuzung nach Domines aufgenommen hatte, bis er plötzlich verschwunden war. Jetzt hatte der Scherenschleifer nur noch Schmerzen. Starke, quälende Schmerzen.

Chuquet, Abel und Méault knieten im Refektorium auf den vereisten Bodenplatten. Sie zitterten vor Kälte. Die drei Mönche waren Gefangene ihrer eigenen Verteidigungsmaßnahmen und konnten nicht entkommen.

»Salve, Regina, mater misericordiae;

Vita, dulcedo et spes nostra, salve«, flüsterten sie, um die Mutter Gottes milde zu stimmen.

Jemand schlug gegen die Tür.

»*Ad te clamamus, exsules filii Evae.*
Ad te suspiramus, gementes et flentes
In hac lacrimarum valle.«

Wieder schlug jemand gegen die Tür. Zwei laute Schläge. Die drei Betenden setzten ihr Gebet fort, ohne sich zu rühren.

»*Eia ergo, advocata nostra,*
Illos tuos misericordes oculos
Ad nos converte.
Et Iesum, benedictum fructum ventris tui,
Nobis post hoc exsilium ostende.«

Ein weiterer harter Schlag ließ die Tür erbeben. Als wäre ein Widder gegen die Tür gerannt. Chuquet hielt die Brüder Méault und Abel zurück, die in den Keller laufen wollten. Der Vikar dachte nach. Er beendete allein mit lauter Stimme das gemeinsame Gebet.

»*O clemens, o pia, o dulcis Virgo Maria.*
O clemens, o pia, o dulcis Virgo Maria.«

Geschützt durch die Anrufung der Jungfrau Maria, ging Chuquet zur Tür und quälte sich durch den schmalen Gang, den Bruder Méault in der Mitte der Barrikade frei gelassen hatte, damit man den Riegel erreichen konnte. Die beiden anderen Mönche verharrten wie versteinert. Sie begriffen die irrsinnige Tat ihres Vikars nicht und bekreuzigten sich unaufhörlich.

Schließlich stand Chuquet vor der großen Tür und öffnete die Holzluke in Augenhöhe, die durch ein Eisengitter geschützt war. Der Verwalter schaute hinaus. Draußen war es stockdunkel. In dem spärlichen Lichtstrahl, der durch die Luke drang, tänzelten Schneeflocken.

»Was wollt Ihr?«

»Eintreten!«

Die Stimme war schroff und laut. Chuquet konnte niemanden sehen. Der Besucher war zu weit entfernt.

»Ich bin nicht aus dem Dorf«, sagte die Stimme. »Öffnet mir.«

Der Vikar presste sein Gesicht gegen die Eisenstäbe, um sein Gegenüber vielleicht doch zu erkennen. In diesem Augenblick trat der Fremde ins Licht. Chuquet schrak zusammen und wäre fast hintenüber gefallen. Er hatte den »Mann in Schwarz« erkannt. Die dunkle Cappa, die große Statur, die Kapuze, die die Gesichtszüge verdeckte.

Der Vikar erstarrte. Der Reisende schlug seinen Überrock auf und zog ein zerknittertes Pergament hervor, das er zwischen den Stäben der Luke hindurchschob. Chuquet nahm es entgegen, schloss die Luke und las es.

Der Mann, der allein draußen in der Dunkelheit stand, schlug seinen Mantel wieder zu. Er schaute sich um. Kein Dorfbewohner folgte ihm mehr. Sie waren alle verschwunden.

Die Tür quietschte in den Angeln, als sie einen Spalt geöffnet wurde. Der Besucher trat sofort ein und zwängte sich durch den schmalen Gang.

Der Mann in Schwarz stand in der großen Eingangshalle des Domstiftes. Chuquets Brüder musterten ängstlich die dunkle Gestalt, die sie im Morgengrauen zum ersten Mal gesehen hatten. Sein ganzes Gepäck bestand aus einem kleinen Bündel, das über seiner Schulter hing. Die Kapuze und die Stulpenstiefel waren nass und voller Schnee. Er war gewiss lange Stunden über vereiste Straßen marschiert. Der Vikar ging auf ihn zu.

»Ich bin Bruder Chuquet«, sagte er. »Der ständige Vikar des Bischofs. Das sind die Brüder Abel und Méault.«

Die beiden Mönche begrüßten den Unbekannten mit einem leichten Nicken des Kopfes.

»Entschuldigt unser Misstrauen«, fuhr Chuquet fort. »Warum habt Ihr Euch nicht gleich zu erkennen gegeben?«

»Ich hatte Angst vor Eurer Reaktion«, sagte die Stimme. »Einer Eurer Männer hat mich seit meiner Ankunft im Dorf verfolgt. Offenkundig mit der Absicht, mich zu erschlagen. Ich musste ihm das Bein brechen.«

»Ach wirklich? Ein Bein?«, rief Chuquet überrascht.

Der Besucher legte den Quersack ab, knöpfte die Kapuze auf und schlug den Überrock zurück. Méault und Abel entdeckten verblüfft einen Pilgerstock aus Eichenholz, ein großes Kreuz aus Olivenholz, eine schlaffe, mit Wolle gefütterte Kutte und einen Rosenkranz, den er sich um die Taille gewickelt hatte.

»Ich bin Vater Henno Gui«, sagte der Mann nur. »Euer neuer Pfarrer. Monseigneur Haquin hat mich in diese Diözese gerufen.«

Jetzt fiel zum ersten Mal Licht auf das Gesicht des Besuchers. Er war jung, kaum dreißig Jahre alt. Seine Gesichtszüge hatten sich die Sanftheit der Jugend bewahrt, aber er hatte einen kühlen Blick. Seine Haut war durch die Kälte und die Müdigkeit gespannt.

III

Chuquet führte den Priester in seine Kammer im Erdgeschoss und bot ihm einen kleinen Stuhl an. Er verschloss die Tür und überprüfte, ob ihnen jemand gefolgt war.

Dann reichte er ihm eine Schale mit warmem Wasser und

ein kleines Handtuch. Der junge Priester bedankte sich. In diesen Zeiten war es ein Beweis von Gastfreundschaft, einem Besucher zu erlauben, sich die Finger nach seiner Ankunft zu reinigen.

»Verzeiht unseren Empfang«, sagte Chuquet. »Wir hatten Euch nicht so früh erwartet. Ich meine… mitten im Januar. Nur der Bischof glaubte, Ihr würdet es wagen, dem Winter zu trotzen.«

»Nach meiner Priesterweihe im Oktober habe ich Paris verlassen. Ich habe auch einen Brief geschickt, um Euch zu benachrichtigen.«

»Wir haben ihn erhalten, aber wir waren davon überzeugt, dass Ihr wegen des Wetters umkehrt und Euren Besuch auf den Frühling verschiebt.«

»Ich hoffte, noch vor Einbruch der Kälte anzukommen, doch das war nicht zu schaffen. Die Wagen blieben im Schnee oder im Matsch stecken. Daher bin ich zu Fuß marschiert. Die Wege waren in einem miserablen Zustand.«

Chuquet sah auf das schmale Bündel des Pfarrers.

»Innerhalb von sechs Wochen«, fuhr Henno Gui fort, »wurde ich neunmal von Räubern überfallen.«

Der Vikar riss die Augen auf.

»Die Kälte kann einen Priester nicht aufhalten. Warum sollten es dann Räuber schaffen? Die Menschen können mich nicht mehr erschrecken. Die Letzten, die mich wenige Schritte von hier entfernt überfallen wollten, suchen wohl immer noch nach mir.«

»Oh, das sind keine Räuber, Vater. Wisst Ihr… hier herrscht eine besondere Stimmung. Die Menschen sind alle sehr aufgeregt und…«

Chuquet wusste nicht, wie er sich ausdrücken sollte. Er

setzte sich verlegen vor Henno Gui auf einen Stuhl. Das zerknitterte Schriftstück, das der Priester durch die Luke geschoben hatte, hielt er unschlüssig in der Hand. Es war das Schreiben, in dem der Bischof Henno Gui über den Weg nach Draguan unterrichtet hatte.

Der junge Pfarrer beugte sich über seine Stiefel. Er öffnete das kleine Bündel und zog ein Paar neue Sandalen heraus. Dann schnürte er seine alten, nassen Stulpenstiefel auf, denen der lange Weg und die schlechten Straßen arg zugesetzt hatten.

Henno Gui war groß, breitschultrig und hager. Unter seiner hohen Stirn lagen dunkle Augen und Augenbrauen. Chuquet hatte den Eindruck, dass Guis Blick nicht zu seinen jungen Jahren passte. Man spürte die Entschlossenheit eines alten Soldaten, einen eisernen Willen, der auf dem jugendlichen Gesicht fast unschicklich wirkte. Und die Kühnheit eines Mannes, der ein unter einer Schneedecke begrabenes Königreich zu Fuß durchquerte und selbst den Wölfen zu trotzen wusste.

»Seine Exzellenz der Bischof wurde heute Morgen erschlagen«, erklärte Chuquet schonungslos. Er wunderte sich selbst über seine unverblümte Ausdrucksweise.

Der junge Mann hob langsam den Kopf. Für einen Augenblick war sein Mund weit geöffnet.

»Er war sofort tot.« Die Stimme des Vikars drohte zu ersticken.

»Wie ist es geschehen?«, fragte Gui.

»Im Morgengrauen kam ein Mann auf einem stattlichen Fuchshengst. Er bat um eine Unterredung mit dem Bischof. Ich habe ihn persönlich ins Büro Seiner Exzellenz geführt… Wenige Minuten später hallte ein Schlag, ein schrecklicher Donner durchs Haus. Wir fanden den reglosen Leichnam des Bischofs mit einem eingeschlagenen Schädel vor.«

»Ein Donner?«

Henno Gui schaute den Vikar ungerührt an. Angesichts der furchtbaren Enthüllung war seine Gelassenheit ebenso bewundernswert wie beunruhigend.

»Ich habe Bischof Haquin nie persönlich kennen gelernt«, sagte er. »Wir haben nur wenige Briefe bezüglich meines neuen Amtes gewechselt. Er schien mir ein würdiger, fähiger Kirchenmann zu sein. Ich werde für seine Seele beten.«

»Danke, Vater. Der Bischof war ein vortrefflicher Mann.«

Der Priester beugte sich wieder über seine Schuhe, als ginge ihn das alles nichts an.

»Wer wird ihn ersetzen?«, fragte er.

Es war eine unerwartete, brutale Frage, die sich Chuquet noch gar nicht gestellt hatte.

»Nun … Ich weiß es nicht … Wir sind hier nicht viele … und ziemlich abgeschnitten. Ich werde morgen aufbrechen, um den Leichnam Seiner Exzellenz nach Paris zu bringen. Dort kann ich unsere Vorgesetzten schneller benachrichtigen. Sie werden darüber entscheiden.«

»Wollt Ihr den Bischof nicht in seiner Diözese begraben?«

»Nun … die Umstände … Das Volk hier ist ungestüm und leicht zu beeindrucken. Die Gemüter sind seit dem mysteriösen Mord erregt. Wir selbst mussten uns vor der Wut der Bauern in Sicherheit bringen. Wir wollten nicht …«

»Ich verstehe.«

»Darf ich Euch einen heißen Tee anbieten?«, fragte der Vikar. Er war erleichtert, dass der junge Priester es ihm ersparte, das unangenehme Thema fortzusetzen. »Ich habe einen vortrefflichen Kräutertee.«

»Gern.«

Chuquet zog einen Beutel mit Kräutern aus einer Dose, die

neben dem Ofen stand, legte trockenes Reisig ins Feuer und stellte einen Krug Wasser darauf.

»Und ich?«, fragte Gui. »Soll ich warten, bis ein Nachfolger für den Bischof bestimmt wurde, ehe ich mein Amt antrete?«

»Nein, nein ... Ich glaube nicht ... hm ...«

Chuquet zögerte, ehe er in gedämpftem Ton fortfuhr.

»Nun, außer mir und dem Bischof ist niemand über Euer Kommen im Bilde. Einige ahnten etwas, aber Haquin hat die Gerüchte nicht bestätigt. Jetzt versteht Ihr vielleicht auch die Bestürzung, die die Brüder Abel und Méault bei Eurer Ankunft gezeigt haben.«

»Der Bischof hat mir nichts über meine Gemeinde geschrieben. In dieser Hinsicht war er in seinen Briefen ziemlich zurückhaltend.«

»Ich habe die Briefe nach seinem Diktat geschrieben, Vater. Euch gegenüber ließ Monseigneur Haquin große Vorsicht walten.«

»Warum?«

Der Vikar zögerte wieder. Er nahm Kräuter aus einem Beutel, warf sie in das heiße Wasser und reichte Gui eine Schale.

»Soll ich Euch das wirklich alles heute Nacht erklären? Ihr seid doch sicher erschöpft ...«

Obwohl er selbst matt und müde war, fühlte sich der Vikar durch Henno Guis starren, entschlossenen Blick verpflichtet, ihm Erklärungen zu geben.

»Wir müssten ...«, stammelte Chuquet. »Wir müssten in die Kammer des Bischofs gehen. Aber dort ...«

Niemand hatte nach dem Mord einen Fuß in die Arbeitsstube des Bischofs gesetzt. Die Mönche hatten den Leichnam in eine Gruft unter der Kirche geschleppt. Nach diesem beschwerlichen Gang in die unteren Gewölbe hatten sie sich nicht mehr imstande gefühlt, zur nächsten Aufgabe zu schreiten und die Arbeitsstube zu säubern. Sie hatten einfach die Tür verschlossen.

Gui nahm zwei kräftige Schlucke von dem Tee und stand auf. Seine neuen Schuhe passten wie angegossen.

»Gehen wir, Bruder Chuquet. Ich folge Euch.«

Das alles gefiel dem Vikar nicht, doch er hatte keine andere Wahl. Er führte den jungen Priester in das obere Stockwerk.

Chuquet lächelte verlegen, als er Henno Gui mit einer kleinen Kerze in der Hand den Weg wies. Sie stiegen eine morsche Wendeltreppe hinauf und gingen an verfallenen Mauern entlang. Der junge Priester, der seine Hände in den Ärmeln seiner Kutte versteckte, interessierte sich offenbar kaum für die Umgebung. Der düstere Weg und der schlechte Zustand des Hauses schienen ihn nicht zu berühren.

Die beiden Männer kamen an einer Kammer vorbei, deren Tür einen Spalt weit geöffnet war. Die Mönche Méault und Abel plauderten leise im schwachen Kerzenschein. Man hätte sie für zwei Verschwörer halten können. Die Mönche verstummten und warteten, bis die beiden Männer vorbeigegangen waren, ehe sie ihr Gespräch fortsetzten.

Endlich standen Gui und Chuquet vor der bogenförmigen Tür von Haquins Arbeitsstube. Der Vikar zog einen Dolch mit einem Holzgriff unter seiner Kutte hervor. Von der nur lose in den Angeln hängenden Tür tropfte buchstäblich das Harz. Chuquet hob die Klinge und brach die Wachsklumpen ab, die die Scharniere des Schlosses verklebten. Mit jedem Schlag auf das Holz gab die Tür mehr nach. Als er auf den Riegel des Schlosses schlug und ein klirrender Ton erklang, erinnerte er sich an den Widerhall der unheimlichen Schritte des Mörders auf dem Gang.

Mit diesem Gedanken versetzte er der Tür einen letzten Schlag und drückte sie mit der Schulter auf.

IV

Kalte, übel riechende Luft wehte ihnen entgegen. Ein Windzug hätte beinahe die Kerze des Vikars gelöscht.

Seit dem Verbrechen hatte sich nichts verändert. Der Tisch, Haquins großer Chorstuhl, die Truhe, das Schreibpult, das Tintenhorn, die beiden Kerzenleuchter: Alles stand noch an Ort und Stelle. Der Wind hatte nur die Dachluke aufgestoßen. Aus der Feuerstelle entströmte ein Geruch kalten Holzes und feuchter Asche, der jedoch von einem penetranten Gestank überlagert wurde. Die Blutflecken auf dem Stuhl des Bischofs schienen der Grund dafür zu sein. Chuquet, der zart besaitet war, schlug seinen Kragen hoch. Gui zuckte nicht mit der Wimper.

»Ich bin an diesen Geruch gewöhnt«, sagte er. »Wie in einem Seminar an der Universität.«

Chuquet gefiel der zweifelhafte Vergleich nicht.

»Ich meine natürlich eine Anatomievorlesung«, erklärte der Priester. Er ging zum Dachfenster und schloss es. Dann fachte er das Feuer an, während Chuquet die beiden Kerzen anzündete.

»So«, sagte Gui in einem Ton, als könne er jetzt mit der Arbeit beginnen.

Der Vikar verfolgte verblüfft die ruhigen, gleichgültigen

Handbewegungen seines Begleiters. Als sich der junge Priester dem Stuhl des Bischofs näherte, trat er achtlos in die Blutflecken, die sich auf den Steinplatten ausgebreitet hatten. Auf einem noch feuchten Blutfleck malte sich sein Schuhabdruck ab. Der arme Chuquet kämpfte gegen seine Bestürzung und einen starken Brechreiz an.

»Es ist ein altes Stück«, sagte der Vikar, als Henno Gui den Kirchenstuhl aus Nussbaumholz und die sonderbar geschnitzte Lehne betrachtete. »Monseigneur hing sehr an diesem Stuhl. Ich glaube, er stammt aus Italien.«

»Ach ja? Ich hätte eher ein orientalisches Land vermutet… Wahrscheinlich Cathay.«

»China?«

»Gebt mir Euer Messer.«

Chuquet reichte es ihm. Henno Gui kratzte an der Kante der Armlehne. Schwarzes Pulver rieselte in seine Hand. Er legte den Dolch zur Seite und führte die dunklen Rückstände an die Lippen.

»Chinesisch!«, bestätigte er. »Man findet diese brennbare Ladung nur im Reich der Mitte. Das kommt nicht von Waffen, wie sie französische oder spanische Heere benutzen. Diese Mischung aus Naphtha, Schwefel und Kohle ist viel wirksamer. Die Mauren sollen sie 1247 bei der Verteidigung von Sevilla eingesetzt haben.«

Henno Gui drehte sich um und betrachtete die Blutspritzer und Fleischfetzen, die fast die ganze Kammer befleckten.

»Die Waffe, mit der Euer Bischof erschlagen wurde, ist erstaunlich«, sagte er. »Kein Wunder, dass Ihr einen Donner zu hören glaubtet.«

»Die Menschen hier haben entsetzliche Angst, Vater… Sie sprechen schon von Teufelswerk.«

»Sie haben Recht. Diese tragbaren Kanonen sind eine ganz neue Erfindung. Sie spucken das Feuer so einfach aus, als würde man einen Pfeil oder eine Schleuder abschießen. Ein rundes Stück Eisen, ein Feuerstein, mehr braucht es nicht. Keine Zündschnur mehr. Mit diesem Instrument sind die Flammen der Hölle bald für jeden verfügbar. Unsere Vorfahren waren empört, als die Armbrust erfunden wurde, ließen deren Einsatz gegen Christen verbieten. Sie hätten sich nicht vorstellen können, was diese neue Ausrüstung für die Ritterschaft bedeutet. Monseigneur Haquin wurde vermutlich eines der ersten Opfer dieser Waffe, die aus dem Süden kommt... wie übrigens auch ein großer Teil der Ketzerei.«

»Ich verstehe nicht, Vater...«

»Es ist nicht wichtig. Auf jeden Fall wurde Euer Bischof kaltblütig ermordet. Als Ihr von dem Verbrechen spracht, dachte ich zuerst an eine Rache der Gemeindemitglieder. Eine Reaktion auf eine unnachgiebige Strenge oder die Angst eines Sünders, der seine belastende Beichte plötzlich bereut. Was weiß ich? Heutzutage gibt's viele Gründe, um sich eines Gottesmannes zu entledigen. Allerdings könnte sich ein Gläubiger in einer so verlassenen Gegend wohl kaum eine solche Zerstörungswaffe besorgen. Und warum der maskierte Reiter? In einer so abgelegenen Gegend borgt man sich nicht einfach einen Fuchshengst, den doch sofort jeder wieder erkennt. Ich vermute, man trifft in Draguan viele mürrische Bauern und wenige geschickte Söldner. Schlau, wer den auftreibt, der durch dieses Dorf gekommen ist. Glaubt mir, Bruder Chuquet: Hier wurde das Bistum erschlagen und nicht der Bischof. Und nur das sollte uns interessieren. Die Kirche bleibt trotz ihrer Untertanen rein. Und die müssen wir verteidigen.«

»Monseigneur Haquin hatte keine Feinde«, widersprach

Chuquet. »Er war ein Ehrenmann, dessen Vermächtnis die Kirche ehren muss.«

»Sie wird ihn ehren, glaubt mir. Sie wird ihn ehren.«

Henno Gui ließ von Haquins Stuhl ab und rieb sich das verbrannte Pulver von den Händen.

»Nun sollten wir uns um unsere Angelegenheiten kümmern«, sagte er.

Er setzte sich gegenüber vom Schreibtisch auf den kleinen Stuhl.

Der Vikar trat zögernd auf die große Truhe des Bischofs zu, die hinter dem Schreibpult an der Wand stand und ebenfalls mit roten Spritzern übersät war. Mit einem Seufzer schob er den Riegel auf.

Die Truhe war fast eine Elle breit und drei Fuß tief. Sie reichte bis an den Oberschenkel eines Mannes und stand auf vier Eisenrollen, um den Transport zu erleichtern. Chuquet nahm das erste Fach, das mit einem Holzgriff versehen war, heraus. Es war mit seltsam anmutenden Pergamentrollen und Schreibgeräten – Federn, Tinte, Griffeln – und einem Lesestein gefüllt und von dem großen bemalten Pergamentbogen bedeckt, der den Vikar am frühen Morgen schrecklich verwirrt hatte. Chuquet legte das Fach vor den Priester auf den Tisch. Henno Gui betrachtete die Buchmalerei. Er bewunderte die Geschicklichkeit des Meisters und lobte die feine Lederhaut. Ihm gefiel die gewagte Verknüpfung der goldenen Verzierungen mit der gelben und zinnoberroten Tinte, wie sie nur wenige Koloristen zustande brachten.

»In letzter Zeit interessierte sich Monseigneur Haquin«, erklärte der Vikar, »für ein finsteres Gebiet religiöser Darstellungen. Es war seine Grille, einzig und allein durch die plötzliche Neugier eines alten Mannes angeregt. Das ist alles.«

»Ich werde ihm daraus gewiss keinen Vorwurf machen.«

»Nein. Sicher nicht … Ich auch nicht …«

Henno Gui ließ von dem Bild ab, ohne die kühne Darstellung weiter zu kommentieren.

Chuquet nahm das zweite Fach aus der Truhe. Dieses war besser sortiert und mit dicken Registern gefüllt, die sorgfältig zusammengebunden und geordnet waren. Auf jedem Pergamentrücken stand ein Datum. Die Datierung begann 1255, dem Jahr, als Haquin nach Draguan gekommen war, und endete im laufenden Jahr 1284.

»Seid unbesorgt. Das sind nicht unsere Beschwerderegister«, erklärte Chuquet. »Diese *Peciae* sind die Annalen der fünf armen Pfarreien, die zur Diözese gehören. Das Bistum Draguan unterstützt zwölf kleine Gemeinden, die weit voneinander entfernt liegen und sich erheblich voneinander unterscheiden. Monseigneur Haquin war sehr auf das Leben seiner Schäfchen bedacht. Jeder Pfarrer, der sich mindestens um zwei Kirchen kümmert, muss in chronologischer Reihenfolge und nach ihrer Bedeutung die Taten und Worte seiner Gläubigen vermerken. Diese Methode hat in unserer ausgedehnten und schlecht geschützten Region Wunder gewirkt. Der Bischof war über alles im Bilde. Er kannte seine Leute und konnte daher jeden nach seinen Taten und Worten beurteilen. Sein Nachfolger wird zweifellos nicht diese Aufmerksamkeit an den Tag legen. Euch bleibt die zusätzliche Mühsal erspart. Nun ja. Euer Fall ist ein besonderer.«

Henno Gui beugte sich über den Schreibtisch.

»Könnte ich das Register meines Vorgängers lesen?«, fragte er mit Blick auf die Berichte.

»Hm … nein, Vater. Da liegt das Problem. Ihr habt keinen Vorgänger.«

Einen Moment herrschte Schweigen. Chuquet zog unten aus der Truhe eine Akte hervor, die aus Wachstafeln bestand.

»Ah! Da ist es ja.«

Das war der Kirchenbericht über Henno Gui.

Wie bei allen Berichten der Seminare und Klöster waren auf diesen Tafeln Herkunft, Vergangenheit, Temperament und Leistungen der betreffenden Person verzeichnet.

Der Vikar hatte den beeindruckenden Bericht schon überflogen. Die Anmerkungen verblüfften ihn. Gui war ein erstklassiger Theologe. Er hatte an jenem Kolleg studiert, das Robert de Sorbon 1253 in Paris für arme Theologiestudenten gegründet hatte. Trotz seiner jungen Jahre hatte er für seine Arbeiten über die Epistel *Super Speculum* von Honorius III. und über die *Dekretalen* von Papst Theodor II. die höchsten Auszeichnungen bekommen. In Anvers war er für seine hervorragenden Kenntnisse in Kosmographie und Anatomie mit zwei Titeln ausgezeichnet worden. Beim Vergleich alter und neuer Sprachen bewies er außergewöhnliche Talente. Dank dieser ihm eigenen Fähigkeit hatte er es sogar geschafft, in knapp vier Wochen die aramäische Sprache zu entschlüsseln. Gui betete oft. Er wurde zweimal im Großen Seminar von Sargines erwähnt. Am 10. Oktober des vergangenen Jahres wurde er im Alter von dreißig Jahren zum Priester geweiht. Er war bereits ein hervorragender Arzt und für das Amt des Kardinal-Diakons im Erzbistum Matignon vorgesehen. Doch er lehnte dieses Angebot ab und bewarb sich stattdessen für ein Priesteramt in einer bescheidenen Pfarrei auf dem Lande. Er hatte darum gebeten, fern von Paris und seinen Kollegen eingesetzt zu werden.

Diese Haltung hatte Monseigneur Haquin tief beeindruckt. »Das ist ein Mann!«, hatte er gesagt. »Dieser junge Priester hat beschlossen, lieber dem Abendmahl als einem alten Prälaten zu dienen. Ich begrüße den neuen Herold Christi!«

Der Bischof von Draguan hatte den jungen Pfarrer seit vielen Wochen erwartet. Jeden Tag hatte er nach ihm gefragt ... Der Vikar war betrübt, nun allein mit Henno Gui zu sein. Haquin und der neue Pfarrer hatten sich um wenige Stunden verpasst.

Henno Guis Akte enthielt auch Anmerkungen von Haquin zu seiner Person und Dokumente, die er nach seiner Ankunft unterschreiben sollte.

Es wurde Zeit für Chuquet, sich zu erklären.

»Wie ich Euch vorhin sagte«, begann der Vikar nervös, »kannte Monseigneur Haquin die zwölf Kirchtürme seines Bistums sehr gut. Er bereiste seinen Amtsbezirk immer wieder. Er war ein ausgezeichneter Bischof.«

»Daran zweifle ich nicht.«

»Aber dennoch ...«

Der Vikar verstummte.

»Ja?«, fragte der Priester.

»... dennoch entdeckten wir im letzten Jahr unter schrecklichen Umständen ein dreizehntes Dorf. Es war seit vielen Jahren vom Bistum vergessen und sich selbst überlassen worden.«

In den wenigen Briefen an Henno Gui hatte Bischof Haquin die Aufgaben seines neuen Amtes vage skizziert. Der junge Mann hätte nicht im Traum vermutet, wie vage diese Andeutungen waren.

Chuquet fuhr fort:

»Der kleine Marktflecken liegt in einem abgelegenen, der Gesundheit sehr abträglichen Winkel unserer Diözese. Von hier aus sind es drei oder vier Tagesritte bis zu diesem Dorf. Die Menschen dort sind schon seit einem halben Jahrhundert vollkommen auf sich gestellt. Ohne den Beistand eines Pfarrers und ohne jede Verbindung zum Rest der Diözese. Von einem solchen Fall habe ich überhaupt noch nie gehört. Im Jahre 1233 war zum letzten Mal ein Mann Gottes in dieser kleinen Gemeinde tätig. Das war ein gewisser Vater Cosme.«

»Wie ist so etwas möglich?«, fragte Henno Gui ernst. »Wie konnte die Kirche auf ihrer geweihten Erde eine bewohnte Gemeinde verlieren oder vergessen?«

»Die Besonderheiten unserer Landschaft trugen dazu bei. Das dreizehnte Dorf liegt inmitten alter Sümpfe und Torfmoore. Die Moore wurden immer größer und versperrten nach und nach die Zugangswege. In der ersten Hälfte des Jahrhunderts wütete in Draguan und den anderen Gemeinden mehrmals die Pest. Sonderbarerweise traten die ersten Fälle der Seuche stets in diesem Sumpfgebiet der Diözese auf. Daraufhin vermieden die Bewohner von Draguan diese Leichengrube. Selbst die Tiere flohen. Die Kadaver türmten sich, und das trübe Wasser breitete sich im Laufe der Zeit aus … Nach einem furchtbar strengen Winter erhielten die Gläubigen kein Zeichen mehr von ihren Nachbarn. Man glaubte, alle wären erfroren oder der letzten Pest zum Opfer gefallen. Allerdings wurde diese Vermutung damals von niemandem an Ort und Stelle überprüft.«

»Und dieser Vater Cosme?«

»Er wurde ebenfalls krank und kehrte in seine Heimat nach Sauxellanges zurück, um zu genesen. Es heißt, er habe schon früher einmal, in den zwanziger Jahren, eine Pest überlebt. Doch diesmal brach auch in seiner Heimat die Seuche aus, und der Priester fiel ihr zum Opfer. Er starb und wurde niemals ersetzt.«

Gui schwieg. Der Wind schlug gegen die Dachluke und pfiff durch die Ritzen zwischen den Holzbalken.

Chuquet bekam Skrupel. Vielleicht hatte er dem jungen Priester zu viel auf einmal erzählt. Außerdem warf er sich seinen nüchternen Ton vor.

»Wie viele Menschen leben dort noch?«, fragte Gui.

»Sechsundzwanzig, glaube ich.«

Chuquet sah auf eine Urkunde, die er gerade aus der Truhe gezogen hatte.

»Dreizehn Männer, elf Frauen und zwei Kinder. Vierzehn Familien.«

»Und wie wurde die Existenz dieser Menschen aufgedeckt?«

»Zum Teil dank des Zehnten.«

»Des Zehnten?«

»Ja. Neben meiner Aufgabe als Vikar obliegt mir auch das Eintreiben des Zehnten. Als ich unsere Einnahmen mit denen der Vergangenheit verglich, bemerkte ich, dass die Einnahmen vom Jahr 1233 an gesunken waren. Ein Teil der Gläubigen zahlte keine Steuern mehr, aber ich fand keinen Hinweis auf die Erteilung der letzten Sakramente oder andere Dokumente, die ihren Tod angezeigt hätten. Ich weihte den Bischof in meine Entdeckung ein. Dieser beauftragte den Küster Premierfait, den Weiler zu suchen. Er war ehemals Schäfer, ein zäher Bursche. Dank der Beschreibungen in alten Schriftstücken fand er das Dorf schließlich. Er hatte Ruinen gesucht und entdeckte stattdessen eine lebendige Gemeinde.«

Gui lächelte spöttisch.

»Diese armen Leute bekommen also wieder einen Priester, weil ihr Zehnter in den Kassen der Kirche fehlte! Eine merkwürdige Art, verirrte Schäfchen unseres Herrn wiederzufinden.«

Chuquet wusste nicht, was er zu dieser unverschämten Äußerung sagen sollte.

»Hat Monseigneur Haquin selbst auch das Dorf aufgesucht?«, fragte der Priester.

»Nein. Der Zugang ist ungeheuer schwierig, und der Bischof war für ein solches Abenteuer viel zu alt. Auf seinen Befehl blieb der Küster Premierfait während der Erkundungen im Hintergrund. Er beobachtete die Bewohner des Weilers mehrere Tage, ohne sich zu erkennen zu geben. Die Dörfler wissen daher gar nicht, dass wir sie wiedergefunden haben. Monseigneur Haquin wartete auf Euch, um dieses Kirchspiel dann mit Euch aufzusuchen. Er setzte große Hoffnung in Euer Erscheinen. Seines Erachtens brauchen diese verlorenen Seelen einen Landpfarrer und keinen Priester. Jemanden, der ihnen wieder den Weg zurück zum Glauben weisen kann. Diese Menschen, die von der Kirche im Stich gelassen wurden, haben gewiss viele unserer Gesetze übertreten. Ihr Glaube sei uns unbekannt und fremd, sagte der Bischof. Es wird kein einfaches Pfarramt sein, Vater.«

»Ihr spracht von dem Zehnten, und sagtet Ihr nicht auch, dass das Dorf unter schrecklichen Umständen wieder aufgetaucht sei?«

»Ja«, antwortete Chuquet. »Das war unbedacht von mir. Darüber können wir später …«

Der Pfarrer schüttelte energisch den Kopf und bestand auf einer Antwort.

»Nun … Ein Herzog und seine beiden Kinder verirrten sich im letzten Jahr in der Nähe dieses Dorfes. Ihre Leichen wurden kurze Zeit später in Domines, einem Dorf unserer Diözese, aus dem Fluss gefischt. Sie waren grausam zerstückelt. Das war noch vor den Entdeckungen des Küsters Premierfait. Monseigneur Haquin schickte Truppen flussaufwärts, um Hinweise über das grässliche Verbrechen zu bekommen, doch es war vergebens. Nur dank Haquins Eifer und meiner Berechnungen spürten wir den Weiler schließlich auf. Premierfait erledigte das Übrige. Im Augenblick weist nichts darauf hin, dass die Dorfbewohner etwas mit diesen barbarischen Taten zu tun haben.«

»Das ist seltsam«, sagte Gui. »Eure Gläubigen haben vor diesem Tag niemals mehr von dem Dorf gesprochen? Die Erinnerungen auf dem Lande sind in der Regel recht beständig, selbst wenn sie oft mit Phantasien ausgeschmückt oder in volkstümlicher Form überliefert werden.«

»Nein«, erwiderte Chuquet. »Wisst Ihr, hier verblassen Erinnerungen geschwind. Im Gegensatz zu den Städten gibt es in unseren Dörfern kaum schriftliche Vermerke. Ein vor zwanzig Jahren verstorbener Vorfahre wird schnell mit einem älteren Ahnen aus vergangenen Jahrhunderten verwechselt. Das gilt auch für diese in Vergessenheit geratene Gemeinde. Ihre Existenz ist heute für uns ebenso unfassbar wie eine alte Legende. Nichts erinnerte an sie. Im Jahre 1233 wurde sie letztmals im Register der Kirche verzeichnet. Ich brauche Euch wohl kaum zu sagen, wie viele Gerüchte sich bei unseren Gläubigen in Draguan und den Gemeinden unserer Diözese verbreitet haben, seitdem die Leichen in Domines angeschwemmt wurden und wir das Dorf gefunden haben.«

Das Feuer im Ofen brannte, und in der Zelle wurde es allmählich warm. Chuquet legte den Bericht über den Priester aus der Hand und stellte die beiden Fächer zurück in die Truhe.

»Vater«, sagte der Vikar, nachdem er die Truhe wieder verriegelt hatte. »Nicht ich habe mir die Worte ausgedacht, die der Bischof an Euch richten wollte. Ich bin nur ein armseliger Gehilfe. Wir… wir würden gewiss verstehen, wenn Ihr Euch heute weigert, ein so schweres Amt zu übernehmen.«

»Wie ist der Name des Dorfes?«

»Heurteloup. Es heißt, sogar die Wölfe würden diesen teuflischen Ort meiden.«

»Umso besser. Diese Tiere sind mir schon unterwegs auf die Nerven gefallen. Kann mich jemand dorthin bringen?«

»Hm ... Premierfait, der Küster, sicherlich. Der Mann, der das Dorf aufgespürt hat. Aber es wird schwierig sein, ihn zu überreden. Alles, was mit dieser Sache zu tun hat, betrübt ihn arg. Und die Jahreszeit ist für eine solch lange Reise nicht geeignet. Die Straße ist ...«

»Ich werde ihn schon zu überzeugen wissen«, unterbrach ihn Henno Gui, der nun aufstand. »Macht Euch keine Sorgen. Ich habe nicht vor, mich lange in Draguan aufzuhalten. Sobald Haquins Nachfolger sein Amt angetreten hat, werde ich zurückkehren. Aber morgen wird mich der Küster nach Heurteloup fahren.«

Chuquet nickte. Er wagte es nicht, dem etwas hinzuzufügen. Die Akte des neuen Pfarrers und die Dokumente der Diözese lagen noch auf dem Tisch. Henno Gui zögerte nicht, sie zu unterschreiben.

Der Vikar musterte den neuen Priester, auf dessen Gesicht sich keinerlei Aufgeregtheit spiegelte. Es war ausdruckslos wie das einer Wachsstatue und offenbarte die Ungerührtheit der großen Kirchenväter oder der Klausner, die in ihren Zellen meditierten. So stellte es sich Chuquet jedenfalls vor. Wenn er mit Haquin darüber gesprochen hatte, pflegte dieser immer zu sagen: »Dies sind keine gewöhnlichen Menschen, Chuquet. Das sind Persönlichkeiten.«

V

Henno Gui schlief lange in den Tag hinein. Weder Chuquet noch die beiden anderen Mönche wagten es, ihn zum ersten und zweiten Stundengebet zu wecken. Der Priester hatte eine kleine Kammer im ersten Stockwerk bekommen, die eigentlich für die Kranken der Diözese und nicht für Reisende bestimmt war. Die Mönche hatten das einzige Fenster verbarrikadiert. Aber Henno Gui hatte die Planken aus Eichenholz gestern Abend, als er den Raum betrat, wieder abgenommen; er hatte eine ganze Weile in die Dunkelheit hinausgeschaut, die sich über die grauen Steinhäuser und die Wälder senkte. Am Morgen drang helles, sanftes Licht in die Kammer. Der Schneesturm hatte sich gelegt, und die Straßen von Draguan glitzerten wie Glas.

Der Priester kniete sich neben sein Lager und sprach einige Psalmen. Er rasierte sich den Bart und die Tonsur, spülte den Mund mit dem Wasser aus dem Krug, der in seiner Kammer stand, und rieb die Zähne mit einem Lappen sauber, auf den er etwas Alaun und Salz gegeben hatte. Anschließend ging er in seiner gefütterten Kutte und den Lederschuhen hinaus. Die leere Teeschale und das Bündel mit dem Proviant, das ihm Chuquet gebracht hatte, nahm er mit.

Die langen Gänge des Domstiftes waren menschenleer. Vor den meisten Fenstern hingen dicke Fensterläden. Der Talgdunst schwebte wie Nebel unter den Gewölben.

Im Refektorium spürte man noch die Wärme des morgendlichen Feuers. Der Tisch war sauber, und die leeren Teller waren bereits sorgfältig abgeräumt worden. Gui füllte sich eine Schale mit Fleischbrühe und trank sie in einem Zug leer. Dann nahm er sich ein Fladenbrot und etwas Käse. Nach dem Mahl sammelte er mit den Fingern alle Krumen vom Tisch auf.

Draußen ertönten Hammerschläge. Gui öffnete die Tür des Refektoriums, die auf den Hof führte. Die Brüder Méault und Abel arbeiteten im Holzschuppen. Sie zimmerten einen behelfsmäßigen Sarg für den Bischof, hielten jetzt aber inne, um den Priester zu begrüßen. Henno Gui dachte daran, wie die beiden Mönche am Vortag getuschelt hatten.

Er winkte ihnen zu, schloss die Tür und ging zur großen Eingangstür, die noch verbarrikadiert war.

Mühsam bahnte sich Henno Gui einen Weg und stand schließlich auf dem großen Platz des Dorfes. Es war helllichter Tag. Die Straßen waren menschenleer. Trotz des Sonnenscheins herrschte wie am Tag zuvor eisige Kälte. Auf den Hängen, den Kohlenmeilern und den Strohdächern lag Schnee. Einige Tiere trampelten über die Türschwellen und liefen sofort wieder ins Haus, um sich am Feuer oder am Stroh zu wärmen.

Nachdem der Priester ein Stück weit durch eine Gasse gegangen war, stieß er auf eine Gruppe Frauen. Sie waren alle in dicke *Surcots* oder Überkleider aus Schaffell eingemummt und in ihr Schwätzchen vertieft. Als sie den Priester bemerkten, stoben sie wie ein Krähenschwarm auseinander.

Nur zwei Mädchen, die Jüngsten der Gruppe, rührten sich nicht vom Fleck. Die Größere hatte dunkles, die Jüngere goldblondes Haar und grüne Augen. Vater Gui blieb vor den beiden Mädchen stehen, die sich an den Händen hielten und reglos verharrten. Sie schienen keine Angst vor dem Fremden zu haben.

»Guten Tag. Ich bin Vater Henno Gui.«

Die Mädchen antworteten nicht.

»Ihr könnt unbesorgt mit mir sprechen«, sagte der Pfarrer. »Ich will euch nichts Böses.«

Die Ältere zuckte mit den Schultern.

»Ich heiße Guillemine. Ich bin die Tochter von Everard Barbet. Und das ist meine Freundin Chrétiennotte.«

»Seid ihr aus Draguan?«

»Nein«, antwortete Guillemine. »Wir kommen aus Domines, drüben im Wald. Aber seit Beginn des Winters wohnen wir hier bei unserer Gevatterin Béatrice.«

»Domines? Das ist eine Pfarrei, nicht wahr?«

Henno Gui erinnerte sich an den Namen des Dorfes. Chuquet hatte ihn in Zusammenhang mit den Leichen im Fluss erwähnt.

»Ist es weit von hier?«, fragte er.

»Von hier ist alles weit, Vater.«

Guillemines Ton war förmlich. Die kleine Chrétiennotte umklammerte die Hand ihrer Freundin und schwieg.

»Ich suche die Hütte des Küsters«, sagte der Pfarrer. »Könnt ihr mir den Weg zeigen?«

»Premierfait? Was wollt Ihr von ihm?«

»Ich möchte mit ihm sprechen. Wisst ihr, wo er wohnt?«

»Vielleicht.«

»Gut. Dann begleitet mich.«

Der Priester wollte sich nicht länger von den beiden Mädchen zum Narren halten lassen. Er ergriff das Handgelenk der kleinen Chrétiennotte und zog sie hinter sich her. Während sie durch die Gassen des Dorfes eilten, blickten die Mädchen ängstlich zu jedem Fenster auf, immer darauf gefasst, dahinter ein bekanntes Gesicht zu sehen. Gui bestürmte sie mit Fragen. Chrétiennotte sagte kein einziges Wort. Nur Guillemine plauderte munter drauflos. Sie berichtete lang und breit darüber, wie die Dorfbewohner den Tod des Bischofs aufgenommen hatten. Der Pfarrer erfuhr von dem unbekannten Mörder auf dem Fuchshengst und der erwiesenen Schuld Haquins an den Teufelsstreichen, von denen die Diözese seit ein paar Monaten heimgesucht wurde. Guillemine wiederholte Wort für Wort, was die Menschen am Tag zuvor im Dorf geredet hatten.

»Ach, übrigens«, fügte sie hinzu, als sie stehen blieb. »Seid Ihr vielleicht unser neuer Bischof?«

»Nein, mein Kind«, antwortete Gui. »Diese Ehre wird mir nicht zuteil.«

Das ältere Mädchen erzählte ihm, dass der mysteriöse Mörder des Bischofs zurückgekehrt sei, nachdem er seine böse Tat vollbracht habe. Ein Wächter namens Grosparmi sei in der letzten Nacht von ihm angegriffen worden.

Die Verletzungen des Mannes waren die einzige Spur, die der Mörder im Dorf hinterlassen hatte. Niemand konnte sich erklären, wie er so schnell entkommen konnte. Immerhin wurde er verfolgt, seitdem er das Dorf betreten hatte. Die Bewohner hatten nun Angst, er könne sich noch irgendwo in Draguan versteckt halten.

»Du hast diese Angst nicht?«, fragte der Priester.

»Nein. Wir haben gelernt, das zu fürchten, was wir sehen, und nicht das, was wir hören.«

»Das ist weise gedacht.«

Guillemine erwiderte nichts. Henno wandte sich Chrétiennotte zu.

»Sprichst du eigentlich nie?«

»Sie ist stumm«, erklärte ihm das ältere Mädchen. »Schon seit über einem Jahr. Niemand hat es geschafft, ihr seither ein Wort zu entlocken.«

»Ja… außer dir. Aber vermutlich sprecht ihr an Orten miteinander, die nur ihr beide kennt. Kindergeheimnisse sind undurchdringlich.«

Guillemine warf dem jungen Priester einen finsteren Blick zu. Er tat so, als würde er den bösen Blick und das flüchtige Lächeln, das Chrétiennottes Gesicht erhellte, nicht bemerken.

»Ich frage mich, was Ihr hier macht«, sagte Guillemine.

»Ich bin nur ein junger Curé, meine Kleine«, erwiderte Henno Gui. »Ich fahre nach Heurteloup. Das ist meine neue Pfarrgemeinde.«

Die beiden Mädchen erstarrten. Nun sagte auch Guillemine kein Wort mehr.

Schließlich kamen sie vor einem kleinen Steinhaus an, das an einer Straßenecke stand. Das strohgedeckte Dach war voller Schnee. Aus der Senkgrube hinter der Behausung drang der Geruch menschlicher Exkremente.

»Da ist es. In diesem Haus wohnt Premierfait mit seinem Liebchen.«

»Danke«, sagte Gui. »Ich danke euch beiden.«

Der Priester wollte sie segnen, als die Ältere plötzlich seinen Arm umklammerte.

»Das ist nicht notwendig, Vater... Wir wissen, dass Ihr lügt.«

Gui staunte über die trotzigen Worte.

»Heurteloup gibt es gar nicht«, stieß sie hervor. »Das ist eine alte Geschichte, die man kleinen Kindern erzählt, um ihnen Angst zu machen. Wie die mit dem Werwolf oder die mit den Gespenstern. Das weiß jeder hier.«

Der Priester lächelte. Das Mädchen fügte noch etwas hinzu:

»Passt auf, sonst werdet Ihr auch verdammt. Wie der Bischof. Wie die Leute in dem Dorf. Wie alle Leute, die sich zu weit hinauswagen.«

Guillemine hatte den letzten Satz fast geschrien. Sie lief mit ihrer Freundin davon. Henno Gui sah den beiden Mädchen nach, die wie kleine Feen um die Ecke einer dunklen Gasse bogen. Er glaubte die Blicke der Neugierigen hinter den kleinen Fenstern auf seinem Rücken zu spüren.

VI

Henno Gui musste mehrmals klopfen, ehe eine kleine, rundliche Frau mit mürrischer Miene die Tür aufriss. Es war Godiliège, die Frau des Küsters. Ein sonderbares Weib. Alles an ihr strahlte Boshaftigkeit aus: die Spitzen ihrer flachen Schuhe, die kurzen Entenbeine, die breiten, gebogenen Schultern, die eigensinnige Stirn, die unter der blauen Haube hervorguckte, die schmalen Augen und die eng nebeneinander liegenden Augenbrauen. Diese Frau, die dem Besucher die Tür öffnete, als ob sie ihm ins Gesicht spucken wollte, war verdutzt, als sie plötzlich einem fremden Priester gegenüberstand.

»Was wollt Ihr?«

»Ich bin Vater Henno Gui, ich möchte den Küster um seine Hilfe bitten.«

»Ach ja? Sicher, ehrwürdiger Vater. Tretet doch ein!«

Das Misstrauen der Xanthippe war von einem Moment auf den anderen in eine scheinheilige, fromme Fürsorge umgeschlagen. Sie sagte immer wieder: »Oh, ehrwürdiger Vater!« und bot ihm ein Stück Rübe und eine Schale heißer Milch an.

Als sie ihren Mann rief, ließ ihr schneidender Ton auf ein schmächtiges Bürschchen schließen, das hier nichts zu lachen hatte. Tatsächlich tauchte kurz darauf ein recht stattlicher

Mann unter den niedrigen Deckenbalken auf. Premierfait war kräftig gebaut. In dieser Hütte, die nach den Maßstäben seiner Ehefrau gebaut worden war, musste er ständig den Kopf senken.

»Seid Ihr der Küster Premierfait?«

»Ja, das ist er«, antwortete seine Frau.

»Ich bin Vater Henno Gui. Ich wurde vom Bischof, Monseigneur Haquin, in Eure Diözese berufen.«

Die beiden Eheleute bekreuzigten sich.

»Gott hab ihn selig«, sagte Godiliège.

»Er hat mich gerufen, damit ich mich um den Gottesdienst einer neuen Gemeinde kümmere.«

»Das ist gut«, sagte die Frau. »Es kann in diesem verfluchten Land niemals genug Gottesmänner geben. Seine Exzellenz hatte eine gute Idee… Gott hab ihn selig«, sagte sie noch einmal.

»Bruder Chuquet vertraute mir an, dass nur Ihr allein den Ort meines neuen Pfarrhauses kennt.«

Die Eheleute erblassten, und Godiliège zupfte an ihrer Cotte.

»Ich möchte Euch bitten, mich dorthin zu bringen«, sagte der Priester. »Und zwar noch heute.«

Es wirkte beinahe ein wenig komisch, als sich die Eheleute erneut bekreuzigten.

»Ihr wisst, über welche Gemeinde ich spreche?«, fragte Gui.

»Gewiss«, erwiderte die Frau laut. »Doch mein Mann wird nicht an diesen Ort zurückkehren, Vater. Tut mir Leid. Es war sicher eine gute Absicht von Monseigneur Haquin, diesen Wilden einen Pfarrer geben zu wollen, aber es wird ohne Premierfait geschehen.«

»Ach ja? Er ist der Küster des Bistums«, sagte der Priester.

»Ich wüsste nicht, was ihn ermächtigen könnte, sich zu weigern, einen Pfarrer in seine Pfarrei zu begleiten. Ich gehe zu den Menschen, um ihnen Christus zu bringen. Es ist kein Unrecht, ein Werk Gottes zu unterstützen.«

»Nun, in dieser Sache lauert überall das Böse!«, sagte die Frau. »Glaubt mir, Vater, wir haben genug gelitten.«

»Gelitten?«, fragte der Priester erstaunt.

»Seitdem Premierfait sich an den alten Sümpfen aufhielt und sich den Menschen näherte …«

»Eh!«, widersprach der gute Mann zum ersten Mal. »Ich habe mich immer fern gehalten. Ich habe mich niemandem gezeigt!«

»Das spielt keine Rolle. Dieses Abenteuer hat genügt, um den Zorn der ganzen Diözese auf uns zu ziehen. Seit seiner Rückkehr, Vater, spricht niemand mehr mit uns … Man meidet uns wie Pestkranke. Sie haben die Durchgänge zu den anderen Häusern versperrt, und sie weigern sich, Wolle und Milch mit uns zu tauschen! Als hätte mein Mann eine Krankheit oder einen Fluch von dort unten mitgebracht, die durch seine Schuld nun unser ganzes Bistum heimsuchen. Die Menschen hier behaupten, dieses verlassene Dorf werde nur von Fabelwesen bevölkert und alle Bewohner seien seit langer Zeit tot. Sie halten Premierfait für einen Verrückten, der sich von den stinkenden Sümpfen vergiften ließ und den Verstand verloren hat! Diese Lästerzungen! Und jetzt soll er dorthin zurückkehren? Er würde noch nicht einmal den Papst dorthin bringen! Eine Welt, in der die Menschen so abstoßend sind wie der Torf, der sie umgibt. Sie sind schmutzig und gewalttätig wie Ungeheuer. Sie sprechen eine uns unbekannte Sprache. Und die Fische? Erzähl du ihm von den Fischen, Premierfait! Sie essen Fische aus den Sümpfen, Vater! Missgestaltete Tiere, wie man sie noch nie gesehen hat. Die Pflanzen, die Bäume, die Kräuter, alles ist giftig! Glaubt mir, dort hat sich der Teufel niedergelassen! Der Teufel!«

»Ich danke Euch, werte Frau«, sagte Henno, »aber ich würde mir gern selbst ein Bild von der Anwesenheit des Teufels in meiner neuen Gemeinde machen.«

»Ganz genau. Ihr selbst… Und versucht nicht, uns da hineinzuziehen. Wir werden unsere Meinung nicht ändern.«

Der Pfarrer trank einen großen Schluck heißer Milch.

»Ihr werdet Eure Meinung nicht ändern?«

»Niemals! Diese Sache bringt uns nichts als Scherereien, glaubt mir. Ich weiß immer, was gut für uns ist und was nicht. Das liegt mir im Blut.«

»Sieh an!«, sagte Henno Gui mit funkelndem Blick. »Offenbar verfügt Ihr über eine seltene Fähigkeit. Die Philosophen bemühen sich seit Ewigkeiten, eine solche Weisheit zu erlangen. Auch heutzutage beschäftigen sich viele geistreiche Köpfe mit der Unterscheidung von Gut und Böse. Könntet Ihr mich nicht an Eurem Wissen teilhaben lassen, wenn Ihr dieses Talent so gut beherrscht?«

Als Meister der Mäeutik hielt der Priester die arme Bäuerin mit ein paar sokratischen Fragen zum Besten. Ohne dass sie es merkte, näherte sich die gute Frau mit jeder Antwort mehr und mehr Henno Guis Standpunkt an. Dank seiner Geschicklichkeit wurden sie sich schließlich einig. Dennoch musste Godiliège ihre ursprünglichen Ansichten nicht aufgeben. Am Ende hielt sie es für ihre eigene Meinung, dass es unbedingt notwendig sei, den neuen Pfarrer dorthin zu bringen. Ein Streitgespräch dieser Art war für Henno Gui ein Kinderspiel.

»Dann ist es also abgemacht«, sagte der Priester und lobte Godilièges wachen Geist.

»Ja, doch das alles gilt nur, wenn man darüber spricht«, sagte sie plötzlich. »Nicht, wenn man es tatsächlich machen muss.«

»Gibt es da einen Unterschied?«

»Natürlich! Es wäre zu einfach. Ihr sprecht von Gut und Böse, ich aber spreche von dem Nützlichen und dem Schädlichen. Das ist nicht dasselbe.«

Mit Hilfe ihres gesunden Menschenverstandes entkräftete die ungebildete Frau des Küsters Platons Logik so meisterhaft und geschickt wie einst sein Schüler Aristoteles.

Henno Gui amüsierte sich darüber. »Ich gebe zu, dass ich eine neue Methode benutzt habe, die die Kirche seit kurzem preist und die nach ihrem Wunsch in allen Gemeinden angewendet werden soll. Sie nennt das den Dialog und bittet uns, dadurch das Einverständnis zwischen dem Priester und seinen Gläubigen herzustellen, ehe eine Entscheidung getroffen wird. Nichts überstürzen und nichts erzwingen wie in der Vergangenheit. Wie ich sehe, seid Ihr zu geschickt, um Euch von dieser Neuerung beeindrucken zu lassen.«

»Ganz richtig«, wetterte Premierfait, der Henno Guis Erklärung nicht verstanden hatte.

Die Frau stieß ihren tölpelhaften Mann mit dem Ellbogen an.

»Es wird wohl besser sein, bei Euch die alten Methoden des Klerus anzuwenden«, sagte der Pfarrer.

»Richtig. Spart Euch die Neuheiten für die anderen! Wir hier mögen es lieber, wenn man auf die alte Weise mit uns spricht. Mit den Worten, die unsere Eltern verstanden haben, ohne uns tausend Fragen zu stellen und tausend Fallen in einem einzigen Satz zu verstecken!«

»Ich verstehe.«

Henno Gui trank in aller Ruhe seine Schale leer und stand

auf. Er zog seine Kapuze ins Gesicht und wandte sich mit strenger, verschlossener Miene an den Küster.

»Premierfait«, sagte er in unerbittlichem Ton. »Wenn du dich weigerst, mich heute nach Heurteloup zu bringen, lasse ich dich aus allen Kirchen der Diözese verbannen. Dir werden die heiligen Sakramente entzogen. Du darfst nicht mehr am Gottesdienst teilnehmen und deine Sünden beim Beichtvater nicht mehr bereuen. Du wirst aus der Gemeinschaft der Christen ausgestoßen und für immer von dem Gesetz der Kirche ausgeschlossen. Deine Sünden werden sich unerbittlich anhäufen. Am Abend deines Lebens wird über dich ohne Absolution gerichtet. Du wirst für deine Fehler und deine heutige Weigerung, verirrten Gläubigen und einen Mann Gottes, der dich um Hilfe anfleht, zu unterstützen, Rechenschaft ablegen müssen.«

»Aber …«, begehrte seine Frau auf.

»Für diese Weigerung, Premierfait, wirst du noch in der Vorhölle des Jenseits büßen.«

»Aber …«

»Ihr wünschtet Euch die alte Methode, gute Frau?«, sagte Henno Gui mit sanfter Stimme. »Das ist sie.«

Der Priester wandte sich wieder an den Küster.

»Wenn du dich entscheidest, mich in meine Gemeinde zu bringen, werde ich nichts mehr von dir verlangen. Du setzt mich am Dorfeingang ab und trittst den Heimweg ein.«

»Aber die Verdammten …«, jammerte seine Frau.

»Die Verdammten sind meine Angelegenheit«, brummte Henno Gui. »Premierfait? Hast du mich verstanden?«

»Ja, Vater«, erwiderte der Küster.

Der Priester nickte und ging zur Tür, ohne auf die Reaktion der Xanthippe zu achten. Sie warf eine Hand voll dicke Bohnen über ihre Schulter, um das Schicksal zu beschwören.

Ehe Henno Gui das Haus verließ, fügte er hinzu:

»Gibt es in Heurteloup eine Kirche?«

Premierfait schaute seine Frau unsicher an. Diese hob den Blick gen Himmel, als hätte seine Antwort keine Bewandtnis mehr.

»Ja, Vater«, sagte der Küster. »Ich glaube, ja. Sie schienen sogar sehr oft dorthin zu gehen.«

»Gut«

Dann fragte Henno Gui nach dem Haus von Grosparmi.

»Es ist nicht weit von hier«, sagte der Küster. »Eine fensterlose Hütte aus überkreuz gehauenen Latten. Ihr müsst die dritte Gasse links abbiegen. Dann könnt Ihr sie nicht verfehlen.«

Der Priester verabschiedete sich und ging davon.

VII

Das kleine Haus mit den schwarz geteerten Balken stand zwischen zwei hohen Gebäuden, die im Verfall begriffen waren. Die Fußspuren zeigten, dass bereits viele Neugierige dem vermeintlichen Opfer des Mannes in Schwarz einen Besuch abgestattet hatten. Henno Gui kümmerte sich nicht um die Dörfler, die ihm tuschelnd gefolgt waren, und betrat Grosparmis Haus, ohne zu klopfen.

Der Scherenschleifer lag wimmernd auf dem dünnen Strohbelag seiner Holzpritsche. Sein rechtes Bein war stark geschwollen. Henno Gui hatte ihm nicht nur mit dem Griff seines Pilgerstabes das Knie gebrochen, sondern auch den Hüftnerv des Mannes getroffen, den er für einen Räuber hatte halten müssen.

Xabertin, der alte Heilkundige von Draguan, hatte sich die ganze Nacht um die Wunden des Scherenschleifers bemüht. Aber er hatte keinen Sud und keine Salbe gefunden, die das Leid lindern könnten.

Nachdem Henno Gui das Haus betreten hatte, zog er eine Handvoll Brustbeeren aus seinem kleinen Bündel und kochte sie in Wasser. Dann riss er den schmutzigen Verband vom Bein, trug eine Heilpaste auf die Wunde auf und sprach Gebete, die die Menschen, die sich um das Bett versammelt hatten, nicht kannten. Auf diese Weise linderte er den Wundschmerz. Die Schwellung der geröteten Haut ließ allmählich nach. Die Wirkung der Salbe aus Beifuß und Flohkraut setzte erschreckend schnell ein. Einige Zeugen bekreuzigten sich ob dieses Wunders. Andere verließen das Haus, um der Menge, die draußen wartete, davon zu berichten. Drinnen beendete der Wunderheiler seine Behandlung, indem er die Wunde der frischen Luft aussetzte.

»Ich befürworte es, die Natur heilen zu lassen, was der Mensch zerstört hat«, sagte er. »Unser Körper weiß oft besser, was ihm gut tut, als viele Meister unserer Universitäten.«

Niemandem konnte entgehen, dass der junge Priester von der Natur und nicht von Gott gesprochen hatte.

Nachdem Henno Gui sein Opfer um Vergebung gebeten hatte, segnete er den Scherenschleifer und ging davon, damit sich der Kranke ausruhen konnte. Er kehrte in das Domstift zurück. Den Bemerkungen der Menge schenkte er keine Beachtung.

Als er die Straße vor dem Haus des Küsters überquerte, sah er eine große, rotbraune Stute und einen stabilen Karren vor der Eingangstür stehen. Premierfait bereitete ihre Abfahrt vor.

VIII

Währenddessen war der Vikar Chuquet im Domstift mit den Vorbereitungen seiner eigenen Reise beschäftigt. Er hatte die drei Pferde aus dem Stall des Bistums beschlagnahmt. Anschließend ging er heimlich in die Kammer von Haquin, blätterte alte Register durch, nahm eine mit Goldmünzen gefüllte Geldkatze mit und suchte die Akte mit der Korrespondenz des Bischofs. Der Vikar hatte aus dreierlei Gründen beschlossen, den Leichnam seines Herrn nach Paris zu bringen. Erstens befürchtete er, die Dorfbewohner von Draguan könnten Anstoß an den sterblichen Überresten ihres ehemaligen Bischofs nehmen. Zweitens vertraute er dem Amtsbezirk von Passier, von dem Draguan abhängig war, nicht. Die fortwährende Geringschätzung der dortigen Prälaten für die Sorgen der Diözese und das Misstrauen, das ihnen Haquin entgegengebracht hatte, bestärkten Chuquet in seinem Entschluss, sich niemals an diese Behörde zu wenden und sich sofort nach Paris zu begeben. Drittens war diese große Stadt für ihn der einzige Anhaltspunkt, die geheimnisvolle Vergangenheit seines ermordeten Herrn aufzuklären. In fünfzehn Amtsjahren hatte der Vikar einen einzigen Privatbrief an den Bischof verzeichnet. Er kam aus dem Erzbistum Paris und trug die Unterschrift eines gewissen Alcher de Mozat. Das war alles, was er in Händen hielt. Er konnte nur dieser spärlichen Spur folgen, um Haquins Herkunft aufzudecken und für eine bescheidene Grabstätte in dessen Heimat zu sorgen.

Chuquet träumte schon lange davon, sein Leben ein wenig zu ändern… Dieser Moment war nun mit lautem Getöse gekommen.

Die Mönche Méault und Abel hatten eine große, mit einer Plane bedeckte Kutsche angespannt, die den provisorischen Sarg des Bischofs verhüllte und Chuquet während der kalten Nächte schützen sollte. Die drei Pferde mussten ausreichen, um die schwierige Reise nach Paris zu bewerkstelligen.

Im Wagen von Premierfait und Henno Gui dagegen lagen nur Decken, Pflöcke und Nahrungsmittel.

Es war ein herrlicher Tag. Der junge Pfarrer hatte in der letzten Stunde in einer Apsis der Kirche gebetet.

Der Sarg von Monseigneur Haquin sollte das Dorf nach Henno Guis Aufbruch über eine Abkürzung verlassen, um den Wagen vor den neugierigen Blicken der Dorfbewohner zu schützen.

Abel und Méault segneten die Abreise des Priesters aus der Ferne. Chuquet versprach Henno Gui, ihn sogleich nach seiner Rückkehr aus Paris zu besuchen.

»Ich bitte Gott, er möge Eure Reise segnen und für Eure baldige Rückkehr sorgen«, sagte er zu ihm.

Gui wusste, was ihn erwartete. Seine Reise in das unbekannte Dorf würde mindestens vier bis fünf Tage dauern. Premierfait beteuerte, den Weg durch drei Täler und vier große Wälder gut zu kennen. Er hatte die Strecke während der langen schlaflosen Nächte nach seiner Rückkehr aus Heurteloup oft im Geiste vor sich gesehen.

Henno Gui setzte sich im Wagen auf eine Bank und fing an zu beten, ohne einen einzigen Blick zurückzuwerfen.

»*Et dixit dominus mihi quod volebat quod ego essem novellus pazzus in mundo…*«, dachte er. »Und der Herrgott sagt mir, dass ich ein neuer Narr in dieser Welt bin…«

Der junge Pfarrer war sich der vielen wilden Gerüchte bewusst, zu denen sein kurzer Besuch die Dorfbewohner unweigerlich anregen würde. Vielleicht war er sogar der Beginn einer Legende: Ein Priester, der urplötzlich auftaucht und in dieses gottverlassene Nest zu den gewalttätigen, gefährlichen Verdammten geht, ein halb Verrückter, der zugleich Heilkundiger, Hexer und Zauberer ist … und vielleicht nur ein Geist.

Was auch immer die Dorfbewohner von Draguan über ihn erzählten, sie waren davon überzeugt, diesen Priester niemals lebend wieder zu sehen, sofern nicht noch ein Wunder geschah.

ZWEITER TEIL

I

Eisblöcke von der Größe antiker Trümmer stürzten den Tiber hinab und stießen gegen die Schuten und Anlegestege. Auch in Rom war der Winter unerbittlich. Zwar forderte er nicht so viele Tote und brachte nicht so großes Leid mit sich wie in den nördlichen Ländern (die italienischen Bischöfe betonten diesen Punkt immer wieder), aber er schlug auch auf der Halbinsel und im Reich des Papstes in seiner ganzen Härte zu.

An diesem Januarmorgen im Jahre 1284 gingen die Geistlichen in ihren Soutanen und purpurroten Roben dennoch ihres Weges und trotzten dem Raureif auf den Stufen des Laterans. Eine prachtvolle Treppe führte sie zum Vorplatz des päpstlichen Palastes. Die Galerien, Kapellen, Vorzimmer und Empfangssäle dort drinnen waren niemals menschenleer. Mochte der Winter auch für das ganze Abendland eine Zeit der Ruhe sein, so galt dies nicht für Rom. Die Kriege zwischen den Königreichen wurden erst im Frühjahr wieder aufgenommen, und die Kurie nutzte diese Atempause, um sich Gehör zu verschaffen.

Aufseher und Bogenschützen bewachten den Vorplatz und die Gänge des Laterans. Der Papst verfügte über ein eigenes Heer, die Soldaten des Schlüssels, und eine Eliteeinheit, die *Provisa Res* genannt wurde. Heute Morgen hatte sie rund um den Palast vorschriftsmäßig Position bezogen. Ihr Hauptmann Sartorius führte mit eiserner Hand das Kommando.

Einer der jungen Gardisten, Gilbert de Lorris, stand am Fuße der großen Treppe. Er war gerade siebzehn Jahre alt und hatte seine erste Woche in den Rängen der Garde hinter sich gebracht. Auf seinem Gesicht spiegelte sich eine gewisse Steifheit, die Anfängern und Lehrlingen oft zueigen ist. Seine Schuhe waren blank poliert, und die Spitze seiner alten Hellebarde glitzerte wie neues Metall.

Der junge Mann verfolgte das Treiben der Gaffer und Eminenzen vor dem Lateran mit starrem Blick. Ihm entging nichts. Auch nicht jene sonderbare, nach alter Mode herausgeputzte Person, die an der Mauer gegenüber vom Palast entlangschlich. Der Unbekannte hielt sich abseits der geschäftigen Menge vor dem Lateran. Es sah mehrmals so aus, als schickte er sich an, die Stufen emporzusteigen, doch jedes Mal besann er sich anders. Der Mann war recht groß, hatte breite Schultern und einen aufrechten Gang. Gilbert konnte die Gesichtszüge des Fremden von seinem Posten aus nicht richtig erkennen. Eines stand jedoch fest: Dieser Passant war kein junger Höfling. Er trug schöne, neue Kleider, die sorgfältig gesäumt waren. Der Schnitt war indes seit über dreißig Jahren nicht mehr in Mode. Nur ein Mann der älteren Generation konnte sich noch für diese Schuhe mit den Bändern, den offenen Umhang nach der Mode der Sarazenen, die französische Agraffe und die burgundische Kappe erwärmen. Gilbert sagte sich, dass er es mit einem alternden, reichen Mann zu tun hatte, vielleicht sogar mit einem »Namen«, wie die Adeligen genannt wurden.

Der Fremde schritt weiterhin vor dem Palast auf und ab. Gilbert fiel seine Unentschlossenheit auf, obwohl sie im Grunde nicht ungewöhnlich war: Auf den Gängen des Palastes trieben sich fortwährend Gaffer und Bittsteller herum, die grundlos erschraken und sofort zurückwichen, wenn bekannte Persönlichkeiten auftauchten.

Der Mann trug einen langen Mantel. Als er sich einmal kurz

nach rechts herumdrehte, flog ein Zipfel seines Mantels hoch, und Gilbert erblickte die Scheide eines Schwertes, das der Unbekannte zu verbergen suchte.

Durch diese Entdeckung ergab sich eine völlig neue Lage. Gilbert kannte den von Sartorius erlassenen Verhaltenscodex des Palastes: Niemand durfte den Lateranpalast mit einer Waffe betreten, sofern er nicht einen besonderen Passierschein vorweisen konnte. Jede Übertretung dieser Regel wurde vor Gericht gebracht.

Gilbert sah sich um. Sein Vorgesetzter war offensichtlich verschwunden, um andere Schildwachen zu inspizieren. Zwei Wachen warteten oben auf der Treppe. Er war allein.

Plötzlich lichtete sich die Menge auf dem Platz und den Stufen des Palastes ein wenig. Die Geistlichen in den Soutanen und mit den Mitren auf den Köpfen verlangsamten ihre Schritte. Gilbert war überzeugt, dass der Mann versuchen würde, den Palast zu betreten. Und so geschah es in der Tat. Der verdächtige Besucher schritt entschlossenen Schrittes auf den Palast zu. Der junge Gardist war verunsichert.

»Halt!«

Der Unbekannte war schon an ihm vorübergegangen und stieg die Stufen hinauf. Er tat so, als hätte er den Befehl nicht gehört.

»Bleibt stehen!«

Gilbert lief mit seiner Waffe in der Hand los und holte den Fremden mühelos ein.

Der Besucher blieb abrupt stehen. Er drehte sich zu dem Wachposten um. Gilbert hatte sich nicht geirrt: Es war ein älterer Herr. Er hatte eine hohe, gerade Stirn, unter der helle, gerunzelte Augenbrauen lagen. Seine gebräunten Wangen waren rissig wie altes Leder. Er hatte einen selbstbewussten männlichen Blick und musterte den Gardisten von oben herab. Die Klarheit seiner Augen erinnerte an Quellwasser. Gilbert reckte instinktiv die Schultern. Der Unbekannte strahlte Erhabenheit und herrschaftliche Sicherheit aus. Der junge Soldat hatte mit einem exzentrischen, neugierigen, komischen Alten gerechnet. Nun stand er zu seiner großen Überraschung einer Persönlichkeit gegenüber.

»Habt Ihr mich aufgefordert, stehen zu bleiben, junger Mann?«

Gilbert holte tief Luft. Selbst die Stimme war nicht die eines gewöhnlichen Mannes. In ihr schwang ein kalter Befehlston mit.

»Ihr … Ihr führt eine Waffe bei Euch, Signore … Monsignore … Ihr braucht einen Passierschein, um den Lateran zu betreten.«

Der alte Mann belächelte die Verlegenheit des Soldaten.

»Fürwahr«, sagte er. »Du machst deine Arbeit gut, mein Junge.«

Der Mann schlug seinen Mantel auf. Gilbert sah das Schwert, das in einer mit schwarzem Samt verzierten Scheide steckte. Der Besucher trug auch den ledernen Waffenrock eines Ritters. An seinem Hals hing an einer goldenen Kette der kleine, wertvolle Orden des Heiligen Geistes, der dem Träger alle Türen zum Hof Martins IV., des jetzigen Papstes, öffnete. Der Befehl lautete, alle Gläubigen, die sich mit diesem Abzeichen vorstellten, durchzulassen, selbst wenn sie bis zu den Zähnen bewaffnet waren.

»Ich bin gekommen, um mit Monsignore Artemidore zu sprechen«, sagte der alte Mann, der seinen Umhang nun wieder schloss. »Dem Kanzler des Heiligen Vaters.«

Gilbert trat einen Schritt zurück und senkte die Waffe. In diesem Fall musste er sich beugen.

»Verzeiht mir.«

Das Emblem des Ordens war an sich schon ein bedeutsames Zeichen, aber den armen Gilbert verwirrte eine andere Auszeichnung noch viel mehr. Er hatte das Kreuz der Brüder von Tunis entdeckt, das ebenfalls an einer goldenen Kette hing. Er war sprachlos. Gilbert war Franzose und wusste sehr wohl, was das Kreuz bedeutete. Nur sechs Männer hatten diese Auszeichnung aus den Händen Ludwigs IX. erhalten, der diesen Orden vor fünfzehn Jahren verliehen hatte, ehe er während des siebten Kreuzzuges am 25. August 1270 vor Tunis an der Pest starb. Der König von Frankreich hatte durch diese Geste seine besten Kreuzritter, seine treuesten Genossen, seine »Apostel«, wie es hieß, gesalbt.

Gilbert erstarrte das Blut in den Adern. Als Bauernsohn war er von den legendären Heldentaten der sechs Männer tief beeindruckt gewesen. Ihre großartigen Leistungen hatten sich wie die Artussage verbreitet. Das Leben dieser Helden war noch zu ihren Lebzeiten auf kostbarem Pergament verewigt worden.

»Du gehst sparsam mit deinen Worten um, mein Freund«, sagte der alte Mann. »Bring mich ins Ratszimmer! Es ist viel Zeit verstrichen, seit ich zum letzten Mal in Rom war.«

Gilbert schaute sich um. Er war allein. Sartorius war nicht in Sicht. Wenn ich Glück habe, sagte sich der Gardist, wird er meine Abwesenheit nicht bemerken.

Er nickte und geleitete den berühmten Unbekannten hinein.

Nachdem die beiden Männer die Treppe emporgestiegen waren, erreichten sie die Säulenhalle, die das Bauwerk umringte und zum Nordtrakt des Palastes führte, dem päpstlichen Flügel, in dem die Kanzlei untergebracht war.

Gilbert ging langsam voran. Hinter sich hörte er die lauten

Schritte des Ritters. Er hatte seinen Mantelkragen hochgeschlagen, um sein Gesicht zu verdecken.

Der junge Mann dachte angestrengt über die Namen der sechs legendären Gefährten des heiligen Ludwigs nach. Da war zunächst Eudes de Bretagne: ein Hüne, der als Einziger in die Festung von Mansurah eingedrungen war; Siméon Lambal, der heimlich den Kauf der Dornenkrone Christi mit den Venezianern von Byzanz aushandelte; Oreyac von Toulouse, der den ersten Morgenstern am Ortsausgang von Aigues-Mortes schwang; Daniel der Weise, der den guten König Ludwig unter seiner Eiche der Gerechtigkeit unterstützte; Ore von Sachsen, der während des ersten Kreuzzuges, an dem Ludwig IX. teilnahm, über eintausend gefangenen Kreuzrittern zur Flucht verhalf. Und dann … und dann …

Verdammt! Der Name des letzten Helden wollte Gilbert de Lorris beim besten Willen nicht einfallen. Er wusste hingegen genau, wodurch er sich ausgezeichnet hatte: Er hatte dem König während seines Fiebers in Taillebourg Beistand geleistet. Zweimal hatte er sein persönliches Vermögen eingesetzt, um zur Finanzierung der heiligen Kriege beizutragen. Er war es auch, der in der Todesstunde des königlichen Gefährten die erleuchtende Idee gehabt hatte, den Sterbenden auf ein Lager aus Asche in Form eines Kreuzes zu betten.

Wie hieß er doch gleich? War er nicht der Einzige, der heute im Palast von Martin IV. vorstellig werden konnte?, fragte sich der junge Gardist. Eudes war von einem irren Bauern in Bayeux die Kehle durchgeschnitten worden. Siméon war vor den Toren des Heiligen Grabes gestorben. Oreyac hatte sein Leben in der Abtei von Fontfroide ausgehaucht. Daniel verstarb während einer Erleuchtung in Saint-Pons-de-Thomières. Die Grabstelle des Ore von Sachsen war vor kurzem in einem Kartäuserkloster im Herzen der Alpen errichtet worden. Also war der Mann, der das Kreuz aus Asche gezeichnet hatte, der letzte Überlebende der sechs Helden.

Gilbert blieb vor einer großen Tür stehen, die mit dicken Nägelköpfen beschlagen war und vor der zwei Gardisten Wache standen. Sie drehten sich zu dem Besucher um.

»Wir sind da. Ich muss mich hier von Euch verabschieden. Ihr werdet den Weg leicht finden. Das Zimmer des Kanzlers liegt am Ende der Galerie.«

»Danke, junger Freund«, sagte der Besucher.

Mit einer freundlichen Geste, der nichts Herablassendes anhaftete, steckte der alte Herr ihm eine kleine Bronzemünze mit Ludwigs Porträt zu. Gilbert war gerührt, als er die alte Münze mit dem wunderschön ziselierten Profil des Königs und den Lilien rings um das Kreuz sah.

Allein der Anblick weckte zahlreiche Erinnerungen an seine Heimat.

»Danke«, sagte er mit strahlenden Augen. »Es ist eine große Ehre für mich, Monseigneur … Ich bin Franzose, und ich weiß, wer der Ritter Enguerr …«

Der alte Mann bedeutete ihm zu schweigen. Er legte einen Finger auf seine Lippen und zeigte auf das Geldstück in der Hand des Jungen. Dieser verstand den Befehl.

Daraufhin drehte sich der Besucher um und betrat den Palast.

Die Tür fiel hinter ihm ins Schloss. Gilbert war vollkommen durcheinander.

Er hatte soeben eine Legende getroffen. Den Held seiner Jugend. Enguerran III. du Grand-Cellier. Einen der sechs tapferen Ritter. Er wurde auch der Chevalier Azur genannt.

Das Vorzimmer des Kanzlers Artemidore war ein riesiger Saal, in dem selbst ein kräftiger, breitschultriger Mann lächerlich gewirkt hätte. Alles zielte darauf ab, diejenigen, die sich hochmütig hierher wagten, zu demütigen. Zwei unbequeme Bänke und der Schreibtisch des Sekretärs vor der großen Tür stellten das gesamte Mobiliar dar.

Der alte Enguerran setzte sich auf eine der Bänke. Etwa sechzig Fuß von ihm entfernt stand ein Gardist in der Livree des Hofes. Am Schreibtisch des Sekretärs saß niemand.

Früher hätte sich du Grand-Cellier aus diesen diplomatischen Einschüchterungen nichts gemacht. Er wäre stolz stehen geblieben, hätte seine Sporen auf dem Marmorboden erklingen lassen, eine Faust um den Griff seines Schwertes gelegt und jene ungeduldige Miene aufgesetzt, die den Großen seines Landes so gut zu Gesicht stand.

Heute durfte sich der Franzose indes nicht die geringste Kühnheit erlauben. Er hatte seinen hübschen Zufluchtsort in Morvilliers verlassen, um trotz seines Alters und des Winters nach Rom zu reisen und den Kelch der Schande zu leeren.

Der große Kreuzritter, der bewunderte Kampfgenosse eines Königs, den man anschickte, heilig zu sprechen, wartete darauf, von einem Prälaten gnädig empfangen zu werden. Von der Unterredung hing viel ab. Sie würde sein Schicksal und vor allem das seines Namens besiegeln. Der Kanzler Artemidore hatte ihm in einem Brief versprochen, ihn anzuhören. Der Kardinal war ein alter Bekannter von ihm. Früher hieß er Aures de Brayac. In den ersten Jahren ihrer Ritterschaft hatten sie gemeinsam das Tyrrhenische Meer unsicher gemacht. Artemidore, der Kanzler von Martin IV. und zugleich der Mann, der sogar demnächst zum Papst gewählt werden könnte, war es Chevalier Azur heute schuldig, ihn zu empfangen. Hatte dieser ihm nicht zweimal während der Belagerung von Malta das Leben gerettet?

Der Ritter hoffte, der heutige Tag würde die lange Zeit seiner schmachvollen Demütigungen beenden.

Man ließ ihn wie einen gemeinen Bittsteller mehrere Stunden warten. Er musste die spöttischen Blicke der jungen Geistlichen, die das Vorzimmer durchquerten, ertragen. Mehrmals wandte er sein Gesicht ab, um den Blicken eines bekannten Nuntius zu entgehen, denn sein Besuch im Palast sollte sich nicht herumsprechen. Das hatte er vor der Treppe des Laterans, vor dem sich zu viele Personen mit Rang und Namen herumtrieben, ebenso gemacht.

Drei Franziskanermönche gesellten sich zu ihm ins Vorzimmer. Die Männer strahlten Macht und Autorität aus, was in Enguerrans Augen für Bettelmönche des heiligen Franziskus nicht angemessen war. Sie sprachen ihn nicht an. Der alte Soldat sah, dass auch sie den von Martin IV. verliehenen Orden des Heiligen Geistes trugen. Kurz nach ihrem Eintreffen wurde die Tür zum Büro von Artemidore geöffnet. Du Grand-Cellier und die drei Franziskaner erhoben sich. Ein junger Diakon erschien im Türrahmen und musterte die Besucher.

»Ihr werdet erwartet«, sagte er trocken.

Die Worte waren an die Franziskaner gerichtet. Enguerran verzog keine Miene. Er nahm wieder Platz, und die Tür wurde geschlossen.

Zum Zeitpunkt der Wachablösung tauchte im Vorzimmer derselbe Gardist in der Hofuniform auf, der ihn vor vier Stunden auf die Bank gesetzt hatte. In dem gleichgültigen Blick des jungen Mannes spürte Enguerran du Grand-Cellier, der Ritter des siebten Kreuzzuges und der ehemalige Gouverneur der heiligen Provinzen, das ganze Ausmaß seines Falls.

Er wartete noch eine gute halbe Stunde. Die Tür des Kanzlers wurde geöffnet, um die Franziskaner herauszulassen. Enguerran stand diesmal nicht auf. Der Diakon würdigte ihn keines Blickes. Er tauchte erst zwanzig Minuten später wieder auf.

Jetzt bat er Enguerran endlich herein.

Das Büro des Kanzlers war nicht so pompös eingerichtet, wie es bei hohen Kirchenleuten sonst häufig der Fall war. Man hätte den Raum fast für das Hauptquartier eines Heereskommandanten halten können. Auf kleinen Tischen lagen Karten, auf denen Burgen und Wasserläufe aufgezeichnet waren, sowie Itinerare, in denen Mönche und Wallfahrer die Streckenverhältnisse festgehalten hatten. Die Wände waren mit Schlachtfresken verziert, und auf Marmorsockeln standen barbarische Reliquien. Enguerran versetzte die geschmacklose Dekoration in schlechte Stimmung, aber etwas anderes empörte ihn weitaus mehr.

Der Kanzler Artemidore war nicht anwesend.

Der junge Diakon setzte sich hinter den großen Arbeitstisch auf den Platz seines Herrn. Welch ungeheure Demütigung. Brayac, der Jugendfreund und Kanzler Martins IV., weigerte sich, den Chevalier Azur persönlich zu empfangen. Der Kanzler lehnte es wieder einmal ab zu handeln.

Enguerran musterte den kleinen Diakon, der eine rot-weiße Soutane und eine Halskette des heiligen Petrus trug. Er hatte einen glasigen Teint und beäugte den Besucher heimtückisch wie ein Soldat der zweiten Linie. Diese Burschen, die Enguerran immer beim geringsten Verstoß aus seinem Kontingent gestrichen hatte. Die Feigen und die Verräter, die nur Speck ansetzten.

»Ich heiße Fauvel de Bazan«, sagte der junge Mann. »Ich bin der Vertreter des Kanzlers Artemidore. Er hat mich gebeten, Euch zu empfangen.«

»Gibt es einen Grund dafür?«, fragte du Grand-Cellier.

»Die schlechte Luft der römischen Sommer, die Fäulnisherde der Straßen, die stinkenden Wasserbecken, in denen Leinen gewaschen werden, begünstigen die Ausbreitung von Malaria. Artemidore sammelt daher häufig an den heilkräftigen Quellen von Viterbo neue Kräfte.«

»Ich bin wegen meines Sohnes gekommen«, sagte der Ritter.

»Ich weiß. Aymard du Grand-Cellier.«

»Ich habe erfahren, dass der König von Frankreich sich weigert, über seinen Fall zu entscheiden, und ihn in die Obhut des Heiligen Vaters gelegt hat.«

»Die Sache ist in der Tat sehr ernst. Das Ansehen der Namen, die in die Sache verwickelt sind – und natürlich der Eure –, erfordert besondere Aufmerksamkeit.«

»Ich bin gekommen, um das Unrecht an meinem Namen, an meinem König und meiner Kirche wieder gutzumachen.«

»Wo befindet sich Euer Sohn derzeit?«

»Er ist auf meinem Besitz in Morvilliers eingesperrt.«

»Als Gefangener?«

»Ja. Mit dem Befehl, ihn zu erschlagen, falls er versuchen sollte zu fliehen. Meine Männer bewachen die Zelle Tag und Nacht. Sie gehorchen mir, glaubt mir.«

Enguerrans Ton war unbeirrbar und schüchterte Bazan ein.

»Ihr kennt meinen Namen genau, junger Mann«, sagte der ehemalige Kreuzritter. »Angesichts dessen, was ich für die Ehre Eurer Kirche getan habe, glaube ich das Recht zu haben zu erfahren, welches Schicksal meinem Erben vorbehalten ist.«

»Ihr wisst, was Eurem Sohn zur Last gelegt wird?«
»Ja, ich bin über alles im Bilde.«

Aymard du Grand-Cellier war in einen der schlimmsten Skandale der herrschaftlichen Jugend Frankreichs verstrickt. Der unerschrockene Junge hatte eine viel versprechende Militärlaufbahn aufgegeben, um plötzlich in einen Orden einzutreten. Obwohl er sein einziger Erbe war, machte die fromme Wahl seines Sohnes den Ritter nicht unglücklich. War Ludwig IX., der heilige König, nicht sein Pate? Der Vater konnte nicht ahnen, was für ein Gewitter sich hinter der unerwarteten Berufung seines Sohns verbarg. Aymard hatte einen wachen Geist. Er zeigte in den Seminaren wie einst beim Militär ausgezeichnete Leistungen. Der gute Ruf seiner Familie ermöglichte es ihm, schnell zum Priester geweiht zu werden. Der junge Mann schlug bald vor, einen neuen, kleinen Orden nach dem Vorbild der vielen Bettel- und Predigerorden zu gründen, die nach den Erfolgen von Franz von Assisi und Dominikus von Guzmán im Westen wie Pilze aus dem Boden geschossen waren. Der zukünftige »Abt« du Grand-Cellier hegte den Wunsch, sich um die kleinen Kapellen und Privatklöster des französischen Adels zu kümmern. Jede große Familie hatte auf ihrem Land eine kleine Kultstätte erbaut, um Messen für ihr Heil und das der verstorbenen Eltern zu lesen. Die Gottesdienste wurden frei organisiert. Diese Unabhängigkeit war Rom schon länger ein Dorn im Auge. Aymard wollte den Messen einen gewissen Rahmen verleihen und seine ganze Macht unter die Vorherrschaft der Kirche stellen. Er bemühte sich auch, mit seinen Ordensbrüdern Gelder zu sammeln, um die Armen, die auf den Landgütern der Adeligen lebten, zu unterstützen. Seine Gewandtheit und sein guter Name vollbrachten wahre Wunder. Die

Gründung des Ordens der Frommen Brüder wurde jubelnd begrüßt und von der Krone, den großen Familien Frankreichs und einer päpstlichen Bulle unterstützt.

Aymards Priesteramt weitete sich schnell aus. Die Goldspenden flossen, und der Orden zählte nach kurzer Zeit vierzig Wanderprediger und Bettelmönche. Auf den ersten Blick schien das Werk von Grand-Cellier seine Gelübde zu erfüllen. Die besten Familien vertrauten ihre Altäre den Frommen Brüdern an. Es hieß, dass ihre Reise durch ärmliche Gebiete von den Elenden mit großer Freude gefeiert wurde. Nach etwa einem Jahr kamen die ersten Gerüchte auf. Aymard hatte an der Spitze seines Ordens den harten Kern lärmender Freunde aus seiner Militärzeit vereint. Böse Zungen behaupteten, es seien wahre Gottlose, die nicht zögerten, im engsten Kreis Familiengräber, die ihrer Obhut unterlagen, zu schänden oder Geld des Ordens zu unterschlagen. Die Großzügigkeit des Ordens erwies sich als lächerlich angesichts der Vermögen, die die Großen Frankreichs den Frommen Brüdern überlassen hatten. Man stellte die immer luxuriösere Kleidung dieser so genannten Bettelmönche infrage. Statt in einer groben Kutte, einem dunklen *Cucullus* oder einer Tunika traf man sie immer öfter in feingeschnittenen *Surcots* oder kostbaren Hermelinmänteln an. Aber die Angriffe führten zu nichts. Es war ein vertrautes Spiel: Hatten die Orden der Armen erst einmal ein gewisses Vermögen angehäuft, gerieten sie ins Kreuzfeuer der Kirche. Aymard und seine Freunde führten daraufhin nach dem Vorbild der Klöster in Cluny »das Mahl des armen Stuhles« ein. Von nun an wurde bei den Grundbesitzern, die die Frommen Brüder bei jedem Todesfall, von dem die Familie betroffen wurde, empfingen, während der Mahlzeiten immer auch ein Mahl für den Verstorbenen serviert. Ein Bettler aus der Gegend, dem man dieselbe Großzügigkeit wie dem verstorbenen Verwandten zukommen ließ, durfte dessen Platz einnehmen. Die Regel wurde vom ganzen Königreich begrüßt. Böse Gerüchte wurden damit vorläufig zum Schweigen gebracht. Aymard du Grand-Cellier war geschickt vorgegangen, denn die Anhänger des Ordens wussten genau, dass die höchsten Mitglieder sich schrecklichen Lastern hingaben, ohne bestraft zu werden. Zahlreiche Orgien wurden zu Füßen des Kreuzes in Privatkirchen gefeiert. Jungen Frauen in eng geschnürten seidenen *Bliauds* wurde Wein eingeflößt, oder sie wurden mit dem Gurt gefügig gemacht, damit sie an den Ausschweifungen teilnahmen. Was anfänglich nur jugendliche Verirrungen waren, überschritt schnell die Grenze des Menschlichen. Sie beteten heidnische Götter an, vergingen sich an jungen Burschen und betranken sich mit dem ersten Monatsblut einer Jungfrau. Eines Nachts gruben sie das Skelett eines alten Abtes aus und ließen es einer ihrer schwarzen Messen vorsitzen. Jede neue barbarische Zeremonie wurde sorgfältig geplant, um den Kitzel des Grauens zu steigern. Seinen Höhepunkt fand das blasphemische Treiben in der Nacht des zweiten Jahrestages der Gründung des Ordens. Da feierte Aymard in einer kleinen Kapelle, die versteckt im Wald lag, seine Eheschließung mit der Mutter Christi. Eine Gipsstatue stellte während der Messe die Jungfrau dar. Der Bund wurde von einem römischen Bischof geschlossen, der sich seine Anwesenheit teuer entgelten ließ. Eine junge Bäuerin von zwölf Jahren verkörperte anschließend die Jungfrau Maria. Sie wurde von den Anwesenden auf furchtbare Weise missbraucht. Trotz der Folter, die man ihr antat, überlebte das arme Mädchen und zeigte die Frommen Brüder an.

Einen solchen Fall hatte es nie zuvor gegeben. Der Dorfpfarrer, der von dem jungen Mädchen eingeweiht wurde, musste geschickt und umsichtig vorgehen. Der Skandal befleckte den Papst, die französische Krone und die großen Gutsherren, die dem Orden des Sohnes von Enguerran du Grand-Cellier Gelder gespendet hatten. Diskretion war oberstes Gebot. Aus dem Umfeld des Königs und des hohen Klerus durfte nichts nach außen dringen. Alles musste bis zum abschließenden Urteil des Papstes geheim gehalten werden. Dies war eine der peinlichen Wahrheiten, die die Interessen der Politik und der Religion noch immer friedlich miteinander verbanden.

»Was erwartet Ihr von Kanzler Artemidore?«, fragte Diakon Fauvel de Bazan.

»Nur wenige Menschen sind über die Sünden meines Sohnes im Bilde. Der König von Frankreich, Monsignore Artemidore und der Papst. Wer noch?«

»Ich.«

»Wer noch in Rom?«

»Niemand«, antwortete Bazan.

»Der Fall berührt sehr viele Menschen. Niemand kann heute sagen, welche Auswirkungen die Sache genau haben wird. Auf uns, auf unsere Feinde und unser Volk. Die Kritik an der Kirche ist das Übel unseres Jahrhunderts. Die Gegner der Kirche warten geradezu auf einen solchen Skandal, um zu wachsen und Anhänger zu gewinnen.«

»In der Tat.«

»Es scheint daher vernünftig zu sein, alle Gerüchte im Keim zu ersticken. Die Zukunft wird es uns danken, den abscheulichen Frevel nicht an die große Glocke gehängt zu haben.«

»Was schlagt Ihr vor?«, fragte der Diakon.

»Ich bitte darum, die Affäre zu vertuschen. Erspart meinem Sohn den Scheiterhaufen. Verbannt ihn nach Asien oder in den

Orient. Es wäre nicht das erste Mal, dass die Kirche bei einem sündigen Untertan ein Auge zudrückt. Das gesamte Vermögen des Ordens kann dann an Rom gehen. Wenn der Papst die Güte hat, Gnade walten zu lassen, biete ich mich als Bürge an. Ich habe vielleicht nicht mehr das Alter, um in die Dienste eines Herrn zu treten. Gleichwohl habe ich noch die Kraft, mein Vermögen, meinen Namen und mein Leben dem Pontifikat zur Verfügung zu stellen. Ich bin bereit, die Sünden meines Sohnes wieder gutzumachen.«

Enguerran legte sein Familienwappen, sein Schwert, mit dem er zum Ritter geschlagen worden war, sein Schild und sein Taufkreuz auf den Tisch. Und dann nahm er auch noch die goldene Kette mit dem Kreuz von Tunis ab.

Der Diakon Bazan wusste um die Bedeutung dieser Geste. Für einen Kreuzritter war es so, als verkaufte er seine Seele. Die Befleckung des Namens war für ein Familienoberhaupt oftmals schlimmer als der Verlust des eigenen Lebens. Ein Ehrenmann war zu allem bereit, um seinen Familiennamen vor Schande zu bewahren.

»Das ist der Preis, den ich als Entschädigung zahle«, sagte du Grand-Cellier. »Ich wohne derzeit in dem Haus meines Freundes Oronte. Dort warte ich auf eine Antwort.«

Der junge Diakon bewunderte den alten Helden, der sich ehrenhaft unterwarf.

Enguerran verabschiedete sich und ging hinaus, ohne dem Diakon noch einen Blick zuzuwerfen.

Kurz darauf stand er wieder vor der Balustrade der Säulenhalle oben im Palast. Er sah auf die ineinander geschachtelten Häuser Roms, auf die winkelseitig aufeinander zustrebenden Mauerzüge, die Tore, Türme und Erker, auf die der rote Schein der untergehenden Sonne fiel. Rufe von Wasserverkäufern drangen an sein Ohr, das Rollen von Fässern auf Stein hallte aus einer Straße. Der Abend brach langsam herein. Der alte Mann hatte den ganzen Tag im Lateranpalast verbracht und schließlich sein Ziel erreicht.

Er kehrte in die Hafenstadt Milà zurück, wo sich der Landsitz seines Freundes Oronte befand. Dort wollte er auf die Antwort des Kanzlers warten. Er setzte sich eine Frist von einer Woche. Wenn er bis dahin keine Antwort erhalten hatte, würde er sein Bittgesuch als abgewiesen betrachten und die Heimreise nach Morvilliers antreten.

Die Ehre eines Lebens an der Waffe, die Ehre eines Helden der Legende hingen nun an diesen acht Tagen der Geduld.

Schon am nächsten Tag klopfte im Morgengrauen ein Abgesandter des Lateranpalastes an die Türen der Villa. Der Mann wurde zu Enguerran geführt, der sich in aller Eile ankleidete. Es folgte ein kurzes Gespräch. Der Bote legte ein Bündel mit dem Schwert, dem Wappen und dem Schild des Ritters zu Füßen des alten Mannes nieder. Nur das Kreuz von Tunis fehlte. Der Kanzler Artemidore hatte einen einzigen Satz beigefügt: »Eure Tat kann in den Augen Seiner Heiligkeit des Papstes nicht anerkannt werden.«

Das war alles: Das Gesuch des Ritters Azur war abgewiesen worden.

Ohne zu klagen, ließ Enguerran noch am selben Tag seine Sachen packen und brach auf.

Du Grand-Cellier wurde von vier Männern eskortiert. Zwei saßen mit ihm in der Kutsche, und zwei bewaffnete Soldaten ritten nebenher. Im Stillen schimpften die Soldaten über den Befehl, umgehend nach Frankreich zurückzukehren. Kaum waren sie in Rom angekommen, hatten sie wieder umkehren müssen! Zudem würde die Rückreise länger dauern als die Hinreise, da die Pässe in dieser Richtung schwerer zu überqueren waren. Außerdem wusste jeder, dass der Winter in den kommenden Wochen noch härter werden würde.

Egal, sagte sich Enguerran, der in der Kutsche saß, ich habe es nicht eilig.

Am Ortsausgang von Milà hielt der Kutscher abrupt an. Du Grand-Cellier erblickte vor seinen Pferden eine luxuriöse Kutsche, die von sechs berittenen Gardisten begleitet wurde. Das Wappen des Papstes, ein Kreuz und ein Schlüssel, war auf die Seiten der Kutsche gemalt. Die Tür wurde geöffnet, und Fauvel de Bazan stieg aus. Der Diakon ging schnellen Schrittes auf Enguerrans Gefährt zu.

»Guten Tag, mein Herr.«

Der alte Mann musterte ihn erstaunt.

»Der Kanzler wünscht Euch zu sprechen«, sagte Fauvel. »Würdet Ihr uns bitte folgen.«

»Ist er bei Euch?«

Der Diakon nickte.

»Er sitzt im Wagen. Folgt uns.«

Der Ritter gab seinen Soldaten Anweisung, Artemidores Kutsche zu folgen. Im Norden Roms fuhren sie auf den Hof einer Villa, die inmitten gepflegter Gärten stand. Das Wohnhaus war ein architektonisches Schmuckstück aus weißen, frisch geputzten Steinen. Die Proportionen der elegant geschwungenen Fassade waren aufs feinste abgestimmt. Auf dem Hof standen schon einige Kutschen und Wagen.

Du Grand-Cellier und Artemidore stiegen die Treppe des großen Hauses empor.

»Fürwahr, du hast dich nicht verändert!«, rief der Kanzler, der Enguerrans Arm umfasste, als hätten sie sich gestern erst gesehen. »Nach all den Jahren noch immer so ungestüm. Bei der kleinsten Zurückweisung brichst du sogleich in dein altes Schloss auf. Wie du siehst, habe ich nicht vergessen, wie schnell du aus der Haut fährst. Ich wusste, dass ich mich beeilen muss, um dich nicht zu verpassen.«

»Ich weiß, wann es an der Zeit ist abzureisen«, erwiderte der Kreuzritter. »Hat man mir nicht barsch zur Abreise geraten?«

»Nun, wir sind hier in Rom, mein Freund, und nicht am Hofe von Ludwig von Poissy. In dieser Stadt darf man alles nicht so ernst nehmen. Weder das, was gesagt wird, noch das, was geschrieben steht.«

»Wie praktisch.«

»So ist die römische Politik. Feinheiten und Schein sind ihre wichtigsten Pfeiler. Die Form wird gepflegt. Alles andere geschieht hinter verschlossenen Türen. Folge mir. Du wirst es gleich verstehen.«

Artemidore hatte stark zugenommen. Sein dickes Doppelkinn fiel über den purpurroten Kragen. Sein Blick war von schwerem Essen ganz trüb. Er hatte den dicken Wanst der Gefräßigen, den die Gläubigen, die die Mittellosigkeit Christi anstrebten, in immer stärkerem Maße verschmähten. Enguerran fiel es schwer, in den Schritten des Gichtkranken die einstige Behändigkeit des Ritters, mit dem er in den Kreuzzug gezogen war, wiederzuerkennen.

Der Kanzler führte seinen Besucher an zahlreichen Räumen vorbei, in denen es von Menschen wimmelte, ins Innere des Palastes. Man achtete kaum auf sie. Auf den Gängen roch es nach gebratenem Fleisch und üppigen Soßen. Die Aufmerksamkeit der Gäste galt dem Festschmaus mit Pasteten, Wildgänsen und Lendenstücken vom Hirsch. Kurtisanen, Soldaten in Ritteruniformen und Ordensbrüder mit geschminkten Augenpartien kamen herbei. Enguerran entdeckte neben einem Kamin die drei Franziskaner, die er gestern im Vorzimmer des Kanzlers getroffen hatte. Sie waren barfuß, und ihre Mienen waren ebenso dunkel wie ihre Habite und Gürtel. Das Festessen schien ihnen keine Freude zu bereiten.

»Wir sind bei dem Signor de Chênedollé zu Gast«, erklärte ihm Artemidore. »Wir feiern die Taufe meines Neffen. Diese teils privaten und teils öffentlichen Ereignisse nutzen wir mitunter für unsere Treffen.«

»Wir?«

Artemidore lächelte verhalten. Sein Lächeln hätte schelmisch ausgesehen, wenn es in dem aufgequollenen Gesicht nicht versunken wäre. »Sagen wir, eine Gruppe von Freunden.«

Enguerran wurde in ein Gewölbe im Untergeschoss der Villa geführt. Drei Leuchter mit dicken Kerzen schwärzten die niedrige Decke. Sie erhellten den schmalen Raum nur schwach.

Der alte Kreuzritter erblickte ein Dutzend Männer, die im Kreis um einen Tisch saßen, der in den Felsen des Kellers gehauen worden war. Artemidore stellte ihnen den alten Mann vor, doch keiner der Anwesenden verriet seinen Namen.

»Wir werden uns beeilen, mein Freund Enguerran«, sagte der Kanzler, »denn der Fall ist klar. Das Geheimkabinett des Papstes hat das Bittgesuch bezüglich deines Sohnes erhalten.

Wir wissen, welche Bürden du bereit bist auf dich zu nehmen, um das Unrecht deines Erben wieder gutzumachen. Aber der Heilige Vater hat deine Bitte abgewiesen. Er kann ihr im vorliegenden Fall nicht entsprechen. Erstens versteht er nichts vom Geist des Kreuzrittertums, und zweitens könnte sich die Gnade, die einem bekannten Namen zuteil wird, herumsprechen und die Beziehungen zur französischen Lehnsherrschaft verschlechtern. Daher möchte er die Affäre zum Wohle aller so *diskret* wie möglich behandeln. Er will den Kopf deines Sohnes, um sich abzusichern.«

Enguerran erstarrte.

»Du stehst heute vor uns«, sagte Artemidore, »weil wir die Einzigen sind, die ihn bewegen könnten, seine Meinung zu ändern.«

»Warum?«

»Warum? Nun, weil wir… hm, die ›Abgesandten der laufenden Affären‹ sind. Ein wichtiges Amt, das im Laufe der Zeit fast zwangsläufig begründet wurde. Die Päpste folgen in Rom nicht so einfach aufeinander wie die Könige in Frankreich, die immer das Glück haben, einen männlichen Erben zu finden, den sie auf den Thron setzen können. Bei uns können zwischen zwei Päpsten Monate oder gar Jahre verstreichen. Während dieser Zeit muss die Kontinuität der Kirchenpolitik gewährleistet sein. Du weißt sicher, wie schwer es war, vor drei Jahren auf dem Konklave von Viterbo den Nachfolger von Nikolaus III. zu wählen und dass Rom Martin IV. sogar den Einzug verwehrte und er seinen Kuriensitz nach Orvieto, seinem Salbungsort, verlegen musste. Wie schon Urban IV. und Klemens IV., die ebenfalls politisch mehr Frankreich zugetan waren, hält auch Seine Heiligkeit Martin der IV. sich vorzugsweise in den kleineren Städten unseres Kirchenstaates auf.«

»Aber Martin IV. lebt und herrscht über das Christenreich. Warum zweifelt ihr seine Autorität an oder handelt gegen seinen Willen?«

Artemidore warf ihm einen strengen Blick zu.

»Wir wissen, was es heißt, jemandem sein Kreuz von Tunis zu Füßen zu legen.«

Ein Raunen ging durch die Versammlung.

»Du bist zu vielen Opfern bereit, um deinen Sohn zu retten«, fuhr der Kanzler fort. »Auch wenn er furchtbare Sünden begangen hat, verstehen wir deinen väterlichen Instinkt und dein typisch französisches Bedürfnis, deinen Namen zu retten. Wir sind bereit, unsere Gnade gegen ein paar kleine Dienste deinerseits zu tauschen.«

»Mir gefallen geheime Versammlungen nicht besonders gut«, sagte Enguerran. »Schon gar nicht, wenn sie in Kellern stattfinden.«

»Das trifft sich gut, denn uns geht es ebenso«, erwiderte der Kanzler lachend. »Wir wissen sehr wohl, dass sich die Wahrheit nur im Licht verbreitet. Aber gute Politik lässt sich nur im Verborgenen machen. Die Geschäfte der Menschen sind nun mal so angelegt. Wir können nichts dafür.«

»Warum sollte ich Euch anhören?«

»Weil ich der Kanzler des Papstes bin und unter den zwölf hier anwesenden Personen unwiderruflich der nächste Herrscher Roms sitzt. Wir sind deine einzige Chance. Außerdem sind unsere Ansprüche dir gegenüber durchaus vernünftig.«

»Ich höre.«

»Es ist ganz einfach. Du sollst Land kaufen.«

»Land kaufen?«

»Ja. Für uns. Für die Kirche. Es wird dir nicht entgangen sein, dass sich unsere christliche Gemeinschaft und unsere Religion während der letzten Generationen beträchtlich entwickelt haben. Es ist uns gelungen, Christus mit vielen Zeremonien in Verbindung zu bringen, die bisher stark vom Heidentum geprägt waren. Die Taufe im Fluss wurde durch das Taufbecken ersetzt. Ehen werden in unseren Kirchen geschlossen, und wir sind die Einzigen, die diese Bande lösen können. Auch die Zeremonie des Ritterschlages wird fortan unter der Autorität eines Bischofs vollzogen. Ein Ritterschlag wird ohne ein geweihtes Schwert der Kirche nicht mehr anerkannt. Selbst die Toten stehen unter dem Schutz Christi. Friedhöfe liegen heute in der Nähe der Kirchen. Die Zeremonien der heidnischen Zeit mit den grauenvollen Zechgelagen, den Opfergaben und Festessen gehören der Vergangenheit an. Fortan begleitet einzig und allein die Messe die Seele des Verstorbenen ins Jenseits. Wie du siehst, nähert sich das Leben immer mehr den Lehren und den Worten unseres Herrn an.«

»Das freut mich«, sagte Enguerran.

»Dennoch gibt es einen Bereich, in dem die alten Bräuche hartnäckig fortbestehen. Das ist der Landbesitz. Besonders in Frankreich. Die Grundherren, die Vasallen des Königs, weigern sich hartnäckig, unserem Klerus ihr Land zu überlassen. Sie ziehen es vor, es unter sich zu verkaufen, Ehen zu schließen oder es der Krone zu überlassen. Bei euch in Frankreich steht das Land für den Namen. Es ist das Symbol des Familiennamens und der Vorfahren. Die Dynastie! Gegen diese lange Tradition sind wir machtlos.«

»Zahlreiche Grundherren haben ihr Land an die Kirche abgetreten«, widersprach Enguerran.

»Hm … kleine Landstücke, Wälder, die gerodet, oder Sümpfe, die trockengelegt werden müssen, um dort eine Abtei bauen zu können. Um das Gewissen zu beruhigen. In Wahrheit weigern sie sich jedoch, mit uns über Geschäfte zu verhandeln, die sie lieber unter ihresgleichen abschließen. Viele französische Familien stehen am Rande des Ruins und wollen ihr Land verkaufen. Bedauerlicherweise konnte das Haus Gottes bisher keinen Nutzen daraus ziehen. Dies wäre aber um so wichtiger, als Martin IV. hier in Italien die Ghibellinen als Gegner hat, denen er vor zwei Jahren in der Emilia Romagna unterlag. Auch seine Interventionen in Sizilien kosten viel Geld. Daher wollen wir, dass du uns als Mittelsmann dienst, um gewisse Besitztümer, die uns besonders am Herzen liegen, zu erwerben. Du Grand-Cellier oder Chevalier Azur ist ein bekannter Name. Jedermann kennt und schätzt dich. Noch ist dein Sohn als guter Untertan und gottesfürchtiger Mann bekannt… Es gibt nur *Gerüchte*… Wenn es sein muss, bringen wir die *bösen Gerüchte* zum Schweigen und erklären, dass sie nicht begründet sind und dass es fortan als Blasphemie gilt, sie zu verbreiten. Wie du selbst zu meinem Sekretär gesagt hast, hat die Kirche schon häufiger ein Auge zugedrückt.«

Enguerran antwortete erst nach einer kurzen Pause.

»Man wird sich über dieses plötzliche Verlangen nach Land von Seiten eines alten Herrn wie mir wundern«, sagte er.

»Ja, man wird sich wundern. Und sobald du gute Angebote machst, wird man das Geschäft mit dir abschließen. Mach dir keine Sorgen. Tu es für uns, und wir versichern dir das Überleben deines Namens und deines Ansehens.«

»Was wird aus meinem Sohn?«

»Wir bringen ihn nach Rom. Er hat ein aufsässiges Gemüt und ist mit allen Wassern gewaschen. Wir kümmern uns um ihn. Diese unbeugsamen Charaktere werden oft die anhänglichsten und wirksamsten Elemente unserer Institution, sobald sie ihre schändlichen Leidenschaften abgelegt haben. Wir führen ihn auf den Weg der Tugend zurück.«

Artemidore verzog den Mund zu einem abstoßenden Grinsen.

»Kannst du einen solchen Handel wirklich abschlagen, Enguerran?«

In der Ewigen Stadt brach die Nacht herein. Die Nachtwache des Lateranpalastes hatte ihre Posten bezogen. Die anderen Soldaten bereiteten sich auf die Nachtruhe in ihren Quartieren in der Via Gregoria vor.

Doch an diesem Abend wurde die Tür zum Schlafsaal im ersten Stockwerk plötzlich heftig aufgetreten. Sartorius, der Hauptmann der Garde, trat schlecht gelaunt ein.

»Wo ist der Franzose?«

Alle Soldaten erstarrten, als sie ihren Vorgesetzten erkannten. Er hielt eine Schatulle und ein Ritterschwert mit flacher Klinge in der Hand.

»Wo ist der Franzose?«, fragte er noch einmal. »Wo ist der Soldat Lorris?«

Gilbert trat aus seiner Kammer hervor. Er salutierte erhobenen Hauptes.

Sartorius ging auf ihn zu und drückte ihm die Schatulle in die Hand.

»Nimm«, sagte er. »Du bist für einen anderen Dienst verpflichtet worden. Darin befinden sich deine Anweisungen. Und jetzt verschwinde.«

Sartorius hasste es, wenn die Kanzlei oder die Kurie einen Soldaten seiner Garde für politische Missionen abzog. Es war auch so schon schwer genug, ehrenwerte Mitglieder für die *Provisa Res* zu rekrutieren!

»Du bist für diese Mission ausgewählt worden, weil du der

Einzige hier bist, der Französisch spricht. Als wäre das nicht auch für mich ein Vorteil! Bah!«

Sartorius zuckte mit den Schultern.

»Nimm auch dies.«

Der Hauptmann übergab ihm das Schwert. Es war eine außergewöhnliche Waffe für einen kleinen Gardisten wie Gilbert. Sartorius verlor über das Privileg kein weiteres Wort und ging davon.

Der junge Mann öffnete die Schatulle. Sie enthielt Geld in Form von Gutscheinen, die er in den Komtureien der Tempelritter einlösen konnte, Passierscheine und einen Missionsbefehl. Er hatte den Auftrag, den Abt Aymard du Grand-Cellier im Schloss von Morvilliers abzuholen und ihn nach Rom zu bringen. Das Siegel des Papstes Martin IV. sprach für den Ernst und die Dringlichkeit der Angelegenheit. Die Mission musste um jeden Preis erfolgreich erfüllt werden. Die Gutscheine für die Poststationen sicherten dem Reiter Lorris nach bestimmten Wegstrecken frische Pferde zu. Der Gefangene musste innerhalb von acht Wochen das Ziel erreicht haben.

Gilbert lief ein kalter Schauer über den Rücken. Er würde nach Frankreich zurückkehren.

II

Henno Gui und Premierfait hatten die ersten Wegbiegungen hinter sich gelassen und befanden sich am Dorfausgang von Draguan auf der Straße, die den Priester in der vergangenen Nacht durch den Wald ins Dorf geführt hatte. Zum ersten Mal sah er die Umgebung dieses Marktfleckens im Sonnenschein. Hohe Nadelbäume säumten den Weg wie eine schützende Hecke. Der Wald, der unter einer Schneedecke begraben lag, war der so genannte Wald des Reiters. Die mit Eiskristallen bedeckten Gräser und die nassen Zweige glitzerten in der Sonne. Es schien fast so, als würde sie Henno Gui verabschieden. Aber wenn man sich zu sehr von diesem Anblick betören ließ, wurde man schließlich von den hellen Sonnenstrahlen geblendet.

Die beiden Männer kamen an der Stelle vorbei, wo der kurze Kampf mit dem Scherenschleifer Grosparmi stattgefunden hatte und wo die kleine Marienstatue stand, deren Scherben Henno Gui mit Schnee zusammengefügt hatte.

»Im Frühjahr wird sie wieder auseinander fallen«, sagte er nur.

Premierfait bekreuzigte sich. Sie waren erst vor fünf Minuten aufgebrochen, und schon schnaufte er vor Erschöpfung. Auf diesem Weg ohne Wagenspuren rutschten die Räder unaufhörlich an den Rand und schlugen gegen Wurzeln und Baumstümpfe. Mit jedem Ruck steigerte sich die Verzweiflung des Küsters über sein Schicksal.

Henno Gui war in Gedanken versunken wie ein Wurm, der sich in der Erde verkriecht. Wenn es im Unterholz knackte oder ein Vogel mit den Flügeln schlug, hob er ab und zu den Blick.

Sie setzten ihren Weg langsam und schweigend fort.

Premierfait erboste die Stille. Sie war ihm unerträglich. Er brauchte das Geschwätz, den Rausch der Worte und den Lärm, um die böse Sehnsucht, die an seiner Seele nagte, zu lindern. Er fing an, wie ein wütender Eichelhäher Selbstgespräche zu führen. Henno Gui verstimmten die Schimpftiraden, doch er ging nicht darauf ein. Der Kutscher ließ sich zuerst an seiner Frau aus: Kleines Biest! Sie hatte ihnen absichtlich nicht genügend Proviant mitgegeben. Mitten im Winter! Sie würden Hungers sterben! Er müsste in aller Eile allein zurückkehren. Mit knurrendem Magen! Das war mit Sicherheit eine Boshaftigkeit von ihr, damit er sich unterwegs nicht aufhielt. Oder wollte sie die beiden Männer sogar zwingen, auf halbem Wege umzukehren? Xanthippe! Xanthippe!

»Könnt Ihr jagen, Vater?«

Henno Gui schüttelte den Kopf.

»Ich habe ein wenig die Übung verloren, aber ich hoffe dennoch, ein paar Keulen oder Flügel aufzutreiben, die wir heute Abend rösten können. Trotz meines Bäuchleins bin ich ein tapferer Bursche geblieben. Ich habe Pfeil und Bogen, die ihr Ziel nicht verfehlen.«

Er zeigte auf ein langes Bündel neben sich auf dem Sitz, das den Argusaugen von Madame Premierfait entgangen war.

Der Kutscher schaute auf das schmale Bündel des Priesters.

»Ist das alles, was Ihr bei Euch habt?«

»Ja.«

Premierfait schüttelte den Kopf. Das war wenig Gepäck für einen Pfarrer, der sich in einer Gemeinde auf dem Lande niederlassen wollte. Ein Pfarrer, so hieß es, der zu Fuß aus Paris gekommen sein sollte.

»Ihr wollt sicher bald ins Bistum zurückkehren, nicht wahr?«, sagte der Küster.

»Nein.«

»Und Eure Sachen? Habt Ihr die nicht in Draguan zurückgelassen?«

»Nein, mein Freund. Ich habe alles bei mir, was ich gestern mitgebracht habe.«

Henno Gui hielt ihm sein schmales Bündel unter die Nase. Premierfait fing an zu lachen.

»O Vater, man muss doch ein bisschen verrückt sein, um sich mitten im Winter mit einem so kleinen Bündel auf eine Reise zu begeben. Verrückt oder ein Lügner!«

»Ich habe eine Bibel, ein Kruzifix, ein Gefäß mit Weihwasser, einige Kräuter, eine Wachstafel, einen Griffel aus Eisen bei mir. Was brauche ich sonst?«

»Um im Frost zu überleben? Alles! Decken, Bratspieße, Waffen, Fallen, Silbermünzen und eine Medizinflasche. Was weiß ich!«

»Und um den Unglücklichen des Herrn einen Verband anzulegen?«

»Ach, das weiß ich nicht. Aber Weihwasser hat noch nie den Durst gelöscht, und man übersteht den Winter wohl kaum, indem man sich an der Wärme des Heiligen Geistes wärmt. Eh! Ich habe es geahnt. Chuquet wollte mich verspotten, als er mir gesagt hat, dass Ihr den ganzen Weg von Paris zu Fuß gelaufen seid.«

»Nein. Bruder Chuquet hat die Wahrheit gesagt.«

»Ach! Wie kann man denn mit einer so mageren Ausrüstung überleben, wenn sich sogar unsere Berge vor Kälte spalten?«

Henno Gui warf ihm einen schelmischen Blick zu.

»Mein Sohn, wir haben alle unsere kleinen Geheimnisse, nicht wahr?«

Premierfait zuckte mit den Schultern.

»Pah, ich werde schon noch erraten, wie Ihr es angestellt habt.«

Der Weg schlängelte sich durch einen dichten Wald. Auf einer Seite war ein steiler Abhang – der erste in diesem hügeligen Gebiet. Dort unten öffnete sich eine weite Senke, das Tal des Asses. Es herrschte wieder Schweigen, was Premierfait gar nicht gefiel. Er trieb das Pferd lautstark an. Auf der Suche nach

Wild schielte er fortwährend in den Wald. Der arme Mann wurde den Gedanken an ein deftiges Mahl nicht los.

Und tatsächlich machte sich bald ein Tier bemerkbar. Auf der rechten Seite des Weges raschelte es im Unterholz.

»Habt Ihr das gehört?«

Henno Gui nickte und lächelte. Premierfait fasste die freudige Miene des Priesters als Ermunterung auf, eine Art Beweis, dass Hunger vereint.

»Das wird eine Hirschkuh sein… eine kleine Hirschkuh, Vater«, jauchzte der Küster.

Er zog die Zügel der Stute an und stieg vom Kutschbock.

»Ich an deiner Stelle würde nicht darauf bestehen«, sagte der Priester. »Unser Weg ist noch lang, und bald wird es dunkel.«

Premierfait bedeutete ihm zu schweigen. Er knotete sein Bündel auf und zog den Bogen heraus.

»Sie ist da. Ganz in der Nähe. Es dauert nur eine Minute«, beteuerte er. »Ich war früher einmal Schafhirte… Ich weiß, wovon ich rede.«

Henno Gui zuckte die Achseln.

»Ich habe dich gewarnt.«

Der Priester blieb auf dem Wagen sitzen. Er nahm die Wachstafel und den Stilus aus seinem Bündel heraus und fing auf den Knien an zu schreiben, ohne weiter auf den Küster zu achten. Dieser schlug sich allein ins Unterholz. Dort war es dunkler, und die Bäume standen dichter, als er vermutet hatte. Die Zweige waren verschlungen wie Werg. Der Jäger konnte kaum zehn Schritte weit sehen.

Er ging vorsichtig weiter und blieb stehen. Die Stille war beunruhigend. Kein Rascheln war mehr zu hören. Premierfait drehte sich langsam im Kreis. Die Spitze seines Bogens war nach oben gerichtet. Er presste die Befiederung seines Pfeils zwischen Daumen und Zeigefinger und lauschte.

Hinter sich hörte er ein Knistern. Jetzt war es so weit. Premierfait war sich seiner Beute sicher. Er drehte sich um und folgte dem Geräusch.

Nach wenigen Schritten hörte er erneut ein Rascheln hinter sich, diesmal etwas weiter links. Er orientierte sich nun an diesem Geräusch. Doch dann hörte er ein drittes, ein viertes und ein fünftes Geräusch, woraufhin er sich immer wieder umdrehte. Und dabei erblickte er niemals die geringste Spur eines Wildes. Er drehte sich im Kreis. Die Geräusche ertönten stets hinter seinem Rücken. Das lebhafte Wild versetzte den Jäger in Unruhe. Die kleinen, mit Schnee bedeckten Zweige hätten einen Hinweis auf den schnellen Ortswechsel liefern müssen. Aber es regte sich nichts. Auf dem Boden waren nur die Fußabdrücke des Küsters zu sehen.

Premierfait war kein mutiger Mann. Auch früher, als er noch Schäfer gewesen war, hatte ihn oft Angst befallen. Jetzt spürte er das dringende Bedürfnis, an die Seite des Priesters zurückzukehren. Unmittelbar hinter sich hörte er ein Knirschen im Schnee. Es kommt näher!, sagte er sich. Das Blut gefror ihm in den Adern, und er ließ kläglich die Waffe sinken. Er blinzelte in alle Richtungen, aber alles war in Dunkelheit gehüllt. Er würde den Weg zurück zum Wagen nicht finden. Der Küster stand wie angewurzelt da und dachte an die Märchen aus seiner Kindheit, an finstere Wälder, Faune, hungrige Wolfsrudel, teuflische Fallen und Werwölfe … Und dann musste er an den Mörder des Bischofs denken, an die Leichen, die man im letzten Jahr gefunden hatte, an das Dorf und Grosparmis Schmerzen.

Wenige Schritte entfernt stürzte ein Haufen Schnee ein. Das

war der Gnadenstoß. Premierfait wollte Reißaus nehmen, als er von einer kräftigen Hand am Kragen gepackt und durch die Luft gewirbelt wurde. Der Küster sah die gewölbte Brust eines Mannes, eines wahren Riesen, der von Kopf bis Fuß in einen weiten, schwarzen Mantel gehüllt war. Premierfait schrie entsetzt auf. Er fiel rücklings in den Schnee und starrte mit aufgerissenen Augen gen Himmel.

Ein seltsames Pfeifen drang aus allen Richtungen an sein Ohr. Der arme Mann wusste nicht genau, ob es aus dem Wald oder aus seinem schmerzenden Schädel kam. Es war ein teuflisches Pfeifen mit einem drohenden, schrillen, unmenschlichen Klang. Plötzlich veränderte es sich. Ein Lachen. Kinderlachen. Premierfait kniff die Augen zusammen. Ein Junge kletterte vergnügt aus den Bäumen.

»Was war denn das?«, stammelte der Küster.

Vor ihm standen ein kräftiger Mann, dessen Gesicht von tiefen Narben und weißen Flecken übersät war, und ein schmaler, blonder Junge mit lachendem Gesicht.

Als der Riese ihm mit seinen kräftigen Pranken an den Hals griff, verlor der Küster die Besinnung.

Premierfait, darf ich dir Floris de Meung, meinen Schüler, und Mardi-Gras, meinen getreuen Gefährten, vorstellen?«

Der Sakristan lehnte am Wagen. Er war ganz grün im Gesicht und seine Beine zitterten noch. Er schnappte nach Luft. Der Riese hatte ihn zum Priester getragen. Henno Gui kniete neben ihm. Im Stillen lächelte er über den Vorfall. Allmählich kehrte das Blut in die Wangen des Küsters zurück.

»Solche Streiche spielt man keinem guten Christen«, sagte er. »Ich hätte … ich hätte …«

Der Junge fing wieder lauthals an zu lachen.

»Verzeih meinem Lehrling«, sagte Henno Gui. »Er ist noch ein Kind. Er dachte sich nichts Böses dabei.«

Der Junge, den der Priester Floris de Meung nannte, war knapp fünfzehn Jahre alt. Er trug eine helle Kutte, einen gefütterten Mantel sowie mit Pelz gefütterte Handschuhe und Holzschuhe. Auf seinem Kopf saß eine Wollmütze. Obwohl er wie ein kleiner Mönch gekleidet war, hatte er recht langes Haar. Er war ein liebenswerter Bursche – kein richtiges Kind mehr und noch lange kein Mann. Seine Wangen waren von der Kälte gerötet, und seine Augen waren rund wie Haselnüsse.

Der andere, der hünenhafte Mardi-Gras, stand mit stoischem Gleichmut neben dem Priester. Aufrecht wie ein Fels, mit langen, kräftigen Armen und Beinen und einem Hals, der von Muskeln geradezu verschlungen wurde. Alles an ihm strahlte Kraft aus, und man fragte sich, welche Geheimnisse sich hinter dieser Gestalt verbargen. Sein vernarbtes, bleiches, geschundenes Gesicht verriet keinerlei Gefühlsregungen. Man hätte es für eine Karnevalsmaske halten können, die des »Verstorbenen«, diese scheußliche Maske, um die die Kinder sich für den Umzug rissen. Der Mann hatte auch die Redseligkeit einer Maske. Er sprach kein einziges Wort.

»Wir haben unser Treffen vorverlegt, Vater«, sagte Floris zu Henno Gui. »Mardi-Gras hatte Angst, dass Ihr mit einem gewöhnlichen Gespann unendlich viel Zeit braucht, voranzukommen.«

»Es ist schon gut so«, entgegnete der Priester lächelnd.

Mardi-Gras kehrte zur anderen Seite der Lichtung zurück und zog hinter einem Baumstamm zwei lange, gerade Holzbretter hervor, die er sorgfältig abgeschmirgelt hatte. Anschließend nahm er eine Streitaxt, maß den Wagen des Küsters ab und verkürzte die Holzlatten mit zwei Hieben jeweils um zwei Daumenbreit. Er befestigte die Bretter mit Schnüren und Schnallen, die er von seinem Gürtel löste, unter den Rädern des Wagens. Innerhalb kürzester Zeit hatte sich der kleine Karren in ein neues Gefährt verwandelt, das man lenken konnte und das schnell über die verschneiten Wege glitt, ohne dass die Stute so schnell erschöpft war.

Premierfait staunte nicht schlecht. Mardi-Gras hatte sich weder gequält noch gekeucht, als er den Wagen ganz allein hochgehoben hatte.

»Jetzt verstehst du«, sagte Henno Gui, »wie ich das ganze Land ohne Schwierigkeiten durchquert habe, nicht wahr? Mardi-Gras ist ein Phänomen. Du brauchst keine Angst mehr zu haben. Er wird sich um alles kümmern.«

Die Gruppe machte sich nun gemeinsam auf den Weg. Premierfait umklammerte die Zügel und lenkte aufmerksam das Pferd. Ab und zu warf er dem Riesen, der in seinem dicken Lederwams und den zu engen Beinlingen neben der Stute herlief, einen Blick zu. Mardi-Gras ließ den Wagen nicht aus den Augen, um sofort einzugreifen, falls er vom Weg abwich.

Nach einer Weile hielt das Grüppchen an der Kreuzung dreier Wege vor einem hohen Gebüsch an. Mardi-Gras verschwand hinter dem Gestrüpp und tauchte mit einem Karren wieder auf. Dieser war randvoll mit Paketen beladen und stand ebenfalls auf zwei Gleitschienen.

Premierfait schaute in alle Richtungen, entdeckte aber keinen Esel, der diesen Karren, an dem zwei lange Schlaufen hingen, hätte ziehen können. Der Küster kam zu dem Schluss, dass

Mardi-Gras den Karren allein zog und sich seit Paris mit dieser Last geplagt haben musste.

»Dank dieses kleinen Schlittens konnten wir den Fallen des Winters entgehen«, sagte Henno Gui. »In einer ordentlichen Geschwindigkeit, und ohne durch den Schnee an der Weiterfahrt gehindert zu werden. Auf dem Karren liegen all unsere Habseligkeiten. Daher hatte ich nur mein Bündel bei mir, als ich nach Draguan kam, Premierfait!«

Floris hob die Plane hoch, die den Wagen bedeckte. Er nahm drei große Decken heraus, die aus Lamm-, Rentier- und Kaninchenwolle gewebt waren. Der Küster erhaschte einen Blick auf Truhen, Pakete, Werkzeuge, Wachstafeln – und Waffen.

»Welchen Weg nehmen wir?«, fragte Henno Gui, der an der Kreuzung stand.

Der Küster zeigte nach rechts. Es war ein gewundener, schmaler Pfad, der offenbar seltener benutzt wurde als die beiden anderen und von den niedrigen Zweigen der Bäume überragt wurde. Die drei Männer hüllten sich in die Felle, die Floris ihnen soeben gebracht hatte. Nur der Riese blieb, wie er war. Er zog den Karren hinter dem Gespann von Premierfait her.

Der Priester klärte seinen Schüler und Mardi-Gras mit knappen Worten über sein Amt in Heurteloup auf. Er sprach über die Abgeschiedenheit des Dorfes, das Fehlen eines Priesters seit vielen Jahren, den mysteriösen Mord an Haquin, die Leichen – eine ebenso seltsame Sache –, die vor einem Jahr aus dem Fluss gefischt worden waren, die Unwissenheit der Menschen und die Hilfe des Küsters, der allein den Weg dorthin wusste.

»Warum habt Ihr das Amt angenommen, Herr?«, fragte Floris, nachdem er Henno Gui zugehört hatte.

»Man lehnt keinen Altar ab.«

»Der Bischof ist nicht mehr da, um Euch beizustehen. Er hätte Euch gewiss verboten, ohne Eskorte dorthin zu gehen. Weiß man überhaupt, wohin wir fahren? Warum sollten wir es überstürzen?«

Henno Gui versuchte nicht, seine Gefährten zu überzeugen.

»Ich würde es gut verstehen, wenn ihr euch weigert, mich bis ans Ziel zu begleiten«, sagte er. »Es dauert mindestens noch vier Tage, ehe wir in Heurteloup ankommen. Premierfait wird uns am Dorfeingang verlassen. Auch ihr könnt heimkehren, wenn ihr es wünscht. Ich zwinge niemanden. Es liegt nicht in meiner Absicht, mich zum Märtyrer zu machen. Ich habe die Berufung, aufrichtig zu sein und mein Gelübde des Gehorsams zu achten. Falls ich feststellen sollte, dass unser Leben in dieser Gemeinde zu vielen Gefahren ausgesetzt ist, werden wir uns dort nicht länger aufhalten. Doch ich will wenigstens einen Bericht über die vergessene dreizehnte Gemeinde schreiben und versuchen, den armen Menschen zu helfen. Nicht mehr und nicht weniger.«

Als die Nacht hereinbrach, ließ die Gruppe das Tal des Asses hinter sich und drang in einen Wald vor, den man Bois du Valet nannte.

Henno Gui hielt nach einem geeigneten Platz Ausschau, auf dem die Bäume nicht so dicht standen und sie ein Lager aufschlagen konnten. Er zog es vor, mitten im Wald zu schlafen, wo sie vor Wind und Schneefällen geschützt waren.

Premierfait wunderte sich im ersten Augenblick über die Entscheidung. Als Jäger und Hirte hatte er in seiner Jugend oft

Hirsche gejagt und unter freiem Himmel geschlafen. Er hatte noch nie von einem Lager gehört, das mitten im Wald aufgeschlagen wurde. Alle Welt wusste, dass die Wölfe nur selten die Wälder verließen und genau dort Tiere und Menschen jagten. Aber der Küster mochte seine Bedenken nicht vortragen. Er wollte nicht als Feigling gelten. Nachdem er die Stute mit dem Zügel an einem Baum festgebunden hatte, zog er die Pflöcke für sein Zelt vom Karren.

Hinter ihm war eine ungewöhnliche Baustelle entstanden.

Auf Henno Guis Zeichen zogen die drei Männer ein großes Dreieck in den Schnee und entzündeten an allen drei Ecken dieser geometrischen Figur ein Feuer. Anschließend rissen sie alle Wurzeln aus der Erde und legten eine wasserdichte Decke auf den Platz.

Floris errichtete in der Mitte des Platzes eine Feuerstelle. Er kochte in einem Zinntopf ein kleines Stück Fleisch, und schon bald verbreitete sich ein appetitlicher Duft.

Mardi-Gras zerkleinerte Holz. Der Riese hatte die drei Feuer geschickt an den Ecken des Dreiecks entzündet. Sie brannten bereits wie Freudenfeuer und erwärmten den gesamten Lagerplatz. Die Feuer waren so angelegt, dass die Flammen nicht auf die Nachbarbäume übergriffen. Es war eine mustergültige Arbeit.

Henno Gui setzte sich neben die Feuerstelle.

»Du kannst alles für dich behalten, was deine Frau dir eingepackt hat«, sagte er zu Premierfait. »Dann hast du noch etwas für die Rückreise. Uns fehlt es an nichts.«

Der Priester lobte Gott und segnete das Mahl. Nur Mardi-Gras betete nicht. Er hielt sich abseits und zog die Gleitschienen von seinem Wagen.

»Warum betet Mardi-Gras nicht mit uns?«, fragte Premierfait.

»Er glaubt nicht an Gott.«

Es war verwirrend, diese ehrliche Antwort aus dem Munde eines Priesters zu hören.

»Das ist ein Teufelskerl«, brummte der Küster.

»Wiederhole das Wort nicht im Beisein Fremder.«

»Ich habe es nicht böse gemeint, Vater.«

»Du musst darauf achten, was du sagst. Ich habe den Menschen in Draguan meinen Freund absichtlich vorenthalten. Seit unserer Abreise aus Paris wird Mardi-Gras an den Toren der Weiler und in den Herbergen immer unfreundlicher begrüßt, je weiter wir in den Süden kommen. Man wirft uns böse Blicke zu, wenn wir nicht sogar beschimpft oder mit kleinen Steinen beworfen werden. Es sieht so aus, als würde die Sonne die Menschen im Süden abergläubischer und unwissender machen als ihre Brüder im Norden. Da ich des Streitens müde war und Zeit gewinnen wollte, bin ich allein in die Dörfer gegangen, um uns mit neuen Vorräten zu versorgen und unsere Weiterreise vorzubereiten. In Draguan habe ich mich ebenso verhalten. Wie hätten sie dort über einen neuen Priester gesprochen, der in Begleitung ›eines Mannes mit einem Teufelskopf‹ reist?«

»Das habe ich nicht gesagt. Aber sein Gesicht…«

»… hat nichts Teuflisches an sich. Das sind die Narben eines Berufes, den er ehemals ausübte, bevor er mich traf. Eine mühselige und gefährliche Arbeit. Glaube mir.«

»… und schwierig«, fügte der Küster hinzu, der auf die breiten Schultern von Mardi-Gras schaute. »Die Arbeit hat ihn abgehärtet.«

»Ja«, stimmte Henno Gui zu. »Mehr, als du ahnst.«

Die drei Männer teilten das Brot und aßen ihr Mahl. Die drei Feuer flackerten und wärmten den Platz. Henno Gui und seine Begleiter konnten bald die schweren Winterpelze ablegen.

»Wie du siehst«, sagte Gui, »macht uns die Kälte nicht viel aus. Auf diese Weise haben wir das ganze Land durchquert, ohne jemals krank zu werden. Die Methode der drei lodernden Feuer stammt von den alten Germanen, die Italien erobert haben. Sie schützen uns vor allen Übeln. Erstens vor dem kalten Wind. Selbst wenn er eisig weht oder sich dreht, bleibt uns die Wärme eines Feuers erhalten. Und zweitens vor den Tieren, die sich niemals so nahe ans Feuer wagen.«

»Sie werden vielleicht im Laufe der Nacht erlöschen …«

»Nein. Mardi-Gras wacht. Er schläft nicht viel. Er ruht sich in kurzen Schlafpausen am Tage und in der Nacht aus. Auch eine Angewohnheit seines früheren Lebens.«

Premierfait wagte es nicht, dem Priester weitere Fragen über seinen Gefährten zu stellen. Er begnügte sich damit, seinen Napf zu leeren. Sein Magen nahm die heiße Brühe dankbar auf.

Später hockte sich der Riese zu ihnen. Er hatte Premierfaits Pferd Futter gegeben und die beiden Kufen seines Wagens zum Trocknen vor das Feuer gelegt.

»Wir haben über dich gesprochen«, sagte Floris zu Mardi-Gras. »Du verwirrst den gnädigen Herrn Premierfait sehr.«

»Das macht nichts.«

Es war das erste Mal, dass der Küster die Stimme des Riesen hörte. Der Mann hatte sich zwischen ihn und den Priester gesetzt. Premierfait beäugte sein sonderbares Gesicht. Man konnte jede Wunde und jede Brandnarbe erkennen. In die Wangen und den Hals des armen Mannes hatten sich tiefe Kerben gegraben wie in ein von Motten zerfressenes Pergament. Premierfait erkannte ein Geflecht aus violetten Venen und Arterien. Verwundert starrte er auf das regelmäßige Pochen der bläulichen Schläfe.

Der Riese verschlang einen flachen Weizenfladen. Dabei behielt er die drei Feuer rund um die Feuerstelle im Auge.

»Es weht kaum ein Lüftchen, und das Holz ist bei dem schönen Wetter heute getrocknet«, sagte er. »Das ist ein guter Platz, Herr. Es wird eine ruhige Nacht.«

Der Priester drehte sich zum Küster um.

»Euer Vikar Chuquet hat mir von diesem ›Mann in Schwarz‹ erzählt, der einen Fuchshengst ritt und euren Bischof ermordet hat. Auf unserem Weg nach Draguan ist uns gestern niemand begegnet. Gibt es andere Wege, die in die Diözese führen?«

»Von hier aus nicht«, erwiderte Premierfait. »Soviel ich weiß, nicht. Nur … nur den verlassenen Weg, der in das verfluchte Dorf führt.«

»Der Weg, den wir eingeschlagen haben?«

»Ja, genau der …«

Am nächsten Tag machten sich die vier Männer »um die Zeit, wenn der Mensch allmählich wieder den anderen erkennt« – wie es in der Bibel heißt –, auf den Weg. Es war ein herrlicher Tag, die Luft klar und kühl. Zur Mittagszeit durchquerten sie einen Wald, in dem Kiefern, Heidekraut und Ginster wuchsen. Kurz darauf entdeckten sie am Fuß eines Abhangs einen Bach, der große Eisbrocken mit sich führte. Premierfait weigerte sich hartnäckig, wie Henno Gui und seine beiden Freunde seine Feldflasche zu füllen. »Das ist der dreckige Montayou«, schimpfte er. »Das ist der Fluss, der bis Domines fließt, wo man die Leichenteile gefunden hat. Sie schwammen dort wie Eisstücke im Fluss …«

Floris, der gerade im Begriff war, einen kräftigen Schluck zu nehmen, spuckte das Wasser wieder aus.

Der Küster erzählte alles, was er über die Zerstückelung der drei Leichen von Domines wusste. Er ließ kein Detail aus.

»Du glaubst, es könnten Einwohner von Heurteloup gewesen sein, die diese furchtbaren Verbrechen begangen haben?«, fragte ihn der Junge.

Henno Gui tat so, als würde ihn Premierfaits Antwort nicht interessieren.

»Wer sonst?«, entgegnete der Küster. »Alles, was ich dort gesehen habe, lässt einem die Haare zu Berge stehen. Sie haben Köpfe wie Normannen, richtige Schädelbrecher. Ich habe mich immer versteckt gehalten, damit mich niemand sieht. Meine Frau hat mich gewarnt. Nicht dass du auch so endest, hat sie gesagt.«

»Was kann einen Menschen zu einer solchen Schandtat treiben?«, murmelte Floris.

Er dachte an die Kinder… Zwillinge, die in Stücke geschlagen worden waren.

»Ihr wisst es besser als ich. Ihr lest Bücher«, sagte Premierfait. »Wahrscheinlich der Teufel. Die Geister, die Dämonen, die Zauberer.«

Er tischte den Reisegefährten ausführlich alle Vermutungen auf, die in Draguan über den Fall geäußert worden waren. Es handelte sich um wüste Theorien, die die abergläubischen Bewohner mit ihrer blühenden Phantasie in ihrer Angst aufgestellt hatten. Der Kutscher leierte wie ein Stiefelzähler die Namen von Teufeln und Besessenen herunter. Henno Gui, der den Ausführungen lauschte, wurde immer ärgerlicher.

»Es heißt, die Leute in Heurteloup seien schreckliche Sünder, die die Strafe erhalten haben, niemals zu sterben«, fuhr Premierfait fort. »Sie irren wie Geister umher und schieben sich immer wieder die Hostien in den Mund, die sie während ihres richtigen Lebens verschlungen haben. Darum beneiden und verabscheuen sie die Lebenden. Sie sollen die drei armen Reisenden langsam und qualvoll gefoltert haben, damit sie beobachten konnten, wie der Tod allmählich in ihre Körper drang und von ihnen Besitz ergriff. Ihre krankhafte Neugier macht sie so grausam.«

Der Priester hielt es für an der Zeit, dem Geschwätz ein Ende zu setzen.

»Ach, merkst du denn nicht, dass diese Teufelsgeschichten und Märchen nur dazu da sind, Leichtgläubige zu täuschen?«

»Es sind absonderliche Wesen… Sie benehmen sich wie Tiere… Ich habe mit eigenen Augen gesehen, wie sie auf Bäume geklettert sind. Ist das nicht ein Zeichen?«

»Eine tolle Geschichte!«, rief Henno Gui lachend. »Ist es dir noch nie in den Sinn gekommen, dass es in diesem Sumpfgebiet keine andere Möglichkeit gibt, sich fortzubewegen? Und findest du die Geschichten über lebende Tote nicht etwas übertrieben? Sie sollen wohl den blutrünstigen Trieb erklären, der allen Menschen innewohnt.«

»Allen Menschen?«, fragte der Küster erstaunt.

»Ich glaube nicht an diese albernen Flüche«, sagte der Priester. »Es braucht nicht viel, um einen Menschen dazu zu treiben, seinen Nächsten zu quälen. An erster Stelle steht die Angst. Angst allein kann ein solches Blutbad anrichten.«

Premierfait schüttelte den Kopf.

»Bei den Leichen hat es sich um einen jungen Ritter und seine beiden Kinder gehandelt. Warum zum Teufel sollte man sich vor einer kleinen Familie fürchten, die sich verirrt hat?«

»Genau diese Frage solltest du dir stellen, anstatt diese unglaublichen Märchen zu verbreiten!«

Henno Gui trank einen großen Schluck Wasser aus dem Montayou.

»Wie lange dauert es noch, bis wir ankommen?«

»Wir werden das Tal des Kleinen heute Abend durchqueren und den so genannten Wald der Königin betreten«, sagte Premierfait. »Dort müssen wir zweimal unser Nachtlager aufschlagen, denn der Wald ist recht groß. Selbst wenn alles gut geht, werden wir erst in drei Tagen um die Mittagszeit die Grenze zum Sumpfgebiet erreichen, da unser Pferd erschöpft ist und auf den schmalen Waldwegen nur im Schritt gehen kann.«

»Und dann?«

»Das weiß ich nicht. In dieser Jahreszeit ist es dort sehr gefährlich. Es schlängeln sich viele Wege durch das Gebiet. Ich war nur im Sommer dort. Wir werden sehen. Am Abend des zweiten Tages nähern wir uns vielleicht…«

»Gut«, sagte der Priester. »Nun setzen wir erst einmal unseren Weg fort.«

Sie standen auf einer riesigen, verschneiten Fläche, die von niedrigen Hecken und Sträuchern begrenzt wurde. Nach drei kräftezehrenden Tagen hatten sie den Wald der Königin durchquert, dessen Laubbäume von Verbissnarben gezeichnet waren, die auf Rinder und Schafe hinwiesen. Jetzt breitete sich vor ihnen die Ebene aus, die das Tal des Königs hieß; kein Baum schützte sie hier vor fremden Blicken. Der Küster hockte sich auf den Boden. Er schob den Schnee an einer Stelle mit dem Handrücken zur Seite und kratzte ein Loch, bis er auf eine Eisschicht stieß. Er schlug mit der Faust darauf. Dumpfe Töne erklangen. Beim sechsten Schlag gab das Eis nach. Trübes, grünliches Brackwasser sickerte durch die Ritzen und beschmutzte den Schnee ringsum. Ein ekelhafter Gestank breitete sich aus.

»Wir sind auf dem richtigen Weg«, sagte Premierfait. »Was Ihr hier seht, sind die ersten Sümpfe des Landes. Natürlich liegen nicht überall unter der Schneedecke Sümpfe. Im Sommer trocknen sie zum Teil aus, aber dafür stinkt es umso mehr.«

Die Gruppe drang in den Wald ein, der der Wald des Trumpfes genannt wurde. Die Stute scheute und wurden immer störrischer. Henno Gui befahl, den Wagen anzuhalten. Er sprang ab und ging ein paar Schritte.

Die Bäume waren dürr und die Stämme von faustgroßen Pilzen zerfressen. Trotz des Frosts stieg den Männern der Gestank der Sümpfe in die Nase. In dem dichten Unterholz schien die Luft stillzustehen.

Der Priester beugte sich über ein Gestrüpp und fand den vereisten Kadaver eines Tieres. Das Fleisch war verschrumpelt und das Blut bräunlich. Die Drosselvene war tief eingeschnitten. Der Hals des Tieres hatte sich in einer Schlinge verfangen. Es war eine Falle.

Die drei Mitreisenden näherten sich dem Priester. Gemeinsam betrachteten sie diesen ersten Hinweis auf menschliches Handeln und Wirken, den sie erhielten, seit sie Draguan verlassen hatten.

Premierfait, der in der kleinen Gruppe an Selbstsicherheit gewonnen hatte, spürte allmählich wieder seinen unbändigen Appetit. Seit der Abreise rief er sich unaufhörlich sein Versprechen in Erinnerung, der Kirche in Draguan eine Weihgabe zu spenden, falls er dieses Abenteuer lebend überstehen sollte.

Er wusste, dass hier Gefahren lauerten, aber er war jetzt wirklich unentbehrlich. Der Wald des Trumpfes war ein wahres Labyrinth, in dem Wanderer jederzeit die Orientierung verlieren konnten. Zahlreiche Irrwege schlängelten sich durch das große Waldgebiet. Henno Gui dachte an den Herzog und seine Kinder, die vom rechten Weg abgekommen waren. Niemand wusste, welcher Weg aus dem Wald heraus führte. Auf ein Dorf von Wilden mitten in diesem Dickicht fehlte jeder Hinweis. Aber Premierfait ließ sich von dem trügerischen Eindruck nicht beirren.

»Obwohl es diesmal eine andere Jahreszeit ist, meine ich den Ort wieder zu erkennen«, sagte er.

Sie gelangten an einen alten Baum mit dickem Stamm, der dem Küster damals als Unterschlupf gedient hatte, während er das dreizehnte Dorf beobachtet hatte. Auf den kräftigen Zweigen fand er auf halber Höhe ein Tuch und ein paar Holzleisten wieder, die er im letzten Jahr zurückgelassen hatte. Er atmete erleichtert auf. Dieser Baum kündigte das Ende seiner Reise an.

»Hier werde ich Euch verlassen, Vater«, sagte er. »Sofern Ihr noch zu Eurem Versprechen steht, das Ihr mir in Draguan gegeben habt.«

Henno Gui nickte.

»Ich würde niemals mein Wort brechen. Sobald du uns auf den rechten Weg geführt hast, kannst du zurückkehren.«

Premierfait zeigte auf ein Kreuz, das in die Borke des Baumes geritzt war.

»Ab hier findet Ihr das Zeichen auf jedem siebten Baum, bis Ihr die ersten Hütten von Heurteloup seht. Das habe ich für diejenigen gemacht, die nach mir kommen. Ich wollte weiß Gott nicht dazugehören.«

»Gut, Premierfait«, sagte der Priester. »Wir sind dir zu großem Dank verpflichtet.«

»Wie werdet Ihr den Weg zurück nach Draguan finden, falls … hm, falls Ihr überstürzt umkehren müsst?«, fragte der Küster.

»Mach dir keine Sorgen«, erwiderte der Priester.

Er zog aus seinem kleinen Bündel die Wachstafel, auf der er sich seit der Abreise aus Draguan regelmäßig Notizen gemacht hatte.

»Ich habe mir die auffälligeren Punkte der Wegstrecke aufgeschrieben«, sagte er. »Und ich habe jede Nacht den Himmel beobachtet, sobald er aufriss. Meine bescheidenen Kenntnisse der Astronomie werden uns helfen.«

Um ihm zu danken, überließ Henno Gui dem Küster zusätzlichen Proviant, und Floris legte zwei Decken in seinen Karren.

»Benutze unsere Lagerplätze!«, sagte Mardi-Gras, ehe sich ihre Wege trennten. »Ich habe an jedem Platz etwas mehr Holz gesammelt, damit es noch für deine Rückreise reicht. Selbst wenn es regnet, kannst du die Holzhaufen schnell wieder entzünden.«

Premierfait setzte sich wieder auf den Kutschbock. Er war zwar erleichtert, aber auch ein wenig traurig, als er die Stute antrieb und seine drei Kameraden verließ.

Ein paar Minuten später hatte der Wald ihn verschluckt.

Es herrschte eine beängstigende, finstere Stille. Der Verlauf der Wege deutete an, dass dieses Gebiet belebter war als die zurückgelegte Strecke.

Die Reisenden folgten den Hinweisen des Küsters und verirrten sich nicht. Der hünenhafte Mardi-Gras zog unermüdlich den Karren mit ihren Habseligkeiten und ließ sich nur selten von dem Priester oder dem Jungen helfen. Bald standen sie vor einem unwiderlegbaren Beweis für die Nähe des Dorfes: einer kleinen Hütte, deren Wände aus dicken, viereckig behauenen Baumstämmen bestand und deren Dach einem Kegelstumpf glich. Das musste die erste Behausung von Heurteloup sein. Die Hütte war im Verfall begriffen. Verknotete Zweige dienten als Dachfirst.

»Schau mal«, sagte Henno Gui zu Floris und zeigte auf das Dach, das in der Mitte eine Öffnung aufwies. Ein großes Loch. Sogar der Schnee war entfernt worden, damit es frei blieb.

»Die Menschen schlagen dieses Loch ins Dach, wenn der Besitzer der Hütte verstirbt. Dadurch wird sichergestellt, dass seine Seele nach Belieben ein- und ausgehen kann, solange sein Geist umherirrt. Eine alte Tradition, die aber allmählich in Vergessenheit gerät: Die Menschen hier glauben an Manna und Geister.«

Premierfait hatte seine Zeichen immer unauffälliger in die Bäume geritzt. Der Weg wurde breiter. Die Reisenden wussten, dass sie in jedem Augenblick einem Dorfbewohner gegenüberstehen könnten.

»Ich frage mich, wie man uns empfangen wird«, sagte Floris.

»Überhaupt nicht«, erwiderte Henno Gui. »Was würdest du denn machen, wenn du seit Jahrzehnten keinen fremden Menschen gesehen hättest und plötzlich am Dorfeingang drei Männer erblicktest? Du würdest dich verstecken und sie beobachten. Und genau das werden sie auch tun. Vielleicht sind sie längst geflohen und belauern uns.«

Floris und Mardi-Gras sahen sich beunruhigt um.

Als sie nach einer Wegbiegung auf einem kleinen Hügel standen, konnten die drei Männer die Dächer von Heurteloup schließlich sehen.

Floris blieb staunend stehen. Die flachen Steinhäuschen und Holzhütten standen in geringem Abstand nebeneinander, grob kreisförmig angeordnet. Aus einer Dachöffnung stieg eine graue Rauchsäule in die Höhe. Das Dorf war von Erlen und Birken umgeben und lag am Ufer eines riesigen, schneebedeckten Sumpfes. Die drei Fremden gaben sich eine Weile diesem geheimnisvollen Anblick hin. Von Menschen konnten sie, von der Rauchsäule abgesehen, weit und breit keine Spur entdecken.

»Ihr habt Recht«, sagte Floris. »Bestimmt haben sie uns schon bemerkt.«

Der Priester schwieg, nahm das Fell von seinen Schultern, zog den weiten Kapuzenmantel aus und legte beides auf den Karren von Mardi-Gras. Jetzt stand er in seinem einfachen Priestergewand da. Eine Kutte aus grobem Leinen, die mit einer Kordel zusammengebunden war. An seinem Hals hing ein großes Kreuz aus Olivenholz.

»Ich bin Priester und kein Fremder, der sich verirrt hat«, sagte Henno Gui. »Sie sollen sich erinnern oder es erraten.«

Die Luft war eiskalt, und es wehte eine kleine Brise. Mardi-Gras und Floris fingen an zu zittern, als sie die nackten Unterarme ihres Herrn sahen.

»Ich mache mir Sorgen wegen ihrer Sprache«, sagte der Schüler. »Was machen wir, wenn sie uns nicht verstehen können?«

»Was sollen wir schon tun? Wir machen es so wie die ersten Christen, die sich bei fremden Völkern Gehör verschaffen wollten. Wir können zum Beispiel beten.«

Der Pfarrer blickte sich noch einmal in alle Richtungen um und setzte seinen Weg fort.

In der rechten Hand hielt er seinen aus Eichenholz geschnitzten Pilgerstab. Seine Gefährten folgten ihm.

Im Schnee waren Fußspuren zu sehen. Die Menschen hatten die Feuer in aller Eile gelöscht, die Türen verschlossen, ihre Arbeit stehen und liegen lassen und Nahrungsmittel und das Vieh mitgenommen. Der Schnee war an einigen Stellen aufgeweicht. Der Priester hatte Recht. Alles wies auf einen überstürzten Aufbruch hin. Aber wann hatte die Flucht begonnen? Seit wie vielen Stunden oder Tagen wurden Henno Gui und seine Freunde erwartet?

Es war ein wenig ansehnliches Dorf, das auf eine gewisse Rohheit der Einwohner hinwies. Die Türen waren von Moos und Unkraut überwuchert, die Ritzen zwischen den Brettern notdürftig mit Torf oder Werg abgedichtet, die Fenster aus dünn gegerbter Haut oder Papier waren voller Risse und Löcher. Hatten sich die Dorfbewohner der grausigen Atmosphäre dieser unwirtlichen Gegend angepasst, oder spiegelten die dunklen Bretterverschläge und Gemäuer ihre Seelen wider? Jedenfalls mangelte es dem armseligen Weiler an jeglicher Behaglichkeit. Nur die für jedes Leben in einer Gemeinschaft unentbehrlichen Dinge waren erkennbar: Die Abgrenzungen zwischen den einzelnen Familien – nicht aber zwischen Mensch und Tier –, das gemeinsame Feuer, das Holz und die Erde, der Wald ringsumher, der das Dorf zugleich bedrohte und nährte.

Mit wachsamen Blicken durchquerten Henno Gui und seine beiden Freunde das Dorf.

Der Priester sah, dass zahlreiche Hütten modrig waren, was nicht nur daran lag, dass die Dächer oft zwei oder gar drei große Löcher für die Geister der Verstorbenen aufwiesen, durch die natürlich Regen eindrang. Allem Anschein nach war ein großer Teil des Dorfes seit langer Zeit unbewohnt. Viele Menschen konnten hier nicht leben. Henno Gui zählte die Hütten, die bewohnt zu sein schienen. Vierzehn Haushalte für vermutlich fünfundzwanzig Seelen. Das würde genau mit der Aussage von Bruder Chuquet übereinstimmen. Die Werkzeuge vor den Schwellen einiger Hütten ließen darauf schließen, dass hier Jäger, Fischer, Ledermacher, Holzfäller, ein Schmied und Wäscherinnen lebten.

Mardi-Gras, der dem Priester folgte, zog seinen Karren nur noch mit einer Hand. In der anderen hielt er sein großes Messer halb unter seinem Pelz versteckt.

Der junge Floris glaubte überall Gesichter und monströse Gestalten zu erblicken. Ein Ast in einem Balken verwandelte sich in ein unheimliches Auge. Die Schatten der Bäume schienen aus der Erde zu wachsen. Die Holzbretter und Türen klapperten wie Poltergeister. Selbst das Geräusch seiner Schritte war so schauderhaft, dass er sich fortwährend umdrehte.

Am Ende der Hauptstraße auf der anderen Seite des Dorfes ragte ein kleines Gebäude in die Höhe, das von verfallenen Häusern umringt war. Die Steine waren verblichen und hohl, das Holz morsch und von Ranken überwuchert. Das war die ehemalige Kirche.

Als Student hatte Henno Gui auf Reisen solche einfachen Bauwerke schon gesehen. Die Bauweise war seit Jahrhunderten unverändert. Eine kleine Kultstätte, die eher einem Tempel oder einer kleinen, heidnischen Kapelle als einer Kirche ähnelte. Das recht flache Gebäude war großenteils aus Holz und Strohlehm gebaut worden. Dennoch wies es die Besonderheiten und Symbole großer Bauwerke in kleinem Maßstab auf. Die gewölbte Tür bildete ihr eigenes Bogenfeld, und die kleinen, abgerundeten Vertiefungen stellten die Apsiden dar. Schnitzereien im Holz deuteten Fenster an, und ein kleiner Erker diente als Glockenturm.

Mardi-Gras und Floris schauten sich um. Die Stille ringsum im Wald war Furcht erregend. Keinerlei Fußspuren waren in den schneebedeckten Sümpfen am Rande des Dorfes zu sehen. Niemand war in diese Richtung geflohen.

»Sie müssen ganz in der Nähe sein«, sagte Mardi-Gras. »Wir werden sie schon aufscheuchen.«

»Das ist nicht unsere Aufgabe«, entgegnete Henno Gui. »Wir warten, bis sie zu uns kommen. Vorerst haben wir etwas anderes zu tun.«

Er schritt auf den Eingang des Gebäudes zu und wollte die Tür mit der Schulter eindrücken, doch sie ließ sich mühelos öffnen. Er staunte über das, was sich seinem Blick bot: Säcke mit Nüssen und Bucheckern, abgehangenes Fleisch. Hier bewahrten die Dorfbewohner ihre Nahrungsmittel für den Winter auf. Das Dach war unversehrt. Daher war dieses kleine Kirchenschiff, das seines Gottes beraubt worden war, der wichtigste Ort des Dorfes geblieben. Henno Gui dachte an die Schilderungen von Premierfait. Der Küster glaubte damals beobachtet zu haben, dass die Verdammten oft in die Kirche gingen. Jetzt wusste er, warum.

Henno Gui, Mardi-Gras und Floris schleppten eine Stunde lang schwere Säcke, Heubündel und geräucherte Wildviertel aus der Kirche in eine Nachbarhütte, die offen stand. Nachdem sie alles ausgeräumt hatten, schob Henno Gui den Karren von Mardi-Gras in die Kirche.

»Unter diesem Dach werden wir zunächst wohnen«, sagte

der Priester. »Noch ist es eine leere Schale. Wir werden ihr ihre heilige Frucht zurückgeben. Sobald Gott hier wieder eingezogen ist, verlassen wir den Ort.«

Hier und da entdeckten sie alte Nischen, das Podest eines Altars, Gewölbe und das Kreuz des Erlösers, aber alles bereits zerstört oder verfallen.

Henno Gui umklammerte das Schwert von Mardi-Gras und stellte sich an die Stelle, an der vermutlich ehemals der Altar mit dem Retabel gestanden hatte. Mit der Spitze der Klinge ritzte er in eine verstaubte Steinplatte einen kleinen Kreis, in den die beiden Füße eines Mannes passten. Er wischte die Kreide von der Zeichnung, sprach ein kurzes Gebet und verschüttete ein paar Tropfen Weihwasser. Dann erhob er sich.

»Seht her. Das ist fürs Erste die Kirche von Heurteloup!«

Er zeigte auf den kleinen Kreis.

»Wir müssen diesen Kreis vergrößern. In Kürze soll die ganze Kirche dazugehören. Erst danach werden wir den Kreis so weit vergrößern, bis er das ganze Dorf umschließt.«

Floris und Mardi-Gras verbrachten den Rest des Tages damit, die Kirche so weit herzurichten, dass sie dort ihr Nachtlager aufschlagen konnten. Zum ersten Mal seit langer Zeit würden sie nicht mehr unter freiem Himmel schlafen müssen.

Henno Gui verließ das Dorf, immer noch in seiner einfachen Priesterkutte. In den Wäldern schnitt er von den Bäumen große Borkenstücke ab, die er nach Farbe und Dicke auswählte. Mit einer Klinge kratzte er von den abgeschälten Bäumen das Harz und probierte es mit der Zungenspitze, ehe er es in ein Tuch strich.

Anschließend kehrte der Priester in die kleine, verlassene

Hütte zurück, in die sie die Vorräte der Dörfler gebracht hatten. Nach kurzer Suche fand er ein kleines, mit Fett gefülltes Tongefäß.

In der Kirche vermischte er das Tierfett mit dem Harz. Zu guter Letzt zog er die Kordel von seiner Kutte und zupfte ein paar Fasern ab.

Als der Abend dämmerte, vollendete Henno Gui sein Werk. Aus zwei langen Borkenstücken, die er sorgfältig von innen gesäubert hatte, löste er einen langen, weißlichen Zylinder heraus. Mardi-Gras und Floris rissen erstaunt die Augen auf. Ihr Herr hatte mit einfachem tierischen Fett, etwas Harz und einem Docht, den er aus Fasern seines Gürtels geflochten hatte, eine herrliche Kerze gefertigt.

Er stellte sie in die Mitte jenes magischen Kreises, den er in den Stein geritzt hatte. Mit Hilfe eines Spinnrades und eines kleinen Steines entzündete er die Kerze. Sie fing sofort an zu flackern. Schwarzer Ruß stieg in die Höhe, und der warme Kerzenschein drang in alle Winkel der Kirche.

Es war vollbracht. Gott war nach Heurteloup zurückgekehrt.

Auch am Abend wies nichts darauf hin, dass die Dorfbewohner in der Nähe wären.

Mardi-Gras schlug ein Loch in eine Bretterwand der Kirche und schob ein Ofenrohr hindurch. Die drei Männer hatten von ihrem eigenen Proviant gegessen, ohne die Vorräte des Dorfes anzurühren. Henno Gui wollte sich auf gar keinen Fall an ihren Nahrungsmitteln vergreifen. Nach dem Essen legte er sich als Erster nieder und sank nach wenigen Minuten in einen tiefen Schlaf.

Der Hüne richtete sich seinen Wachposten neben dem Eingang der Kirche ein.

Nur Floris hatte Angst. Düstere Vorahnungen raubten ihm den Schlaf. Er wälzte sich auf seinem Strohlager hin und her und kam nicht zur Ruhe. Schließlich stand er auf und zog von Mardi-Gras' Karren einen der in Lammleder gebundenen Codices, die er mitgebracht hatte. Es war eine legendäre Chronik des Templerordens. Er zündete die Kerzen an, und nach ein paar Spalten dachte er nicht mehr an die beängstigenden Schatten der Gemeinde, sondern verlor sich in den magischen Abenteuern kühner Pilger und Ritter. Er vergaß alle Angst und alle Müdigkeit. Als der Morgen graute, war er noch immer in die phantastischen Geschichten des anonymen Romanautors vertieft. In Gedanken war er weit weg von der Diözese Draguan, dem Dorf Heurteloup und seinen mysteriösen Einwohnern.

III

Aymard, der Sohn von Enguerran, war auf dem Lehngut der Grand-Celliers in Morvilliers im Keller eines Nebengebäudes eingekerkert. Das Steinhaus stand zwischen dem Palas und den Gesindehäusern und Stallungen. Seit einem Monat war Aymard an die Mauer gekettet und verbrachte Tag und Nacht in dem kleinen, dunklen Kerker, ohne je Besuch zu bekommen. Pro Tag wurden ihm eine Mahlzeit und eine Stunde an einer wärmenden Feuerstelle zugestanden. Der Vater bürdete seinem Sohn dieselben Haftbedingungen auf, die dieser in den Kerkern des Statthalters von Damiette erlitten hätte. Zehn bewaffnete Männer bewachten das Gefängnis.

An diesem Morgen wurde die Tür zur Zelle von Enguerrans Sohn zum ersten Mal zu einer ungewöhnlichen Stunde geöffnet.

Fabre, der Verwalter des Besitzes, stand im Türrahmen. Aus der Zelle drang der scheußliche Gestank menschlicher Exkremente. Fabre presste sich ein Tuch vor die Nase.

»Aymard«, sagte er, »deine Mutter verlangt nach dir.«

Der zerlumpte Abt der Frommen Brüder erhob sich mühsam. Er trug einen verdreckten Waffenrock. Sein Haar war lang, und der Hals, die Nase und die Nägel waren pechschwarz. Ein Wächter befreite ihn von seinen Fesseln, indem er die Kette mit einem Hammer zerschlug. Anschließend zogen ihn Fabres Männer trotz der winterlichen Temperaturen draußen nackt aus.

»Wasch dich«, befahl der Verwalter. »In diesem Zustand kannst du keinem Menschen gegenübertreten.«

Die Männer schütteten ihm mehrere Eimer eiskaltes Wasser über den Rücken und drückten ihm eine Rosshaarbürste in die Hand.

Nach der Reinigung wurde er flüchtig rasiert und in ein Büßerhemd und eine dicke Kutte gesteckt. Nun sah er wieder annähernd wie ein Ordensbruder aus, der den Rang eines Abtes innehatte. In Aymards Miene spiegelte sich unbeugsame Härte. Er sprach während der ganzen Prozedur kein einziges Wort. Zweimal spuckte er seinen Wärtern ins Gesicht und stieß sie grob zur Seite.

Kurz darauf betrat er den alten Palas mit den zwei rundbogigen Fenstern. Seine Mutter wartete in der Bibliothek auf ihn. Sie saß in einem Gobelinsessel neben dem Feuer und war in einen straff geschnürtes Bliaud aus Samt gekleidet, über dem sie einen roten Tasselmantel trug. Ein Gebende umschloss ihr

Haupt und verbarg ihr Haar. Sie starrte auf die Wappen Frankreichs, die über dem steinernen Rauchfang hingen.

Hilzonde du Grand-Cellier war die Gemahlin eines Kreuzritters. Das sagte alles. Der sechste und siebte Kreuzzug hatten das Gesicht der Welt aus zwei Gründen verändert. Erstens endeten sie für Ludwig IX. mit Niederlagen, und zweitens dauerten sie länger als erwartet. Da die besten Kreuzritter des Westens jahrelang im Krieg waren, oblag die Verwaltung der Güter ihren Frauen. Das hatte es in dieser Welt der Soldaten, in der das Schwert in der Regel nur für einige Wochen erhoben wurde und die Herren ihre Güter niemals länger als für eine Saison verließen, noch nie gegeben. Eine ganze Generation von Ehefrauen musste gezwungenermaßen lernen, über Güter und Untertanen zu herrschen. Hilzonde gehörte zu den Frauen, die ihre neue Aufgabe tatkräftig anpackten. Die zierliche Frau, die so sehr die Musik geliebt hatte, legte die Rebec und das Psalterium beiseite und verwandelte sich in ein unerbittliches Familienoberhaupt. Zahlreiche Grundherren wunderten sich, als sie ihre Kassen nach der Rückkehr aus dem Kreuzzug voller und ihre Güter größer vorfanden! Sie hatten eine Gattin am Spinnrocken zurückgelassen und lernten jetzt eine Frau kennen, die bereit war, ein Feldlager aufzuschlagen und die Waffen zu erheben. Zu diesen Frauen gehörte auch Hilzonde du Grand-Cellier.

Aymard hatte seine Mutter nicht mehr gesehen, seitdem sein Vater von seinen Freveltaten erfahren und ihn auf der Stelle eingekerkert hatte. Er hatte das Gefühl, sie sei in dieser Zeit unverhältnismäßig gealtert. Hohe Wangenknochen, die Haut durchscheinend, der Mund schmal. Ein junger Unbekannter saß an ihrer Seite. Auf zwei großen Silberplatten lagen die Gerippe eines ganzen Kapauns und dreier Wachteln, die er offenbar verschlungen hatte.

»Ich möchte Euch Gilbert de Lorris vorstellen«, sagte Hilzonde. »Die Kanzlei des Papstes schickt ihn zu uns.«

Aymard warf dem Fremden einen finsteren Blick zu. Gilbert bemerkte es kaum. Er sah erschöpft aus, aber auch kühn und tatendurstig. Dieser junge Mann erlebte sein erstes Abenteuer und brannte darauf, Heldentaten zu vollbringen.

»Er wird Euch nach Rom bringen«, sagte Hilzonde. Mit einer fahrigen Handbewegung fuhr sie über die Goldborten am Halsausschnitt ihres Bliauds.

Sie schüttelte müde den Kopf.

»Werdet Ihr Eurem Vater jemals für die Mühen und Demütigungen danken, die er für Euch auf sich genommen hat?«

Aymard verzog keine Miene. Er war frei, und das war alles, was für ihn zählte.

»Der junge Mann trägt einen Brief mit dem Siegel des Papstes bei sich. Ihr seid sein Gefangener. Ihr brecht sofort auf.«

Der Verwalter führte die beiden Männer zum Gestüt der Grand-Celliers. Sie besaßen zehn wunderschöne Hengste und Fohlen mit goldenem Rosshaar und Hälsen, die trainiert worden waren, um Männer in schweren Rüstungen zu tragen. Die Familie Enguerran hatte ihr Vermögen der Zucht und dem Zureiten von Streitrössern, die an den Adel verkauft wurden, zu verdanken. Aus ihrer Zucht stammten die besten Reitpferde des Königreiches. Dieses Geschäft und das Holz der Wälder hatten es den Grand-Celliers ermöglicht, die unzähligen Krisen der französischen Grundherrschaft zu überstehen: Die hohen Kosten der Kreuzzüge, die Entlohnung der Ritter und der Tribut an die Kirche hatten die Reichen des Landes stark gebeutelt.

Fabre wählte zwei Pferde aus. Das kleinere gab er Aymard.

»Achtet immer darauf, ein kräftigeres Pferd zu reiten als er«, sagte er zu Gilbert. »Madame empfiehlt es Euch.«

Mit diesen Worten half der Verwalter Aymard in den Sattel und band einen breiten Gurt um seine Taille, der am Sattel festgeschraubt wurde. Auf diese Weise war eine Flucht ausgeschlossen. Der Gurt hatte ein Schloss aus Eisen. Fabre reichte Gilbert den Schlüssel und zusätzlich einen Eisenring.

»Sobald er absitzt, schnallt Ihr den Ring um seinen Knöchel«, sagte er. »Der Druck wird ihn daran hindern, wegzulaufen.«

Der junge Soldat staunte über dieses Maß an Vorsichtsmaßnahmen gegenüber einem Mann, der die Kluft eines Abtes trug. Gilbert sah Aymard zum ersten Mal richtig an. Er hatte dieselbe Größe und Statur wie sein Vater Enguerran und ebenfalls dessen tiefblaue Augen … Doch seine verschlossene, wütende Miene passte nicht zu einem Glaubensbruder. Der Gefangene, den er wie einen Schatz bewachen musste, war noch keine dreißig Jahre alt. Was hatte er verbrochen, dass er unter dem Siegel Martins IV. nach Rom gebracht werden sollte?

Wenige Stunden nach seiner Ankunft vor den Toren des Schlosses in Morvilliers trat Gilbert die Rückreise an.

Enguerrans Sohn war ein zäher Bursche. Er war ein ausgezeichneter Reiter, der aufrecht wie ein Soldat im Sattel saß. Kälte, Hunger und Wind konnten ihm nichts anhaben.

Gilbert richtete sich auf dem Rückweg peinlich genau an die Anweisungen aus dem Lateranpalast. Der junge Soldat passierte dieselben Posten, bekam dieselben Pferde, hielt bei denselben Tempelrittern wie auf der Hinreise an, um seine Gutscheine in Zinntaler zu wechseln, und stärkte sich in denselben Klöstern und Herbergen. Dieser letzte Punkt forderte zum ersten Mal Aymards Unwillen heraus. Die beiden Männer durchquerten das Königreich von Norden nach Süden. Ihr Weg führte sie mehrmals an Gütern vorbei, auf denen befreundete Familien der Grand-Celliers wohnten.

»Es wäre besser, dort um ein würdiges Ruhelager zu bitten«, sagte Aymard. »Ich kann diese üblen, schlecht gewärmten Herbergen nicht mehr ertragen, wo man lauwarme Brühe und billigen Wein bekommt.«

Gilbert lehnte diese Bitten immer ab. Er wollte nicht von seinem Kurs abweichen.

Sein Gefangener war von leicht erregbarem Temperament und schaute oft geringschätzig auf andere herab. Seine fragwürdigen und oft gottlosen Bemerkungen empörten den jungen Gardisten.

In Lacretelle-sur-Argens kam es zu einem Zwischenfall. Am Ortsausgang des kleinen Dorfes in der Nähe des Friedhofes trug ein Trauerzug einen Verstorbenen zu Grabe. Die Familie war bitterarm. Sie freute sich von Herzen, als sie den Abt und den Soldaten erblickte. Der Pfarrer der Gemeinde war seit ein paar Wochen tot und sollte erst im Sommer ersetzt werden. Der Familienvater war ohne Sakramente und Absolution verstorben. Die Kinder beschworen den Abt Aymard, wenigstens das Grab ihres Vaters zu segnen. Das hätte ihnen genügt.

Du Grand-Cellier lehnte barsch ab. Er spuckte auf den Holzsarg und schickte die ganze Familie zum Teufel.

Diese Grausamkeit machte Gilbert sprachlos.

IV

Als Henno Gui nach Heurteloup und Chuquet nach Paris aufbrachen, blieben die beiden Mönche Méault und Abel allein im Domstift von Draguan zurück. In der nächsten Nacht drangen sie ohne Kerzen in das Winterbüro des Bischofs ein.

Die Tür, die der Vikar am Tag zuvor gewaltsam geöffnet hatte, war nicht verschlossen. Die beiden Mönche brachen das Riegelschloss der großen Holztruhe, in der Monseigneur seine Besitztümer aufbewahrte, schweigend auf. Sie nahmen die drei übereinander liegenden Fächer mit, in denen Haquins *Codices* und Schriftrollen lagen.

Mit dieser Beute stiegen sie in den großen Kapitelsaal hinunter, in dem sie ausnahmsweise den Kamin angezündet hatten. Das Domstift war noch immer verbarrikadiert. Obwohl sich nur Méault und Abel in dem großen Gebäude aufhielten, ließen sie große Vorsicht walten, um nicht entlarvt zu werden. Sie hatten keinen Kerzenleuchter mit in das Büro des Bischofs genommen, damit später niemand sagen konnte, er habe dort in der Nacht Licht gesehen.

Die beiden Mönche legten die Pergamentrollen des Bischofs vor das Feuer und sahen sich alles genau an.

Der Dekan Abel entdeckte Haquins teuflische Zeichnungen zuerst. Er und Méault betrachteten lange das große Gemälde, das Chuquet so empört hatte. Abel strich mit dem Zeigefinger über die Konturen der Miniatur.

»Die Ränder sollen wohl die Diözese Draguan kennzeichnen.«

Es war eine allegorische Karte. Wie war der alte Haquin an dieses Bild gekommen? Was bedeuteten die Motive des Weltuntergangs in einer so ruhigen Region wie Draguan? Sie schauten auf den Namen des Malers: Astarguan.

Die beiden Männer überlegten nicht länger und warfen das wertvolle Bild in die Feuerstelle. Andere Schriften und mystische Werke folgten. Auch die Beichtberichte von Draguan, die Haquin seit seiner Ankunft im Jahre 1255 aufgezeichnet hatte, wanderten ins Feuer. Méault und Abel gingen systematisch vor und zeigten keine Eile. Sie verbrachten mehrere Stunden damit, alle administrativen und bischöflichen Schriftrollen zu verbrennen und alle geschriebenen Spuren des Priesteramtes von Haquin in Asche zu verwandeln. Die beschrifteten Wachstafeln zerbrachen sie und machten sie unlesbar.

Abel fand in den Akten der Truhe einen Kirchenbericht über Henno Gui, den er behielt. Den Rest verbrannten sie im Feuer. Sogar die Holzfächer fielen den Flammen zum Opfer. Am frühen Morgen vollendeten die beiden Männer ihr Werk und trugen Haquins Truhe hinunter, zerschlugen sie mit einem Hammer und verbrannten sie ebenfalls.

Anschließend setzten sich die Mönche mit zwei Pergamentlagen, einem Federkiel und Tinte an den Tisch des Scriptoriums. Abel besaß einen Code, eine Schablone, mit der man Mitteilungen verschlüsseln konnte. Abel schrieb sorgfältig auf, was sich in den letzten Tagen in Draguan alles zugetragen hatte: die Ankunft des Mannes in dem schwarzen Umhang, der Mord, die unerwartete Ankunft des jungen Priesters und seine Abreise in das verfluchte Dorf. Er fügte eine genaue Beschreibung von Henno Gui und einen Auszug aus dem Kirchenbericht hinzu.

»Dieser Brief kann Draguan erst verlassen, wenn sich das Wetter gebessert hat«, sagte Abel. »Das Wetter ist zu schlecht, und Chuquet hat alle Pferde mitgenommen; die Stute nahm der Sakristan.«

»Wir müssen den Bericht trotzdem heute schreiben, denn wir dürfen nichts vergessen.«

»Wenn wir nach diesem Bericht keinen besseren Posten erhalten … nach all unseren Bemühungen, wäre es zum Verzweifeln!«

»Achte auf den Code, Abel. Und vergiss nicht, von den Bildern in Haquins Truhe zu schreiben.«

V

Henno Gui und seine beiden Freunde richteten sich allmählich in Heurteloup ein. Mardi-Gras beschäftigte sich bereits mit der Ausbesserung der Kirche. Floris de Meung sollte aufbrechen, um im Unterholz in der Nähe des Weilers Schlingen auszulegen. Die Vorräte der Reisenden gingen zur Neige, und der Priester weigerte sich nach wie vor, die Nahrungsmittel der Dorfbewohner anzutasten. Er gab Floris genaue Anweisungen: Er sollte immer in Hörweite bleiben, sofort zurückkehren, wenn die Lage brenzlig wurde, und so viele Fallen wie möglich aufstellen, ohne zu trödeln. Floris versprach, sich daran zu halten, und brach mit den Schlingen auf.

Es hatte die ganze Nacht über geschneit. Der junge Schüler drang in den Wald ein, der von einer bläulich glitzernden Schneedecke bedeckt war. Die Wege waren unberührt. Floris war zum ersten Mal seit seiner Abreise aus Paris ganz allein. Der wunderschöne Anblick entzückte ihn. Die unerwartete Freiheit ließ ihn Zeit und Raum vergessen. Die Hammerschläge von Mardi-Gras, die er in der Ferne hören konnte, riefen ihn zunächst zur Vernunft. Dennoch fing der Schüler, der wie alle Jungen seines Alters über eine rege Phantasie verfügte, bald an, in diesem märchenhaften Wald mit offenen Augen zu träumen. Er hatte immer sehr viel gelesen, und so glaubte er nun, ein verzaubertes Land zu betreten, das seinen Lieblingsbüchern entstammte: Jean Froissarts *Méliador, Gliglois,* ebenfalls ein Artusroman, *Das Buch von Léan, Der Ritter in Papegau*…

Aus diesen wohlklingenden Titeln ersann der junge Mann Gesichter und Gestalten. Er ließ seiner Phantasie freien Lauf, bis ein Traum die Oberhand gewann: Floris war von zahlreichen hübschen, feenhaften Jungfrauen umringt, die durchsichtige, blaue Gewänder trugen. Arme und Füße waren nackt. Die seltsamen Feen standen auf einem Hang oberhalb des Jungen und hinter den Bäumen. Sie liefen fröhlich im Kreis, ohne sich ihm zu nähern, und beugten sich über die Anhöhe.

Floris hatte sich dieses Trugbild nicht absichtlich ausgedacht. Es ähnelte eher uneingestandenen Phantasien, denen er nachts immer häufiger nachhing. Mädchen mit sanften Blicken waren aus einem Märchenschloss geflohen und kamen, um ihn auf seinem Lager zu umarmen. Seine Müdigkeit und die gestrige schlaflose Nacht, die er im Kerzenschein über einem Codex verbracht hatte, trugen sicherlich zur Klarheit der Bilder bei. Inmitten des strahlenden Schnees ließ er sich von den reizenden Hirngespinsten in eine Traumwelt entführen. Drei Mädchen lösten sich aus dem Kreis der Dryaden und stiegen zu ihm hinab. Sie hatten glatte Haut und langes Haar. Nur die Größte von ihnen näherte sich ihm. Floris lächelte erfreut. Es war ein entzückender Traum, der bei weitem alles übertraf, was er bisher jemals geträumt hatte. Er hätte die Zeit gerne angehalten, um einen Kuss oder ein Wort mit dieser Schönheit zu tauschen, als er plötzlich stutzte. Die Fee hatte eine Gänsehaut. Die Kälte hatte ihre nackten Füße blau gefärbt. Ihre weiße Brust bebte wie die eines Vogels. Floris verdrehte die Augen und trat einen Schritt zurück. Er schüttelte den Kopf. Die Feen verschwanden nicht. Die Große mit den pechschwarzen Haaren stand noch immer vor ihm und konnte ihr Zittern kaum unterdrücken. Floris spürte, dass er nicht mehr träumte. Er war tatsächlich von einem Dutzend Mädchen umringt, die mitten im Winter halb nackt durch den Wald liefen. Er wollte schreien, aber die Große bedeutete ihm auf liebenswürdige Weise zu schweigen. Sie näherte sich ihm und legte eine Hand auf die Wange des Jungen. Er erstarrte. Die Erscheinung berührte auch Floris' blonde Strähnen. Sie schaute ihm in die Augen, ohne ein einziges Wort zu sagen. Ihre sanften Lippen, die durch die Kälte ein wenig aufgerissen waren, regten sich nicht und sahen fast aus wie der feine Strich eines Künstlers. Schließlich trat das Mädchen anmutig einen Schritt zurück und verneigte sich. Das war alles. Einige Augenblicke später war sie mit ihren Gefährtinnen verschwunden. Es war nicht so wie in einem Märchen, in denen sich Gestalten mitunter einfach in Luft auflösten. Nein, die Mädchen aus Fleisch und Blut liefen lachend davon und verschwanden zwischen den Bäumen.

Floris spürte, wie ihm das Blut in die Wangen schoss. Er verlor die Besinnung und sank wie ein Romanheld, der zu weit in eine verbotene Welt eingedrungen war, zu Boden.

Ein paar Minuten später kam der Junge wieder zu sich. Über seinen Hals rannen eisige Wassertropfen. Er stand zitternd auf. Die halb fertigen Schlingen hielt er in der Hand. Was war geschehen? Er drehte sich um und erblickte Spuren im Schnee. Floris betrachtete sie aufmerksam. Sie waren klein und spitz. Kleine, spitze Spuren, die von den Mädchen aus seinem Traum hätten stammen können oder auch von einem kleinen Reh oder einem jungen Damhirsch.

Der Junge konnte Traum und Wirklichkeit nicht mehr unterscheiden. Er wusste nicht, was er geträumt und was er wirklich erlebt hatte. Jetzt wandte er sich seinen Fallen zu.

Inzwischen wusste Mardi-Gras, was er alles an der Kirche ausbessern musste. Er würde ein paar Balken auswechseln, den Mörtel erneuern, das Unkraut von der Fassade rupfen, den Lehmboden ebnen, die wenigen Steinplatten säubern und neuen Strohlehm kneten. Auch die Sprünge in der alten Glocke aus Bronze mussten bearbeitet werden.

Trotz der ungeheuren Aufgabe machte er sich unerschrocken ans Werk. Zuerst nahm er das Holz in Augenschein und entschied, welches noch zu gebrauchen war und welches als Brennholz dienen konnte.

Zweimal unterbrach Mardi-Gras seine Arbeit, weil er das Gefühl hatte, beobachtet zu werden. Aber von wem? Floris war in den Wald gegangen, um Fallen auszulegen, und der Priester wollte sich die Hütten ansehen.

Als er wieder den Eindruck hatte, nicht allein zu sein, drehte der Riese sich abrupt um. Es war niemand da. Fast niemand.

Etwa fünfzig Schritt von ihm entfernt entdeckte er auf der Hauptstraße des Dorfes einen Wolf mit braun und grau geflecktem Fell, der auf den Hinterpfoten saß. Das Tier rührte sich kaum und beäugte ihn, das Maul aufgerissen, die Ohren gespitzt.

Der Wolf war in der Meute ein gefährliches Raubtier und legte sich selten allein auf die Lauer. Es wies jedoch nichts auf weitere Wölfe in der Nähe hin. Ein paar Augenblicke starrten sich der Mann und das Tier an. Der Wolf war vollkommen ruhig. Mardi-Gras beschloss, ihn auf die Probe zu stellen. Es war eine Strategie, mit der er sich diese Raubtiere schon mehrere Male vom Hals gehalten hatte. Nachdem er das Holz aus der Hand gelegt hatte, ergriff er sein Kurzschwert und schritt auf den Wolf zu. Entweder nahm das Tier Reißaus, oder er würde es mit einem Hieb erledigen. Der Wolf rührte sich nicht, als Mardi-Gras näher kam. Er machte sich weder davon, noch griff er ihn an. Dann lagen nur noch zehn Schritte zwischen ihnen. Das Tier benahm sich wahrhaftig sonderbar. Anstatt eine kampfeslustige oder abwehrbereite Haltung einzunehmen, legte es sich auf den Bauch, streckte die Vorderläufe von sich und ließ die Ohren hängen. Es bot jetzt einen eigenartigen Anblick. Vielleicht ähnelte es doch eher einem wilden Hund als einem Wolf. Sein Körper war furchtbar dürr. Man konnte die Wirbel zählen. Der Rücken und die Brust waren fast kahl, und es hatte ein breites Maul. Die Farbe der Augen war schwer zu bestimmen, eines schien schwarz zu sein. Der Riese blieb beunruhigt vor dem Wolf stehen. Bei der geringsten Gefahr würde Mardi-Gras das Tier mit einem Hieb töten. Da hob der Wolf den Kopf und fing an, die Hände des Riesen zu beschnuppern.

Als Mardi-Gras auf seine Baustelle zurückkehrte, begleitete ihn der Wolf wie ein Hund, der seinem Hirten folgte. Er gab dem Wolf ein Stück Buchweizenfladen. Der Wolf verschlang es und legte sich in der Nähe des Riesen auf den Boden.

Der hünenhafte Mann nahm lächelnd seine Arbeit wieder auf. Er hatte das erste wilde Tier von Heurteloup gezähmt.

Henno Gui inspizierte das Dorf.

Selbst wenn die Kirche Gottes in diesem Dorf keine Kultstätte mehr ist, sagte er sich, müsste sich ein anderes Gebäude finden, das Aufschluss über ihren neuen Glauben gibt.

Auch das ungehobelte Volk entgeht dem Gefühl des Göttlichen nicht. Er konnte sich nicht vorstellen, in dieser Gemeinde überhaupt kein Symbol einer höheren Macht zu entdecken.

Der Priester ging an den Hütten vorbei, die mit Stroh abgedeckt waren. Er betrachtete die Wände, die Werkzeuge und Verzierungen. Alles war auf das praktische Leben abgestimmt. Keine Kruzifixe, keine Kuppel, unter der Opfergaben dargebracht werden konnten, keine magischen Inschriften. Nichts. Henno Gui verbot sich vorerst, die Behausungen zu betreten.

Nachdem der Priester das ganze Dorf durchquert hatte, musste er sich mit den Tatsachen abfinden. Er hatte keinen einzigen Altar, keinen Tempel und kein Haus erspäht, das der Verehrung eines hiesigen Gottes geweiht war. Es gab auch keine häuslichen Idole. Der Schnee, der in der vergangenen Nacht gefallen war, bedeckte die Spuren der Einwohner und die Dächer der Häuser. Die dicke Schneedecke würde Henno Guis Suche lange Zeit behindern. Vermutlich verdeckte sie das, was er suchte. Und doch war es gerade der Schnee, der ihm seinen ersten Hinweis lieferte.

Henno Gui zählte sieben Häuser. Vor jeder Tür stand eine kleine Tonfigur, die die Größe einer Hand hatte. Sie stellten alle Frauen dar. Sieben Frauen. Ihre Gesichtszüge waren nicht idealisiert. Sie hatten weder mythologische oder kriegerische Züge, noch boten sie Hinweise auf eine göttliche Macht. Die Statuen waren wie Dorfbewohnerinnen gekleidet, und die Proportionen stimmten mit denen eines Menschen überein.

Dennoch wunderte sich Henno Gui über zwei Dinge. Erstens waren die sieben Frauen alle schwanger. Zweitens hätte der Schnee, der in der letzten Nacht gefallen war, die kleinen Statuen unter sich begraben müssen. Das war nicht der Fall. Sie waren alle sorgfältig vom Schnee befreit worden. Jemand hatte den Schnee von den Figuren und den Sockeln entfernt. Und das konnte nur in der Nacht oder am frühen Morgen geschehen sein.

Die Dorfbewohner waren also in der Nähe geblieben, und sie behielten ihre Idole im Auge. Dass sie trotz der fremden Eindringlinge in der Nacht zu ihren kleinen Statuen gegangen waren, zeugte von Mut – und von der Bedeutung, die dieser Kult für sie hatte. Henno Gui ahnte bereits, dass diese sieben Idole eines Tages mit seinem Christus im Wettstreit stehen würden.

Der Priester machte sich auf den Rückweg und dachte angestrengt nach. Wenn das Leben der Menschen hier auch nur leicht von religiösen Empfindungen geprägt war, müsste ihr Übergang in die Welt der Toten mit einem Kult verbunden sein. Dies ist ein Instinkt, dem sich niemand entziehen kann: das Bedürfnis, sein Fleisch, seinen Leichnam und die dem Körper entwichene Seele an einem geweihten Ort unterzubringen. Ein Grab sagt mehr über eine Zivilisation aus als alle Schriften der Gelehrten.

Aber an diesem Tag fand der Priester außer den sieben mysteriösen Statuen der schwangeren Frauen nichts.

Floris verschwieg schamvoll sein Erlebnis im Wald. War es Traum oder Wirklichkeit gewesen? Er wusste es selbst nicht genau; daher zog er es vor, das Ereignis für sich zu behalten. Er hatte seine Schlingen ausgelegt, und tatsächlich hatten sich schon Waldtiere darin verfangen. Nur das zählte. Der Junge versuchte, nicht mehr an das große Mädchen mit dem schwarzen Haar zu denken.

Mardi-Gras brauchte sieben Tage, um die ersten notdürftigen Ausbesserungsarbeiten der Kirche zu vollenden. Henno Gui fand, es sei an der Zeit, sie einzuweihen. Gemeinsam mit Floris und dem Riesen baute er einen Altar, ein großes Kreuz und einen Tabernakel, in den Gui das Brot, das Öl und den Wein der Eucharistie, den er aus Paris mitgebracht hatte, einschloss. Am kommenden Sonntag sollte die erste Messe gehalten werden. Es wäre der zehnte Tag nach ihrer Ankunft in Heurteloup.

Bis es so weit war, sollte der Priester von Heurteloup noch weitere Entdeckungen machen.

Als er hartnäckig nach Spuren eines Friedhofs oder eines einsamen Hügelgrabes suchte, stieß er zunächst östlich des größten Sumpfes auf eine Quelle. Er fragte sich, ob es sich um die Quelle des Montayou oder eines Zulaufes jenes Flusses handelte. Seine Neugier hatte nichts mit den Leichen zu tun, die in Domines angeschwemmt worden waren. Auch nichts mit der Tatsache, dass die ersten Männer, die Haquin aus Draguan losgeschickt hatte, vielleicht dort gewesen waren, ohne etwas von der unmittelbaren Nähe des vergessenen Dorfes zu ahnen. Es ging ihm um die Vorrichtung, die etwa siebzig Schritte flussabwärts gebaut worden war. Ein raffinierter, funktionstüchtiger Bewässerungsmechanismus speiste ein faustdickes Rohr, das in die Erde eindrang und neben einer Hütte im Dorf wieder auftauchte.

Nicht übel für Wilde, sagte er sich.

Nach einem erneuten nächtlichen Schneefall stellte der Priester fest, dass die sieben Figuren wieder vom Schnee befreit worden waren. Henno Gui wusste nun, wie er die Einwohner aufspüren könnte. Er musste sich nur verstecken, sobald es zu schneien anfing. Die nächtlichen Besucher hatten keine Fußspuren in der Nähe der Statuen oder der Hütten hinterlassen.

Henno Gui erinnerte sich an die Schilderungen des Küsters Premierfait. Die Menschen klettern wie Eichhörnchen auf die Bäume! Er sah sich um. Tatsächlich waren an einigen Baumstämmen Spuren zu sehen, und auch die abgeknickten Zweige waren verräterisch.

Am Tag vor der ersten Messe stieß der Priester im Wald auf ein schmales Stück Land, von dem er glaubte, dass es der Bestattung der Toten diente.

Eine Steinstele, die größer und heller war als die anderen und aus dem Schnee herausragte, hatte ihn auf die Spur gebracht. Auf der kleinen, abgeholzten Hügelgrabstelle zählten der Priester und seine Freunde zwölf Steine. Eine bestimmte Anordnung war nicht zu erkennen. Die Stelen trugen keine Buchstaben und keine Namen. In die Steine waren nur Striche geritzt worden. Sie deuteten vielleicht eine Zahl oder ein Datum an. Sicher war es eine ganz einfache Art der Zählung, die sich den drei Männern aber nicht erschloss.

»Um die Anzahl der Verstorbenen in diesem Dorf kann es sich nicht handeln«, sagte Henno Gui. »Erstens fängt die Zählung nicht bei eins an, und zweitens weist sie große Lücken auf. Zudem gibt es einige Wiederholungen. Ob es sich wohl um eine kalendarische Berechnung handelt? Aber was sollen dann die Striche bedeuten: ein Jahr, ein Jahrzehnt? Die Menschen hier leben seit fünfzig Jahren außerhalb der römischen Zeitrechnung. Schon möglich, dass sie das Gefühl für den Kalender verloren haben, oder? Wenn wir davon ausgehen, dass sie sich das Gefühl für ein Jahr bewahrt haben und ein Strich ein Jahr bedeutet, kommen wir nur auf vierundzwanzig Jahre. Müsste es dann nicht woanders ältere Gräber geben? Im Jahre 1233 ist doch noch ein Pfarrer in diesem Dorf gewesen: Wo sind die christlichen Gräber?«

Henno Gui schüttelte nachdenklich den Kopf.

Er hatte sich auf eine gefährliche Mission eingestellt, aber nicht damit gerechnet, so lange im Dunkeln zu tappen.

Der von Mardi-Gras gezähmte Wolf hatte sich schon an die Neuankömmlinge gewöhnt. Er führte zwei Leben: eines in den Wäldern und eines bei den drei Männern. Der Wolf schlief jeden Abend vor der Kirchentür ein und verschwand regelmäßig im Morgengrauen. Erst um die Mittagszeit pflegte er zurückzukehren.

»Vermutlich geht er zu den Dorfbewohnern, die am frühen Morgen essen«, sagte der Pfarrer.

»Sollten wir ihm nicht einmal folgen?«, schlug Floris vor.

»Nein.«

Henno Gui betrachtete den Himmel, der von dunklen Wolken verhangen war. Es würde bald wieder schneien.

Am nächsten Tag feierten sie die erste Messe in Heurteloup.

Henno Gui hatte fünfzehn Kerzen gegossen und sie überall in der kleinen Kirche aufgestellt. Der Kerzenschein erhellte das Hauptschiff und den Chor.

Es war noch dunkel. Der Pfarrer und seine Gefährten warteten auf die ersten Sonnenstrahlen. Der Klerus hatte es schon lange verboten, nachts eine Messe zu lesen.

Der Priester zog sein liturgisches Gewand aus Seide an, das er mit einem Pektorale schloss, welches mit Filigran und Schmelzemail verziert war. Gemeinsam mit Floris bereitete er das Messbuch und den Weihrauch für die Gottesfeier vor. Aus Paris hatte Henno Gui die Bibel der Waldenser mitgebracht. Der junge Priester hatte sich mit dem Säbel geschlagen, um an dieses seltene Exemplar zu kommen, das von der Kirche nicht anerkannt wurde. Und ihm war daran gelegen, es in die kleine Gemeinde auf dem Lande mitzunehmen.

Mardi-Gras stand neben der Glocke und wartete auf ein Zeichen seines Herrn, um zur Messe zu läuten. Er hatte die Risse in der alten Bronzeglocke wieder schließen können. Die Türen der Kirche waren weit geöffnet.

Als das Echo der Glocke beim ersten Morgengrauen feierlich durch das verlassene Dorf hallte, spürte Henno Gui einen leichten Stich im Herzen. Wie lange hatte dieses Gotteshaus seine Schäfchen nicht mehr zum Gebet gerufen?

Während des Glockengeläutes ging er mit einer kleinen, an einer Kette hängenden Silberschale, in der zwei Stücke Weihrauch auf glimmendem Holz brannten, an den Mauern entlang. Der reinigende Rauch und der aromatische, starke Duft drangen allmählich in die Seiten- und Querschiffe ein. Auf diese Weise vergrößerte Henno Gui symbolisch seinen ursprünglichen »Kreis«.

Mardi-Gras beendete das Glockengeläut. Wie es der Brauch vorsah, schloss er die Türen. Die Kirche wirkte immer noch kahl und leer, da es nur wenige Sitzbänke gab. Der Pfarrer stellte sich vor den Altar, ließ Weihrauch aufsteigen und sagte: »Gesegnet sei Gott, heute und in Ewigkeit.«

Floris kniete mit gesenktem Kopf neben dem Chor und konzentrierte sich auf seine Buße. Seine größte Sünde trug weibliche Züge, hatte schwarzes Haar, lange, seidige Wimpern und einen himmlisch sanften Blick. Seit der Begegnung im Wald besuchte ihn dieses Gesicht regelmäßig in seinen Träumen. Während Henno Gui unerschütterlich das allgemeine

Sündenbekenntnis verlauten ließ, sprach der junge Mann reuig jedes Wort seines Herrn nach.

»Ich beichte Gott, dem Allmächtigen, und erkenne vor meinen Brüdern an, dass ich in Gedanken, im Wort und im Handeln und durch Unterlassung gesündigt habe. Ja, ich habe gesündigt.«

Die beiden Männer schlugen sich mit der Faust auf die Brust.

»Gott, der Allmächtige, hab' Erbarmen mit uns. Möge er uns unsere Sünden vergeben und uns ins ewige Leben führen. Amen.«

Die Messe folgte dem traditionellen Brauch. Nach dem »So sei es« hörten sie Lärm vor der Kirche. Mardi-Gras, der hinten in der Kirche saß, sprang sofort auf und ging zur Tür.

Aber Henno Gui ließ sich davon nicht beirren. Nach dem dreifachen Bittruf des Kyrie stimmte er einen Lobeshymnus an.

Der Lärm draußen schwoll an. Es braute sich etwas zusammen. Floris schaute fragend seinen Herrn an, der die Messe ungerührt fortsetzte. Endlich wagte es Mardi-Gras, der zurückgekehrt war, ihn zu unterbrechen.

»Sie sind da, Herr.«

Floris stand auf. Auch er hatte es gehört: knirschende Schritte im Schnee, das Rascheln von Zweigen, ein Klicken und Klirren wie von Waffen.

Die Mauern waren nicht vollständig abgedichtet. Nun konnten es auch der Priester und der Junge erkennen: Zwischen den Ritzen sah man Blitze, Fackeln, unheimliche Schatten …

Die Einwohner hatten sich also entschieden, aus ihren Verstecken hervorzukriechen. Hatte das Glockengeläute sie herbeigelockt oder das Licht der Kerzen, das Echo des Gesangs? Der Pfarrer spürte, dass er unverzüglich handeln musste.

Er legte das Gesangbuch auf den Altar, ergriff ein Kruzifix und beschloss, vor die Kirche zu treten. Er zögerte keinen Augenblick.

Rings um das Gotteshaus waren leises Stimmengewirr und bedrohliches Knurren zu hören. Mardi-Gras zog sein Kurzschwert hervor. Der Pfarrer stieg von der Estrade des Chores und schritt auf den Ausgang zu.

In diesem Moment zersplitterte die Tür.

Floris wurde zu Boden geworfen. Henno Gui wich zurück. Ein halb nackter Mann fiel bäuchlings auf die Steinplatten der Kirche. Grelle, unmenschliche Schreie hallten durch das Gotteshaus. Es waren die Schreie einer vor Wut brüllenden Meute. Ihr Heulen glich einem Steinhagel, der auf sie niederging. Aber im Dämmerlicht konnte man die Gestalten der kreischenden Meute draußen nicht genau erkennen. Nach dem Mann, der bäuchlings auf den Boden lag, hatte niemand mehr die Kirche betreten. Der Mann wurde von nervösen Zuckungen geschüttelt. Henno Gui warf ihm einen flüchtigen Blick zu und erschauderte: Sie hatten ihm die Hände und Füße abgehackt. Über die Steinplatten floss Blut. Der Mann schnappte keuchend nach Luft.

Mardi-Gras erstarrte vor Schreck. Er hatte den Küster Premierfait erkannt.

Die Einwohner von Heurteloup warfen ein brennendes Strohbündel in die Kirche. Plötzlich verstummten ihre Schreie. Henno Gui und seine beiden Gefährten hörten die hastigen Schritte der Fliehenden. Innerhalb weniger Augenblicke setzte eine vollkommene Stille ein, die nur von dem Stöhnen des Verletzten und dem Knistern der Kerzen durchbrochen wurde. Kein einziges Geräusch drang mehr von draußen in die Kirche.

Mardi-Gras löschte das Feuer. Henno Gui und Floris umklammerten den Sterbenden und legten ihn auf den Altar, der nun, da die Messe nicht beendet werden konnte, als Behandlungstisch dienen musste.

Der Körper des Mannes war von Kratzern und tiefen Wunden übersät, aus denen das Blut tropfte, dessen starker Geruch den Duft des Weihrauchs überlagerte. Mardi-Gras hatte sich nicht geirrt. Es handelte sich tatsächlich um Premierfait.

Henno Gui machte sich schnell ein Bild von dem Zustand des Verletzten. Nicht nur seine Handgelenke und Fußknöchel waren abgetrennt worden; man hatte ihn auch entmannt und seine Brustwarzen abgerissen! Der gesamte Unterleib war eine einzige klaffende Wunde, und ein Auge fehlte. Premierfait verlor unaufhörlich Blut. Der Priester gab Mardi-Gras und Floris ein Zeichen. Der Erste lief zum Feuer, und der andere holte das Bündel des Priesters.

Henno Gui nahm die Schale mit dem Weihrauch und schüttete den Inhalt auf den Bauch des Küsters. Der Verletzte zeigte keine Regung, als die glimmenden Holzstücke auf seiner Haut lagen. Der Pfarrer schob die Glut mit einem Stock über die Wunden. Als das Blut zischte und sich der Geruch verbrannten Fleisches ausbreitete, konnten sich Narben bilden.

Floris kehrte mit dem Bündel des Priesters zurück. Mardi-Gras brachte zwei Holzscheite aus dem Ofen am Eingang der Kirche. Premierfaits Blutzirkulation war noch nicht zum Stillstand gekommen. Henno Gui zog Lederriemen aus seinem Bündel und zerschnitt sie. Aus den Stücken knotete er Schlaufen, die er an den Enden der verstümmelten Glieder festband, sodass die Blutung schwächer wurde. Anschließend riss der Pfarrer dem Verletzten die letzten Fetzen seines Wamses und seiner Beinlinge vom Leib.

Die klaffende Wunde zwischen den Beinen von Premierfait

fiel ihm besonders ins Auge. Sie war schlimmer, als er gedacht hatte. Floris wurde es beinahe übel. An der Stelle war inmitten von blutendem, zerrissenem Fleisch nur noch ein klaffendes Loch.

Henno Gui wischte sich den Schweiß von der Stirn. Er streckte das rechte Bein des Küsters und nahm das Ringknaufmesser von Mardi-Gras in die Hand, dessen scharf geschliffene Klinge er an seinem Pluviale reinigte. Der hünenhafte Mann musste ihm nun assistieren. Der Pfarrer gab ihm wortlos Anweisungen, indem er kurz auf die glühenden Holzscheite und die Stümpfe des Verletzten zeigte. Auf sein Zeichen presste Mardi-Gras das glühende Ende eines Scheites auf eine von Premierfaits Wunden. Im selben Augenblick schnitt Henno Gui einen breiten Hautstreifen vom Oberschenkel. Die scharfe Klinge drang in die Haut ein wie in einen gebratenen Fisch. Der Priester schnitt ihm noch drei weitere Hautstreifen ab.

Mardi-Gras verbrannte jedes Mal die Handgelenke oder die Knöchel des Verletzten.

Henno Gui zog aus seinem Bündel eine Nadel und einen dicken Faden hervor. Er musste die Hautstücke auf die größte Wunde nähen. Diese Operation wurde normalerweise erst durchgeführt, nachdem ein Narben bildendes Mittel auf die Haut aufgetragen worden war, aber dazu fehlte jetzt die Zeit. Er nähte die Haut mit schnellen Stichen auf die gesunden Stellen, damit sie besser hielt. Der Priester keuchte vor Anstrengung und murmelte unverständliche Worte. Als er mit dem Finger den zerstörten Blasenkanal ertastete, zweifelte er am Überleben des Küsters.

Premierfait röchelte ununterbrochen. Trotz der Schmerzen verlor der gute Mann niemals vollständig das Bewusstsein.

Als Henno Gui sich nach der Operation aufrichtete, war sein Pluviale von Blut durchtränkt.

Die Messe war beendet.

Floris blieb den ganzen Tag bei dem Verletzten, bis dieser endlich die Augen schloss. Zeitweise wusste der Junge nicht, ob Premierfait tief schlief oder schon gestorben war.

Henno Gui und Mardi-Gras bauten rund um die Kirche Verteidigungsanlagen wie Fallgruben und Fallen aller Art.

Am Abend hatten die beiden Männer das Gebäude verbarrikadiert und neue Waffen hergestellt, worunter sich auch eine schwere Schleuder für die Fäuste des Riesen befand.

Von den morgendlichen Angreifern gab es keine Spur.

Ehe die Nacht hereinbrach, bewaffnete sich Henno Gui mit einem dicken Stein und ging allein ins Dorf. Blindwütig zerschmetterte er alle Tonstatuen der schwangeren Frauen.

Nach dieser Tat kehrte er mit ernster, zorniger Miene in die Kirche zurück. Er beugte sich über den schlafenden Küster und betrachtete dessen Wunden.

»Hoffentlich bleibt er am Leben«, sagte er. »Er hätte uns sicher einiges zu erzählen.«

Floris sah im Blick seines Herrn den Zorn des gelehrten Streiters aus Paris, der bekannt dafür war, Scheiben einzuwerfen oder Stühle zu zerschmettern, wenn es galt, ein Wortgefecht für sich zu entscheiden.

Floris wusste nicht, ob er die Wut des Pfarrers als Trost ansehen sollte oder ob sie eher ein Zeichen des Wahnsinns war.

VI

Auf dem Weg nach Rom hielten Gilbert de Lorris und sein Gefangener eines Abends an einer Kreuzung mitten im tiefen Wald. Sie konnten sich nicht entscheiden, welche Richtung sie einschlagen sollten. Auf Gilberts Plan standen keine Anweisungen, und er erinnerte sich nicht mehr, welchen Weg er auf der Hinreise genommen hatte. Nach einem Moment des Zögerns fasste er den Entschluss, den Weg einzuschlagen, der etwas breiter, weniger hügelig und weniger zugewachsen als die anderen zu sein schien.

Nachdem sie ein Stück geritten waren, erkannte er seinen Irrtum. Der Pfad wurde immer schmaler und unebener. Die Nacht brach herein. Im Wald war es bereits ziemlich düster, und die Luft war eisig kalt. Sie mussten schnellstens umkehren. Plötzlich sahen sie zwischen den Bäumen ein eigenartiges Licht in der Ferne. Es erinnerte an das warme Funkeln einer Herbergslaterne oder das Lagerfeuer eines Berghirten. Ein Licht in dieser einsamen Gegend, das war erstaunlich.

»Kommt, wir reiten dorthin«, sagte Aymard. »Wenn wir jetzt umkehren, kommen wir mitten in der Nacht halb erfroren an der letzten Station an.«

Zum ersten Mal stimmte Gilbert, dem nicht der Sinn danach stand, den langen Rückweg anzutreten, einem Vorschlag von Aymard zu.

Die beiden versanken in zugeschneiten Schlammlöchern und verfingen sich mehrere Male im Gestrüpp. Man hätte fast meinen können, jemand hätte sie auf diesen Weg gelockt, um ihnen übel mitzuspielen.

Bald kamen sie an einem kleinen Schild vorbei, das an einen Baumstamm genagelt war. Darauf stand: HERBERGE DES MAÎTRE ROMAN.

Die beiden Männer ritten weiter, bis sie zu dem Licht kamen, dessen Widerschein sie aus der Ferne gesehen hatten.

Es war tatsächlich eine herrliche, große Herberge, die von Pechpfannen und Fackeln beleuchtet wurde. Und das mitten im Wald!

Vor dem Eingang entdeckten sie neue Gurte, an denen sie ihre Pferde anbinden konnten, frischen Hafer und eine Tränke.

»Das scheint eine ausgezeichnete Herberge zu sein«, rief Aymard entzückt.

Gilbert vergaß nicht, dem Gefangenen Fabres Eisenring um den Fußknöchel zu legen, nachdem er den Gurt, der ihn am Sattel fesselte, gelöst hatte. Hinter dem Hauptgebäude sah der junge Mann zwei Scheunen und einen Pferdestall. Unverständliche Wortwechsel drangen aus den Scheunen. Aymard hatte bereits die Tür zur Herberge geöffnet, und der junge Gardist folgte ihm.

Das Läuten einer Glocke kündigte die Ankunft der beiden Reisenden an.

Sie betraten eine große, frisch geputzte Wirtsstube, in der es nach Harz und Suppe duftete. Auf den Bänken vor den sauberen Tischen lagen Felle, und auf den meisten Tischen standen Holzschalen und Löffel für drei Personen. Auf einem Tisch war für zwei Personen und auf einem anderen für eine Person gedeckt. Aber die Wirtsstube war menschenleer.

Noch nie hatte Gilbert auf seinen Reisen eine so gepflegte Herberge gesehen. Das Holz war hell und wie neu, der Boden glatt und sauber. Keine Spur von Schmutz oder Heu.

»Manchmal ist es gar nicht so schlecht, sich zu verirren«, murmelte er.

Im ersten Stockwerk wurde eine Tür geöffnet. Ein kleiner, rundlicher Mann mit einer fröhlichen, väterlichen Miene stieg die Wendeltreppe hinab. Er trug die große Schürze eines Schankwirtes.

Der Mann stellte sich mit rosigen Wangen und strahlenden Augen vor Gilbert und Aymard.

»Willkommen, meine Herren. Ich möchte mich vorstellen. Ich bin Maître Roman.«

Enguerrans Sohn lächelte spöttisch.

»Maître?«, sagte er. »Ach was! Warum denn Maître, bitte schön?«

»Weil ich hier der Herr im Hause bin, mein Freund! Das ist doch Grund genug. Ihr findet hier niemanden außer mir, der sich um die Gäste kümmert. Nur meine Frau Francesca und meinen Hund Lucas. Alles, was hier geschieht, ist meine Angelegenheit! Ich glaube wohl, dass ich mich Maître nennen kann, wenn ich diese Macht ausübe. Und wer seid Ihr?«

»Aymard du Grand-Cellier. Auf dem Weg nach Rom.«

Maître Roman nickte; der Eisenring am Fuß Aymards schien ihm nicht aufgefallen zu sein. Er musterte Gilbert, der sich als Soldat der päpstlichen Garde vorstellte.

»Hm… Sehr schön. Es freut mich, junge, gesunde Männer mit wohlklingenden Namen und hübschen Waffen bei mir zu empfangen. Bisher wurde ich in dieser Hinsicht nicht gerade verwöhnt. Heute sind zwei Gruppen vor Euch angekommen. Die erste brachte einen Toten und die zweite einen Sterbenden. Das ist mein Kummer. Ich hatte seit Monaten keinen Gast mehr. Dieser strenge Winter ruiniert mein Geschäft. Und siehe da, jetzt schneit mir an einem einzigen Tag ein Gast nach dem anderen ins Haus. Zuerst kam der Mönch, der den Leichnam seines Bischofs nach Norden in seine Heimat bringt, und kurz darauf eine Gruppe umherziehender Schauspieler, deren alter Spielleiter mit dem Tode ringt.«

Er hob die Arme gen Himmel.

»Es gibt Tage wie diese … Nun, der Leichnam liegt in der Kutsche im Pferdestall. Die Spielleute haben ihr Lager in einer meiner Scheunen aufgeschlagen. Es sind zu viele, und sie haben kein Geld, um die Zimmer zu bezahlen. Ich gebe ihnen das Stroh und die Suppe zu einem günstigen Preis.«

»Auch wir möchten die Nacht hier verbringen und zu Abend essen«, sagte Gilbert.

»Kein Problem, meine Freunde«, erwiderte der Gastwirt. »Fühlt Euch wie zu Hause. Solange Ihr alles in klingender Münze bezahlt.«

Gilbert gab dem Schankwirt das Geld, das er verlangte. Dann wählte er im ersten Stockwerk ein Zimmer für sich und Aymard aus.

Als sie in die Wirtsstube zurückkehrten, war auf den gedeckten Tischen das Essen aufgetragen. Vor dem kleinen Tisch saß ein Mönch mit müder Miene. Er beugte sich über seinen Napf und verschlang gierig die Eiersuppe mit Pfefferkörnern und Honig.

Die beiden Reisenden begrüßten den Mann, der sich als Bruder Chuquet vorstellte, und setzten sich an ihren Tisch.

»Wir haben zwei Pferde«, sagte Gilbert zu Maître Roman.

»Ich weiß. Sie sind bereits im Stall.«

»Habt Ihr morgen früh frische Pferde für uns?«

»Nein, Monsieur. Nicht in dieser Jahreszeit. Aber Eure Rösser können sich bei mir prächtig ausruhen. Bis morgen früh haben sie sich wieder erholt.«

»Ich werde nach dem Essen nach ihnen sehen.«

»Wie Ihr wünscht. Neben der Eingangstür hängen Fackeln.«

Aymard wurde nach dem Essen in ihrem gemeinsamen Zimmer eingeschlossen. Nach dem Genuss des Weins, den Maître Roman ausgeschenkt hatte, war der Gefangene matt und müde. Es war für Gilbert kein Risiko, ihn einen Moment allein zu lassen. Die Fackeln vor dem Haus waren fast alle gelöscht worden. Nur eine kleine Hornlaterne brannte noch, und der Soldat nahm sie vom Haken und ging zu den Ställen. Die Pferde hatten frisches Futter bekommen.

Er entdeckte die Kutsche, von der Maître Roman beim Essen gesprochen hatte. In ihr musste sich auch der sonderbare Sarg befinden. Der junge Mann konnte seine Neugier nicht zügeln und wollte den Sarg aus der Nähe betrachten. Er stellte die Handleuchte auf einem vorspringenden Balken ab.

Er fragte sich, ob er den Mut hätte, in den Wagen zu steigen und den Sarg zu öffnen. Als er einen Stiefel aufs Trittbrett stellte, fing der Wagen stark an zu schaukeln. Gilbert erschrak und trat zurück. Eine zierliche Gestalt sprang vom Dach der Kutsche. Der Soldat packte den Unbekannten am Kragen, warf ihn zu Boden und griff an sein Schwert.

»Wer bist du? Was machst du da?«, schrie er.

»Lasst mich los! Lasst mich los!«, bettelte eine Kinderstimme. »Bitte. Ich bin der Vogelfänger. Ich gehöre zur Truppe … zu den Spielleuten.«

Gilbert riss seinen Gefangenen mit einem Ruck hoch und zerrte ihn in den Lichtschein. Der Junge war etwa dreizehn Jahre alt. Er trug ein sonderbares Gewand mit bunten Längs- und Querstreifen. Es war ein Zwischending zwischen einem Mi-parti und den Lumpen eines Bettlers.

»Was ist denn das?«, fragte Gilbert.

»Ich bin Komödiant. Das habe ich doch gesagt. Der Vogelfänger. Ich wollte mir den Toten ansehen.«

Gilbert ließ den Jungen los.

»Fast hätte ich dich aufgespießt.«

»Verzeiht mir, bitte.«

Das Kind sah eigentlich recht nett aus.

»Interessieren dich die Toten?«, fragte Gilbert.

Der Vogelfänger nickte.

»Es war eine gute Gelegenheit, mir einen toten Bischof anzusehen, falls ich eines Tages einmal einen auf der Bühne spielen sollte.«

Gilbert fing an zu lachen.

»Wie viele seid ihr in eurer Truppe?«, fragte er.

»Siebzehn. Den Neuen Denker zähle ich nicht mit. Er wird uns bald verlassen.«

»Der Neue Denker?«

»So heißt er in unserem Stück. Das ist unser Spielleiter. Er ist schon sehr alt.«

Gilbert und der Vogelfänger vergaßen ihre Neugierde auf den Sarg. Der Junge zog den Soldaten in die andere Scheune, wo die Spielleute ihr Lager aufgeschlagen hatten. Gilbert staunte, als er die bunte Truppe sah, die am Lager eines alten Mannes wachte, der auf einem dicken, roten Fell lag.

Der Soldat hielt sich lange bei den Gauklern auf. Es wurde ein wunderschöner Abend. Die Herzlichkeit dieser Fahrenden, ihr Gesang, die Kostüme mit den bunten Streifen, Rhomben und Würfeln, die Gedichte, die sie dem alten Mann vortrugen, um ihm ein Lächeln zu entlocken, die Freude an einem Vers aus einem alten Stück, den sie längst vergessen glaubten, ihre Tiere, die neben den Kindern schliefen, das helle Lachen … Aber von dieser unvergesslichen Nacht behielt Gilbert nur ein einziges Bild in Erinnerung. Das Gesicht einer jungen Komödiantin mit langem Haar, trauriger Miene und hübschen Beinen. Voller Leidenschaft spielte sie eine mit Saiten aus Schafsdarm bezogene Fidel, bevor sie sich schweigend neben ihn setzte. Ehe sie ihn verließ, strich sie zärtlich über eine braune Strähne, die auf seine Schläfe fiel. Es war nur eine flüchtige, absichtslose Geste. Sie hatte keine Bedeutung. Dennoch würde der Soldat diesen Augenblick niemals vergessen.

Am nächsten Morgen sprang Gilbert von seinem Lager auf. Mit einem Blick überzeugte er sich, dass sein Gefangener immer noch an der Kette lag. Dann rannte er wie der Blitz in die Schankstube der Herberge. Im großen Topf kochte bereits eine Milchsuppe. Er traf den Mönch in seinen Reisekleidern an.

»Guten Tag, Vater. Ihr reist schon ab?«

»Es wird höchste Zeit. Ich habe eine lange Fahrt vor mir.«

Bruder Chuquet öffnete die Tür und trat ins Freie. Der junge Soldat begleitete ihn. Er wollte noch einmal in die Scheune gehen.

»Wenn Ihr die Gaukler sucht«, sagte der Vikar, »könnt Ihr Euch die Mühe sparen. Sie sind abgereist.«

Der junge Mann blieb wie angewurzelt stehen.

»Der Teufel soll sie holen«, fügte der Vikar hinzu. Dann erzählte er Gilbert, was er nach seiner Ankunft in dieser Herberge erlebt hatte. Er war an das Lager des Sterbenden gerufen worden, um ihn mit den Sterbesakramenten zu versehen. Obwohl die Truppe hartnäckig um die Sterbesakramente bat, hatte der alte Mann die Absolution strikt abgelehnt.

»Warum?«, hatte der Vikar den Spielleiter gefragt.

»Weil Ihr nichts für mich tun könnt, Vater.«

Der alte Mann vertraute Chuquet daraufhin eine unglaubliche Geschichte aus seiner Jugend an: Er habe seine Seele verkauft und Theater gespielt, um den Satan persönlich zu unterhalten. Den Satan! »Ein solches Verbrechen«, sagte er, »kann mir niemand vergeben.«

Schweigend hatte der junge Gardist Chuquet angehört. Er wusste nicht recht, was er von dieser Geschichte halten sollte. Schließlich erhob sich der Vikar, segnete Gilbert und ging zu seinem Wagen im Stall.

Der junge Soldat kehrte in die Herberge zurück und nahm gemeinsam mit Aymard das Frühstück ein. Maître Roman war nirgendwo aufzufinden. Die beiden Männer verließen die Herberge, ohne sich zu verabschieden.

Gilbert drehte sich mehrmals im Sattel um und warf einen letzten Blick auf die Herberge, die langsam am Horizont verblasste.

Die beiden Reisenden schlugen denselben Weg ein wie Bruder Chuquet. Es war die einzige freie Straße, die von der Herberge wegführte. Schließlich erreichten sie die Wegeskreuzung, an der sie am Vortag lange rätselnd gestanden hatten. Heute fanden sie wie von selbst den rechten Weg. Der junge Soldat war erstaunt, und nach einer Weile fragte er Enguerrans Sohn: »Was haben wir nur in dieser Herberge gemacht?«

Aymard zuckte mit den Schultern.

Das wusste er auch nicht.

VII

An dem Abend, da er in Heurteloup die Messe gelesen hatte und den Küster operiert hatte, traf Henno Gui die Entscheidung, das Dorf zu verlassen. Floris wunderte sich, dass der Pfarrer so schnell aufgab. Andrerseits: Worauf wollten sie nach diesen Gewalttaten noch warten?

Der Priester und Mardi-Gras luden das Gepäck auf den Wagen, legten Premierfait obenauf und banden ihn fest. Der Küster ließ es röchelnd geschehen. Er war in einen Dämmerzustand versunken, atmete flach und kämpfte mit dem Tod. Schubweise traten starke Zuckungen auf. Lederriemen und dicke Decken schützten den Küster davor, vom Wagen zu fallen. Gelegentlich öffnete er seine Augen einen Spalt breit, und dann war seine Miene schmerzverzerrt.

Henno Gui hatte nun keine Skrupel mehr, die Vorräte der Dorfbewohner anzurühren. Vor der Abreise packte er drei große Bündel mit Mundvorräten und füllte einen dicken Ziegenlederschlauch mit Wasser. Außerdem nahm er von den Kerzen, die er für die Messe gegossen hatte, drei mit.

Zum ersten Mal betrat er die Hütten der Einwohner. Er wählte drei aus, die offensichtlich bewohnt waren. In jedem Haus stellte er eine Kerze auf den Tisch und zündete sie an. Dann verschloss er die Türen und Fensterläden, ohne etwas anzurühren oder umzustellen. Es waren große, dicke Wachskerzen; wenn sie geschützt standen, würden sie mindestens drei Tage und drei Nächte lang brennen.

Als Henno Gui zum Wagen zurückkehrte, würdigte er die Statuen, die er zerschmettert hatte, keines Blickes.

Endlich verließen die drei Männer das Dorf. Nach kurzer

Zeit holte sie ein Schatten ein, der durch den Wald huschte: Es war der Wolf, der ihnen in einem gewissen Abstand folgte.

Floris fand sich schnell mit der Abreise ab und freute sich sogar auf die vorzeitige Rückkehr nach Draguan. Aber schon bald hielt Henno Gui den Wagen vor dem Baum an, an dem sie sich vor elf Tagen von Premierfait verabschiedet hatten, dem ehemaligen Unterschlupf des Küsters.

»Wir sind da«, sagte er.

Er legte sein Bündel und den Pilgerstab neben den Baum.

»Floris, du wartest mit Premierfait dort oben im Baum auf uns.«

»Was? Wir kehren nicht nach Draguan zurück, Herr?«

Henno Gui schüttelte den Kopf. »Hier bist du in Sicherheit und kannst über den Verletzten wachen.«

Die Nadelbäume, die den Baum von Premierfait umringten, waren alle hoch und schmal. Es war unmöglich, sich daran festzuklammern. Die Behändigkeit der Dorfbewohner, die sich durch die Lüfte schwingen konnten, würde ihnen in diesem Teil des Waldes nicht helfen.

»Geschickt ausgewählt«, sagte Gui. »Dieser Baum ist dicht bewachsen, und er steht allein. Ich wundere mich, dass Premierfait das richtige Gefühl dafür hatte. Es ist der beste Platz, den man in der Nähe des Dorfes finden kann.«

Henno Gui winkte den Riesen mit dem Karren herbei. Sie breiteten eine Decke auf dem Boden aus und legten Premierfait vorsichtig darauf. Mardi-Gras nahm anschließend ein paar Schnüre und zog sich am Baum hoch. Er verschwand hinter den ersten Nadelzweigen.

»Was habt Ihr vor, Herr?«, fragte Floris.

»Ich will den Schlupfwinkel dieser Barbaren ausfindig machen und es ihnen heimzahlen. Sie wollten uns Angst einjagen. Gut. Das ist ihnen zum Teil sogar gelungen. Jetzt sollen sie mal ins Schwitzen kommen.«

»Warum? Und wie?«

»Das weiß ich noch nicht. In einer so abgeschlossenen Gemeinschaft wie der ihren kann man ihre Gesetze und Gewohnheiten nur durchschauen, wenn man Unruhe stiftet. Die geringsten Störungen werden sie dazu zwingen, ihr wahres Gesicht zu zeigen. Darum will ich in diesem kleinen Stamm ein Durcheinander verbreiten. Mir wird schon etwas Geeignetes dafür einfallen.«

»Wenn sie Euch nicht zuvor erwischen«, widersprach Floris.

»Wenn sie uns wirklich töten wollten, hätten sie die Gelegenheit dazu längst genutzt.«

»Und was soll ich solange mit Premierfait anstellen?«

»Du musst ihm Wasser zu trinken geben. Sehr viel Wasser. Ich habe diesen Ziegenlederschlauch für euch beide gefüllt. Der arme Mann wird seine Verletzungen nicht lange überleben. Vielleicht kommt er einen Moment zu sich. Wenn das geschieht, musst du ihn behutsam fragen. Er muss kurz nach unserer Trennung ergriffen worden sein, aber seine Wunden sind frisch. Hat er in der Zeit dazwischen erfahren, was mit diesem Dorf geschehen ist? Was hat er gesehen? Wie haben sie auf ihn reagiert? Nimm die Wachstafel und schreib alles auf! Es ist sehr wichtig.«

»Und wenn er stirbt? Wer versieht ihn dann mit den Sterbesakramenten?«

»Mach dir keine Sorgen«, sagte der Priester. »Das ist bereits geschehen.«

Floris dachte an die unverständlichen Worte, die Henno Gui während der Operation gemurmelt hatte.

Der Pfarrer ging zum Wagen und packte seine Schriftrollen aus.

»Nimm, Floris. Das ist ein Exemplar von dem *Buch der Träume*, das einige dem Propheten Daniel zuschreiben. Die Herkunft ist umstritten, aber das Werk ist von großer Bedeutung. Es ist eine Abhandlung, die uns hilft, die Quelle und den Sinn unserer Träume zu deuten. Die Themen sind alphabetisch geordnet. Premierfait wird gewiss im Delirium phantasieren und sprechen. Schreib auf, was er sagt, und schlag in dem Buch nach.«

Mardi-Gras kletterte vom Baum.

»Das Baumhaus ist in tadellosem Zustand, Herr«, sagte er. »Wir können den Kranken hinaufbringen. Premierfait hat sein Schlupfloch gut hergerichtet. Es befindet sich in drei Klaftern Höhe. Der Stamm wurde sogar ausgehöhlt und kann den Kranken beherbergen. In dem Holz sind Eisenringe befestigt. Wir haben genug Schnüre, um den Küster nach oben zu ziehen. Und der Platz reicht aus, um all unsere Sachen zu bergen.«

Die drei Männer brauchten zwanzig Minuten, um den Verwundeten auf den Baum zu hieven. Bei jedem Ruck spuckte Premierfait Blut und Speichel.

Sie brachten nach und nach alle Pakete auf den Baum und legten sie in den ausgehöhlten Stamm oder hängten sie an Schnüre. Auf Befehl von Henno Gui zertrümmerte der Riese den Karren und verteilte die Holztrümmer im Wald, damit sie keine Spuren hinterließen. Anschließend ebnete er mit einer großen Decke den Waldboden rings um die Wurzeln und beseitigte alle Fußabdrücke.

Einen halben Pfeilschuss entfernt saß der Wolf auf seinem Hinterteil und beobachtete die Männer.

»Wir werden die Nacht hier verbringen«, sagte der Priester.

Henno Gui und Mardi-Gras kletterten zu Floris und dem Verletzten hinauf.

Von dem Beobachtungsposten konnte man die Hütten von Heurteloup in der Ferne nur erahnen, weil einige hohe Bäume die Sicht versperrten. Wenn diese jünger gewesen wären, hätte man das Dorf und den großen Sumpf sehen können.

»Du darfst kein Feuer anzünden«, ermahnte der Priester seinen Schüler. »Bleib hier in diesem Unterschlupf. Die Vorräte müssten für eine Woche ausreichen.«

Floris schaute auf die beiden Bündel, die an den Eisenringen hingen. Die wenigen Fleischteile waren roh oder abgehangen, ansonsten gab es nur Fladen.

»Ohne Feuer kann ich nichts kochen.«

»Richtig. Es ist zu gefährlich. Hast du etwas zum Schreiben?«, fragte Gui, der sein Bündel öffnete.

Floris zog unter seiner Kutte eine Wachstafel und einen Stilus hervor.

»Du hast genug Decken für dich und den Küster. Mardi-Gras und ich nehmen nur das Notwendigste mit. Die Wunden von Premierfait behandelst du mit diesen Kräutern.«

Henno Gui reichte ihm zwei große, blaurote Blätter.

»Du musst Teile der Pflanze in einem Napf zermahlen. Dann fügst du Wasser hinzu, das du zuvor in deiner Hand erwärmst. Wenn die Mixtur eine gelbe Farbe annimmt, trägst du sie behutsam auf die Wunden auf. Falls der Verletzte in drei Tagen noch lebt, ziehst du die Fäden, mit denen ich die Haut angenäht habe. Immer, wenn eine Narbe aufgeht, tränkst du die Wunde mit dem Kräutersud. Sollte Premierfait vier Tage überstehen, ist er gerettet.«

In der Nacht legte sich der Wolf neben den Baumstamm und schlief dort so, wie er sonst vor der Kirchentür schlief.

Bei Tagesanbruch kletterten Mardi-Gras und der Priester vorsichtig vom Baum hinunter. Sie vermieden jedes Geräusch, um Floris und Premierfait nicht zu wecken. Mardi-Gras sah sich um, als sie den niedrigsten Zweig erreicht hatten.

»Der Wolf ist verschwunden«, flüsterte er.

»Komm.«

Die beiden Männer sprangen auf die Erde. Mardi-Gras trug ein großes Bündel. Henno Gui hatte in der Nacht ihre Ausrüstung zusammengestellt. Sie nahmen einen Teil der Vorräte, zahlreiche Schnüre, ein paar Papierblätter, die in der Papiermühle in Fabriano hergestellt und nach Frankreich eingeführt worden waren, Tinte und eine zweite Priesterkutte mit. Der Pfarrer und der Riese verteilten die Last auf ihren Schultern.

»Es wird Zeit«, sagte Henno Gui, der die frische Fährte des Tieres im Schnee aufnahm. »Wir folgen ihm.«

»Es gibt nur eine Möglichkeit«, sagte Henno Gui etwas später. »Entweder führt uns der Wolf zu seiner Höhle oder zum Versteck der Dorfbewohner. Wenn er uns nicht zu ihnen führt, müssen wir umkehren und in den Bäumen an der Kirche nach Spuren suchen.«

»Hier gibt es keine Fußspuren von Menschen«, sagte Mardi-Gras, der den Boden untersuchte.

Die Spuren des Wolfes folgten Spuren gleicher Größe.

»Das Tier läuft jeden Morgen hier entlang«, sagte der Pfarrer. »Wir gehen keine Gefahr ein. Selbst wenn er zu einem Unterschlupf läuft, benutzt ein Tier niemals den Weg der Menschen. Wenn wir ihn bis zu den Dorfbewohnern begleiten, sehen sie uns nicht kommen.«

Ein paar Minuten später holten Gui und Mardi-Gras den Wolf ein. Er saß wenige Schritte von ihnen entfernt auf der Erde und regte sich nicht.

Das Tier musterte die beiden Männer eine ganze Weile, ehe

es langsam seinen Weg fortsetzte, als wäre nichts geschehen. Ab und zu blieb der Wolf stehen und drehte sich um, bis sich der Abstand zwischen ihm und den Verfolgern verkleinert hatte. Sobald der Pfarrer und sein Gefährte zu weit zurückblieben, lief der Wolf ihnen ein paar Schritte entgegen, als würde er auf sie warten.

»Ein merkwürdiges Tier«, sagte Mardi-Gras.

»Einige unserer Väter schrieben diesen wilden Tieren eine Seele zu.«

»Wer könnte daran zweifeln?«, brummte der Riese, der nicht an Gott glaubte.

»Andere«, fuhr Henno Gui fort, »sehen in ihnen nur das Besessensein oder den Teufel persönlich.«

»Und was glaubt Ihr?«

»Glauben? Glauben … Für mich ist der Glaube keine Wahl. Der Teufel hat sich schon oft den Menschen gezeigt. Als drei Beginen den heiligen Dominik einst fragten, ob der Teufel wirklich existiere und leibhaftig erscheinen könne, bemühte sich der Heilige, den Teufel zu ihnen zu rufen, um dessen Existenz zu beweisen. An jenem Tag nahm der Teufel die Gestalt einer riesigen, schwarzen Katze an. Die drei Frauen erstarrten. Ich bin geneigt, an die Wahrheit dieser Geste des heiligen Dominik und die physische Existenz des Teufels zu glauben. Es versteht sich von selbst, dass der Heilige kein Zauberer oder ein Diener im Dienste des Bösen war, der ihn rufen konnte. Er führte an jenem Tag nur ein Beispiel an: Es gibt den Teufel hier bei uns, aber nur in dem von Gott zugestandenen Ausmaß. Das Böse gehört zur Schöpfung, ob man es versteht oder nicht. Um diese schreckliche schwarze Katze erscheinen zu lassen, rief der heilige Dominik nicht den Teufel an, wie es einige Abergläubige vermuten könnten. Nein, er rief Gott, den Allmächtigen,

Und Gott gab ihm diesen schlagenden Beweis seiner Größe. Auf diese Weise zeigte er sich dem Bösen überlegen. Natürlich verstanden die drei Beginen das nicht.«

»Und der Wolf?«

»Wenn er sich wie ein Teufel oder eine irrende Seele verhält, gibt es dafür einen Grund. Uns darf keine Wunderlichkeit überraschen.«

Die beiden Männer setzten ihren Gang etwa zwanzig Minuten lang fort. Der Weg wurde immer steiler. Henno Gui und Mardi-Gras kamen in eine hügelige Gegend, in der es keine Sümpfe gab. Nichts wies auf die Dorfbewohner hin.

Plötzlich verschwand der Wolf hinter einem kleinen Hügel. Als die beiden Männer die Anhöhe erreichten, entdeckten sie zu ihren Füßen mitten im Wald einen tiefen Krater, der vollständig abgeholzt war. Die Ebene hatte einen Durchmesser von etwa hundert Ellen und war ungefähr zehn Ellen tief. Der Krater war von Eichen umringt, die ihre Schatten in die Tiefe warfen.

Der Wolf bog auf einen Weg ab, der ins Innere des Kraters hinabführte. Nur ein Tier konnte diesem steilen Pfad folgen.

Henno Gui betrachtete die Ebene, die weiß und glatt wie ein zugefrorener See war.

»Hier ist nichts, Herr«, sagte Mardi-Gras.

»Das ist seltsam«, entgegnete der Pfarrer nachdenklich. »Wohin will uns der Wolf führen?«

Henno Gui schaute sich um. So weit das Auge reichte, sah man nichts als Bäume. Der Priester folgte der Spur des Wolfes mit den Augen. Dieser hatte den Grund des Kraters erreicht und lief furchtlos über die Schneedecke. Alles schien normal zu sein. Der Wolf schnupperte. Was suchte er? Die beiden Männer ließen ihn nicht aus den Augen.

Und mit einem Male war der Wolf verschwunden, als hätte er sich in Luft aufgelöst!

Der Pfarrer und der Riese rissen die Augen auf und starrten sich verständnislos an. Wenige Augenblicke später tauchte das Tier auf der anderen Seite des Kraters auf wundersame Weise wieder auf.

»So was hab' ich noch nie gesehen«, knurrte Mardi-Gras.

Henno Gui bedeutete dem Hünen zu schweigen und wies mit dem Kopf auf eine Stelle neben der Schlucht.

Sie gingen langsam weiter und verloren den Wolf wieder aus den Augen.

»Wir sollten verschwinden, Herr«, sagte Mardi-Gras, der allmählich Angst bekam. »Ich habe ein ungutes Gefühl. Es ist nicht gut, wenn wir uns hier herumtreiben.«

Henno Gui bat ihn erneut zu schweigen und ging auf einen Baum zu. Er hatte einen dicken Stamm und neigte sich wie viele andere Bäume am Rande des Abgrunds auf unerklärliche Weise in die Tiefe. Der Pfarrer entfernte den Schnee, bis er die Borke sehen konnte. Mit einer Geste machte er seinen Gefährten auf ein Seil aufmerksam, das um den Baumstamm gewickelt war.

»So etwas habe ich auch noch nie gesehen«, gab der Pfarrer zu, ehe er sich am Rande des Abgrunds bäuchlings auf die Erde legte.

»Schau mal.«

Das Seil, das Henno Gui gefunden hatte, führte in die Tiefe.

»Der größte Teil der weißen Fläche, die du siehst«, erklärte der Pfarrer, »stellt nicht den Grund des Kraters dar. Das sind verwobene Äste, die sich wie Zelte waagerecht ausstrecken. Aufgrund der dicken Schneeschicht sind die Zweige praktisch nicht zu unterscheiden.«

Mardi-Gras beugte sich hinunter und betrachtete seinerseits den Krater. Allmählich konnte er im Dämmerlicht erahnen, was den Boden des Kraters vor seinen Blicken verbarg. Er erblickte acht Seile, die an anderen Stellen rings um den Krater in die Tiefe führten. Ein ungeübtes Auge hätte diese phantastische Tarnung der Höhlenbewohner niemals durchschauen können.

»Selbst die Barbaren von Orderic haben nicht solche Heldentaten vollbracht«, sagte der Priester.

»Wie soll denn das halten? Gibt es keine Pflöcke?«, fragte der Riese.

»Doch. Ich habe drei entdeckt. Sie ragen ins Versteck.«

Henno Gui erhob sich und zeigte abermals auf den Baum, der als Pfeiler diente. Ein Eisenring war in das Holz geschlagen worden und hielt die erste Schlinge des dicken Seils. Es waren Ringe von der Art, wie Mardi-Gras sie in dem Baum von Premierfait gefunden hatte.

»Es war also gar nicht der Küster, der den Baum bearbeitet hat«, überlegte der Riese.

»Nein.«

»Glaubt Ihr, Floris ist in Gefahr?«

»Wenn die Dorfbewohner das Versteck noch benutzen würden, hätten sie Premierfait dort schon im letzten Jahr entdeckt. Nein, das macht mir keine Sorgen. Ich wundere mich über etwas anderes. Wie diese Menschen, die offenbar nichts besitzen, solche Eisenringe herstellen, also Metall gießen? Woher haben sie es? Und wie schaffen sie die Hitze, um ein so schwieriges Material bearbeiten zu können?«

Der Eisenring war ebenso wie die Ringe in Premierfaits Baum verrostet. Er wurde von vier dicken Nägeln gehalten.

»Wenn der Ring seit Jahrzehnten dort hängt«, sagte Henno

Gui, »ist er mittlerweile so stark eingewachsen, dass das Wachstum des Baumes ihn nicht beschädigen und uns nichts über sein Alter verraten kann.«

»Ihr vermutet, Herr, die Dorfbewohner halten sich in dem Krater versteckt?«

»Das werden wir bald sehen.«

Die beiden Männer umkreisten den Krater und suchten einen besseren Aussichtspunkt. Auf dem gegenüberliegenden Abhang entdeckten sie einen Weg, der sich durch den Wald schlängelte. Henno Gui fand Fußspuren von Menschen im Schnee.

»Jetzt ist deine Frage beantwortet, Mardi-Gras.«

Die beiden Männer schlugen den Weg in den Wald ein. Er führte auf einen langen, leicht ansteigenden Hang und endete am Ufer eines kleinen Teiches. Es handelte sich um das dem Krater nächstgelegene Moor. Henno Gui betrachtete das Ufer. Es war vereist.

»Schau«, sagte er.

Die Eisschicht war an zehn Stellen durchbrochen worden. Das stehende, vereiste Wasser war grünlich und stank wie das Wasser, das ihnen Premierfait während der Fahrt gezeigt hatte. Etliche Fußspuren wiesen darauf hin, dass die Dorfbewohner hier entlanggegangen waren.

»Hier besorgen sie sich zweifellos ihr Wasser.«

Der Pfarrer und der Riese kehrten zum Krater zurück. Unterwegs entdeckte Henno Gui einen dicken, alten Nadelbaum mit einem verzweigten Geäst, der ihnen gut als Versteck dienen konnte. Der obere Teil neigte sich in den Krater, und von der anderen Seite konnte man ein Stück des Waldweges einsehen. Die Zweige waren nicht so lang und stabil wie die des Baumes, in dem sich Floris und Premierfait versteckten. Dennoch war der obere Teil des Nadelbaumes verzweigt genug, um sie vor fremden Blicken zu schützen.

Mardi-Gras verstärkte rasch ein paar verwobene Äste auf halber Höhe. Und dort ließen sich die beiden Männer nieder. Sie befestigten gemeinsam die Decken, die Seile und ihre Vorräte.

Der Priester war mit der Aussicht zufrieden. Er hatte den Krater und den Weg im Blick.

»Dieser Weg hier mitten im Wald ist viel zu breit, um natürlichen Ursprungs zu sein.«

Der Priester beobachtete die Gegend den ganzen Tag, aber die Dorfbewohner ließen sich nicht ein einziges Mal blicken. Kein Geräusch war zu hören. Kein Wort drang an sein Ohr. Um die Mittagszeit tauchte der Wolf wieder auf, um vermutlich wie gewöhnlich nach Heurteloup zurückzukehren. Henno Gui verließ seinen Beobachtungsposten erst bei Sonnenuntergang.

VIII

Bruder Chuquet setzte seinen Weg nach Paris mühsam fort. Auf den großen Straßen des Königreiches lauerten im Winter überall Gefahren. Die Kälte und der Schnee hielten die Soldaten und die Wächter in den Städten zurück. Räuber scheuten sich nicht, Reisende zu überfallen, die allein unterwegs waren, oder Wagen, die über keine starke Eskorte verfügten. Etwa fünfzehn Räuberbanden teilten sich die Straßen. Niemand konnte ihnen entgehen – nur ein kleiner Karren. Keine Wächter verteidigten diesen Wagen mit ihren Lanzen. Der

Kutscher hatte keine Waffe und kein herrschaftliches Fähnchen. Dennoch ließen die Räuber ihn fahren, ohne ihn zu überfallen. Sie gingen ihm sogar aus dem Weg und warnten ihre Komplizen vor ihm.

Chuquets Pferde kamen nur gemächlich voran. Die Straße war voller Tücken. Der Vikar hatte sein Überleben nur Haquins Sarg und dem Aberglauben der Menschen zu verdanken. In jenen Zeiten war eine Leiche ein besserer Schutz als eine Garnison Soldaten. Die Räuber waren nicht besonders gläubig. Dennoch wagten sie es nicht, sich an einem Sarg oder dem Kutscher zu vergreifen. Legenden über Tote, Geister und Schreckgespenster schlugen die Mutigsten in die Flucht. Räuber und Mörder wurden so verjagt, aber andererseits hielten sich auch die guten Seelen fern. Der Leichnam eines Bischofs, der mitten im Winter über die großen Straßen gefahren wurde, beunruhigte jeden. Sobald der Vikar mit seiner sonderbaren Fracht in einem Dorf oder in einer Stadt auftauchte, wurden die Menschen argwöhnisch. Alle gerieten in helle Aufregung über den Sarg. Die Bitten des Vikars Chuquet um Hilfe wurden mehrmals aus Angst vor dem Verstorbenen abgewiesen. Das Volk beunruhigte es besonders, dass ein Mann der Kirche den Leichenkarren fuhr. Je länger Chuquet unterwegs war, desto öfter verheimlichte er die Identität seines Herrn. Er gab den Leichnam nach und nach als Soldaten, Lehnsherrn, Frau oder Kind aus. Es half alles nichts. Selbst in den Klöstern wurde er misstrauisch empfangen. Als zwischen Peine-aux-Moines und Fréteval die Achse seines Wagens an einem Baumstumpf zerschellte, fand der Mönch niemanden, der ihm helfen wollte. Er musste die gebrochene Achse mit seinen bescheidenen Mitteln allein reparieren. Die Weiterfahrt wurde immer beschwerlicher. Chuquet legte kaum zwei Meilen am Tag zurück.

Es kam noch ein weiteres Ungemach hinzu. Die Brüder Méault und Abel hatten den Sarg des Bischofs in Draguan schlecht verschlossen. Die Kälte verzögerte zwar die Verwesung des Leichnams, konnte sie aber nicht gänzlich verhindern. Bald drang aus dem hinteren Teil des offenen Wagens ein unerträglicher Gestank. Chuquet schlug jede Nacht sein Lager nahe des Karrens auf, um sich vor Wind und Schnee zu schützen. Zweimal stellte er den Sarg nachts auf die Erde. Doch das Heulen der Wölfe, die von dem stinkenden Fleisch angezogen wurden, brachte ihn davon ab. Der Vikar hatte eine letzte verzweifelte Idee. Er brach den Sarg auf und verbrachte einen ganzen Tag damit, ihn mit Erde aufzufüllen, die er mit bloßen Händen unter dem Schnee hervorgrub. Diese Heldentat bescherte ihm vier Tage Ruhe. Dann kehrte der Gestank heftiger als je zuvor zurück. Die Räuber, die seine merkwürdige Fracht anzweifelten, mussten sich dem Wagen nur auf ein paar Schritte nähern, um dem Vikar Glauben zu schenken. Der Gestank war so widerlich, dass der Vikar vor keiner Herberge mehr anhalten und keine Stadt mehr durchqueren konnte. Als er vor den Toren des kleinen Dorfes Dammartin ankam, musste Chuquet eine Entscheidung treffen.

Der Vikar versteckte den Wagen im dichten Unterholz in der Nähe eines Wasserlaufes. Nachdem er die drei Pferde abgeschirrt hatte, zog er sie an der Leine hinter sich her und ging zu Fuß ins Dorf. Den Wagen ließ er allein zurück. Er war von der Straße aus nicht zu sehen.

Chuquet klopfte in Dammartin an die Tür der ersten Herberge.

»Wollt Ihr ein Zimmer?«, fragte der Gastwirt.

»Nein. Ich bin auf der Durchreise. Ich bitte nur um Hafer für meine Pferde.«

»Eure Pferde? Wie viele zum Teufel habt Ihr denn, Abt?«

»Drei.«

Der Gastwirt wunderte sich, warum ein Geistlicher mit drei Pferden und ohne Gepäck reiste.

»Mein Wagen wurde von Räubern gestohlen«, sagte Chuquet, um jeden Argwohn zu zerstreuen. »Wo ist hier im Dorf das Presbyterium?«

Der Gastwirt zeigte auf ein kleines Haus, das zwei Straßen von der Kirche entfernt war.

Im Presbyterium öffnete ihm ein Junge von vielleicht siebzehn Jahren die Tür. Der kleine Raum, in dem der Vikar empfangen wurde, war pieksauber. Ein großer Kessel hing über dem Kamin, in dem ein kleines Feuer brannte. Vor der Feuerstelle lag Asche.

»Ich bin der Vikar Chuquet und auf dem Weg nach Paris. Wo ist der Pfarrer der Gemeinde?«

»Vater Senelier ist nicht im Dorf«, sagte der Junge.

»Wann kehrt er zurück?«

»Das weiß ich nicht, Vikar. Hm … Der Pfarrer ist nur einmal im letzten Jahr zu uns gekommen. Er ist nicht oft hier.«

Die strebsamen Priester im Norden wurden von der Hauptstadt und von Notre-Dame angezogen. Daher waren zahlreiche Gemeinden wie auch diese verlassen, weil die Pfarrer in Paris auf einen schnellen beruflichen Aufstieg hofften.

»Und wer kümmert sich während seiner Abwesenheit um das Presbyterium und die Gläubigen?«, fragte Chuquet.

»Ich«, erwiderte der Junge.

»Und die Messen? Du kannst doch keine Messe lesen, mein Junge. Wie macht ihr das?«

»In dem Dorf Gomerfontaine zwei Meilen von hier lebt ein alter Pfarrer, der noch den Gottesdienst abhält. Unsere Gläubigen gehen in seine Kirche, um die Sakramente zu empfangen und ihre Beichte abzulegen.«

»Wie heißt du?«

»Augustodunensis, Vater, doch ich werde Auguste genannt.«

Chuquet betrachtete den jungen Hilfsgeistlichen. Seine Schultern waren schmal, aber in seiner Stimme und seinem Blick spiegelte sich die Sicherheit eines Erwachsenen. Offenbar nahm er seine Verantwortung für die Gemeinde sehr ernst.

»Ich brauche deine Hilfe«, sagte Chuquet. »Es dauert nicht lange. Ich muss mir den großen Kessel, eine Kelle, eine gute Portion Essig, eine Hacke und einen Feuerstein ausleihen. Hilf mir, die Sachen zusammenzutragen und sie in den Wald zu bringen.«

»Was? In den Wald …?«

»Frag nicht lange. Du musst mir helfen. Du wirst es später verstehen.«

Auguste fügte sich dem Befehl. Er trug die Gegenstände zusammen, um die Chuquet gebeten hatte. Dann stellten sie alles auf einen kleinen Karren, vor den der Maulesel des Presbyteriums gespannt war. Die beiden Geistlichen verließen unbemerkt das Dorf.

Der Vikar kehrte zu seinem Wagen im Wald zurück.

Er sammelte Reisig und entzündete sogleich ein großes Feuer, auf das er den bis zum Rand gefüllten Kessel stellte. Als das Wasser anfing zu kochen, goss Chuquet die drei Steinflaschen mit Essig, die der Junge ihm gegeben hatte, hinein. Dieser hatte keine Ahnung, was das alles sollte.

Jetzt öffnete der Vikar die Plane seines Wagens. Auguste roch sofort den Gestank des verwesten Leichnams und sah den Sarg. Beherzt riss Chuquet den Deckel auf. Der Junge traute seinen Augen nicht. Obwohl Haquins Leichnam teilweise mit Erde bedeckt war, bemerkte man tief unten eine seltsame Bewegung, als würde jemand atmen. Das war das Gewimmel der Larven. Der entsetzliche Anblick zwang den Vikar, seine Geschichte zu erzählen. Er sprach über den Grund der Reise, seine Ärgernisse auf den Straßen und die Identität des Leichnams.

»Unter diesen Bedingungen kann ich Paris nicht betreten. Man würde mich steinigen, oder die Menge könnte die sterblichen Überreste des Bischofs ergreifen. Ich habe keine andere Wahl.«

Er war in seiner Jugend in Passier gewesen, als die Gebeine eines Geistlichen, der nach seinem Tod heilig gesprochen worden war, für die Aufbewahrung in einem Reliquienschrein präpariert wurden. Der Leichnam war ausgehöhlt und das Skelett in mehrere Teile geteilt worden. Anschließend hatte man die Reliquienschreine mit den verschiedenen Stücken des Leichnams, denen Wunderwirkungen zugesprochen wurden, in alle vier Himmelsrichtungen des Christenreiches geschickt. Diese Operation hatte den jungen Chuquet so sehr mitgenommen, dass er sich noch heute lebhaft an die Bilder, die Geräusche und sogar die Gerüche erinnerte, die die Zeremonie begleiteten.

Die beiden Männer kippten den Sarg um. Die Erde fiel in den Schnee, und der Leichnam trat in seinem ganzen Elend zutage. Die Haut war verwest, zerfetzt, zerfressen und von weißem Eiter bedeckt, in dem sich Maden tummelten. Vor dem Ungeziefer blieb nichts verschont. Ein großes Loch durchdrang den Unterleib der Leiche. Die Würmer hatten die Eingeweide bereits verflüssigt. Der Zeitpunkt, da man die Eingeweide oder das Herz des Bischofs herausreißen konnte, war längst verstrichen. Die Organe waren nicht mehr vorhanden. Die Parasiten hatten zuerst den zertrümmerten Schädel Haquins angegriffen und sich von dort im ganzen Körper ausgebreitet. Der Gestank war unerträglich.

Der Anblick hätte die meisten Jungen in die Flucht geschlagen, doch Auguste blieb. Er wusste, dass man den sterblichen Überresten eines alten Bischofs Ehre erweisen musste.

Mit angewiderter Miene nahm Chuquet vorsichtig die Abzeichen an sich, die der Bischof getragen hatte. Er löste das Silberkreuz, das auf seiner Brust hing, und zwei wertvolle Ketten von seinem Hals. Es war nicht einfach, die drei großen Bischofsringe von Haquins rechter Hand zu ziehen.

Daraufhin nahm Chuquet die Axt, die Auguste mitgebracht hatte, und schlug die Glieder kurzerhand an den Gelenken ab.

Der Vikar und der Diakon warfen die zerlegten Arme und Beine in den kochenden Kessel.

Sie mussten eine ganze Weile warten, bis der Essigsud seine Wirkung tat. Langsam lösten sich Fleischfetzen von den Knochen. Sie schwammen mit den Muskeln und Nerven auf der Oberfläche. Chuquet fischte die schleimigen Überbleibsel mit der großen Kelle aus dem Topf und warf sie in den Wald. Als kein Fleisch mehr auf der Oberfläche schwamm, kümmerte sich der Vikar um den Rest des Leichnams. Der Mönch musste mehrmals kräftig zuschlagen, um die Rippen und den Brustkorb von Haquin zu zerstückeln. Er riss das, was von den Eingeweiden übrig geblieben war, heraus und warf das Gerippe ins kochende Wasser.

Sie mussten wieder warten. Auguste fachte unaufhörlich das Feuer an. Zwei Stunden verstrichen. Kelle für Kelle fischte Chuquet weiches Fleisch und gekochte Gedärme aus dem Wasser und warf alles zwischen die Bäume. Das Abkochen des bischöflichen Skeletts nahm kein Ende. Chuquet geduldete sich noch einen Moment, bevor er die Mazeration kurz entschlossen abkürzte.

Die beiden Männer hoben den Kessel hoch und kippten ihn

aus. Der Schnee schmolz, als die rosige, stinkende Brühe sich den Weg zu dem kleinen Fluss bahnte. Haquins Knochen stapelten sich auf der nassen Erde wie ein Holzhaufen. Einige waren glatt, vollständig abgekocht, ganz weiß, während auf anderen noch Nerven und gekochtes Fleisch hingen.

Die beiden Geistlichen trugen die Stücke zum Ufer des Flusses. Der Vikar und der junge Diakon knieten sich schweigend hin und reinigten in dem sauberen Wasser sorgfältig die Knochen des Monseigneur Haquin.

Als die Nacht hereinbrach, sammelte Chuquet das zerhackte Gerippe des Bischofs ein und legte die Knochen in eine zwei Ellen lange Kiste. Sie bestand aus einfachem Holz und diente dazu, Chuquets Habseligkeiten zu bergen. Der Vikar hatte einige Mühe, alles unterzubringen.

Anschließend kehrte er mit Auguste nach Dammartin zurück. Die Geistlichen hatten während der ganzen Prozedur kein einziges Wort gewechselt. Als sie im Presbyterium ankamen, setzten sie sich an den Tisch und wärmten sich schweigend am Ofen. Ihre Hände waren voller Frostbeulen. Sie genossen ein paar Minuten das wohltuende Feuer, ohne ein Wort zu sprechen.

Schließlich kündigte Chuquet seinen Aufbruch an. Vor der Abreise umarmte er den jungen Hilfsgeistlichen lange. Jedes Wort des Abschieds wäre überflüssig gewesen. Chuquet bedankte sich auf seine Weise: Er zog unter seiner Kutte das große Silberkreuz hervor, das er von der Brust des Bischofs gelöst hatte, und reichte es Augustodunensis.

»Ich danke dir«, sagte er nur. »Ich bin sicher, dass Monseigneur Haquin, mein Bischof, wo immer er sich nun aufhalten mag, deine Güte und deinen Mut gesehen hat und dich dafür segnet. Behalte das Kreuz zum Gedenken an ihn.«

Kurz darauf eilte der Vikar durch die Dunkelheit zur Herberge, um seine Pferde abzuholen. Er bezahlte den Gastwirt und verschwand.

Man sah ihn in Dammartin nie wieder.

IX

Henno Guis Geduld wurde zwei Tage nach seiner Ankunft in der Nähe des Kraters belohnt. Im Morgengrauen erblickte der Pfarrer endlich den ersten Dorfbewohner. Es war ein junger Mann, der einen Eimer in der Hand trug. Er verließ überstürzt den Krater, bog auf den schmalen Waldweg ein und ging an dem Baum des Pfarrers vorbei.

Henno Gui überlegte nicht lange. Als der Junge in angemessener Entfernung war, sprang er mit Mardi-Gras vom Baum hinunter und folgte ihm.

Der Junge lief bis zum Ufer des Sumpfes. Er war etwa fünfzehn Jahre alt, hochgewachsen und dünn. Sein ganzer Körper war von einem engen, merkwürdigen Flickwerk aus zusammengenähten Fellstücken bedeckt. Der Dorfbewohner kniete sich ans Ufer des Sumpfes. Mit einem länglichen Stein, den er vom Ufer auflas, schlug er die dünne Eisschicht auf. Henno Gui wunderte sich über das Verhalten des Jungen. Allem Anschein nach füllte er seinen Eimer nicht gedankenlos. Vielmehr ließen die wohl überlegten Gesten und einige Pausen auf ein Ritual schließen. Er tauchte den Eimer in den Sumpf, ohne seine Arme vor dem eiskalten Wasser zu schützen. Als das Gefäß mit Brackwasser gefüllt war, zog er es heraus und trat eilig den Rückweg an.

Der Pfarrer, der sich mit dem Riesen hinter einem Strauch versteckt hatte, folgte dem Jungen bis an den Rand des großen Kraters.

Die Sonne ging allmählich auf. Der Wolf, den Mardi-Gras gezähmt hatte, blieb ein Stück zurück. Spürend reckte er die spitze Schnauze in den Wind und ließ ein trocknes Geheul vernehmen. In dem Krater musste eine bedeutsame Veränderung vor sich gegangen sein.

Endlich konnte man das unaufhörliche Hin und Her zwischen den »Dächern« beobachten. Zum ersten Mal bekam Henno Gui die Einwohner seiner neuen Gemeinde zu Gesicht. Die Männer waren wie der Junge in zusammengenähte Fellstücke gehüllt, die ihre Körper wie eine zweite Haut bedeckten. Sie hatten langes, struppiges Haar, und dunkle Bärte verbargen ihre Gesichter. Die Verstecke befanden sich in den Wänden des Kraters. Ein großer Kreis in der Mitte blieb frei. An dieser Stelle tauchte der Junge wieder auf. Er stellte den mit Wasser gefüllten Eimer in den Schnee. Die Männer und Frauen des Stammes befeuchteten nacheinander ihre Stirn mit dem Sumpfwasser. Auch diese Gesten wirkten wie ein religiöses Ritual. Bei der seltsamen Zeremonie herrschte eine gewisse Anspannung vor. Die Menschen wirkten fast ein wenig furchtsam. Die Frauen waren ähnlich wie die Männer gekleidet. Nur eine Schwangere trug eine normale, dicke, weite Cotte. Der Pfarrer zählte zunächst sieben Männer, elf Frauen und zwei Kinder. Zwanzig Personen. Nach Chuquets und seiner eigenen Berechnung, die er anhand der Hütten aufgestellt hatte, konnten das nicht alle Bewohner sein. Tatsächlich gesellten sich später vier Männer hinzu. Diese unterschieden sich stark von den anderen. Vor allem der erste war groß und von beeindruckender Statur. Er trug ein Käppchen aus Leder, das seinem Schädel angepasst war, und auf seiner Brust prunkte zahlreicher Schmuck aus Metall und Knochen. Sein Bart war länger und gepflegter als die Bärte der übrigen Dorfbewohner, die jetzt zurückwichen, um ihm Platz zu machen. Er wurde von drei Männern begleitet, deren Köpfe und Gesichter rasiert waren und die lange, helle, sehr dicke Gewänder trugen. Sie hielten alle ein Tuchbündel in den Händen. Henno Gui vermutete, dass es sich um drei Geistliche, um die Priester des Stammes, handelte. Sie knieten neben dem Eimer nieder, den der Junge mit Wasser gefüllt hatte. Henno Gui schnappte einige Sätze und Wörter auf, ohne sie genau zu verstehen.

Die drei Männer öffneten nacheinander ihre Bündel und nahmen Tontrümmer heraus, die sie feierlich in das Wasser des Sumpfes legten. Die anderen verfolgten alles mit ernsten Mienen.

Henno Gui erkannte die Tonteile.

»Sie sind in der Zwischenzeit wohl ins Dorf zurückgekehrt«, murmelte er. »Das dachte ich mir.«

Die drei mysteriösen Priester in dem Krater tauchten die Trümmer der Statuen, die Henno Gui zerschlagen hatte, ins Wasser. Diese Gesten bewiesen, welch ungeheuere Bedeutung die Dorfbewohner den Statuen beimaßen.

»Ich weiß nicht, welch geheimnisvolle Kräfte sie dem schmutzigen Brackwasser zuschreiben«, sagte Henno Gui, »aber es muss ihnen heilig sein.«

Den beiden Männern, die sich am Rande der Grube versteckten, entging nichts von der schweigenden Zeremonie.

Drei Tage lang hielt sich der Priester in Bäumen und hinter Sträuchern verborgen, aß nur Nüsse und Bucheckern, beobachtete die Bewohner von Heurteloup und starrte auf die Sümpfe und mattweißen Schneefelder unter grellblauem Himmel. Im Morgengrauen des vierten Tages fasste er einen Entschluss: Der junge Mann aus dem Dorf kehrte jeden Morgen an den Sumpf zurück, um die »Priester« mit dem heiligen Wasser zu versorgen. An diesem Tag versperrten Henno Gui und der Riese ihm den Weg und stürzten sich auf ihn. Sie erstickten seine Schreie und schleppten ihn zum Baum.

Die beiden Männer hinterließen keine Spuren der Entführung.

Auf den Wald legte sich wieder die Stille des frühen Morgens …

Sie hatten den hoch gewachsenen Jungen gefesselt und geknebelt. Oben im Geäst, in ihrem Versteck, hatte Mardi-Gras große Mühe, ihm den seltsamen Kittel aus Fellstücken auszuziehen. Die Haut des Jungen war von Flechten übersät. Der Pfarrer war davon überzeugt, dass die Dorfbewohner diesen eigenartigen Kittel den ganzen Winter über trugen, vielleicht selbst in der Nacht. Es musste sich um eine Gewohnheit oder ein Diktat ihrer Religion handeln. Henno Gui salbte den Körper des Jungen mit einer Beifußpaste ein, ehe er ihm seine zweite Kutte überzog und ihn in dicke Decken hüllte. Der junge Gefangene starrte auf seine Wächter und den Ort seiner Gefangenschaft. Zuerst versuchte er sich zu wehren und zu schreien. Vergebens. Auf seiner Stirn glitzerten Schweißperlen. Schließlich fand er sich mit seiner Lage ab.

Henno Gui, der bestimmte Erwartungen an diese Entführung geknüpft hatte, fing sofort mit seinen Untersuchungen an. Zunächst bemühte er sich, den Gefangenen zu trösten und zu beruhigen. Er wollte die Sprache und Ausdrucksweise der Dorfbewohner so schnell wie möglich erlernen. Der Junge war der Einzige, der ihm dabei helfen konnte, auch wenn es nicht freiwillig geschah.

Henno Gui sprach ein paar einfache Namen deutlich aus. Er begann mit der lateinischen Wurzel des Wortes *Dieu* und fügte alle etymologischen Varianten hinzu, bis er bei der gegenwärtigen französischen Form ankam. Dazu gehörte unter anderem der provenzalische Dialekt einschließlich der romanischen und katalanischen Ausprägungen. Zu seiner großen Verwunderung reagierte der Junge auf keine Mundart. Henno Gui war ein wenig enttäuscht. Er griff nun zu einem Wort, das einfacher zu erkennen und zu verstehen war, und nahm dessen lateinische Wurzel: *edere,* essen. Der Pfarrer half dem Jungen nicht durch Gesten, dank derer er den Sinn des Wortes hätte erraten können, auf die Sprünge. Er durchlief stattdessen alle historischen Varianten. Als er das Wort auf Okzitanisch aussprach, blinzelte der Gefangene zum ersten Mal. Jetzt tat der Pfarrer so, als würde er sich etwas Essbares in den Mund stecken, um den Sinn des Wortes zu bestätigen. Der Junge nickte.

Der Pfarrer setzte die Übung erleichtert fort. Immer war es die dem Okzitanischen nahe Aussprache, welche die Aufmerksamkeit des Jungen erregte. Nach ein paar Beispielen begriff der Junge, was der Pfarrer beabsichtigte, und ließ sich auf das Spiel ein.

Der Sieg war von kurzer Dauer. Sobald Henno Gui versuchte, ein paar Wörter zu verbinden oder einfache Sätze zu bilden, schaltete der Gefangene vollkommen ab. Die Sache wurde noch verzwickter, als der Pfarrer Verben einführte. Diese erwiesen sich als unüberwindbares grammatikalisches Hindernis zwischen den beiden Männern.

Henno Gui begriff, dass er auf diese Weise keine weiteren Entdeckungen machen würde: Der Gefangene musste zum Reden gebracht werden. Er nahm dem Jungen den Knebel aus dem Mund. Der Riese saß mit dem Ringknaufmesser neben ihm, um ihn beim ersten Versuch, mit Schreien Aufmerksamkeit zu wecken, niederzustechen.

Der Pfarrer griff zu seinem Stilus und seinen Wachstafeln.

Nachdem sie einige bedeutungslose Worte gewechselt hatten, stammelte der Junge leise seinen ersten Satz. Henno Gui schrieb die Lautschrift der Wörter, die er gehört hatte, auf: *verlieren, wissen, Vater* und *Erster* oder *erstens*. Unter strenger Bewachung reihte der Junge Satz an Satz, und der Pfarrer schrieb eifrig mit. Er wollte alles, was an sein Ohr drang, protokollieren. Henno Gui knebelte den Jungen erst wieder, nachdem er vier Spalten voll geschrieben hatte.

Anschließend setzte er sich abseits hin und nahm die Wachstafeln nacheinander zur Hand. Als es dunkel wurde, grübelte er immer noch über die neuen Wörter.

Nachdem er mehrere Theorien und kühne Verbindungen aufgestellt und seine philologischen und grammatikalischen Kenntnisse, mit denen er einst die Gelehrten in Paris beeindruckt hatten, zu Rate gezogen hatte, ging ihm am frühen Morgen ein Licht auf.

Die Ergebnisse der Untersuchung überstiegen bei weitem seine kühnsten Vermutungen. Der Pfarrer, der selten in Entzückung verfiel, war hocherfreut, als er die unerwartete Entdeckung machte.

»Der Junge benutzt ein Vokabular, das aus dem Okzitanischen stammt«, sagte er zu Mardi-Gras. »Es gibt Unterschiede in der Aussprache und im Genus, aber die Herkunft kann nicht bestritten werden. Die Satzbildung hingegen stammt von der Grammatik der klassischen lateinischen Sprache ab!«

Diese unnatürliche Verbindung der beiden einander fernen Sprachen gab neue Rätsel auf. Sie konnte unmöglich spontan oder aus einer älteren oder regionalen Mundart entstanden sein.

Henno Gui versuchte nun seinerseits, Sätze zu bilden und sich nach und nach an die neuen Regeln der ungewöhnlichen Sprachmischung zu gewöhnen.

Nach einer Reihe von Fehlschlägen konnten der Pfarrer und der Junge endlich ihre ersten Sätze wechseln. Sie waren beide stark ergriffen.

Das Verschwinden des Jungen am Tag zuvor hatte große Unruhe unter den Dorfbewohnern gestiftet. Sie schickten fünf Männer auf die Suche nach dem Wasserträger. Der Mann mit dem Lederkäppchen und dem Schmuck führte die kleine, bewaffnete Schar an. Sie gingen bis zum Sumpf, ohne das Versteck von Henno Gui und dem Riesen zu entdecken.

Am Ufer hatte der Pfarrer alles vorbereitet.

Die Männer fanden einen einzigen Hinweis auf den Jungen: seinen leeren Wassereimer, der im Schnee lag.

Es war nicht nur der Wassereimer, der ihre Aufmerksamkeit erregte. Die fünf Männer entdeckten auf dem Eis einen riesigen Blutfleck, der den Spuren einer Opfergabe ähnelte. Das in den Sumpf geschlagene Loch war noch nicht wieder zugefroren und bildete einen riesigen Schlund im Eis. Der Rand des Schlundes war von Blut durchtränkt. Sogar das stehende Wasser hatte sich rot gefärbt. Es war ein Anblick, der die Phantasie erregte. Es sah so aus, als hätte dieser »Schlund« ein Opfer zerfetzt und verschlungen.

Der Mann mit dem Lederkäppchen nahm den Eimer des Jungen an sich und kehrte rasch mit seinen Männern ins Lager zurück. Ihre Entdeckung stürzte die ganze Sippe in eine entsetzliche Verwirrung. Der Schrei einer Frau ließ vermuten, dass die Mutter des Jungen die grauenhafte Nachricht vernommen hatte. Alle verschwanden in ihren Verstecken.

Während der Pfarrer sich abgemüht hatte, die Sprache des Jungen zu erlernen, hatte Mardi-Gras dessen Lumpen an sich genommen. Er nähte die ungleichen Fell- und Lederstücke, die nur dank etlicher Schnüre zusammenhielten, neu zusammen. Das Innere der Hülle füllte er mit Torf und trockenen Blättern aus, um dem Ganzen eine menschliche Gestalt zu verleihen. Als er fertig war, verließ er den Unterschlupf und ging zum Krater.

Am nächsten Tag fand die Sippe in der Mitte ihres Verstecks eine Nachbildung des jungen Wasserträgers vor, der verschwunden war. Die Dorfbewohner, die Henno Gui alle schon einmal gesehen hatte, gingen auf die sonderbare, Furcht einflößende Figur zu.

Jetzt entdeckte der Pfarrer eine neue Person in dem Stamm. Die fünfundzwanzigste. Der Mann schritt langsam und hielt einen Stock in der Hand, der ihn um mehrere Kopflängen überragte. Wie all seine Brüder hatte er einen dunklen Bart und langes Haar. Aber sein Gehabe war würdevoller als das der Priester oder des Mannes mit dem Käppchen. Er trug einen weiten Umhang aus einem verwaschenen gelb-roten Stoff. Das Aussehen und das Verhalten des Mannes erinnerten an einen Weisen. Die Dorfbewohner wichen ehrfürchtig vor ihm zurück, während er sich der Figur näherte und sie eine Weile schweigend betrachtete. Dann blickte er den Himmel hoch. Die Morgensonne stieg langsam über die Gipfel des Waldes. Als die Strahlen schließlich in den Krater fielen, stieß das Stammesoberhaupt seinen Stab wenige Zentimeter neben der Figur in den Schnee. Er folgte dem langen Schatten des Stockes. An der Stelle, wo der Schatten endete, markierte er den Boden.

Henno Gui wusste nicht, was das zu bedeuten hatte.

Der Weise hob die Arme in die Höhe.

»*Or da liéa!*«

Er schrie die Worte mehrmals mit tiefer Stimme vor der sprachlosen Menge. Das Echo trug die Silben bis zu dem Baum, in dem sich Henno Gui versteckt hielt.

»Ein Ordal!«, murmelte er.

Auf seinem Gesicht breitete sich ein zufriedenes Lächeln aus. Mardi-Gras starrte ihn verständnislos an.

X

Gilbert de Lorris und Aymard du Grand-Cellier kamen an einem strahlenden Nachmittag in Rom an. Es war milder geworden, und über die korinthischen Säulen und die Basreliefe rann der Schnee. Obwohl Aymard die Stadt am Tiber noch nie zuvor betreten hatte, schien ihn der Anblick kaum zu beeindrucken. Der Marmor und die Mosaike ließen ihn gleichgültig. Nur der Torre de Conti, der von Papst Innozenz III. mitfinanzierte Turm, der sich zwischen den Kaiserforen erhob, der von Metzgerständen umringt und daher mit Blut bespritzt war, erregte Aymards Aufmerksamkeit. Seine Stimmung hatte sich verschlechtert, je näher die beiden Reiter dem Ziel ihrer Reise gekommen waren. Gilbert hingegen war stolz und zufrieden. Sie hatten für den Rückweg nur einen Tag und eine Nacht länger gebraucht als für die Hinreise. Seine Kameraden würden gewiss über seine schnelle Rückkehr und den erfolgreichen Abschluss der Mission staunen. Die Kälte und die beschwerliche Reise hatten den jungen Soldaten zwar erschöpft, aber er strahlte die Sicherheit eines Mannes aus, der eine Heldentat vollbracht hatte. Der spärlich gewachsene Bart machte ihn älter, und seine Beine waren durch den langen Ritt kräftiger geworden. In dem abgewetzten Waffenhemd, den verdreckten Stiefeln mit den Stachelsporen und in den löchrigen Panzerstrümpfen fühlte Gilbert de Lorris sich zum ersten Mal wie ein richtiger Mann.

Da der Auftrag, den er von Sartorius erhalten hatte, von der Kanzlei des Papstes erteilt worden war, schlug Gilbert wie selbstverständlich den Weg zum Lateranpalast ein. Im Palast musste er seinen Missionsbefehl nicht vor dem Amtsdiener verlesen. Ein Blick auf den Umschlag mit dem Siegel des Papstes reichte aus, dass der Mann sofort auf eine kleine Tür zustürzte. Wenige Augenblicke später führte ein Gardist Gilbert und Aymard ins Vorzimmer des Kanzlers Artemidore, wo vor wenigen Wochen Enguerran du Grand-Cellier seine demütigende Abweisung hatte erleiden müssen. Der Gardist wies auf den Schreibtisch neben der Tür Seiner Exzellenz.

Gilbert und Aymard traten vor einen kleinen Mann, der an seinem bescheidenen Schreibtisch arbeitete: Fauvel de Bazan. Der Diakon war beunruhigt, als er von der Mission des Soldaten erfuhr. Ein Blick auf Aymard ließ ihn erblassen.

»Ihr wart sehr schnell, junger Freund«, sagte der Sekretär des Kanzlers zu Gilbert.

Der Soldat nahm die Bemerkung, die er als Lob auffasste, wortlos zur Kenntnis. Er öffnete sein Bündel und stellte die ihm von Sartorius anvertraute Schatulle auf den Tisch.

»Hier sind die Quittungen meiner Reise«, sagte er. »Und die Gutscheine, die ich nicht benutzt habe. Es sind über zwanzig Dukaten übrig.«

Bazan öffnete die kleine Kiste und zählte das Geld.

»Ja, es ist alles in Ordnung«, brummte er.

Der Diakon hatte nie zuvor erlebt, dass ein mit einer Mission Betrauter an seinen Ausgaben sparte und den Rest zurückgab. Dennoch zeigte er keine Dankbarkeit. Er erhob sogar die Stimme.

»Wer hat Euch befohlen, so schnell zu reisen?«

Die Frage klang wie ein Vorwurf.

»Ihr seid zwei Wochen vor der vorgesehenen Zeit zurückgekehrt, und selbst der Termin wäre in dieser Jahreszeit schwer einzuhalten gewesen«, sagte der Diakon. »Wir haben Euch nicht so früh erwartet. Könnt Ihr Euch die Folgen Eurer Tat vorstellen?«

Der Stolz des jungen Mannes löste sich von einem Augenblick zum anderen in nichts auf. Tatsächlich hatte niemand von ihm verlangt, das Land im Galopp zu durchqueren, um Aymard nach Rom zu bringen. Jetzt erinnerte er sich sogar, auf dem Missionsbefehl einen Zeitraum von mehreren Wochen gelesen zu haben.

In den Augen seiner Vorgesetzten war seine Heldentat alles andere als ein Verdienst. Der junge Mann hatte das Gefühl, den Boden unter den Füßen zu verlieren. Aymard eilte ihm zu Hilfe.

»Glaubt Ihr«, sagte er schroff, »man könne bei dieser Kälte einen Zeitplan einhalten, der in einer Amtsstube entworfen wurde? Der Junge hat seine Arbeit gut gemacht. Ich bin in Rom. Sagt mir, wem ich vorgeführt werden soll.«

Die Worte verfehlten ihre Wirkung auf den arroganten Diakon nicht. Er wich dem Blick des Gefangenen aus und verstummte.

»Ihr wisst, wer ich bin, nicht wahr?«, fragte Aymard.

»Ja«, sagte Bazan.

»Wer hat mich nach Rom befohlen? Ihr?«

»Nein. Monsignore Artemidore. Er befasst sich mit ...«

»Ich dachte, man hätte meinen Fall in die Hände des Papstes und nur in seine gelegt«, unterbrach ihn Aymard.

Gilbert schrak zusammen. Er hatte bisher nichts über seinen Gefangenen gewusst.

»Ja ... Aber der Papst hat den Fall in die Hände seines Kanzlers und nur in seine gelegt.«

»Doch Ihr wisst, wer ich bin?«

»Ja, und ich bin der erste Diakon Seiner Exzellenz.«

»Gewiss ... Weilt mein Vater noch in Rom?«

»Die Frage kann ich nicht beantworten.«

Die unerwartete Ankunft des Sohnes von Enguerran du Grand-Cellier in der ewigen Stadt traf den Kanzler und seinen ersten Diakon gänzlich unvorbereitet. Die Vorkehrungen für seine Ankunft sollten erst in der nächsten Woche beginnen. Es war vereinbart worden, dass Aymard dem Komitee, das dem Bittgesuch seines Vaters Gehör geschenkt hatte, vorgeführt werden würde. Diese schändliche Person hätte auf gar keinen Fall diese ehrwürdige Stadt betreten dürfen. An den wichtigsten Straßen, die in die Stadt führten, sollten zahlreiche Wachen postiert werden, um ihn abzufangen und an einen sicheren Ort zu bringen. Aber Gilberts übertriebener Eifer hatte die sorgfältigen Vorbereitungen zunichte gemacht.

Bazan bemühte sich nach Kräften, den wütenden Kanzler zu beruhigen. Artemidore konnte nicht auf die nächste Zusammenkunft des Komitees warten, um Aymard anzuhören. In diesem Fall wurde höchste Diskretion verlangt, und daher konnte dieser Mann unmöglich in Rom bleiben. Der Kanzler sah sich gezwungen, den Ketzer allein zu empfangen.

Bazan eskortierte Aymard zum Privatpalast seines Herrn gegenüber vom Lateran. Zuvor hatte er den jungen Lorris verabschiedet. Dieser ging davon aus, wieder zu seiner Garde zu stoßen, wurde jedoch nach Falvella gebracht, zu einer Garnison im Norden Roms, von der er noch nie etwas gehört hatte.

Der Saal, in dem Artemidore saß, war mit Damastvorhängen und Zyperntеppichen geschmückt. Normalerweise empfing der Kanzler seine Gäste nach dem Vorbild orientalischer Prinzen oder großer Barone in seinem Schlafgemach, doch er weigerte sich, diesen Mann mit der teuflischen Vergangenheit das Zimmer, in dem er schlief, betreten zu lassen.

Als er auf Aymard du Grand-Cellier zuging, trug der Kanzler einen Umhang aus Elch- und Hirschleder, über den ein breites, rotes Band gespannt war – ein Emblem, das böse Geister und Teufel vertreiben sollte.

»Guten Tag, Monsignore«, sagte Aymard.

Artemidore nickte nur und setzte sich auf ein Kanapee.

»Ich möchte, dass schnell über meinen Fall entschieden wird«, fuhr Aymard fort, ohne auf ein Zeichen des Kanzlers zu warten.

Artemidore hob die Augenbrauen.

»Der Wunsch ehrt Euch. Er wird Euch erfüllt. Aus welchem Grunde solltet Ihr sonst nach Rom gerufen worden sein?«

»Mein Vater wird um eine Audienz beim Papst gebeten

haben, damit er oder ich die Möglichkeit haben, sich zu verteidigen. Ich bin bereit, vor ein kleines Gericht zu treten, exkommuniziert und anschließend verbrannt oder auf einen Kreuzzug geschickt zu werden, um dort zu sterben.«

»Auf einen Kreuzzug?«, sagte der Geistliche lachend. »Warum sollten wir das tun?«

»Ihr habt Eure Gegner doch oft gezwungen, in Jerusalem, Tunis oder Damiette zu kämpfen, damit sie ihre Sünden sühnen oder dort unauffällig sterben.«

»Mein Freund, die heiligen Kriege erlösen schon lange keinen Menschen und schon gar keine Seele mehr von ihren Sünden. Sie setzen Schulden außer Kraft, werben Unfähige an und reinigen mitunter einen schlechten Ruf, aber in Eurem Fall wäre der Kreuzzug vergebliche Mühe.«

»Also werde ich sterben. Von mir aus! Bringe ich es hinter mich.«

»Immer mit der Ruhe, mein Freund. Ihr habt die gelbe Galle und das Feuer des cholerischen Temperaments.«

»Erwartet keine Reue von mir. Ich weiß nicht, was mein Vater Euch versprochen hat. Wisset, dass ich nicht gewillt bin, meine Ansichten zu widerrufen.«

»Euer Vater hat nur getan, was seine Pflicht war.«

»Und was?«

»Nun … Er hat Euch in unsere Hände gegeben.«

Artemidore nahm die Nadelschützer in seine dicken Finger und spielte damit.

»Ich will ganz offen sein«, fuhr der Prälat fort. »Eure frühe Ankunft in Rom hat uns ein wenig überrascht, und Ihr werdet hier nicht in der verlangten Form vorgeführt. Unser kleines Gespräch dürfte niemals stattfinden, doch …«

»Ich höre.«

»Ich bin nicht der Einzige, der mit Eurem Fall zu tun hat und der Euch nach Rom kommen ließ. Mir stehen außerordentlich wichtige Leute zur Seite. In unserem Befehl wurde ausdrücklich festgelegt, dass Ihr zuerst dem gesamten Komitee vorgestellt werden sollt. Dann hätte jeder von uns Euch verhören und Fragen zu Eurer Person stellen können, um Euren Charakter zu erkennen und Euch besser zu verstehen. Darin sind wir sehr geschickt.«

Aymard lächelte verächtlich.

»Das kenne ich, Monsignore. Als ich unter dem Befehl des Grafen von Bellême in seinem Regiment in Charlier stand, hat ein Standgericht ebenfalls versucht, mich zu verstehen und mich zu korrigieren, um einen besseren Soldaten aus mir zu machen. Sie haben sich die Zähne an mir ausgebissen. Ihr habt auch den Ehrgeiz, die Menschen zu verbessern. Meine Schuld sühnen? Unmöglich. Das habt Ihr selbst gesagt. Sterben? Zu einfach. Mich heilen? Das glaubt Ihr … Ich kenne dieses Gerede. Das ist eine abscheuliche Illusion. Ihr werdet jämmerlich versagen.«

»Ich bin über Euer Abenteuer mit dem Grafen von Bellême und Eure militärische Laufbahn im Bilde. Ihr habt das Urteil abgelehnt und seid nach Hause zurückgekehrt. Ein paar Wochen später seid Ihr ins Seminar eingetreten, um – wie Ihr sagtet – den armen Christen zu helfen. Richtig?«

Aymard antwortete ihm nicht.

»Es wird oft behauptet, der Mensch könne den Menschen heilen, solange es sich um Eingeweide oder Knochen handelt. Wenn es indes um seine Seele geht, ist das Leben nicht lang genug, um das Ziel zu erreichen … Das ist ein weites Feld. Ich kenne Eure Kenntnisse auf diesem Gebiet nicht. Die körperliche Hülle jedoch ganz selbstverständlich von ihrer spirituellen Schwester zu trennen ist eine Methode, die ich verstehe und akzeptiere, da sie bei unseren Brüdern beliebt ist und den Dogmen unserer Väter entspricht. Die Trennung von Körper und Geist ist ein alter Topos. Unter uns gesagt, gebe ich zu, dass er auf einem großen Irrtum beruht. Aber als Methode … sehr nützlich. Es wird nicht lange dauern, bis Ihr dieses Paradoxon versteht. Wir sind nicht so selbstgefällig, wie Ihr wohl glaubt, mein Freund. Wir wissen ganz im Gegenteil gut, was wir tun. Ihr werdet sehen. Der Körper kann auf die Seele wirken und etwas erreichen, wovon der Geist allein niemals träumen würde.«

Aymard hörte ihm zu, ohne mit der Wimper zu zucken.

Artemidore zog mit den Fingerspitzen an einer Schnur, die hinter ihm hing. Daraufhin erschien ein Mann auf der Türschwelle. Er war kräftig wie Herkules und trug eine tiefschwarze Cappa.

»Aymard du Grand-Cellier wird im Kloster erwartet. Bring ihn dorthin.«

Nun betrat Bazan den Raum.

»Fauvel, sorgt dafür«, sagte der Prälat, »dass dieser ungestüme junge Mann unbemerkt die Stadt verlässt.«

Er wandte sich ein letztes Mal an Aymard.

»Ich wünsche Euch viel Glück, mein Sohn. Wir führen das Gespräch bei unserem nächsten Treffen fort. Dann werdet Ihr sicherlich meine Meinung über die Vereinigung von Körper und Seele teilen. Die Behandlung, die Euch erwartet, wird auch einen Mann wie Euch nicht gleichgültig lassen.«

Der Mann in der schwarzen Cappa brachte den Gefangenen in eine Postkutsche, deren Fenster und Türen verschlossen waren. Zwei Tage und drei Nächte verließ Aymard das Gefährt nicht. Er bekam zu essen und zu trinken und musste seine Notdurft mitten auf dem Lande neben den Türen verrichten.

Als er endlich aussteigen durfte, befand er sich auf der anderen Seite der Staaten des heiligen Petrus, an der Küste der Adria. Dicker Morgennebel schwebte über dem Land. Ein Pfad, der nur zu Fuß zugänglich war, schlängelte sich durch die Hügel zum Gipfel. Der Mann in dem dunklen Gewand führte ihn über diesen Weg.

Bald erblickte Aymard in der Ferne die langen Schutzwälle einer Festung. Die Mauern ragten in der verlassenen Gegend majestätisch empor. Der Weg war steinig. Nach einer halben Stunde gelangten die beiden Männer auf eine größere Straße, die zu dem Bollwerk führte. Es war keine herrschaftliche Festungsanlage – wie Aymard zunächst geglaubt hatte –, sondern ein riesiges Kloster, das hübsch restauriert und so stark befestigt war wie ein Stützpunkt der kaiserlichen Garde. Die Fassade hatte eine Länge von mehreren Stadien, ohne Tore, Türen oder Schießscharten aufzuweisen.

Aymard schaute auf den Horizont. Er sah keine Häuser, keine Dörfer, keinen Hafen und kein einziges Schiff auf See.

Sein Wächter führte ihn zur Ostmauer. Dort befand sich am Fuße der riesigen Festung eine kleine, unauffällige Einfahrt, die vergleichsweise lächerlich wirkte. Sie wurde nach den Worten »Dank, Gott, dem Allmächtigen« geöffnet.

Der Mann, der ihnen das Tor geöffnet hatte, ging davon. Du Grand-Cellier sah nur noch eine braune Kutte am Ende des Ganges verschwinden.

Aymard folgte seinem geheimnisvollen Führer durch die überdachte Eingangshalle in verlassene Gänge. Gedämpft, wie aus der Ferne, hörte er Bittgebete und Responsorien aus dem Oratorium.

Schließlich blieb sein Wächter in einer großen, hellen Halle stehen. Von hier aus konnte man die Gärten des Klosters sehen. Die Sonne drang durch die großen Glasscheiben der Rundbogenfenster. Das Leid Christi wurde durch Figuren in Bleinetzen dargestellt, aber keine Farben oder Reliefe verliehen dem Werk Ausdruckskraft. Ein geübtes Auge oder starke Konzentration waren erforderlich, um diese Darstellungen des Evangeliums zu entschlüsseln.

An der hinteren Wand des Raumes wurde eine Tür geöffnet. Zwei Männer schritten auf Aymard zu. Bei dem einen handelte es sich um einen kleinen, mageren Mönch mit einer Tonsur. Der andere trug über einem gelben Wams eine lange, rote Tunika, die wie eine römische Toga geschnürt war. Seine Füße waren nackt, und sein Kopf war vollständig rasiert.

»Guten Tag, mein Sohn«, sagte der erste Mönch. »Ich bin Vater Profuturus, der Abt dieses Klosters. Ich heiße Euch in der Gemeinschaft von Albert le Grand willkommen.«

Er gab dem Mann in der dunklen Cappa ein Zeichen, woraufhin dieser den Saal wortlos verließ.

»Obwohl ich die Einrichtung leite, mein Sohn, kann ich Euch nicht erklären, was Euch hier erwartet. Ich weiß es ebenso wenig wie Ihr. Jede Behandlung hat ihre eigene Geschichte. Ihr werdet die Eure erleben. Ob es ein Erfolg oder eine Niederlage wird, vermag ich nicht zu sagen. Ich möchte Euch Meister Drona vorstellen, einen unserer besten Lehrer. Er spricht leider kein Französisch und keine westliche Sprache. Daher ist es nicht möglich, sich mit ihm zu unterhalten, es sei denn, man beherrscht seine Muttersprache. Es ist übrigens auch nicht wichtig. Ihr werdet einfach seinen stummen Anweisungen folgen.«

»Seinen Anweisungen? Inwiefern?«

»In jeder Beziehung, mein Sohn.«

Der Mann in der eigenartigen purpurroten Toga legte eine schwere Hand auf Aymards Schulter.

»Meister Drona ist Euer Dresseur«, sagte der Abt.

XI

Einen Tag, nachdem Henno Gui die Verkündung des Gottesurteils vernommen hatte, bereiteten sich alle Dorfbewohner in dem Krater auf die Zeremonie vor. Der Himmel war grau verhangen. Schneeflocken tänzelten durch die Luft. Die drei Priester errichteten einen Scheiterhaufen. Die Wasserträger überschwemmten den Boden mit dem »heiligen« Wasser der Sümpfe und füllten einen großen Bottich. Er wurde auf den kleinen, brennenden Scheiterhaufen gestellt.

Das Ordal begann.

»Durch das rote Feuer, das die Steine bleicht und das Holz schwärzt«, sagte der Weise in dem gelblich-roten Umhang, »durch das heilige Wasser, das die geröteten Wunden heilt und die schwarzen Seelen reinigt, im Namen unserer sieben heiligen Mütter, bitte ich die Götter, zu uns hinabzusteigen ...«

Alle Einwohner hatten sich um die Priester, den Mann mit der ledernen Kopfbedeckung und den ehrwürdigen Mann, der sprach, versammelt. Nach den beschwörenden Worten des Weisen fielen sie auf die Knie, senkten die Köpfe und pressten die geballten Fäuste aufs Herz. Es herrschte Stille.

Als die Flüssigkeit in dem Bottich zu sprudeln anfing, rief der Weise:

»Das Wasser der Sümpfe ist erwacht!«

Jetzt legte er vorsichtig zwei große, getrocknete Blätter in das Gefäß.

Dicker Rauch stieg in die Höhe, als die Blätter das kochende Wasser berührten. Nach kurzer Zeit zerfielen sie in fünf Teile.

»Fünf Götter sind unter uns«, verkündete der Weise feierlich.

Alle Dorfbewohner krümmten den Rücken und pressten ihre Stirn noch demütiger und ängstlicher auf den Boden.

In dem kochenden Wasser veränderten die Blattstücke ihre Form. Zuweilen erinnerten sie an die Umrisse eines Gesichtes. Der ganze Stamm leierte in inbrünstigem Ton Gebete herunter. Jetzt nahm der Vorsprecher eine Holzkelle in die Hand und schöpfte vorsichtig das erste göttliche Gesicht heraus, das die Blattstücke andeuteten. Als er es der Menge zeigte, wurden die Gebete lauter. Er legte diese »Inkarnation« vorsichtig in den Schnee. Durch diese Gesten sollte wohl der Übergang der Götter vom Himmel in die Welt der Menschen besiegelt werden.

Die Blattstücke im Schnee repräsentierten die Götter der Gerechtigkeit, der Sümpfe, der Sterne, der Wälder und der Zeit. Der Weise nannte ihre Namen, damit ein jeder sie erkannte.

»Durch das Wasser, das uns beschützt«, rief er nun, »Götter, antwortet uns: Ist die Seele unseres verschwundenen Bruders unter den Toten?«

Als Antwort fing der Bottich an zu beben und laut zu zischen. Sogar der Weise wich zurück. Mit einer so heftigen Reaktion hatte er nicht gerechnet. Für die Dorfbewohner bedeutete dieses Signal den Schrei des herumirrenden Geistes des Jungen.

Ein Schweigen der Andacht und des Schreckens herrschte.

Die Priester hatten den Bottich vom Feuer genommen und

in den Schnee gestellt. Der Weise nahm eines der fünf Gottesbilder und warf es auf den Scheiterhaufen. Eine dicke, schwarze Rauchsäule stieg gen Himmel, drehte sich, nahm immer neue Formen an, wie ein Geist, der sich anstrengte, eine Gestalt anzunehmen. Dann dehnte sie sich aus und verwandelte sich auf sonderbare Weise. Ein herrlicher Gott erschien in der Mitte der grauen Rauchsäule. Die Menschen waren verblüfft, als sie die große Gestalt sahen. Der kräftige Körper, die Arme und die dunklen Augen waren deutlich in dem Rauch zu erkennen. Alle starrten gebannt auf die phantastische Erscheinung. Sie erblassten und warteten darauf, dass der große Gott sich durch ein Zeichen zu erkennen gab und Gerechtigkeit walten ließ.

Dieser stellte ihre Geduld nicht lange auf die Probe. Sein ausgestreckter Arm wies nach Süden. Allmählich löste sich seine Gestalt auf, und es blieb nur noch Rauch zurück… Die Dorfbewohner hörten ein Knacken am Rande des Kraters.

Eine schnelle Bewegung.

Sie drehten ihre Köpfe in alle Richtungen. Nichts schien sich zu bewegen.

Plötzlich schrie einer von ihnen.

Niemand regte sich mehr. Während sich der Rauch des Gottes in den Bäumen auflöste, erblickten sie in der anderen Richtung deutlich eine mysteriöse Gestalt.

Henno Gui.

Der Priester schritt bis in die Mitte des Kraters, wo der Weise und die übrigen Dorfbewohner standen. Er war allein. Seinen hölzernen Pilgerstab hielt er in der rechten Hand. Als er sich näherte, flohen die Ängstlichen und verschwanden in ihren Verstecken.

Der Pfarrer hatte das Gottesurteil von oben beobachtet. Er hatte die Zeremonie entmystifiziert, wie man einen antiken Mythos oder eine heidnische Legende entschlüsselt: Die Blätter waren nur altes, ranziges Pergament, das sich in Schwefel verwandelt hatte. Das laute Zischen aus dem Bottich war nur die Reaktion des kochenden Kessels, der von den Priestern in den Schnee gestellt worden war. Die Gesichter der Götter waren ebenso willkürliche Auslegungen wie die Verklärung des riesigen Gottes in der schwarzen Emanation. Er hatte keinen Arm ausgestreckt. Der Wind hatte den Rauch in seine Richtung getragen. Henno Gui hatte die Gunst des Augenblicks genutzt, als die Anwesenden auf die Manifestation der göttlichen Gestalt warteten. Die Bestürzung der Dorfbewohner sollte ihn beschützen.

Doch das war nicht der Fall.

Der Mann mit dem ledernen Käppchen reagierte ungehalten auf die unerwartete Erscheinung und stürzte sich wild auf den Pfarrer.

Dieser streckte ihm seine offene Hand entgegen, woraufhin der Priester der Länge nach in den Schnee fiel.

Ein zweiter Mann stürzte sich auf ihn und dann ein dritter. Allen widerfuhr dasselbe: Sie sanken in den Schnee, ehe sie Henno Gui erreichten. Diese übernatürliche Kraft erschreckte die Dorfbewohner.

»Bist du ein Gott?«, fragte der Weise.

Der Pfarrer musste schnell antworten. Vielleicht hing sein Überleben von der Antwort ab.

Er wollte den Einheimischen mit seiner Erscheinung und seinen rätselhaften Fähigkeiten Angst einjagen. In jeder anderen Gemeinde des Königreiches wären die Menschen ob dieser Taten längst erstarrt und vor ihm auf die Knie gefallen. Hier jedoch nicht. Der Weise und die Priester musterten ihn, ohne eine Miene zu verziehen.

»Nein«, erwiderte er in ihrer Sprache. »Ich weiß hingegen etwas, was eure Idole vor euch verborgen haben.«

Er hob den Arm. Oben am Rande des Kraters erschien der Junge, den er und Mardi-Gras entführt hatten. Er trug noch immer die zweite Robe des Priesters und rannte den Abhang hinunter.

Als der Tote zurückkehrte, kniff der Weise unwillig die Lippen aufeinander. Henno Gui hatte den Göttern widersprochen.

Er fuhr fort:

»Und ich weiß viele, viele Dinge, die ihr nicht wisst.«

Die Bewohner von Heurteloup schauten sich verwirrt an. Niemand wagte es, ihn nochmals anzugreifen. Das Herz des Priesters schlug laut in seiner Brust. Er hatte einen ersten Sieg errungen. Es war ihm gelungen, Zeit zu gewinnen. Und seine ganze Strategie war auf dieses Ziel gerichtet: Zeit zu gewinnen … sich Gehör zu verschaffen … und zuzuhören.

XII

Der Vikar Chuquet steuerte seinen Karren durch das Tor von Grand-Pont in die Stadt hinein. Er passierte die Gebührenstelle und den Zoll ohne Schwierigkeiten. Als er oben auf dem Hügel Sainte-Geneviève stand, blickte er auf ein Meer von Häusern und Hütten. Seine Großeltern hatten ihm einst von der Pracht und dem Glanz dieser Stadt erzählt: Seither hatte sich die Hauptstadt stark verändert. Die Bevölkerung war auf fast hunderttausend Menschen gewachsen, die Kathedrale von Notre-Dame auf der Seine-Insel war vollendet worden, und im Westen schützte der Louvre die Stadt. Die Festungen waren verstärkt worden, und das Holz an den Fassaden war größtenteils Steinen gewichen.

Chuquet hatte große Mühe, sich mit dem Wagen und den drei Pferden einen Weg durch die Menschenmassen zu bahnen. Die Gassen waren zu schmal. Er warf Ladentische und schwer beladene Träger um, überfuhr einen Herumtreiber, der auf dem Pflaster schlief, und versperrte die Zufahrt zu einem Vorort. Trotz der Kälte herrschte in den Marktstraßen, die an den Brückenköpfen des Nordufers und bei St. Germain-des-Près entstanden waren, reges Treiben. Männer keuchten gebückt unter schweren Säcken, Ochsen- und Pferdekarren rumpelten zu Schuppen und Handelshäusern. Aus den Senkgruben drang beißender Gestank. Der Geruch von Haquins Leichnam hätte die Pariser vielleicht gar nicht so sehr schockiert, dachte der Mönch. Zweimal fuhr er an einem Galgen vorbei, an dem ein armer Teufel mit einer Papiermütze auf dem Kopf hing. Das Gesetz verbot, einen Gehängten zu berühren, solange die Schlinge oder das Genick nicht nachgegeben hatten. So hingen die Leichen oft tagelang an den Galgen. Der Gestank vermischte sich mit dem Duft der ausgestellten Früchte, mit dem Dreck der Menschen und dem schmutzigen Wasser, das in Bächen durch die Straßen floss. Chuquet fand den Weg zum Bischofssitz nur schwer. Trotz seiner Kutte und der Tonsur schickten die Pariser ihn mehrmals in die falsche Richtung und ließen sich dafür auch noch eine kleine Münze geben. Hier hatte man keinen Respekt vor den Geistlichen.

Nach einigen Umwegen überquerte er endlich die Pont au Change und bog in die Rue du Four. Am Ufer der Seine erblickte er das stattliche Bauwerk, in dem sich die gesamte bischöfliche Macht des Königreiches konzentrierte, obwohl Paris von der Erzdiözese in Sens abhing. Vor dem mit Eisen und Nägeln beschlagenen Tor überließ er seinen Wagen der Obhut eines Pferdeburschen.

Als er durch das Eisentor schritt, um die kleine Galerie, die zum Mittelpunkt des Bauwerkes führte, entlangzugehen, hatte Chuquet das Gefühl, in eine andere Welt einzutauchen. Er entdeckte eine neue Stadt, die im Gegensatz zu der lauten, dreckigen Welt, die er soeben verlassen hatte, ruhig und gepflegt war. Der Vikar bewunderte die großen Gärten in der Mitte der Anlage. Alle Sträucher und Pflanzen waren kunstvoll wie ein Gemälde gepflanzt und beschnitten. Die Figuren und Tiere aus Gras waren wie in einem Glaubensbekenntnis angeordnet: Ein einfacher Spaziergang durch diesen kleinen Garten Eden sagte mehr über das Leben der Menschen als Dutzende Prachtcodices. Keine einzige Schneeflocke und kein Raureif lagen auf den Zweigen und dem Rasen. Tag für Tag beseitigten die Gärtner geduldig alle Spuren des Winters, um den frühlingshaften Glanz zu bewahren. Die beschnittenen Koniferen waren erstaunlich sauber und kräftig. Das prächtige Grün mitten im Winter grenzte an ein Wunder. Über den Dächern des Klosters befand sich das riesige Vogelhaus des Erzbistums, aus dessen Löchern große, fette Brieftauben hervorlugten.

Chuquet presste die Kiste mit Haquins Überresten fest unter seinen rechten Arm. Solange es sich vermeiden ließ, würde er niemanden über den Inhalt aufklären. Er erreichte ein Empfangshäuschen, wo ein junger Dominikaner auf Bittsteller wartete.

»Ich bin Bruder Quatremère«, sagte er. »Wie kann ich Euch helfen?«

»Ich bin Bruder Chuquet, der Vikar des Bistums Draguan.«

»Draguan? Noch nie davon gehört. Was wollt Ihr?«

»Ich möchte Bericht erstatten über …«

Chuquet zögerte. Er wollte dem Fremden gegenüber nicht das Wort Mord benutzen.

»… das Ableben des Monseigneur Haquin, unseres Bischofs.«

Der Mönch tauchte seinen Federkiel in ein Tintenhörnchen und notierte die Ankunft des Besuchers in einer Pecia.

»Und ich möchte einen gewissen Monseigneur Alcher de Mozat treffen«, fügte Chuquet hinzu.

Auch dieser Name sagte dem jungen Dominikaner nichts. Er nannte dem Vikar die Nummer einer Tür im Westflügel des Klosters.

»Geht zu Corentin Tau, dem Archivar. Er kennt alle Namen und alle Kirchtürme des Königreiches. Dort bekommt Ihr die Akte Eurer Diözese. Monsieur Tau kennt sicherlich auch Euren Alcher de Mozat. Anschließend begebt Ihr Euch in die Registratur im ersten Stockwerk, damit das Ableben Eures Bischofs zu Protokoll genommen wird und die vorschriftsmäßigen Schritte eingeleitet werden. Ihr solltet die Akte des Bischofs mit dorthin nehmen – das erleichtert der Registratur die Arbeit.«

Chuquet bedankte sich und machte sich auf den Weg ins Archiv.

Auf den ersten Blick sah er nur vier Schreibtische und viele Türen. Keine Regale, keine freien Wände und keine Verzierungen. Lediglich zwei kleine, schmale Fenster aus Glas, alles andere schien aus lackierten Holztüren zu bestehen. Chuquet zählte derer zwölf. Es roch nach Siegelwachs, Pergament und Gummiarabicum, das man mit Essig und Holzkohle vermischte, um Tinte herzustellen. Lange, schmale Kerzen spendeten Licht.

Der Meister-Archivar saß an einem kleinen Tisch und beugte sich über einen Stapel Blätter. Monsieur Tau war ein kleiner Mann mit grauen Schläfen. Er hatte einen durchdringenden Blick, und in seine Gesichtshaut hatten sich tiefe Falten eingegraben.

»Haquin … aus Draguan?«, fragte er, nachdem Chuquet ihm erklärt hatte, woher er kam. »Draguan …«, sagte er noch einmal. »Ist das nicht die Diözese, wo im letzten Jahr die Leichenteile von drei Reisenden aus dem Fluss gefischt wurden?«

Chuquet schrak zusammen. »In der Tat. Ihr erinnert Euch?«

»Ja. Ein Mann und zwei Kinder. Eine schreckliche Geschichte«, sagte der Archivar und fuchtelte mit der Hand, als könnte er so die düstere Erinnerung vertreiben. »Was kann ich für Euch tun, mein Freund?«, fragte er.

»Ich möchte in der Registratur das Ableben meines Herrn bekannt geben. Der Bruder am Empfang bat mich ausdrücklich, die Akte meiner Gemeinde mitzunehmen, und ich möchte auch …«

Corentin Tau sah plötzlich verärgert aus.

Zwei seiner Schreiber, die bis dahin, über ihre Schriftrollen gebeugt, ruhig dagesessen hatten, hoben die Köpfe.

»Ihr wollt die Akte von Draguan?«, fragte der Archivar, ehe er den Kopf schüttelte. »Folgt mir.«

Corentin Tau nahm einen großen Schlüssel von dem Bund, der an der Kordel seiner Kutte hing, und öffnete eine der geheimnisvollen Türen der Amtsstube. Sie führte zu einer schmalen Steintreppe, die sich ins Untergeschoss des Gebäudes schlängelte. Der kleine Mann lief die Treppe hinunter. Er erreichte einen Saal mit niedriger Decke und langen, symmetrisch angeordneten Regalen. Sie drohten unter der Last der Peciae und Wachstafeln zusammenzubrechen. Der Archivar nahm die brennende Fackel, die neben dem Treppengeländer hing, aus dem Ring und drehte sich zu Chuquet um. Der Vikar hatte Mühe, ihm zu folgen.

»Der Rat des Erzbischofs«, sagte er, »hat mich vor gut einem Jahr über das Unglück der drei in Draguan ermordeten Menschen unterrichtet. Damals wurden drei Leichen im Fluss gefunden. Wie üblich, verlangten sie die Herausgabe der Akte der Diözese von mir, um die Ermittlungen einzuleiten.«

Corentin Tau hob die Fackel und zeigte dem Vikar die riesige, unterirdische Bibliothek.

»Dies ist einer von fünfzehn Räumen, in denen die bischöflichen Archive des Königreiches beherbergt werden. Alles, was Steuern, Ämter, Prozesse betrifft, wird hier schriftlich aufbewahrt. Es handelt sich um Abschriften der Originale, die in den Gemeinden verbleiben.«

Chuquet schaute die langen, engen, staubigen Gänge entlang. Corentin erklärte ihm, dass man mit Genehmigung des Erzbistums alle Akten einsehen dürfe. Naturgemäß hinkten die Berichte den gegenwärtigen Ereignissen der Diözesen immer ein paar Jahre hinterher. Daher sollte man nicht hoffen, hier die Auflösung großer Geheimnisse zu finden. Er selbst wache darüber, dass nichts verschwinde und sich keine falschen Berichte einschlichen.

»Auf Befehl meiner Vorgesetzten stieg ich also ins Archiv hinab, um die Akte von Draguan zu holen. Und siehe da, zu meiner Überraschung stellte ich fest, dass wir keinerlei Kunde über dieses Bistum haben.«

Corentin sprach weiter, während er den Besucher durch die Gänge führte.

»Man sagte mir, das sei skandalös und Besorgnis erregend. Vielleicht sei die Akte verlegt worden und in einem anderen

Regal oder Saal zu finden, erklärte ich ihnen. So etwas war allerdings noch nie geschehen. Nun gut. Meine Gehilfen und ich durchsuchten sechs Tage lang alle Archive des Bistums. Wir fanden nicht den geringsten Hinweis auf diese eigentümliche Diözese. Es war so, als hätte sie niemals existiert. Ich schickte mich gerade an, einen beschämten Brief über den Misserfolg meiner Suche zu schreiben, als ich einen von der Hand des Erzbischofs geschriebenen Befehl erhielt, meine Suche um jeden Preis fortzusetzen. Das war ein äußerst ungewöhnliches Vorgehen, dem ich mich beugen musste. Der Befehl räumte mir ein wenig mehr Zeit ein, um zu verstehen, was in meinem Amt geschehen sein könnte. Kurz darauf ging ich erneut in diesen Raum, und was fand ich dort? Das hier!«

Der Archivar blieb vor einem Regal stehen, auf dem die Codices mit dem Buchstaben »D« alphabetisch geordnet standen. Er hob die Fackel und beleuchtete die meist aus kräftigen Holzdeckeln bestehenden Buchrücken. Zwischen den Namen Drabes und Drezères fand er drei dicke, in Kalbsleder gebundene Akten, auf deren Rücken stand: DRAGUAN.

»Stellt Euch meine Verwunderung und meine Wut vor! Der sich diesen schlechten Scherz erlaubt hatte, musste eine Möglichkeit gefunden haben, ohne mein Wissen in mein Untergeschoss einzudringen, aber er hatte mich unterschätzt. Ich kenne meine Akten sehr genau, und zwar besser als jeder andere. Ich habe die drei dicken Codices über ›Draguan‹ gelesen. Alles, was dort stand, betraf die Diözesen Magrado und Saint-Georges! Die Aufzeichnungen waren alle abgeschrieben und notdürftig auf Bünde geheftet worden, um neue Akten vorzutäuschen. Das war ein jämmerlicher Betrug, über den ich mich umgehend beschwerte. Man antwortete mir von höchster Stelle, das Wichtigste sei, die Akten wieder gefunden zu haben. Es könne sich nur um einen schlechten Scherz handeln, der keine Konsequenzen nach sich ziehe! Als ich bat, die Mitteilungen über die drei Morde zu bekommen, um sie ihrerseits zu archivieren, antwortete man mir ausweichend, sie seien nicht mehr im Erzbistum. Punkt. Das wollte ich nicht verstehen. Ich ermittele nicht, sondern ich archiviere. Das allein ist meine Aufgabe.«

»Und Ihr habt noch nie etwas von dem Bischof Haquin aus dem Erzbistum Draguan gehört?«

»Der Name sagt mir nichts, doch wenn er zu den Kirchen des Königreiches gehört, gehört er zu meinen Akten. Ich müsste ihn finden. Das hoffe ich jedenfalls. Welche Auskunft sucht Ihr?«

»Unser Bischof war ein verschwiegener Mann. Ich weiß nichts über seine Vergangenheit, und ich möchte seine Familie finden, damit … nun, um ihr seine persönlichen Dinge zu übergeben.«

Corentin schaute auf Chuquets Kiste.

»Ich verstehe. Ich werde versuchen, Euch zu helfen.«

Die beiden Männer kehrten in die Amtsstube zurück. Chuquet fuhr fort.

»Ich habe noch eine andere Spur. Es sieht so aus, als könnte mir ein gewisser Alcher de Mozat Auskünfte über Haquin geben. Kennt Ihr diesen Mann?«

Corentin zuckte lächelnd mit den Schultern.

»Jeder kennt den werten Herrn Mozat, mein Freund! Auf jeden Fall alle, die schon ein wenig auf dieser Erde weilen. Mozat hat sein Amt vor sechs oder sieben Jahren niedergelegt. Er ist hochbetagt. Ihr müsstet ihn zu Hause antreffen. Er wird die Stadt wohl kaum verlassen haben.«

Der Archivar schrieb Chuquet Mozats Adresse auf und gab ihm einen Gutschein für die Herberge des Bistums.

»Wenn ich Eure verschmutzten Stiefel und Eure hässliche

Tonsur sehe, nehme ich an, dass Ihr noch keine Bleibe in Paris gefunden habt. Mit diesem Gutschein könnt Ihr während Eures Aufenthaltes in Paris in der Herberge wohnen. Kommt morgen Abend zu mir. Bis dahin werde ich bestimmt etwas über Euren Bischof herausgefunden haben.«

Chuquet bedankte sich und ging hinaus.

Als er ein paar Schritte gegangen war, holte der Archivar ihn ein.

»Hm … Ich frage mich … Nun, Ihr seid der erste Mensch, den ich treffe, der mir etwas über diese mysteriöse Diözese Draguan sagen könnte. Was ist so Besonderes daran? Was ist geschehen? Warum hält man vor einem alten, harmlosen Archivar wie mir die Aufzeichnungen und Steuerbescheinigungen zurück?«

Chuquet überlegte einen kurzen Augenblick. Er dachte an den »Mann in Schwarz«, den Mord an Haquin, die Briefe des Bischofs, die ohne Antwort geblieben waren, die Entdeckung des dreizehnten Dorfes, die drei Leichen im Montayou, die Ankunft des geheimnisvollen Henno Gui, die Fragen, die Tausenden von Fragen, die sich die Gläubigen der Gemeinde stellten … All das verwob sich wie zu einem bösen Traum.

»Nichts«, sagte der Vikar. Er täuschte sogar ein wenig Verwunderung über die Frage vor. »Ich versichere Euch, Draguan ist eine kleine Diözese ohne Geschichten. Ich verstehe Eure Neugierde nicht.«

Der Archivar schüttelte den Kopf und kehrte in sein Büro zurück.

Chuquet wurde oben in der Registratur empfangen, wo er schriftlich den Tod des Bischofs von Draguan bestätigte. Er wurde gefragt, ob er dem Bericht ein Beweisstück hinzufügen könne. Der Vikar übergab die drei Bischofsringe der Diözese, die als Symbol des Amtes galten und an Haquins Nachfolger weitergereicht werden sollten. Mit keinem Wort erwähnte der Vikar die makabren Umstände, unter denen sein Herr ums Leben gekommen war. Auf die Frage nach Aufzeichnungen des Bistums verwies er einfach auf das Archiv von Corentin Tau.

Dank der Gutscheine des Archivars brachte der Gastwirt des Bistums den Reisenden in einem Zimmer im dritten Stock unter. Wenn Chuquet es recht bedachte, war der Raum größer und bequemer als der im Domstift von Draguan, obwohl es auch nur eine kleine Kammer mit Tonfliesen und niedriger Decke war. Vom Fenster blickte er auf die Seine und auf das vorspringende Querhaus und die doppelgetürmte Fassade von Notre-Dame. Chuquet wollte seine Reise fortsetzen, um mit Mozat zu sprechen, aber ein Blick auf das Holzbett mit einer richtigen Matratze darauf brachte ihn schnell davon ab. Wie oft hatte er in der letzten Zeit, als er Nacht für Nacht mit klappernden Zähnen in seinem Wagen lag, von einer weichen Federmatratze und warmen Decken geträumt! Der Vikar versteckte die wertvolle Kiste unter dem Bett und warf sich angezogen aufs Lager. Er schlief bis zur morgendlichen Tertia.

XIII

Im Kloster von Albert le Grand begann die Reinigung von Aymard du Grand-Cellier mit einer einfachen schriftlichen Befragung. Aymard glaubte zuerst an einen Scherz. Meister Drona befragte ihn nach seinem Namen, seinem Alter, dem

Stand seiner Eltern, seinem Geburtsland, seinem Titel, dem Namen des Ortes, an dem er sich befand, den Namen des Königs von Frankreich und des Papstes, dem Inhalt seines letzten Traumes und wie weit seine Erinnerungen zurück reichten.

Enguerrans Sohn beantwortete schnell die zehn Fragen. Nur die vorletzte Spalte mit der Frage nach seinen Träumen ließ er leer. »Ich träume niemals«, schrieb er. Der Meister zuckte mit den Schultern, als der Mann in der Cappa, der immer in seiner Nähe war, ihm die Antwort übersetzte.

Aymard wurde ins Untergeschoss gebracht, in eine kleine Zelle mit tonnenförmigen Gewölben. Er wurde splitternackt ausgezogen und vor einem Becken, das in den Felsen gehauen worden war, an ein senkrecht angebrachtes Holzbrett gefesselt. Das Becken war leer.

Aymard war mit Drona und dem Wächter allein. Er sah keine Klinge, keine Zange, kein Foltergerät.

Kurz darauf wurde die Zelle geöffnet. Ein Mönch mit einem Stuhl trat ein. Er schenkte dem nackten Aymard keine Beachtung und setzte sich mit gleichgültiger Miene in seiner Nähe hin. In den Händen hielt er ein kleines Buch. Er warf Drona einen Blick zu, öffnete die Schließen des Ledereinbands und fing laut an zu lesen.

Die Seiten waren mit ketzerischen Texten, Blasphemien und unheilvollen Geschichten gefüllt. Der Mönch las mit ruhiger, fast melodischer Stimme wahrlich abscheuliche Dinge vor. Aymard musste lächeln. Er erkannte in diesen Analekten einige Passagen wieder, die er während seiner geheimen Zeremonien und bei seiner Hochzeit mit der Jungfrau feierlich hatte vorlesen lassen. In bestimmten Zirkeln wurden die Texte des Bösen ebenso geschätzt wie die apokryphen Blätter der Bibel.

Eine armselige Folter, sagte sich Enguerrans Sohn im Stillen.

Drona gab dem Wächter ein Zeichen. Dieser schritt zur Tür und ließ drei weitere Mönche eintreten. Sie trugen einen schweren Kübel, der bis zum Rand mit einer schwärzlichen Flüssigkeit gefüllt war.

Aymard, der mit dicken Riemen ans Brett gefesselt war, konnte sich nicht rühren und nicht wehren. Einer der Mönche riss ihm den Mund auf und schob ihm eine dicke Stange zwischen die Kiefer, die er in seinem Nacken befestigte. Dann schob er ihm ein langes Rohr aus Schafsdarm in den Schlund. Jetzt war alles vorbereitet, damit die Folterknechte ihm den seltsamen Trank aus dem Kübel direkt in den Magen schütten konnten.

Es war ein Brechmittel. Die Wirkung setzte sofort ein. Sobald der erste Schluck in Aymards Magen floss, wurde sein Körper von furchtbaren Krämpfen erschüttert, und er musste sich heftig übergeben. Immer, wenn er sich erbrach, schaukelte das Brett, an das er gefesselt war, leicht, damit das Erbrochene in der Wanne landete.

Der Mönch saß ungerührt auf seinem kleinen Stuhl und las.

Diese Behandlung der inneren Reinigung musste Aymard acht lange Tage ertragen.

Er wurde gezwungen, das Brechmittel literweise zu schlucken. Jeden Morgen wurde das Steinbecken von dem Erbrochenen gesäubert. Jeden Tag wurde das Erbrechen schmerzhafter und der Gestank schlimmer.

Der Gefolterte drohte bisweilen zu ersticken. Meister Drona ließ keine Gnade walten. Das Brett wurde umgekippt, sodass Aymards Kopf in die Tiefe fiel und er sich problemlos erbrechen konnte.

Während der Prüfung bekam er nichts zu essen und nichts

zu trinken. Er musste das unerträgliche Erbrechen acht Stunden am Tag erleiden. Wenn er die Besinnung verlor, wurde er mit Schnaps wieder belebt, und die Folter wurde fortgesetzt.

Drona saß in seiner roten Tunika da, und der Mönch las wie teilnahmslos aus den Analekten vor. Wenn er auf der letzten Seite ankam, begann er unbeirrt mit der ersten Zeile.

Am Ende eines Foltertages wurde Aymard losgebunden und in ein schwarzes Loch geworfen. Trotz der Schmerzen und Krämpfe, die seinen Unterleib zu zerreißen drohten, sank er erschöpft in einen endlosen Schlaf. Am nächsten Morgen wurde er wieder ans Brett gefesselt und mit dem Brechmittel voll gestopft.

Binnen weniger Tage hatte sich das Aussehen des Gefangenen beträchtlich verändert. Er war beängstigend mager geworden, blass, und seine Nägel hatten sich weiß verfärbt. Er verlor büschelweise sein Haar. Sein Kehlkopf und seine Zunge schrumpften und vertrockneten wie Früchte, die der Sand zerfressen hatte.

In den Stunden des Leidens ging ihm mitunter die Fähigkeit zu sehen und zu hören verloren. Sein Gleichgewichts- und Orientierungssinn waren stark gestört. Der grauenhafte Fluss des Gallensaftes war nicht die einzige Ursache der Qual. Auch das Brett trug zu seinem Leiden bei. In den wenigen Augenblicken der Bewusstlosigkeit holte es ihn in die Gegenwart zurück. Sobald sein Oberkörper in die Tiefe sackte, strömte das Blut in seinen Kopf. Die Muskeln rissen, und seine Knochen schlugen wie bei einem hölzernen Hampelmann gegeneinander.

Mit der Zeit entwickelte der Gefolterte ein neues Bewusstsein. Unbekannte Sinne traten unabhängig voneinander in Kraft. Aymard nahm die Vorgänge in seinem Körper deutlich wahr. Er spürte, wie die ätzende Flüssigkeit in seinen Magen floss. Er spürte, wie das Blut durch die Adern strömte, wie sich die Eingeweide und Knochen bewegten, wie sein Herz schlug und wie eine Wahrnehmung mühelos die andere ablöste. Wie ein Zeuge, der in der ersten Reihe saß und das eigene Leid von außen beobachtete. Ein wichtiger Aspekt der Reinigung war, dass der Gefolterte immer und immer wieder dieselben Sätze vernahm. Aymard konnte seine Ohren ebenso wenig vor den Worten verschließen, wie er verhindern konnte, dass das Brechmittel seine Eingeweide entflammte oder seine Knochen jedes Mal, wenn sein Oberkörper nach unten sackte, knackten. Die monotone, melodische Stimme des Lektors zerriss ihn ebenso wie die brennende innere Reinigung. Er setzte die Worte der blasphemischen Texte sogleich in bildliche Darstellungen um. Er hörte Töne, nahm Gerüche wahr und sah die Orte und Personen, die in den Sätzen erwähnt wurden.

Nachdem er das Brechmittel ein letztes Mal geschluckt hatte, wurde er in eine neue Zelle geworfen, die mit Stroh ausgelegt war. Dort konnte er sich für kurze Zeit erholen.

Er bekam seine erste Mahlzeit. Ein Mönch, der ganz in Weiß gekleidet war, fütterte ihn mit kleinen, in Weihwasser getauchten Hostien. Der Gefangene verschlang sie mit grenzenloser Freude. Sie linderten das Feuer in seinen Gedärmen. Nach jeder dargebotenen Hostie sprach der Mönch mit lauter Stimme einen Psalm über die Barmherzigkeit, die Vergebung und die Größe des Herrn.

Drei Tage später musste Aymard erneut Dronas Fragebogen ausfüllen. Der geschwächte, verstörte Gefolterte konnte nur noch die ersten vier Fragen beantworten. Der Name des Königs und des Papstes fielen ihm beim besten Willen nicht ein. Und welcher Tag heute war? Er wusste es nicht.

Am nächsten Tag brachten die Mönche Aymard in eine andere unterirdische Zelle, die etwas größer als die erste war. Er wurde von Kopf bis Fuß rasiert. Dann schlangen sie ihm ein Seil um die Handgelenke und hängten ihn daran auf. Seine Füße berührten soeben den Boden. Er konnte sich nicht bewegen. Er hing jämmerlich an dem Seil und war zu schwach, um gerade zu stehen.

Der Mönch mit dem Stuhl und dem Buch tauchte wieder auf. Aymard sah ihn nicht, aber als er seine Stimme und die ersten Worte der Textsammlung hörte, wurde ihm speiübel.

Die zweite Phase der Folter begann.

Ein schauderhaftes Pfeifen erklang, ehe Aymard spürte, wie die Haut auf seinem Rücken zerriss. Er wurde mit einem breiten Lederriemen ausgepeitscht. Er schrie. Die Mönche peitschten seine blasse Haut mit Ruten aus Weidenholz, schnitten sie mit Klingen, die mit glühendem Wachs bestrichen waren. Der Mönch las weiter. Im Kopf des Gefolterten herrschte ein einziges Durcheinander. Er wusste nicht mehr, ob er wegen der Geißelung schrie oder weil ihn die Worte des Mönches an die vorangegangene Folter erinnerten.

Als Aymard zwei Stunden später losgebunden wurde, war sein Körper blutüberströmt.

Er wurde in eine Zelle geworfen. Am Abend kam der Mönch in Weiß wieder zu ihm, sprach Psalmen und fütterte ihn mit geweihten Hostien.

Aymard blieb drei Tage allein in der Zelle. Indessen heilten die Wunden.

Dann wurde die Folter mit der Peitsche und den Klingen fortgesetzt.

Einige Tage später wurde Aymard erneut Dronas Fragebogen vorgelegt. Diesmal konnte er keine einzige Frage mehr beantworten. Er wusste nichts mehr. Weder wer er war, noch wo er sich befand oder welcher Tag heute war … Alle Spalten blieben leer.

Der letzte Tag der Reinigung fand in der großen Zelle statt. Seit seiner Ankunft im Kloster war ein Monat verstrichen. Aymard war splitternackt und wurde an den Handgelenken aufgehängt. Drona, der Mann in Schwarz, der Lektor und drei weitere Mönche waren anwesend. Der Gefangene entdeckte einen kleinen, mageren Mann, den er zuerst nicht erkannte. Das war Vater Profuturus.

Alle Folterwerkzeuge der letzten Wochen wurden vor dem Gefolterten ausgebreitet: der Kübel mit dem Brechmittel, die scharfen Klingen, die Peitsche, das heiße Wachs, die Zangen, die Haken und Bretter.

Aymard wirkte abwesend. Sein unsteter Blick glitt in die Ferne. Er summte einen Psalm. In der Dunkelheit und Stille der Zelle hatte er gelernt, dass es ausreichte, die Psalmen zu sprechen, die der Mönch mit den Hostien jeden Tag zur Essenszeit wiederholte, damit das frische Wasser durch seine Kehle rann und die geweihte Hostie in seinem Munde schmolz. Es war die einzige Möglichkeit, sein Leid zu lindern.

Der Lektor nahm seinen üblichen Platz ein und schlug sein Büchlein auf. Als Aymard das sah, fing er sofort an zu zittern. Er wurde gezwungen, sich zur Wand umzudrehen. Hinter sich hörte er das Klimpern der Zangen und Klingen, nach denen die Mönche griffen.

Satan, der Verführer,
wacht wie ein Vater
über meine sündige Seele …

Aymard hatte das Gefühl, alle Qualen gleichzeitig erleiden zu müssen: die Peitsche, die scharfe Klinge, das glühende Wachs und das warme Blut, das aus seinen offenen Wunden spritzte.

Er schrie unaufhörlich und krümmte sich vor Schmerzen. Seine Adern schwollen an. Seine Halssehnen spannten sich und drohten zu zerreißen. Er schrie und hörte sich schreien. Er litt und sah sich leiden. Der Schmerz war unerträglich. Er dauerte an, bis der Mönch die erste Seite beendete.

Plötzlich schlug er sein Buch zu und verstummte. Aymard bekam kaum noch Luft. Er hatte Krämpfe wie ein Gehängter. Er spürte, wie das warme Blut über seinen Rücken floss.

Vater Profuturus kam zu ihm. Er legte eine Hand unter sein Kinn und hob langsam seinen Kopf. Aymard zitterte. Der Schmerz verschleierte seinen Blick.

»Hast du begriffen?«, fragte der Abt mit strenger Stimme.

Du Grand-Cellier war verstört. Er konnte kaum etwas verstehen.

Profuturus rüttelte ihn schonungslos.

»Sprich! Hast du begriffen?«

Aymard kniff die Augen zusammen. Er verstand die Frage des Abtes nicht.

Dieser seufzte ein wenig enttäuscht. Aymard hing noch immer mit den Handgelenken an den Fesseln. Der Abt drehte ihn im Kreis, sodass Aymard die ganze Kammer sah.

»Schau!«

Jetzt erwachte Aymard du Grand-Cellier wie aus einem Albtraum. Es fiel ihm wie Schuppen von den Augen. Kein Mönch war zugegen. Es waren keine Geräte zu sehen. Kein Folterwerkzeug hatte ihn gequält, und kein Tropfen Blut war über seinen Rücken geflossen.

»Und?«, fragte Profuturus. »Antworte! Hast du begriffen?«

Aymard atmete schwach. Sein Kopf drohte zu platzen. Er hatte doch deutlich gespürt, wie seine Haut von den Ruten zerfetzt wurde. Er hatte die mit Wachs bestrichenen Klingen auf seiner Haut gespürt.

»Hast du begriffen?«, fragte der magere Abt.

Begriffen? Verstanden? Vielleicht … Nur die Worte hatten ihn leiden lassen … Und noch nicht einmal sie … allein der Gedanke … der Gedanke an die Texte … das Böse, das sich hinter den Worten verbarg … Sein Körper allein hatte sich entschieden zu leiden … allein … ohne dass der Geist daran beteiligt war …

Aymard sah plötzlich im Geiste ein aufgedunsenes rotes Gesicht mit müden tief liegenden Augen vor sich: Kanzler Artemidore. »Der Körper kann auf die Seele wirken und etwas erreichen, wovon der Geist allein niemals träumen würde.«

Kurz darauf führte man ihn in eine Kammer, reinigte seine Wunden mit frischem Wasser, trug eine kühlende Salbe aus Maulbeerblättern auf und legte Verbände an. Aymard verharrte lange in einem Zustand zwischen Traum und Wirklichkeit, als lebte er außerhalb seines Körpers. Man hatte ihm Bilsenkraut und einen Trunk aus Rotwein, Salbei und Mohnsaft verabreicht. Drona ließ ihn in die lange, weiße Toga der Katechumenen kleiden.

»Nach und nach wird Eure ehemalige Persönlichkeit wieder zutage treten«, sagte Profuturus beim ersten Gespräch. »Wir haben sie nur für eine gewisse Zeit ausgelöscht. Wenn sie zurückkehrt, wird sie durch Euer Erlebnis gereinigt sein. Eure Vergangenheit erscheint Euch dann in einem guten Licht.«

Aymard fragte, ob er am Ende seiner Prüfungen angelangt sei.

»Bald«, erwiderte der Abt. »Aber ich bin sicher, dass Ihr nun bereit seid. Ihr werdet Euch allem mit Freude beugen. Wir sind nur zu Eurem Besten da.«

Aymard wurde drei Mönchen übergeben, die wie er lange, weiße Roben aus makellosem Leinen trugen. Sie hatten leuchtende, engelgleiche Gesichter. Sie brachten Aymard Güte und Zuneigung entgegen. Sie lachten heiter und glücklich. Die drei Mönche beglückwünschten ihn zu seiner Reinigung. Gemeinsam beteten sie jeden Tag siebenunddreißig Psalmen, die sich auf sieben Gebetszeiten verteilten. Sie reichten ihm Hostien und lobten den Herrn. Aymard war von Dank erfüllt. Er wollte ihnen alle Liebe schenken, derer er fähig war. Die drei Männer zeigten sich bewegt über seine Bemühungen.

Und dann kastrierten sie ihn.

XIV

Am Rande der Diözese Draguan versteckte sich der junge Floris de Meung noch immer oben im Baum und wachte über Premierfait. Der Schüler hielt sich nach dem Aufbruch von Henno Gui und Mardi-Gras strikt an die Anweisungen seines Herrn. Er setzte keinen Fuß auf die Erde und kümmerte sich um die Verbände. Er hatte sich unter die Decken gelegt, um sich zu wärmen, und aß und trank sparsam. Trotz der von Henno Gui verordneten Salben heilten die Wunden nicht. Die Kräuterblätter waren bald aufgebraucht, und der Verletzte erwachte nicht aus seinem Dämmerschlaf.

Floris lauschte aufmerksam den Tönen und Worten, die der Kranke im Todeskampf stammelte. Der Mann wimmerte unaufhörlich, aber kein verständliches Wort drang über seine Lippen. *Das Buch der Träume*, das Henno Gui ihm gegeben hatte, war keine Hilfe. Dennoch überflog Floris das seltsame Werk, das angeblich Träume entschlüsseln konnte. Er suchte nach feenhaften Erscheinungen. Sein Erlebnis im Wald ließ ihm einfach keine Ruhe. Die dunstigen, bläulichen, stummen Gestalten… Zu seiner großen Überraschung wurde sein Erlebnis, das er für einzigartig und persönlich hielt, in dem Lehrbuch von Daniel behandelt. Floris las gespannt den Kommentar: »Sanfte weibliche Gestalten bedeuten in der Regel Warnungen. Sie warnen denjenigen, der sich verirrt. Es ist ein Unglück zu erwarten…«

»Warnungen?«, murmelte Floris verständnislos.

Während der einsamen, kalten Tage ließ er seinen Blick mehrmals über die Umgebung des Verstecks gleiten, um zu sehen, ob die Dryaden nicht die Güte hatten zurückzukehren. Es war vergebens.

Laut Henno Guis Worten war nach vier Tagen mit Premierfaits Genesung zu rechnen. Aber es kam anders: Am Morgen des fünften Tages starb der Küster. Der Schüler fühlte sich hilflos. Von Mardi-Gras und Henno Gui gab es keine Nachrichten. Er hatte nur noch für drei Tage Vorräte. Was sollte er mit dem Leichnam machen? Aufgrund der offenen Wunde zwischen den Beinen fing die Leiche schnell an zu stinken.

Am zweiten Tag löste Floris die Schnüre, mit denen der Küster in seinem Versteck festgebunden war, und ließ ihn fallen. In dem einsamen Wald herrschte tiefe Stille. Der Schüler stieg zum ersten Mal vom Baum hinunter und nahm eine der Schnüre mit, an denen die Habseligkeiten des Pfarrers hingen. Floris de Meung hatte keine Geräte, um ein Grab zu schaufeln. Die Erde war zu kalt und hart. Er schulterte die Leiche, war mehrere Male kurz davor, unter der Last zusammenzubrechen, und schleppte sie mit letzter Kraft zu einem der vielen Sümpfe, die es in dieser Gegend gab. Als Erstes schlug er ein Loch in die dicke Eisschicht, die den Sumpf bedeckte. Dann band er den Küster mit der Schnur an einen dicken Stein und warf ihn ins Wasser. Premierfait versank schnell im Sumpf. Jetzt band Floris zwei Zweige zu einem Kreuz zusammen und legte sie aufs Wasser. Das Kreuz schwamm an der Stelle, an der der Tote versunken war, auf dem Wasser. Dank des Eises würde es auch an dieser Stelle verbleiben. Fast ähnelte es einem Kruzifix, das ein richtiges Erdgrab zierte.

Floris kehrte zu seinem Baum zurück. Er packte die persönlichen Dinge von Premierfait in ein Bündel und schnürte es zusammen. Die Nacht brach herein. Der Schüler schlief in dem ausgehöhlten Baum ein, in dem es noch immer jämmerlich stank.

Mitten in der Nacht glaubte er zu hören, wie ein Tier den Stamm hinaufkletterte. Der Junge hielt den Atem an. Als er die Augen öffnete, erkannte er im Licht des Halbmondes das Gesicht von Mardi-Gras.

Der Riese berichtete über die Erlebnisse mit dem Pfarrer. Floris erfuhr von dem Krater, dem Gottesurteil, Henno Guis Aufsehen erregendem Auftreten, Mardi-Gras' Beteiligung an den Täuschungen des Priesters dank seiner Kunst, eine Schleuder zu werfen. Mardi-Gras, der sich am Rande des Kraters versteckt hielt, hatte alle, die sich dem Pfarrer näherten, mit einem Stein getroffen, sobald dieser mit der offenen Hand auf sie zeigte.

»Er ist jetzt bei ihnen. Er hat mir befohlen, zu dir zu gehen, sobald der Junge, den wir entführt haben, wieder ins Dorf zurückgekehrt ist.«

»Und nun? Was machen wir nun?«

»Warten«, sagte Mardi-Gras. »Wir müssen warten.«

Am Tag nach dem Gottesurteil brachen die Dorfbewohner nach Heurteloup auf. Nur Henno Gui blieb unter der Bewachung der drei Priester noch zwei Tage im Lager. Er bekam weder etwas zu essen noch zu trinken. Die Priester glaubten zunächst, es mit einem Geist zu tun zu haben. Nachdem Henno Gui sie endlich eines Besseren belehrt hatte und sie ihn ausgiebig mit dem Wasser der Sümpfe besprüht hatten, brachten sie ihn ins Dorf.

Die Statuen, die Henno Gui zerstört hatte, waren bereits durch sieben neue kleine Statuen schwangerer Frauen ersetzt worden. Henno Gui versuchte mehrmals, sich den Statuen zu nähern, um die Unterschiede und die neuen Gravuren zu betrachten. Doch er wurde immer heftig zurückgedrängt. Selbst die zaghaften, scheuen Dorfbewohner gerieten in Erregung und vertrieben den Eindringling.

Dennoch hatten sein Erscheinen und die Tatsache, dass er keine Angst zeigte und mysteriöse Kräfte hatte, die gewünschte Wirkung. Diese Menschen konnten die Persönlichkeit des Pfarrers mit ihrem Verstand nicht begreifen. Ihn umgab eine geheimnisvolle Aura. Auch die Rückkehr des Jungen trug dazu bei. Henno Gui hörte eines Morgens einen Dorfbewohner flüstern, er könne ein Bote sein, eine Art Band zwischen ihnen und den Göttern im Himmel. Über diese Bemerkung lächelte der Pfarrer: Genau das war die Aufgabe eines Pfarrers.

Die einzigen Menschen, die ihm ein wenig Gastfreundschaft entgegenbrachten, waren der Junge, den er entführt hatte, und dessen Mutter. Der Junge hieß Lolek und seine Mutter Mabel. Der Junge erzählte pausenlos die Geschichte seiner Gefangenschaft. Er berichtete, Henno Gui habe ihm kein Leid zugefügt und sogar die braunen, schmerzhaften Flecke auf seiner Haut geheilt. Das beeindruckte die Dorfbewohner sehr.

Besonders seine Mutter. Sie wohnte mit ihrem Sohn in einer kleinen Hütte am Dorfeingang. Das war die einzige Tür, die dem Priester nicht immer verschlossen blieb.

Die Frau war seit kurzer Zeit Witwe.

Am Abend seiner Rückkehr wurde Henno Gui in die Hütte des Weisen geführt. Er musste sich gegenüber von fünf Dorfbewohnern, die ihn misstrauisch beäugten, auf einen Holzklotz setzen. Es handelte sich um die drei Priester, den Weisen und den Mann mit dem ledernen Käppchen. Der Pfarrer hatte die Namen der beiden Letzteren erfahren. Der Weise hieß Seth, der andere Tobie.

Der Raum war ziemlich groß. Der Boden war mit heller, trockener, gestampfter Erde bedeckt. Auf grob zusammengebauten Regalen, die an den Wänden standen, sah er Steinkrüge, Gefäße mit getrockneten Kräutern und Holzfässer. Henno Gui vermutete, dass sie alle mit dem Brackwasser der Sümpfe gefüllt waren, das für die Dorfbewohner von allergrößter Bedeutung war.

In einer Ecke erblickte der Pfarrer eine Holztafel. Sie ähnelte denen, die er auf dem verschneiten Grabhügel gefunden hatte. Er entdeckte auch den langen Stock, der am Tag des Gottesurteils dazu gedient hatte, den Ort des Feuers zu bestimmen, und Seths gelb-rotes Gewand.

Als der Angeklagte die fünf »Dorfältesten« aufmerksam musterte, machte er eine erstaunliche Entdeckung. Ungeachtet des Ansehens, das sie im Dorf genossen, waren sie noch sehr jung. Sie konnten kaum älter als dreißig Jahre sein. Auch Seth nicht. Sein langer Bart und seine beeindruckende Erscheinung hatten den Priester getäuscht. Er hatte geglaubt, eine Art Patriarchen oder Dorfältesten zu erkennen, der aufgrund seines Alters als weise galt und geachtet wurde. Vermutlich war er älter als die anderen, doch kaum älter als Henno Gui selbst. Seine Augen, die Stirn und die hohen Wangenknochen und auch seine Stimme verrieten jugendliche Kraft.

Gibt es denn keine alten Männer in diesem Dorf?, fragte sich Henno Gui im Stillen, als er sich alle Gesichter, die er bisher gesehen hatte, ins Gedächtnis rief.

»Was machst du hier bei uns?«

Seth hatte die erste Frage gestellt. Henno Gui wusste, als er die Hütte betrat, dass er zwei Verhöre über sich ergehen lassen musste. Eines wurde von Seth und das andere von Tobie geführt. Anschließend würden alle Dorfbewohner gemeinsam beraten. Bei dem Urteil sollten alle Meinungen berücksichtigt werden.

»Was machst du hier?«, fragte Seth noch einmal.

»Ich wurde hierher geschickt.«

»Von wem?«

»Von jemandem, der es gut mit euch meint.«

Die Antwort überraschte die Anwesenden.

»Wer ist das? Wer hat dich geschickt?«

»Ihr kennt ihn nicht. Aber er kennt euch.«

Henno Gui hatte in seiner Jugend oft dem Professor Gace Brulé gegenübergestanden, einem gerissenen Dominikaner, der seine Rhetorikschüler strengen Prüfungen unterwarf. Seine Befragungen waren wahre mentale Folterungen. Wie viele Nuancen, Anspielungen und Windungen hatte es gebraucht, um diesen Gelehrten zufrieden zu stellen und seinen Fallen zu entgehen! »Komplizierte Antworten mit einfachen Worten«, lautete die goldene Regel. Den Prüfer dazu bringen, dass er sich selbst mehr Fragen stellte als seinem Gegenüber.

»Das Gute, von dem du sprichst«, sagte Seth. »Was ist das?«

»Die Wahrheit.«

»Eine Wahrheit? Welche?«

Der Pfarrer antwortete nicht sogleich. Wenn es um den Glauben ging, war der Zweifel ein Luxus der Zivilisierten. Diese kleine Gruppe hier war seit fünfzig Jahren vom Rest der Welt abgeschnitten. Sie könnte sich sehr wohl eine Denkweise und einen Glauben angeeignet haben, mit deren Hilfe sie sich alles zu erklären vermochte, ohne auf Widersprüche zu stoßen. Henno Gui konnte das Risiko nicht eingehen, eine Wahrheit zugunsten einer anderen zurückzuweisen.

»Das weiß ich noch nicht«, entgegnete er vorsichtshalber. »Wir müssen es gemeinsam herausfinden. Darum bin ich ausgewählt und zu euch geschickt worden.«

Der Richter wusste nicht, welche Bedeutung er diesen Antworten beimessen sollte. Es herrschte wieder längere Zeit Schweigen. Das stille Grübeln der fünf Wilden barg für den Pfarrer eine zusätzliche Chance. Sobald er keine Gefahr mehr für sie darstellte, sondern ein Objekt der Neugier sein würde, wäre er gerettet. Eine Zeit lang zumindest.

Das Verhör ging weiter. Der Pfarrer wurde nach seiner Kleidung und seiner Ernährung befragt. Er wurde gefragt, ob er ebenso wie sie schliefe und atmete, ob er wie sie aus Blut und Knochen bestand, ob seiner Meinung nach zuerst die Sonne oder der Mond da war. Wie tief die Sümpfe seien, wie er sich die Kälte und Wärme erkläre und wie lange er es ohne Nahrung aushalten könne. Und so ging es fort.

Solange das Verhör um solche Themen kreiste, fühlte sich Henno Gui recht sicher. Er fürchtete sich mehr vor persönlichen Fragen.

»Du bist nicht allein hierher gekommen«, sagte Seth. »Sind die beiden anderen ebenso wie du gesandt worden?«

»Ja.«

»Wo sind sie jetzt?«

»Sie kommen zurück…«

Die Priester sahen beunruhigt aus.

»…sobald ihr verstanden habt, dass ich keine Gefahr für euch darstelle.«

Das zweite Verhör fand in Tobies Hütte statt.

Wieder versammelten sich die fünf Männer um Henno Gui.

Die Atmosphäre war angespannter und bedrohlicher als bei Seth. An den Mauern hingen eine Streitaxt, Speere, Lanzen und Messer. Henno Gui entdeckte im matten Licht des Morgens Schmuck – Trophäen? – aus Tierskeletten. Es war die Hütte eines Kriegers und Jägers.

Der Pfarrer saß auf einem Baumstamm.

Tobie eröffnete die Sitzung, indem er mit seinem langen Schwert auf die Stirn des Pfarrers zeigte.

»Kannst du sterben?«

»Ja und nein«, erwiderte Henno Gui.

Die Antwort verwirrte die Männer.

»Ein Teil von mir ist vergänglich«, erklärte der Pfarrer. »Der andere Teil ist unsterblich. Darum habe ich mit Ja und Nein geantwortet.«

»Ein Teil? Welcher?«

Tobie drückte die Spitze der Klinge leicht gegen den Schädel des Pfarrers.

»Dieser da?«

Er ließ das Schwert sinken und deutete auf die rechte Schulter.

»Dieser da?«

Er richtete die Waffe aufs Herz.

»Hier?«

Dann auf die Leber.

»Oder dort?«

Trotz des drohenden Tons blieb Henno Gui ungerührt.

»Du kannst ihn nicht sehen und nicht berühren«, sagte er. »Er ist unsichtbar und nicht fassbar.«

»Unsichtbar und nicht fassbar... Aber es gibt ihn?«

»Ja.«

»Wo?«

»Irgendwo in mir.«

Tobie runzelte die Stirn.

»Wenn das der Fall ist, müsste ich deinen Körper nur an allen Stellen durchbohren, um ihn zu finden.«

»Da irrst du dich.«

»Wenn ich ihn nicht finden kann, gibt es ihn nicht.«

»Das kommt darauf an. Gibt es die Worte, die du gerade sprichst? Woher kommen sie?«

Henno Gui wies mit der Hand auf den Mund des Richters.

»Von dort?«

Er zeigte auf seine Lungen.

»Oder von dort? Und wenn du mit dir selbst sprichst und deine Stimme hörst, woher kommt sie? Wer spricht sie? Du weißt es nicht? Ich auch nicht. Dieser unbekannte Teil ist in uns allen. Das wissen wir, und dennoch können wir ihn nicht berühren und nicht genau benennen.«

Tobie war ein Dorfbewohner mit einem ungeschliffenen Geist. Diese Spitzfindigkeiten gefielen ihm nicht. Er lenkte das Verhör auf ein anderes Thema. Henno Guis Fähigkeiten.

Konnte er ein Feuer aus der Ferne entzünden, die Nacht

sehen, unter Wasser atmen, mit seinen Fingern eine Eisenklinge verbiegen, sich unsichtbar machen, die Zukunft vorhersagen und die Tiere verstehen?

»Kannst du mit den Göttern sprechen?«

»Nicht mit allen, aber mit einem bestimmten, ja.«

Die Versammelten wurden unruhig. Selbst Tobie war aufgewühlt.

Er behauptete jedoch, Henno Gui nur in einem Punkt zu glauben: der Tatsache, dass er »gesandt« worden sei. Er sah in diesem Pfarrer eine Art Experiment, eine den Dorfbewohnern von den Göttern auferlegte Versuchung. Henno Gui war ein teuflisches Wesen. Das Urteil der Dorfbewohner musste dies aufdecken.

»Du bist nur eine Täuschung«, sagte er. »Du hast eine Form angenommen, die der unseren gleicht, um uns besser täuschen zu können. Doch der Geist ruht in dir. Er versteckt sich hinter deinem Bild. Wie die seltsamen Kleider, die du trägst. Sie erinnern jämmerlich an die Gestalt des Vaters, obwohl …«

Henno Gui ergriff die Gelegenheit.

»Des Vaters? Wer ist der Vater?«

In Tobies Augen war die Frage eine Beleidigung. Er hob die Waffe, um sie brutal auf den Pfarrer zu werfen. Seths Stimme gebot ihm Einhalt.

»Hör auf! Wir müssen ihm erklären, wer der Vater ist. Er muss es wissen. Der Vater ist derjenige, der das Große Feuer vorhergesagt und die Macht der Sümpfe verstanden hat.«

»Kennt ihn einer von euch?«, fragte Henno Gui. »Hat ihn einer von euch schon einmal gesehen?«

»Der Vater gehört zu den Anfängen der Menschheit«, erwiderte Seth. »Niemand, der heute lebt, kann ihn kennen.«

»Hat er Spuren hinterlassen? Dinge?«

»Es heißt, das heilige Buch sei ihm nach dem Bruch diktiert worden«, antwortete der Weise.

»Ein Buch?«

Henno Gui strahlte. Endlich hatte er einen Anhaltspunkt. Er musste das Buch finden.

Die Beratung über sein Schicksal sollte beim nächsten Neumond stattfinden. Mit Ausnahme der Kinder versammelten sich an diesem Tag alle Dorfbewohner. Henno Gui erfuhr, wie zwischen Kindern, Frauen und Männern unterschieden wurde. Solange die Mädchen noch nicht Mütter waren, wurden sie nicht als Frauen anerkannt. Dies war bei der kleinen Sasha der Fall. Das schwangere, dreizehnjährige Mädchen war Henno Gui aufgefallen, weil es anders als die anderen gekleidet war. Die Jungen mussten sich einem Initiationsritus unterwerfen, um als Männer zu gelten. Das war bei Lolek der Fall. Die Priester hatten den Zeitpunkt des Wechsels festgelegt. Der Junge wartete ungeduldig auf das Ende des Winters, um die heiligen Prüfungen zu bestehen. Bis dahin gehörte er zu den Kindern und nahm nicht an der Beratung über das Schicksal des Pfarrers teil.

Die Dorfbewohner waren in drei unterschiedliche Lager geteilt. Das erste, das Tobie anführte, betrachtete Henno Gui als eine Gefahr, als Dämonen in der Gestalt eines Menschen, dessen man sich so schnell wie möglich entledigen musste.

Die zweite Gruppe folgte Seths Rat: Man solle ihn besser kennen lernen, ehe über sein Schicksal beraten wurde. Der Fremde behauptete ja, er sei zu ihrem Wohl gesandt worden.

»Wir wollen abwarten, wie er das meint. Beim ersten Zeichen einer Verhexung erschlagen wir ihn.«

Die dritte Gruppe, die kleinste, äußerte zurückhaltend, dieser Mann könne vielleicht eine Art Erlöser sein. Ein wundersamer Gesandter, der gekommen sei, um ihnen den Rest der Geheimnisse zu enthüllen. Die Ansicht fand keinen großen Anklang, aber zusammen mit Seths Anhängern wurden Tobie und seine Anhänger überstimmt.

Daher wurde festgelegt, dass Henno Gui sich frei im Dorf bewegen durfte. Bei dem geringsten Hinweis, dass er doch von teuflischem Wesen war, sollte er auf der Stelle geopfert werden.

Als Henno Gui das Ergebnis der Beratungen erfuhr, beschloss er, seine beiden Freunde kommen zu lassen. Ohne die Dorfbewohner nach ihrer Meinung zu fragen, holte er sie nach Heurteloup und stellte die Menschen vor vollendete Tatsachen.

Der Pfarrer hatte die Reaktionen auf das verunstaltete Gesicht von Mardi-Gras nicht bedacht. Das geringe Vertrauen, das einige Henno Gui zögernd entgegenbrachten, schwand sofort, als sie die Narben seines hünenhaften Gehilfen sahen.

Um keines der alten Häuser zu schänden, richteten sich der Pfarrer und seine beiden Freunde am Dorfausgang in der Nähe des Hauses von Mabel und Lolek einen Lagerplatz ein.

Floris klärte seinen Meister über das Ende des Küsters auf. Für einen Moment erwachte in Henno Gui wieder die Wut über die Brutalität, mit der die Dorfbewohner Premierfait verstümmelt hatten. Dann sprach er über seine Entdeckungen und vor allem über seine neuen Pläne.

»Meine Betrachtungsweise des Dorfes hat sich grundlegend gewandelt«, sagte er. »Fast alle meine Vermutungen haben sich als falsch erwiesen. Ich glaubte, ehemalige, ein wenig verirrte

Gläubige zu finden, die sich auf ihre Weise im Laufe der Jahrzehnte mit einem Rest des christlichen Glaubens und einem neuen Aberglauben arrangiert haben. Ich glaubte, meine Aufgabe beschränke sich darauf, ihr Vertrauen zu gewinnen und sie nach und nach zu den Wahrheiten der Kirche zurückzuführen. Das war ein Irrtum. Diese Menschen sprechen eine Sprache unbekannter Herkunft. Die alten Bräuche dieser Region haben bei ihnen keine Bedeutung mehr. Sie haben sich einen Glauben zu Eigen gemacht, den ich nicht kenne. Auch ihre Mythen, ihre Zeitrechnung und ihre Vorstellung von der Welt sind mir unbekannt. Dabei scheint all dies durchaus in sich schlüssig zu sein. Was den Glauben betrifft, kann ich mit Sicherheit nichts für sie tun. Zuerst muss ich herausfinden, was hier seit dem Jahre 1233 geschehen ist, als sie zum letzten Mal Kontakt mit der übrigen Diözese hatten. Es ist nicht mehr meine Absicht, diese Ungläubigen zu zähmen. Wir müssen uns zähmen lassen und warten …«

XV

Chuquet hielt sich an die schriftlichen Anweisungen von Corentin Tau, um Alcher de Mozat in Paris zu finden. Der Mann wohnte in einem bescheidenen Haus in der Sackgasse Jehan-Boute-Dieu am linken Seine-Ufer, zwischen dem Studentenviertel und dem Viertel der Drückeberger. Der Türsims war mit einem Wappenschild Frankreichs beschlagen.

Chuquet wurde sofort ein Gespräch zugestanden. Alcher de Mozat hatte das neunzigste Lebensjahr vollendet. Niemand besuchte ihn mehr. Die seltenen Boten, die sich zu ihm verirrten, kamen nur, um ihn über den Todeskampf oder das Ableben eines Freundes oder eines Familienmitgliedes zu unterrichten.

Chuquet wurde in den kleinen Salon des Alten geführt. Der Vikar hatte seinen Bart und seine Tonsur rasiert und sich im Bischofssitz eine neue Kutte und einen *Cucullus* besorgt, der bis zu den Hüften reichte und vorn über der Brust mit einem durch Löcher gezogenen Schnürband geschlossen wurde.

Mozat saß mit gebeugtem Oberkörper in einem mit Kissen voll gestopften Stuhl neben dem großen Kamin. Im Schein der Flammen hätte man den Greis fast für eine Steinstatue halten können. Seine Gesichtshaut war weiß wie frisch geschorene Wolle. Obwohl er gefütterte Pelze trug, zitterte er unaufhörlich. Hermann, sein Privatsekretär, gestand Chuquet, dass sein Herr den Winter vermutlich nicht überstehen werde. Chuquet weihte Alcher de Mozat sofort in seine Mission ein. Es ging um das Ableben seines Bischofs, des Monseigneur Haquin.

Mozat hörte schwer, und seine Stimme war nur noch ein heiseres Krächzen und kaum zu verstehen. Er wiederholte sich häufig. Seine Erinnerungen waren bruchstückhaft und zusammenhanglos. Er kannte Haquin seit frühester Jugend, doch von ihrer gemeinsamen Zeit und ihrer Freundschaft waren nur erstarrte Augenblicke ohne Daten und ohne Beweggründe geblieben. Er sah sich mit ihm auf einer Terrasse in Spanien und in einer Bibliothek in Amsterdam sitzen oder über einen Weg in der Nähe der Abtei von Morvan schlendern …

»Ich erinnere mich auch an seine jüngere Schwester«, sagte er. »Ein entzückendes Mädchen. Charmant.«

Über den Charakter und die kirchliche Laufbahn von Haquin sagte er nichts. Er erwähnte einen Einsatz im Heer Kaiser Friedrichs II., des Staufers, der 1240 die päpstliche Herrschaft bedrohte und mit seinem Heer in Viterbo stand. Der Sekretär warf ein, Mozat verwechsle nun die Erinnerungen an sein eigenes Leben mit denen Haquins.

»Romée de Haquin«, murmelte der Alte nach einer langen Pause.

Chuquet zuckte zusammen. Er war überhaupt das erste Mal, dass er den Vornamen seines Bischofs hörte. Romée! Romée de Haquin.

Dann wurde es immer abenteuerlicher. Mozat sprach vom Libanon, von Griechenland, einer geheimen Botschaft in Granada, dem Unterricht bei Guillaume d'Auxerre, Haquins Hochzeit mit einer Nichte eines englischen Prinzen… Das alles klang wie aus einem anderen Leben. Als Chuquet ihm den Namen Draguan nannte, schien der Ort bei dem Alten keine Erinnerung wachzurufen.

Die Unterredung drohte kläglich zu versanden. Der Vikar war peinlich berührt. Es hätte nichts gebracht, Mozat über die Ermordung des Bischofs zu unterrichten. Chuquet spielte seinen letzten Trumpf aus.

»Monsieur Mozat hat meines Wissens an den Bischof geschrieben. Habt Ihr die Korrespondenz aufbewahrt?«

Hermann eilte davon und kehrte mit einer großen, mit Pergamenten und Schriftrollen gefüllten Truhe zurück. Alcher de Mozat hatte alle Briefe, die er im Laufe seines Amtes erhalten hatte, gesammelt. Ein Dutzend zusammengeschnürter Pakete waren nach Absendern sortiert. Chuquet und Hermann stöberten gemeinsam in der Truhe. Der Vikar von Draguan war erstaunt, welch hoch stehende Persönlichkeiten an Alcher de Mozat geschrieben hatten. Er hielt alle großen Namen der europäischen Diplomatie in Händen. Drei Briefe waren von

Thibaut IV., dem König von Navarra, und Karl von Anjou, dem Bruder des heiligen Königs, geschickt worden. Doch damit verschwendete er nicht viel Zeit. Auf einem Schriftstück erkannte er bald die Schrift seines Herrn. Es war ein dickes Bündel. Fast vierzig Briefe waren chronologisch geordnet. Der Mönch traute seinen Augen nicht: Der erste Brief stammte aus dem Jahre 1218! Das war sechsundsechzig Jahre her!

»Kann ich die Briefe behalten?«, fragte er. »Kann ich sie mitnehmen und durchsehen?«

Alcher schaute ein wenig mürrisch und ratlos auf den Stapel Papier.

»Ihr glaubt mir nicht…«, sagte er. »Nehmt sie… Nehmt sie alle mit… Ihr werdet sehen, dass ich die Wahrheit gesagt habe… Nehmt sie alle mit… Ich bin alt, aber ich weiß genau, was ich sage.«

Hermann widersetzte sich der Schenkung seines Herrn nicht.

Mit dem Päckchen unter dem Arm verließ Chuquet ebenso zufrieden wie nachdenklich Mozats Haus.

Als er in die großzügigen Anlagen des Bischofssitzes zurückkehrte, fand er eine Notiz von Corentin Tau vor, die dieser an die Tür seiner Zelle genagelt hatte. Er ließ sich auf einem Stuhl nieder und überflog die Notiz. Der Archivar schrieb, was er über den Bischof Haquin herausgefunden hatte. Das Leben des Bischofs war normal dokumentiert und von wenig Interesse.

Haquin war 1206 in Troyes geboren worden. Er war der sechste Sohn von Pont de Haquin, der eine Zeit lang Konnetabel von König Ludwig VIII. gewesen war. 1223 wurde er in

Paris zum Diakon geweiht. Seine Studien absolvierte er in Orléans, Toulouse und Utrecht. Er hatte verschiedene Ämter als Hilfsprior und als Erzdiakon im Süden Frankreichs und in Spanien inne. Im Jahre 1231 verschwand seine Spur vollständig aus den französischen Registern. 1247 tauchte er als Bischof wieder auf: Er bat um ein Amt in der Nähe von La Roche-aux-Moines. Erstaunlicherweise wechselte er mehr als acht Jahre lang regelmäßig seine Ämter. Und immer auf seine Bitte hin. Da es sich um bescheidene, einsame Ämter handelte, wurde all seinen Bitten entsprochen. Haquin arbeitete in der Nähe von Taillebourg, in Le Muret, bei Auch und sogar in Saint-Waste. Schließlich übernahm er 1255 die Diözese Draguan, und dort blieb er. Sein Charakter wurde vom Erzbistum als sehr labil bezeichnet, aber seine Rechtgläubigkeit wurde niemals infrage gestellt. Haquin war ein Bischof ohne Geschichten.

Der Archivar fügte in seiner Notiz hinzu, das Fehlen von Auskünften zwischen 1231 und 1247 sei nicht weiter beunruhigend. Das komme häufig vor, wenn die Geistlichen ihr Amt in England oder Irland ausübten. Diese beiden Länder verfügten kaum über schriftliche Register, und ihre Kirche besitze keine zentrale Verwaltung. Die Inquisition hatte es nie geschafft, sich in England niederzulassen, und verlor dort oft die Spur ihrer Mitglieder oder Verdächtigen. Die Tatsache, dass Haquin mit dem Titel eines Bischofs wieder auftauche, sei keineswegs ungewöhnlich. Die irische Nomenklatur unterschied sich von der der römischen Kirche, wurde aber vom Papst anerkannt. Im Laufe von fünfzehn Jahren könne ein Priester durchaus dieses hohe Amt erlangt und beschlossen haben, nach Frankreich zurückzukehren.

Corentin war froh, endlich Auskünfte über die Diözese Draguan gefunden zu haben. Er wünschte Chuquet weiterhin viel

Glück, sprach noch einmal sein Beileid aus und bot an, ihm jederzeit für weitere Fragen zur Verfügung zu stehen.

Chuquet legte die Notiz des Archivars zur Seite und schnürte das Bündel mit Mozats Briefen auf. Unten auf der ersten Seite stand auf jedem Brief mit schwarzer Tinte das Jahr geschrieben. Die Schrift des ersten Briefes war sauber, zierlich und kindlich, trotz der geraden Schäfte und der geschleiften Oberlängen. Haquin war damals zwölf Jahre alt. Chuquet las den Brief nicht. Seine Neugier war so groß, dass er das ganze Paket ungeduldig durchblätterte. Die ersten fünfzehn Briefe beachtete er nicht, bis er auf einen Brief aus dem Jahr 1232 stieß. In jenem Jahr hatte Haquins mysteriöse Lebensphase begonnen. Die »irische« Epoche, wie der Archivar sagte. Chuquet überflog schnell den Brief. Die Schrift war nun gedrängt, die diagonalen Verbindungen der Minuskeln wirkten fahrig.

Er beugte sich über den Umschlag und betrachtete Haquins Siegel. Er kannte es gut, denn er hatte es unzählige Male benutzt. Doch anstelle des üblichen Symbols – eines Hirsches und einer Jungfrau – fand er diesmal einen Adler am Fuße eines Kreuzes. Das war das Wappen von Papst Gregor IX. Chuquet schaute genauer hin. Dieser Brief war aus Rom verschickt worden!

»Rom?«

XVI

Die von Profuturus geleitete Bruderschaft hatte das Kloster an der adriatischen Küste vor acht Jahren übernommen. Die Mönche hatten die alte Abtei, die ihnen die Kammer des Papstes überlassen hatte, von Grund auf erneuert und neu befestigt. Sie bauten drei neue Kapellen und unterirdische Gewölbe. Aus den siebzehn offiziellen Mitgliedern des Ordens wurden drei Gruppen gebildet, um einen ständigen, ununterbrochenen Gottesdienst abzuhalten, was im Abendland selten war. Nach ihren Regeln sollte im Kloster stets eine Messe gelesen werden.

Aymard du Grand-Cellier beschloss aus freien Stücken, an allen Liturgien des Klosters teilzunehmen. Am Tage und in der Nacht. Er wechselte von einem Amt zum nächsten, diente hier als Vorsänger, dort als Diakon, dann als Prior oder als Küster. Das war keine ihm im Rahmen seiner Reinigung auferlegte Prüfung, sondern eine Folge der vorangegangenen Prozedur. Aymard spürte den körperlichen Drang, sich mit heiligen Texten zu umgeben und immerzu zu beten. Er schlief nachts nur zwei Stunden hinter der Sakristei, um nicht durch unnützen Schlaf etwas von den Gesängen und Hymnen zu verpassen.

Allmählich kehrte die Erinnerung an seine Vergangenheit zurück. Er konnte den Fragebogen von Meister Drona problemlos ausfüllen. Er erinnerte sich an seinen Namen, seine Ankunft im Kloster und vor allem an das Böse, das sie seinem Körper entrissen hatten. Aymard hatte ein neues Bewusstsein erlangt. Er wusste, dass es sehr viel Gewalt, Schweiß und Blut gekostet hatte, damit es durch jede Pore in seinen gemarterten Leib drang.

Dennoch wurde er weiterhin auf die Probe gestellt. Vater Profuturus und Drona vollendeten geduldig ihre Arbeit der Reinigung und Läuterung, indem sie ihn in Versuchung führten. Eines Tages ließen sie die Tore des Klosters weit geöffnet. Aymard scherte sich nicht darum. Sie ließen Geldmünzen, Waffen, appetitliche, nicht geweihte Nahrungsmittel herumliegen. Vergebens. Aymard blieb hartnäckig hinter dem Betpult stehen. Man hätte meinen können, Enguerrans Sohn habe sich verändert. Er schien ein neuer Mensch geworden zu sein und seinen Charakter vollständig geändert zu haben. Das war nicht der Fall, und das lag auch gar nicht in der Absicht seiner Dresseure.

Eines Morgens stellten sie ihm einen Fremden zur Seite, der freundlich und liebenswert war, aber während der *laudes* zweifelhafte oder eines Ordensbruders unwürdige Worte fallen ließ. Aymard wurde speiübel, obwohl es sich nur um vage Anspielungen handelte. Trotzdem reagierte er nicht auf die boshaften Bemerkungen seines Nachbarn, den man nicht zufällig hierher beordert hatte. Der Mönch blieb mehrere Tage in seiner Nähe, um das Feuer zu schüren. Aymard bemühte sich, nicht auf die frevelhaften Worte zu hören und sich auf seine Gebete zu konzentrieren. Aber die Äußerungen des Fremden wurden immer frecher und teuflischer.

Eines Abends, als die Mönche, ihrer Rangfolge entsprechend, auf den steinernen Sitzen an den Wänden des Kapitelsaals saßen, verlor Aymard die Selbstbeherrschung. Er stürzte sich mit unglaublicher Gewalt auf einen bronzenen zweiarmigen Kerzenleuchter, der auf dem Tisch stand, und hob ihn hoch in die Luft, um dem Mönch den Schädel einzuschlagen. Seine Augen waren blutunterlaufen. Fünf Männer mussten ihn bändigen.

Vater Profuturus stand abseits und beobachtete die Szene.

Er war entzückt. Aymards Instinkte waren nicht tot. Sein Charakter hatte sich nicht verändert. Er war gewalttätig, hasserfüllt, cholerisch, unkontrollierbar und von überschäumendem Temperament. Nur der Weg, den seine Triebe und Gewaltausbrüche nun einschlugen, hatte sich geändert.

Dronas Reinigung war ein voller Erfolg.

XVII

Henno Gui war nicht der Einzige in Heurteloup, der Ermittlungen durchführte. Floris de Meung arbeitete an seinen eigenen Recherchen. Ohne seinen Herrn oder Mardi-Gras einzuweihen, nahm er eine Zählung der Dorfbewohner vor. Er berücksichtigte auch die Anhänger Tobies, die sich in ihren Hütten verkrochen, um nicht von den drei »Dämonen« erblickt zu werden.

Der Junge streunte durchs Dorf, versteckte sich hinter Bäumen oder an den Sümpfen und wartete auf nächtliche Herumtreiber. Innerhalb weniger Tage zählte er fünfundzwanzig Seelen. Niemand war ihm entwischt.

Das Ergebnis enttäuschte ihn.

Floris suchte die Mädchen, die er im Wald gesehen hatte. Denen er nach seiner Ankunft in dieser Gegend begegnet war… Die Mädchen, von denen er noch immer nicht wusste, ob es sie wirklich gab oder ob sie nur in seiner Einbildung existierten.

Wo konnten sie sich verstecken, wenn es Wesen aus Fleisch und Blut waren und sie nicht in dem Dorf wohnten?

Mardi-Gras hingegen setzte die Restaurierung der kleinen Kirche fort. Die Dorfbewohner hatten furchtbare Angst vor dem hünenhaften Mann und seinem von Narben überwucherten Gesicht. Sie gingen ihm wie einem Ungeheuer aus dem Weg.

Ihm war es gleichgültig. Er arbeitete unermüdlich daran, das auszubessern und wiederherzustellen, was die Zeit und die Wilden zerstört hatten. Seine Geschicklichkeit und Kraft vollbrachten Wunder.

Einer der Dorfbewohner beobachtete ihn ein paar Tage lang aus der Ferne. Er hieß Agricole und war ungefähr fünfundzwanzig Jahre alt. Er hatte einen blonden, struppigen Bart und trug ein Schaffell auf dem Leib. Die Geschicklichkeit, mit der der Riese das morsche Holz in der Kirche ersetzte, beeindruckte ihn. Er kannte sich aus, denn er war der Zimmermann des Dorfes. Schließlich bot er ihm seine Hilfe an.

Mardi-Gras sprach nicht viel. Er kannte keine Wörter aus dem Okzitanischen, und die lateinische Satzstruktur war ihm fremd. Dennoch arbeiteten die beiden Männer gemeinsam an der Instandsetzung der Kirche.

Sie verständigten sich durch Blicke und Gesten.

Agricole wunderte sich über die Beziehung zwischen Mardi-Gras und dem Wolf. Dieser gesellte sich regelmäßig zu ihnen. Der Dorfbewohner klärte Mardi-Gras mit Hilfe von Floris, der den Dialekt von Heurteloup allmählich verstand, über die Bedeutung der Tiere auf und den Respekt, den die Dorfbewohner den Wolfshunden, die sich in den Wäldern versteckten, entgegenbrachten.

»Sie leben in Rudeln«, sagte er. »Am Felsen, wo ihre Höhlen sind, leben sehr viele. Aber wir bekommen sie nie zu sehen. Nur der Leitwolf kommt zu uns. Es sind mysteriöse Tiere. Wir sind eng mit ihnen verbunden. Unsere Vorfahren sollen dank der Wölfe vor den Flammen verschont geblieben sein und sich einige Zeit bei ihnen versteckt haben.«

»Was?«, fragte Floris. »Habt Ihr Beweise dafür?«

»Sicher«, erwiderte Agricole. »Die Priester haben die Beweise.«

Henno Gui kehrte mit dem jungen Lolek in die Verstecke der Dorfbewohner im Krater zurück. Er wollte sich diesen eigentümlichen Ort mitten im Wald genauer ansehen.

Zuerst kratzte er an den senkrechten Wänden, riss große Erdklumpen heraus und zermahlte sie lange zwischen den Fingern. An verschiedenen Stellen nahm er Proben, und in der Mitte des Kraters grub er ein Loch in den Schnee. Das Ergebnis überraschte ihn.

»Dieses Loch wurde nicht in den Boden gegraben. Früher war hier einmal Wasser. Ein Teich vermutlich.«

Henno Gui schritt um den Krater herum zu dem Weg, der zu dem kleinen Sumpf führte. Auf diesem Pfad hatten sich der Pfarrer und der Riese auf Lolek gestürzt. Er ging weiter hinunter auf den Grund des Kraters. Der Pfarrer betrachtete aufmerksam den Graben, durch den die Dorfbewohner in ihr Versteck kriechen konnten.

»Diese Vertiefung ist nicht auf natürliche Weise entstanden«, fügte er hinzu. »Der Teich wurde trockengelegt. Der Weg weist auf den ehemaligen Lauf des Wassers hin. Das erklärt auch, warum er für einen Waldweg unverhältnismäßig breit ist. Da steckt Menschenarbeit hinter. Die Arbeit vieler Menschen.«

Henno Gui drehte sich zu dem Jungen um.

»Weißt du, wer das gemacht hat?«

Lolek fand diese Vermutung abwegig. Die Höhle gab es schon seit jeher. Niemand hatte sie gebaut. Die Dorfbewohner waren der Überzeugung, dass sie immer schon für sie da gewesen war.

Der Pfarrer näherte sich den waagerechten Decken, die den Boden des Verstecks verbargen. Es handelte sich um geschickt geflochtenes Astwerk. Und die Zweige waren nicht abgestorben. Mit der Zeit hatten sie Wurzeln geschlagen und waren dicker geworden.

»Und die Dächer und die dicken Stricke, die sie halten?«, fragte Gui, der Lolek auf die Konstruktion hinwies.

»Ich habe nie davon gehört«, erwiderte Lolek, »dass unsere Vorfahren das Lager gebaut haben sollen. Sie haben es nur gefunden.«

Henno Gui ging zurück zum Rand des Kraters. Er zeigte mit dem Finger auf die Eisenringe in den Bäumen, die die Schlingen hielten.

»Ihr habt wohl kaum diese Ringe eingeschlagen, oder?«

»Nein.«

»Und die Waffen? Die Waffen aus Eisen, die ich in der Hütte von Tobie gesehen habe? Woher stammen die?«

»Das weiß ich nicht«, erwiderte Lolek. »Wir haben sie von unseren Vätern bekommen, und die haben sie von ihren Vätern bekommen. Sie sind wie das Holz der Wälder oder der Regen des Himmels: Die Menschen können alles benutzen, aber nicht selbst herstellen. Die Natur macht es …«

Der Pfarrer nahm das Bauwerk aus Seilen und Geäst unter seinen Füßen in Augenschein. Seit wie vielen Jahren war es da? Welche geschickten Baumeister hatten sich dieses Wunderwerk ausgedacht und gebaut? Und was machte es hier mitten im finsteren Wald, eine Wegstunde von einem kleinen, harmlosen Weiler wie Heurteloup entfernt?

»Hier wird auch der ›Stein des Blitzes‹ aufbewahrt«, sagte Lolek.

Henno Gui kannte den Ausdruck. Er stammte von den Griechen, die so Meteoriten bezeichneten.

Dem Pfarrer gefiel die Idee, ein Meteorit könne den riesigen Krater geschaffen haben, doch er schüttelte den Kopf. Das war eher unwahrscheinlich.

»Zeig ihn mir!«, sagte er zu Lolek.

Der Stein war rund, sehr groß und vollständig von Moos und verholzten Pilzen bewachsen. Er lag unter einem kleinen Zelt aus Zweigen, das hinter dem Zelt lag, das Seth in dem Krater benutzte. Henno Gui kniete sich auf die Erde.

»Bemerkenswert«, sagte er.

Er kratzte die erste Schicht der morschen Ablagerungen ab. Lolek trat ein paar Schritte zurück.

»Das dürft Ihr nicht. Wenn jemand erfährt …«

Henno Gui ließ sich nicht beirren. Seine Finger stießen bald auf eine poröse, feuchte Substanz: Holz.

»Eine Truhe«, murmelte Henno Gui. Die Ecken waren im Laufe der Zeit verrottet, und die Kiste hatte eine rundliche Form angenommen. Das hatte nichts mit einem Stein oder einem Meteoriten zu tun!

Man konnte die Umrisse der Truhe nur noch erahnen. Der Pfarrer ertastete mit den Fingern den Deckel. Mit einem kräftigen Schlag schlug er ihn in Stücke. Ein schimmeliger Geruch stieg ihm in die Nase. Im Laufe der Jahre war durch das vermoderte Holz der Kiste Wasser gedrungen. Die Kiste war so gut wie leer. Ein kleiner, schwarzer Haufen lag jämmerlich in dem oberen Fach.

»Das werden wohl einst Pergamente gewesen sein«, erklärte Henno Gui.

Er schob zwei Finger in die Mitte des dunklen, schmierigen Haufens. Sie drangen so mühelos in die vermoderte Masse ein wie in einen Lehmklumpen. Dann hob er den oberen Teil ab und warf ihn auf die Erde. Das Gewicht der oberen Blätter hatte ein kleines Stück Pergament in der Mitte konserviert. Es war vergilbt und aufgeweicht, aber die Zeichnung darauf war noch erkennbar. Die Haut des Pergaments hatte sich beträchtlich zusammengezogen. Trotzdem konnte man die Freihandzeichnung auf der alterslosen Seite erkennen. Henno Gui verließ die Hütte, um seine Entdeckung besser betrachten zu können.

Es war eine Skizze. Eine sehr alte Skizze. Der Pfarrer drehte das Blatt in alle Richtungen, um die Bedeutung zu erfassen. Schließlich wurde ihm klar, dass es eine militärische Zeichnung sein musste. Sie enthielt die Darstellung einer Rüstung. Henno Gui erkannte die Umrisse eines Kettenhemdes, eines Helms, eines Armschilds und die angedeuteten Beinschienen. Die Linien und Formen der Kampfrüstung muteten seltsam an. Das Kettenhemd war für eine schwierige Kampfhandlung aufgrund der Stangen viel zu starr. Man hätte es eher für eine Prunkrüstung halten können, wie man sie auf einer Parade trug. Neben der Zeichnung standen ein paar Wörter, bei denen es sich um die Angabe des Maßstabs oder der Größe handeln musste. Die Schrift war krakelig und undeutlich.

Der Pfarrer schob das alte Pergament unter seine Kutte.

»Bitte, verrate deinen Leuten im Dorf nichts davon«, befahl er Lolek. »Wir werden es später erzählen… Wenn ich es erklären kann. Ich brauche noch etwas Zeit.«

XVIII

Chuquet musste bis zum nächsten Tag warten, um erneut mit dem Archivar sprechen zu können. Corentin Tau empfing ihn in seinem Privatbüro, das an die Amtsstube grenzte. In diesem Raum herrschte peinliche Ordnung. Keine Blätter flogen herum, und keine *Peciae* waren aufgeschlagen. Hier schloss er sich nachts ein und bearbeitete heikle Fälle.

»Habt Ihr meine Notiz erhalten?«, fragte er.

»Ja«, erwiderte Chuquet. »Ich danke Euch.«

Er setzte den Archivar über sein schwieriges Gespräch mit Mozat in Kenntnis.

»Das dachte ich mir«, sagte Corentin Tau. »Die Erinnerungen der Alten haben keinen Wert mehr. Man kann sich nicht auf sie verlassen.«

Chuquet kam noch einmal auf die Vermutung zu sprechen, dass die vielen undokumentierten Jahre im Leben Haquins mit einem langen Aufenthalt in England oder Irland zu tun haben könnten.

»Das ist in der Tat nahe liegend«, bestätigte der kleine Mann mit den grauen Schläfen. »Wenn unsere Pfarrer erst einmal in den Registern der Bistümer von Paris oder Rom eingeschrieben sind, verlieren wir selten ihre Spur. Der Kontinent ist von einem engen Netz aus Klöstern und Abteien überzogen. Die Benediktiner, die Zisterziensermönche und die Franziskaner liefern uns fast lückenlose Auskünfte. Dies gilt nicht für England und Irland. Was mit Eurem Bischof geschehen ist, kommt häufig vor. Da er nach seiner Rückkehr in verschiedenen Diözesen sein Amt ausübte, kann ihm nichts vorzuwerfen gewesen sein.«

»Und was könnte den Mangel an Nachrichten über einen Geistlichen sonst rechtfertigen?«

»Es gibt verschiedene Möglichkeiten. Die Abkehr vom Glauben. Eine Änderung der Identität. Oder eine heimliche Eheschließung. Aber in diesen Fällen hätte Haquin niemals eine ehrwürdige Gemeinde mit dem Titel eines Bischofs leiten können.« Der Archivar dachte einen Augenblick darüber nach, bevor er fortfuhr: »Auch ein Einsiedlerleben wäre ein Grund. Wenn sich Euer Herr fünfzehn Jahre in einer Höhle verkrochen hat, um zu beten, ohne seine Vorgesetzten zu unterrichten, können wir nichts über jene Zeit wissen. Dergleichen geschieht gar nicht selten. Aber normalerweise kehren Einsiedler nach so vielen Jahren der Einsamkeit nicht mehr in das Leben einer Gemeinde zurück.«

»Und Rom?«

»Wie bitte? Rom?«

»Alcher de Mozat gab mir zu verstehen, der Bischof Haquin könne einige Zeit im Lateranpalast verbracht haben. Unter Papst Gregor IX., dem Widersacher Friedrichs II. und Freund der Dominikaner und der Bettelorden.«

Chuquet wollte den Brief noch nicht erwähnen. Gespannt wartete er auf die Reaktion des Archivars. Corentin Tau schüttelte den Kopf.

»Also wirklich! Der gute Mozat verliert wohl langsam den Verstand! Unter Gregor IX.? Wie kann er denn den Hass vergessen, mit dem dieser Papst Frankreich seit den Tagen von Philipp August verfolgte? Er hat doch den Diplomatenkrieg selbst miterlebt. Niemals hätte Gregor einen Franzosen unter seinen Geistlichen geduldet. Das ist absurd!«

Chuquet öffnete seine Kutte und zog Haquins Brief aus dem Jahre 1232 mit dem Siegel und dem Wappen Roms hervor.

»Wo habt Ihr den gefunden?«

»Der alte Mozat vertraute ihn mir an.«

Der Archivar starrte auf die Buchstaben, eine Bastarda-Schrift, und überflog einige Zeilen.

»Und es handelt sich gewiss um die Schrift Eures Bischofs?«

»Ganz sicher.«

»Sehr interessant ...«

»Wie erklärt Ihr Euch das?«, fragte der Vikar.

»Hm ... Das kann ich mir kaum erklären. Habt Ihr den Brief ganz gelesen?«

»Ja, es steht nichts Wichtiges darin. Nichts über seine Arbeit und auch nichts über den Grund seines Aufenthaltes beim Papst.«

Ehe der Vikar sich versah, ließ der Archivar das Dokument in einem Fach seines Schreibtisches verschwinden.

»Aber ...«, protestierte Chuquet.

»Ich werde den Brief vorläufig behalten«, unterbrach ihn Corentin Tau. »Wir werden ihn Euch später zurückgeben.« Die Augen des Archivars funkelten begierig. »Hat Mozat Euch noch weitere Briefe dieser Art ausgehändigt?«

Der Vikar schüttelte den Kopf.

»Er hat mir nur dieses Exemplar gegeben. Ich weiß nicht, ob er noch andere besitzt.«

Der Mönch hatte keine Lust, die einzigen Spuren, die er aus der Vergangenheit seines Herrn hatte, auf die gleiche Art verschwinden zu sehen. Auf jeden Fall nicht, solange er die Briefe nicht selbst gründlich gelesen hatte.

Der Archivar erwog alle Möglichkeiten, die die Anwesenheit eines französischen Geistlichen in Rom rechtfertigten.

»Mir scheint nur ein einziger Grund plausibel zu sein«, sagte er. »Bespitzelung, Spionage. Ein Franzose am Hofe von Gregor ist einfach zu unwahrscheinlich, um sich dort auf andere Weise unbemerkt aufzuhalten.«

»Mein Herr soll ein Spion gewesen sein?«

»Ja. Dabei ist es nicht so wichtig herauszufinden, was er in Rom gemacht hat, sondern warum er dort war. Für wen hat er gearbeitet? War er ein französischer Beobachter, der heimlich über den Hof des Papstes berichtete, oder ein Verräter, der in den Diensten Roms stand, um Philipps Krone zu schaden?«

Chuquet hörte ungläubig zu und schwieg betreten.

»Eure Diözese Draguan ist wohl doch nicht so harmlos, wie Ihr mir weismachen wolltet«, fügte der Archivar lächelnd hinzu. »Unschuldige Reisende wurden niedergemetzelt, die richtigen Akten sind unauffindbar, und nun haben wir einen Bischof mit einer kompromittierenden Vergangenheit. Ich hatte geglaubt, den Vorfall von Draguan vergessen zu können, doch das war ein Irrtum. Was habt Ihr vor?«

»Ich weiß es nicht.«

»Ich fordere Euch auf, Eure Reise fortzusetzen«, sagte Corentin Tau. »Haquins Familie hat in Troyes gewohnt. Fahrt dorthin und sprecht mit seinen Verwandten. Forscht nach. Ich könnte Euch helfen.«

»Warum solltet Ihr das tun?«, fragte Chuquet voller Misstrauen.

»Weil wir jetzt gemeinsame Interessen haben. Wir wollen beide verstehen, was geschehen ist. Euch geht es um das Andenken Haquins, und ich möchte die Affäre von Draguan aufdecken, die meine Vorgesetzten vor mir zu verheimlichen suchen. Wir könnten unsere Erkenntnisse vergleichen, um die Wahrheit schneller ans Licht zu bringen. Ohne die Hilfe eines anderen.«

»Ich habe Euch den Brief gebracht«, sagte Chuquet mit

Blick auf den Schreibtisch. »Ihr seid mir bereits etwas schuldig, aber wer sagt mir, dass Ihr mir helfen werdet?«

Corentin Tau wand sich auf dem kleinen Stuhl hin und her. Der Argwohn des Vikars war ihm nicht entgangen.

»Ich könnte Euch helfen, die Stadt Troyes ohne jedes Ungemach zu erreichen. Ich werde Euch einen vertrauensvollen Mann zur Seite stellen, der Euch beschützt, und ich werde Euch Geld geben. Das ist für den Anfang nicht schlecht. Und sobald ich neue Kenntnisse habe, lasse ich sie Euch zukommen. Glaubt Ihr mir nun?«

Am nächsten Tag klopfte ein Mann des Bistums an Chuquets Zelle. Er hatte eine dicke Geldkatze bei sich und bot dem Vikar seine Hilfe beim Passieren der Zollstelle am Ortsausgang von Paris an. Die Tore der Hauptstadt wurden in diese Richtung stärker bewacht. Der Mann brachte ihm auch Laienkleidung, damit sie sicherer reisen konnten. Der Vikar ließ seinen Wagen und die Pferde zurück.

XIX

Henno Gui war als Fünfzehnjähriger der einzige Seminarist in Sargines, der die teuflische Intimität zwischen einem alten Abt und einem seiner Schüler aufdeckte. Dazu brauchte er sie gar nicht in trauter Zweisamkeit zu ertappen oder den leisen Gerüchten zu lauschen, die durchs Refektorium gingen. Er musste einfach nur seine »Notizen« durchblättern.

Zu jener Zeit hatte der junge Gui bereits die Angewohnheit, in einem *diarium* jede Kleinigkeit aufzuschreiben, die in seinem und im Leben derer geschah, mit denen er zu tun hatte. Diese Aufzeichnungen, die er durch Spalten, Kästchen und Verweiszahlen ordnete, erlaubten es ihm, die Rückkehr eines Zugvogels und den Stand eines Sterns vorherzusagen, ohne sich je zu irren. Er war über die Termine jedes Lehrers ebenso gut unterrichtet wie über die Gewohnheiten eines Priors oder eines Novizen. Mit der Zeit häufte er so viele Notizen an, dass er durch einen einfachen Vergleich das Benehmen eines Menschen, einen Betrug und sogar eifrig bewahrte Geheimnisse ans Licht bringen konnte. Indes enthüllte er die Entdeckungen nie. Die Ergebnisse interessierten ihn weniger als die Schulung seines logischen Denkvermögens und seiner Intuition. Er vernichtete sein *diarium*, sobald die Notizen zu gefährlich wurden. Dazu benutzte er eine chemische Methode, die er auf einer kleinen, arabischen Tafel gelesen hatte. Er warf die Blätter in heißes Wasser und fügte ein giftiges Gebräu hinzu, das die flüssige Tinte langsam zersetzte und sie von dem Papier löste. Der Seminarist hatte wieder saubere Blätter und schüttete die schmutzige Tinte weg. Seine Geheimnisse lösten sich dank der alten Formel des Gelehrten Ibn Uda in Nichts auf.

Die Manie, seine Erkenntnisse schriftlich zu fixieren, hatte er niemals aufgegeben. Darüber war er sehr froh. Auch in Heurteloup erkannte Henno Gui nach ein paar Tagen heimlicher Beobachtungen dank seiner Aufzeichnungen, die er hier mit einem Stilus auf seine Wachstafeln ritzte, ein geheimes Leben und eine Ordnung, die ihm sonst wohl verborgen geblieben wären.

Auf den ersten Blick wirkten die Verhältnisse im dreizehnten Dorf der Diözese völlig ungeordnet. Doch dieser Eindruck täuschte: Henno Gui entdeckte Paare, Familien, Freundschaften, Grüppchen … Da die Menschen über keinerlei Geldmünzen verfügten, tauschten sie ihre Güter und Vorräte. Eine derartige Abgeschiedenheit regte zu Vertrauen und Ehrlichkeit an, Tugenden, die schon lange nicht mehr in der Zivilisation zu finden waren. Die Arbeit etwa betraf alle in ähnlichem Maße, sie wurde gleichmäßig verteilt und zuverlässig verrichtet. In dieser Hinsicht herrschten hier beinahe ebenso strenge Sitten wie in einem Benediktinerkloster. Jeder musste zu bestimmten Zeiten bestimmte Aufgaben erfüllen, was auch stillschweigend und reibungslos geschah: das Abtragen von Torfplaggen, das Holzfällen, der Fischfang in den Flüssen, Reinigungsarbeiten, der Wachdienst, die Lederherstellung. Auch die Gottesverehrung folgte festen Regeln. Zu bestimmten Zeiten wandten sich die Menschen durch Gebärden an ihre Götter. Auch die Gespräche mit den Priestern wurden regelmäßig geführt. Nach einer Weile konnte Henno Gui an jedem Tag und zu jeder Stunde die Tätigkeiten und den Aufenthalt der Dorfbewohner vorhersagen. Wenn Henno Gui mit Mabel oder Lolek sprechen wollte, musste er dies zu Zeiten tun, in denen sie nicht durch gemeinschaftliche Arbeiten gebunden waren, meistens also nachts. In diesen langen Abendstunden verschaffte Mabel dem Pfarrer erste Einblicke in die Denkweise des geheimnisvollen Dorfes.

Ihre Zeitrechnung begann mit einem riesigen Feuer, das die alte Welt verwüstete, und die Kinder Gottes massakriert hatte. Eine ungeheure Feuersbrunst markierte das Jahr eins ihres Universums.

Ihre Vorfahren hätten diese Heimsuchung durchlitten und nur dank der Sümpfe überlebt. Deren Wasser hatte die Ausbreitung des großen Brandes verhütet und dieses Stückchen Erde vor der Katastrophe gerettet.

»Die Feuersbrunst hat den größten Teil unserer Vorfahren

vernichtet«, sagte Mabel. »Von den Frauen überlebten nur sieben. Wir sind die Nachkommen dieser sieben Frauen. Sie sind unsere Mütter.«

»Auf den Holztafeln Eurer Gräber habe ich Striche gesehen«, sagte Henno Gui. »Was bedeuten sie?«

Mabel zuckte mit den Schultern.

»Woher sollen wir das wissen? Die Priester kümmern sich um die Inschriften. Sie allein wissen, was sie bedeuten.«

»Und Ihr habt keine Idee?«

Mabel und ihr Sohn verneinten die Frage. Der Pfarrer erinnerte sich daran, dass die Frau seit kurzem Witwe war.

»In welchem Alter ist Euer Mann gestorben?«

»Das weiß ich nicht.«

»Die meisten Männer hier sind ungefähr in demselben Alter. War Euer Mann genauso alt wie Seth und Tobie?«

»O nein!«, widersprach Mabel. »Nein… Er war älter. Viel älter.«

Henno Gui schrieb alles gewissenhaft auf.

Mardi-Gras weckte seinen Herrn mitten in der Nacht. Im ganzen Dorf waren Schreie zu hören.

Der Pfarrer stürzte hinaus. Alle Dorfbewohner hatten sich am Ufer des großen Sumpfes versammelt. Henno Gui mischte sich unter die Menschen. Er erkannte die Gestalt des schwangeren jungen Mädchens, das halb nackt mitten im Schnee lag und von den drei Priestern umringt wurde. Sasha krümmte sich und schrie vor Schmerzen. Die Dorfbewohner gingen fortwährend mit kleinen Schüsseln zum Sumpf, um diese zu füllen und das eiskalte Wasser auf die Stirn und die Scham des Mädchens zu spritzen. Henno Gui erschrak. Er griff Lolek, der neben ihm stand, am Arm.

»Wenn sie so weitermachen«, sagte er, »wird das Mädchen sterben, ehe das Kind seinen ersten Schrei ausgestoßen hat.«

»Das ist ein heiliger Brauch«, antwortete der Junge. »Wenn es wärmer ist, findet die Niederkunft in den Sümpfen statt, sodass das Kind mitten in dem heiligen Wasser geboren wird und gereinigt zur Welt kommt. Im Winter ist das nicht möglich. Daher bespritzen die Priester die Mutter und das Neugeborene mit dem Sumpfwasser, um das Ritual zu achten.«

»Das kann die Mutter unmöglich überleben«, beharrte der Priester.

»Sie sterben oft, vor Kälte erstarrt, am nächsten Tag, oder ihr Bauch kann sich nach der Entbindung nicht schließen. Aber das liegt nicht in unserer Macht. Die Götter hätten die Frucht im Leib der Mutter gelassen, bis es wärmer wird, wenn sie es anders gewollt hätten.«

Am Tag darauf nahm der Pfarrer mit allen Dorfbewohnern an der Beerdigung der kleinen Sasha teil, die mit dem Kind im Bauch der Kälte erlegen war. Die Zeremonie fand auf dem kleinen Friedhof statt, den Henno Gui schon einmal besucht hatte.

Die Versammelten waren ruhig und gelassen. Der Tod des jungen Mädchens war eine ernste Sache, aber er rief in diesem Dorf kein Leid und keine Verzweiflung hervor wie bei den Christen. Henno Gui, der in der Nähe der Priester stand, fiel ein seltsamer Gegenstand auf, der mit einem rot-gelben Schleier bedeckt war – den Farben von Seths Tunika.

Das Mädchen war vollkommen nackt. Keine Gewänder,

kein Leichentuch. Die brutale Nacktheit und der stark gewölbte Bauch schockierten Henno Gui und seine beiden Freunde. Die Dorfbewohner schienen keinen Anstoß daran zu nehmen. Die Männer hatten ein tiefes Grab ausgehoben. Der Leichnam sollte stehend bestattet werden, wie es die Tradition verlangte.

Seth schob zwei Holzstäbchen zwischen die Augenlider der Toten, damit ihre Augen unter der Erde geöffnet blieben. Henno Gui fragte Lolek nach dem Sinn dieses Rituals. Der Junge erklärte ihm, es sei ein alter Brauch, eine unverzichtbare Vorsichtsmaßnahme für den Tag der Rückkehr der Toten.

»Wenn ihre Seele auf die Erde zurückkehrt«, sagte der Junge, »und wieder in den Körper einzieht, findet sie ihn bereit und mit geöffneten Augen vor.«

Für einen Augenblick huschte ein Lächeln über Henno Guis Gesichtszüge. Es hatte mehr als zwei Wochen gedauert, bis er in diesem Dorf endlich die allererste unstrittige Spur entdeckt hatte, die auf Überreste des christlichen Glaubens hindeutete.

Die Auferstehung der Toten.

Der Pfarrer hatte es kaum noch zu hoffen gewagt.

XX

Chuquet lief mit seinem Beschützer, den der Archivar Corentin Tau ihm zur Seite gestellt hatte, durch die Straßen von Paris. Die beiden Männer durchquerten das berüchtigte Viertel an der Place de Grève. Gewürzkrämer, Gaukler, Zahnbrecher kreuzten ihren Weg, Bettler bedrängten sie. Dank der

Laienkleidung konnten sie ihren Marsch unbehelligt fortsetzen. Das Pfaffengesindel war am Nordufer der Seine nicht wohlgelitten, als Vikar hätte Chuquet größte Schwierigkeiten bekommen.

Der Begleiter erklärte dem Vikar, dass er ein Schiff suchen wolle, das sie sicher nach Troyes bringen würde. In dieser Jahreszeit trieben sich nur Schmugglerbanden auf dem Fluss herum. Aber er kannte eine Herberge, die als Umschlagplatz nützlicher Neuigkeiten bekannt war. Chuquet wunderte sich über den Mann, der in den Diensten des Bischofs von Paris stand und sich in dieser fragwürdigen Welt so gut zurechtfand. Trotz dieser Vorbehalte schenkte er ihm sein Vertrauen. Was wäre ihm auch anderes übrig geblieben? Überdies gefiel ihm die Idee einer Schiffsreise ausgezeichnet. So sparte er Zeit und musste die großen Qualen einer langen Wagenfahrt nicht länger erdulden.

»Es kann allerdings ein paar Tage dauern, bis wir ein geeignetes Schiff finden«, sagte sein Beschützer.

»Warum stellt das Bistum uns nicht ein kleines Boot zur Verfügung?«

»Weil es nicht eingeweiht ist. Über unsere Angelegenheit sind im Augenblick nur der Archivar und ich im Bilde.«

Die beiden Männer quartierten sich in einem Gasthaus ein, das Zum Weißen Falken hieß. Es war aus Stein gebaut, mit Tonziegeln gedeckt, notdürftig verputzt und mit ockerfarbenen Ornamenten bemalt, die jedoch allmählich abblätterten. Ein Knecht kam, um ihnen ihre Bündel und Lasten abzunehmen. Sie bezogen ein gemeinsames Zimmer mit zwei einfachen Holzpritschen. Der Beschützer überprüfte den Türriegel.

»In diesem Viertel finden wir die Burschen, die wir brauchen.«

Chuquet weigerte sich, seine geheimnisvolle Kiste aus der Hand zu legen.

»Es ist unvorsichtig, einen Gegenstand, an dem Ihr sehr zu hängen scheint, mit auf eine solche Reise zu nehmen.«

Statt ihm eine Antwort zu geben, öffnete Chuquet die Kiste und zeigte ihm den Inhalt.

Die schillernden Gestalten an der Place de Grève schienen geradewegs einem weltlichen Roman entsprungen zu sein. Da waren Räuber, die sich als blind ausgaben, Leopardenbändiger, die mit ihren Tieren unter den Dächern lebten, alte Seeleute, die es mit Schmuggelwaren aus der Südsee zu Geld gebracht hatten, dubiose Händler, die ihre Ware inspizierten, lombardische Hehler, die ihre Verbindungsleute für den nächsten Frühling anheuerten. Die Gassen der *Ville*, am rechten Seine-Ufer, unterschieden sich in vielerlei Hinsicht von den beiden anderen Vierteln der Hauptstadt, der *Ile-de-la-Cité* mit Notre-Dame und dem Viertel der Universität am linken Ufer: mehr Krämerläden, mehr Bettler an den Kreuzungen, mehr Huren mit roten Mähnen, mehr Soldaten auf Patrouille.

Chuquets Begleiter erhielt bald Kunde von einer Schute, die in Noyant ablegen und Kurs auf Aisne nehmen würde. Die Fahrt auf der Seine führte zwangsläufig durch die Champagne, an Troyes vorbei. Der Schiffer hatte eine Leerfahrt und suchte nach einer unauffälligen Fracht, um seine Reisekosten zu decken.

»Das ist eine günstige Gelegenheit«, sagte Chuquets Begleiter. »Ein leeres Schiff ist nicht so gefährlich. Es wird nicht von der Flusswache durchsucht. Es heißt übrigens *La Phénicie*. Wir legen heute Abend ab und nehmen Kurs auf Noyant. Ich habe einen Passierschein für die Soldaten am Tor von Grand-Pont. Ohne den würden sie unsere Sachen durchwühlen und sofort den Hauptmann rufen.«

»Warum?«

»Weil der Wareninspekteur streng darauf achtet, dass zwei Dinge diese Stadt nicht verlassen: Geld und Leichen. Mit den sterblichen Überresten Eures Bischofs würden wir ganz schön in der Klemme sitzen.«

Chuquet hatte die Briefe von Alcher de Mozat unter seinen Mantel gesteckt. Sein Beschützer kannte zwar nun den Inhalt der Kiste, ahnte hingegen nichts von der Existenz der Briefe.

Die beiden Männer kehrten in die Herberge Zum Weißen Falken zurück. In der Wirtsstube im Erdgeschoss erblickte Chuquet einen Geistlichen, der seelenruhig inmitten einer Bande von Wegelagerern oder Räubern saß und einen Humpen Bier leer trank.

»Ich dachte, Mönche wären hier nicht wohlgelitten«, sagte der Vikar.

»Stimmt, doch für den da gilt das nicht. Trotz seiner Kutte ist er ein weithin gefürchteter Schurke. Ich kenne ihn gut. Wartet auf mich! Er könnte uns nützlich sein.«

Chuquets Begleiter setzte sich zu der Bande. Der Geistliche schien erfreut zu sein, ihn zu sehen. Die beiden Männer wechselten leise ein paar Worte. Dann stiegen sie in den ersten Stock hinauf, wo das Zimmer von Chuquet und seinem Beschützer lag.

Der Vikar blieb allein zurück. Die Blicke, die man ihm zuwarf, schüchterten ihn ein. Er hatte Angst, es könne ihm jemand dumme Fragen stellen, weil er untätig herumstand. Er beschloss, sich auf der Straße ein wenig die Beine zu vertreten.

Aber wie er so allein zwischen der Rue des Manteaux-Blancs und der Rue Brise-Miche herumlief, fühlte er sich auch nicht besser. Er umklammerte die Kiste mit beiden Händen.

Chuquet lief zweimal um den Häuserblock. Als er wieder in der Nähe der Herberge ankam, wurde er Zeuge einer merkwürdigen Szene. Zu seiner großen Überraschung erkannte er zwei Schreiber wieder, die er in der Amtsstube von Corentin Tau gesehen hatte. Sie standen mit einem Mann an einer Hausecke vor der Herberge. Die beiden zeigten mit den Fingern auf das Gasthaus und steckten dem Unbekannten einen Umschlag in die Tasche. Dieser Dritte im Bunde trug enge Beinlinge und über dem Spann geschlitzte Schlupfschuhe. Er hatte grobe Gesichtszüge und eine hakenförmig verbogene Nase. Er rannte in die Herberge, während die Schreiber des Archivars draußen warteten. Chuquet wich nicht vom Fleck. Was sollte er tun? Waren diese Männer auf Befehl des Erzbistums hier?

Nach knapp fünf Minuten kehrte der Mann in den engen Beinlingen zurück. Er gab den beiden anderen Männern ein Zeichen. Sie wechselten ein paar Worte und gingen davon. Die Kopisten waren plötzlich auffallend nervös. Sie trennten sich und bogen jeder in eine andere Gasse ein.

Der seltsame Vorfall beunruhigte den Vikar. Wahrscheinlich suchen sie mich, dachte er. Wollten sie ihm Nachrichten bringen? Aber woher wussten sie überhaupt, dass er hier war? Er wartete noch ein Weilchen, ehe er die Herberge betrat.

In der Wirtsstube herrschte lautes Getöse. Von seinem Beschützer und von dem verkleideten Mönch gab es keine Spur. Chuquet überlegte nicht lange und stieg die Treppe hinauf. Die Tür war nicht versperrt. Der Vikar trat ein. Sein Beschützer und der verkleidete Mönch lagen blutüberströmt auf dem Boden. Jemand hatte ihnen brutal die Kehle durchgeschnitten. Die Reisetasche seines Begleiters war aufgeschlitzt worden. Die Geldkatze, die Corentin Tau ihnen gegeben hatte, war verschwunden. Der Mörder hatte auch das Futter aus der Kutte des Geistlichen herausgerissen. Er hatte etwas gesucht … Chuquet nahm seine

Tasche, rannte die Treppe hinunter und tauchte im Labyrinth der Gassen unter, ohne einen Blick zurückzuwerfen.

Seine Lage, so schien es ihm, war hoffnungslos. Er hatte kein Geld mehr oder vielmehr nur noch das, was ihm seit seiner Abreise aus Draguan geblieben war. Er hatte keinen Passierschein. Und vor allem keinen Beschützer mehr. Nicht einmal ins Gebäude des Bischofs konnte er sich wagen. Denn vielleicht hatte der Archivar selbst diese fürchterlichen Morde befohlen … Wenn er sich bei Mozats Sekretär erkundigt und erfahren hatte, dass alle Briefe in Chuquets Besitz waren? Und wenn er sich nun die Korrespondenz um jeden Preis beschaffen wollte?

Chuquet musste so schnell wie möglich aus dieser Stadt verschwinden. Er fragte die Kerle, die er durch seinen Beschützer kennen gelernt hatte, nach Schleichwegen, die ihn aus der Stadt herausführten, ohne den Soldaten an der Zollstelle in die Hände zu fallen.

Den Wink, den er erhielt, musste er teuer bezahlen. Chuquet löste zwei große Edelsteine von der zweiten Kette, die er Haquins Leichnam abgenommen hatte und Haquins Schwester überreichen wollte, aus der Fassung.

Man führte ihn zu einem Fuhrmann, der Holz geladen hatte. Er schickte seinem Lieferanten in der Provinz lange Baumstämme retour, die der Baumeister in der Stadt ihm nicht abkaufte, weil sie morsch waren. Er bedeutete dem Vikar, sich doch in den Lücken zwischen der Fracht zu verstecken.

Wie ein gemeiner Verbrecher verließ der Vikar aus Draguan ein paar Stunden später die Hauptstadt und konnte auf diese Weise der Kontrolle an der Zollstelle entgehen.

Am Tag darauf erreichte er Noyant. Er war erleichtert, als er am Kai die *Phénicie* liegen sah, die dort wartete, wie die Mittelsmänner seines Beschützers es mit dem Schiffer verabredet hatten. Es war die einzige Schute, die trotz der Kälte nicht abgedeckt war.

Chuquet beschloss, seine Mönchskutte und seinen Cucullus wieder anzuziehen, ehe er mit dem Schiffer sprach. Er war nicht so kühn, sich als Schmuggler auszugeben.

»Wohin wollt Ihr?«, fragte der Schiffer in barschem Ton, als der Mönch ihn ansprach.

Der Mann hieß François Courtepoing, doch er ließ sich lieber »Phönizier« nennen. Obwohl er nicht das Format eines antiken Seemannes hatte, brüstete er sich damit, ein ebenso guter Falschmünzer zu sein wie die Händler früherer Zeiten.

»Ich muss nach Troyes. Und zwar möglichst schnell«, sagte Chuquet.

»Könnte klappen. Ich verbürge mich für die Ankunft, aber nicht für die Zeit, die es dauert. Seid Ihr Pfarrer?«

»Vikar.«

»Das ist was Besseres, oder? Ich meine in der Hierarchie der Kirche?«

Chuquet nickte zögernd. Sein Gegenüber brauchte nicht zu wissen, in welch entlegener und eigenartiger Diözese er dieses Amt ausübte.

»Ich habe nichts dagegen, einen Geistlichen mitzunehmen. Das schützt die Fracht«, gestand der Schiffer. »Ich habe das schon mal mit einem Abt erlebt. Anschließend liefen die Geschäfte ausgesprochen gut. Heute habe ich eine Leerfahrt. Fast. Daher muss ich Euch als normalen Passagier ansehen. Seid Ihr reich?«

»Ich kann bezahlen.«

»Seid Ihr auf der Flucht?«

»Warum sollte ich?«

»Mir macht keiner was vor«, sagte der Schiffer. »Die Fahrt kostet fünfzehn Taler.«

Chuquet schrak zusammen. Der Rest seines Reisegeldes betrug nur noch zehn kleine Taler.

»So viel habe ich nicht«, gab er trocken zu. »Sieben. Mehr zahle ich nicht.«

Der »Phönizier« musterte ihn schelmisch. Er feilschte leidenschaftlich gern.

»Sieben Taler und was dazu?«

»Sonst habe ich Euch nichts anzubieten.«

»Darüber lässt sich reden ...«

Courtepoing entdeckte das kleine Holzkreuz, das auf Chuquets Brust baumelte.

»Ich begnüge mich mit den sieben Talern, verlange aber drei vollständige Absolutionen für mich und meine Kinder. Was meint Ihr?«

»Man kann sich die Vergebung des Himmels doch nicht erkaufen.«

»Ach ja? Und seit wann nicht? Werden wir nicht immer gebeten, am Ausgang der Kirchen ein Almosen zu spenden, Vater? Diejenigen, die das nicht tun, erhalten selten den Segen ihres Pfarrers. Wenn das kein geschickter Handel ist, so sieht es doch ganz danach aus. Bei sieben Talern für die Fahrt gehen mir acht verloren. Das ist der normale Preis. Glaubt mir, ich habe noch nie so viel in den Opferstock geworfen. Ich kaufe Euch nicht, Vikar. Ich trage in Naturalien zu Eurem Werk bei. Worüber beklagt Ihr Euch? Ihr lebt doch gut von dem Geld der Gläubigen. Zählt meine acht Taler zu Euren Reisekosten hinzu.«

Chuquet hatte nicht die Kraft für längere Verhandlungen und für einen Streit über den Ablasshandel.

»In Ordnung«, knurrte er.

»Und Ihr segnet mein Schiff?«

»Ja.«

»Gut, dann gebt mir das Geld.«

Der »Phönizier« steckte die Münzen blitzschnell ein. Als der Mönch das plattbodige Flussschiff betreten wollte, hielt der »Phönizier« ihn erneut zurück.

»Halt! Jetzt müssen wir über die Waren sprechen.«

»Welche Waren?«

Courtepoing klopfte auf die Holzkiste, die der Vikar in der Hand hielt.

»Was haben wir denn da, Pfarrer?«

Chuquet schrak erneut zusammen. Seine Finger umklammerten die Kiste.

»Die Steuern auf solche Waren sind gesetzlich vorgeschrieben«, sagte der Schiffer. »Wenn Ihr nur Lumpen bei Euch habt, lasse ich Euch in Ruhe. Wenn Ihr aber wertvollere Dinge bei Euch führt, für die ich während der Fahrt die Verantwortung trage, müsst Ihr zahlen.«

»Es geht Euch nichts an, was ich bei mir habe.«

»Wenn Ihr es sagt, glaube ich Euch. In dem Fall könnt Ihr an Bord gehen, und die Kiste bleibt in Noyant. Sogar die Schmuggler weigern sich nicht, mir ihr Frachtgut zu zeigen. Was ein Dieb bereitwillig tut, lehnt ein Mann Gottes ab?«

Chuquet saß in der Falle, und er hatte Angst vor der Reaktion Courtepoings, dessen Aberglaube ihm gewiss erneut den Weg aufs Schiff versperren würde. Der Mönch hatte keine Wahl und klärte ihn über seine Situation auf. Er war auf dem Weg zu der Familie seines Herrn, die in Troyes wohnte, um ihr die Reliquien des verstorbenen Bischofs zu übergeben.

»Was für Reliquien?«, fragte Courtepoing misstrauisch.

Chuquet öffnete die Kiste. Der Schiffer wich einen Schritt zurück.

»Ah! Das ändert alles, Vater. Man kann ein Skelett nicht so einfach an Bord nehmen. Verzeiht mir, aber mir ist das Glück auch ohne Eure Knochen nicht immer hold. Da brauche ich mir nicht noch einen Toten aufzuhalsen!« Er holte kurz Luft, dann fügte er in einem Ton, der keinen Widerspruch duldete, hinzu: »Das macht zusätzlich zehn Taler. Keine Widerrede, oder Ihr und Eure universellen Absolutionen können mir gestohlen bleiben!«

Chuquet wusste keinen anderen Ausweg. Er löste heimlich einen weiteren Stein aus der Kette des Bischofs.

Damit kam der Schiffer reichlich auf seine Kosten. Fortan war er überaus beflissen und versicherte seinem Passagier eine zügige Abreise. Chuquet ging an Bord.

Die Schute war ungefähr fünfunddreißig Fuß lang. Zwei schlecht verankerte Fockmasten ragten in die Höhe. In einem abdeckten Verschlag fanden drei Männer während der Reise Unterschlupf. Der restliche Platz war für die jeweilige Fracht und für das Zugpferd vorgesehen. Wenn Courtepoing bei Windstille oder flussaufwärts fuhr, ließ er das Schiff treideln.

Chuquet wartete eine Stunde, in deren Verlauf sich aber niemand der Schute näherte. Als der »Phönizier« das Ablegen vorbereitete, kam ein berittener Soldat näher und sprach Courtepoing an. Sie wechselten schnell ein paar Sätze, und dann ritt der Soldat davon, ohne den Vikar zu beachten.

»Was wollte er?«, fragte Chuquet.

»Das war ein Soldat der Flusswache. Er wollte wissen, was ich auf der *Phénicie* transportiere. Das schreibt das Gesetz vor.«

»Habt Ihr über mich gesprochen?«

»Ich habe nur einen Priester erwähnt, der nach Troyes fährt, um eine Familienangelegenheit zu regeln.«

»Und die Kiste? Was habt Ihr gesagt?«

Der Schiffer musterte Chuquet.

»Ich habe ihm gesagt, was er wissen muss. Nicht mehr und nicht weniger. Ich kenne meine Leute.«

Daraufhin überprüfte er den Wind, er brachte das Pferd an Bord, machte die Leinen los, und die *Phénicie* trieb langsam vom Ufer davon.

Leichter Nebel schwebte über dem Fluss. Während Courtepoing einen geeigneten Stellplatz für das Pferd suchte, damit das Schiff keine Schlagseite bekam, hockte sich Chuquet neben der Reling auf den Boden. Die Kiste mit den Knochen lag auf seinen Knien. Zum ersten Mal seit langer Zeit fühlte er sich sicher.

Er hatte das Päckchen mit den Briefen, das ihm Alcher de Mozat gegeben hatte, bei sich. Das Geländer aus Brettern schützte ihn vor Kälte und Wind und vor den Blicken des Schiffers. Der Mönch knotete die Hanfschnüre auf und setzte die Lektüre fort, die er im Bistum Paris begonnen hatte.

Er faltete einen neuen Brief aus dem Jahre 1226 auseinander. Damals war Romée de Haquin zwanzig Jahre alt gewesen. Der Brief war aus Erfurt, dem kaiserlichen Territorium, verschickt worden. Der ein wenig unpersönliche Stil, der zugleich höflich und fad war, setzte sich in den Briefen fort, die er zwischen 1227 und 1230 geschrieben hatte. Es veränderte sich nichts außer den Orten, aus denen er seine Zeilen verschickte: Augsburg, Tienne, Albi, Garance, Poternes. Im Mittelpunkt der Briefe standen meist Beschreibungen und deftige Bemerkungen über Land und Leute, die der junge Mann kennen gelernt hatte.

Die erste Überraschung, die erste wirkliche Besonderheit und vor allem der erste »Name« tauchten in einem Brief von

1230 auf. Haquin weilte in Spanien in einem Dorf in der Nähe von Granada. Dieses Gebiet wurde noch immer von Ungläubigen bevölkert. Er beschrieb seine unerwartete Begegnung mit einer mysteriösen Person namens Malaparte. Arthème de Malaparte. Besonders ein Satz verwirrte den Vikar: »Mein teurer Bruder Alcher«, schrieb Haquin, »ich bin diesem Mann, den die Vorsehung auf meinen Weg geführt hat, sehr dankbar. Durch ihn bin ich ein anderer geworden. Endlich wurden mir die Augen geöffnet.« Der Vikar las den letzten Satz mehrmals.

Den Brief, der jetzt chronologisch hätte folgen müssen, hatte der Archivar in Paris an sich genommen – die erste Mitteilung aus Rom.

In dem Schreiben von 1230 stand nichts über den Grund für Haquins Aufenthalt in der Ewigen Stadt. Der folgende Brief von 1231 war hingegen deutlicher. Haquin war Malaparte gefolgt. Chuquets Herr hatte sich offenbar in den Dienst dieser rätselhaften Person gestellt. Malaparte war von Gregor IX. nach Rom berufen worden. Auf Bestreben des Papstes war eine aus wenigen Mitgliedern bestehende Kommission gebildet worden, die den offiziellen Auftrag hatte, über ein bestimmtes Problem zu beraten. Es ging um die im ganzen Abendland verbreitete Polemik, die durch die neuen Übersetzungen von Aristoteles' Werk ausgelöst worden war. Zahlreiche Lehren dieses Philosophen richteten sich offen gegen das kanonische Recht. Die Kommission aus drei Weisen, zu denen Malaparte gehörte, sollte in jenem Jahr das Werk studieren und die endgültige Position Roms zu dem Thema festlegen.

Aristoteles? Chuquet hielt inne. In den fünfzehn Jahren, in denen er im Dienste Haquins stand, hatte er diesen Namen nur ein einziges Mal aus dem Munde des Bischofs gehört. Das war kurz nach seiner Ankunft in Draguan gewesen, als er noch Subdiakon gewesen war. Der Bischof hatte häufig mit ihm verbreitete Lehrmeinungen erörtert, um ihn auf die Probe zu stellen. An jenem Tag sprachen Haquin und Chuquet über das Heil.

»Als Christus zu den Menschen kam«, hatte Haquin erklärt, »eröffnete er uns den Weg. Unsere einzige Chance des Heils liegt heute darin, seinem Beispiel zu folgen.«

Der Bischof hatte von den Taten und Lehren des Erlösers gesprochen. Seit Jesus Christus war es jedem möglich, das Heil zu erreichen. Ohne Unterscheidung. Es genügte, sich seinen Botschaften zu unterwerfen und dem Weg zu folgen, den er vorgezeichnet hatte.

Diese einleuchtende Argumentation hinderte Chuquet nicht daran, eine einfache, vernünftige Frage zu stellen.

»Und was ist mit den Menschen, die vor Christus gelebt haben? Würde es nicht bedeuten, dass die Denker, die Weisen, die frommen Männer des Altertums alle verdammt waren, wenn wir erst seit der Fleischwerdung des Sohnes erlöst sind? Bleiben sie nur aus dem Grunde von der ewigen Seligkeit ausgeschlossen, weil sie die einzige Sünde begangen haben, Christus nicht gekannt und zu früh gelebt zu haben?«

Der Bischof hatte sich von diesem geistreichen Einwand nicht beirren lassen und in ruhigem Ton mit einer klassischen, damals jedermann geläufigen Bemerkung geantwortet: Die großen Denker, die vor Christus lebten, waren Christen, ohne es zu wissen.

»Ohne es zu wissen?«

Haquin fasste kurz die Geschichte der Kirchenväter zusammen, die die christliche Denkweise begründeten. Sie hatten alle eine hellenistische Bildung genossen. Um ihren neuen Glauben und die Erfahrung mit Christus bereichert, beschäftigten sie sich nach ihrer Konversion zu Jesus eifrig damit, die großen griechischen philosophischen Systeme nach einer Terminologie der Christen »neu zu formulieren«. Die mühselige Arbeit, die Studien über viele Generationen erforderte, war eine einzigartige geistige Prüfung. Die häufig unwahrscheinlichen Gleichsetzungen enthüllten »Irrtümer« bei den antiken Philosophen sowie »schwerwiegende Lücken« in den christlichen Dogmen, die einen großen Aufschwung erlebten. Das Werk des heiligen Augustinus bestand zum Beispiel aus der Christianisierung der platonischen Denkweise. Der große Bischof von Hippo Regius fand – über den Umweg eines sokratischen Zweifels – zwischen den Zeilen und in den *Ideen* die Werte, die Entscheidungen und Botschaften, die von der Kirche vehement vertreten wurden. Auf dieselbe Weise verwandelten sich viele antike Autoren in Christen, ohne den Sohn Gottes gekannt zu haben. Diejenigen, die sich einer Annäherung widersetzten, wurden einfach auf den Index gesetzt und als ketzerisch betrachtet.

»Es ist übrigens eine sehr interessante Epoche, in der wir heute leben«, fügte Haquin hinzu. »Die Kirche begnügte sich lange Zeit mit ihrem außergewöhnlichen Sieg über den Platonismus, ohne sich um ihren größten Widersacher zu kümmern: die Schule des Aristoteles, des Schülers Platons.«

»Aristoteles? Der die *Logik* geschrieben hat?«

»Es ist gut, dass du die *Logik* erwähnst«, sagte Haquin. »Die *Logik* war lange Zeit das einzige Werk, das uns von Aristoteles erhalten geblieben war. All seine anderen Werke waren verschwunden.«

»Davon habe ich gehört.«

»Ja, aber das trifft heute nicht mehr zu. Wir haben seine Schriften wiedergefunden. Als die Mohammedaner aus Spanien vertrieben wurden, ließen sie ihre Bibliotheken zurück. In ihnen befand sich ein Korpus von Aristoteles' Schriften, die vor dreizehn Jahrhunderten aus dem griechischen Original ins Arabische übersetzt worden waren. Sie waren all die Jahre in den Archiven von Babylon und Susa aufbewahrt worden, und niemand hatte es gewusst. Durch diesen erstaunlichen Umweg haben wir das Gefühl, es mit neuen, originellen, erstaunlichen Gedanken zu tun zu haben wie mit einer Philosophie, die vom Himmel fällt!

Seitdem versuchen wir, mit Aristoteles das zu machen, was Augustinus und die Väter mit Platon gemacht haben. Unglücklicherweise ist das Gedankengut von Aristoteles viel komplexer und fremdartiger als das seines Vorfahren. Es ist fast in allen Punkten den Fundamenten unseres Glaubens entgegengesetzt.«

»Und warum sollten wir uns darum sorgen?«, fragte Chuquet. »Wir könnten es doch ebenso handhaben wie mit den anderen antiken Denkern, die von unseren Vätern nicht berücksichtigt werden: Wir kümmern uns nicht um sie. Wir könnten verkünden, Aristoteles sei ein Ketzer, und ohne ihn leben, wie wir es immer getan haben. Wurden die Texte von Johannes dem Evangelisten nicht auch verworfen?«

»In der Tat, so geschah es. Aber das Werk von Aristoteles hat gegenüber dem Werk des heiligen Johannes den Vorteil, dass es die Gelehrten mehr begeistert als die Theologen. Platon war der Meinung, es sei dem Menschen unmöglich, die ›Wahrheit‹ zu erkennen. Für ihn gehörte sie zu einer anderen Realität, die wir während unseres irdischen Lebens nicht erfassen können. Es ist alles nur Schein. Aristoteles nahm sich die Freiheit, alles zu studieren, um alles zu verstehen. Wenn die Wahrheit sich hinter den Dingen und den Lebenden verstecke, habe der Mensch seiner Meinung nach die Fähigkeit und das Recht, die Geheimnisse zu durchdringen.«

»Aber Ihr widersetzt Euch Aristoteles?«

»Ich bin nicht dagegen, einige Krankheiten oder pflanzliche Eigenschaften zu studieren, um der Medizin zu helfen. Aber was soll man von denen halten, die glauben, ihren Experimenten seien dann gar keine Grenzen mehr gesetzt? Das Leben ist eine Schöpfung des Herrn, eine Emanation seines Willens. Wenn man versucht, die Geheimnisse zu durchdringen, bedeutet das, in die Geheimnisse Gottes einzudringen und sich an seinem Werk zu versündigen. Was soll man zum Beispiel von denen halten, die heute daran arbeiten, das Prisma des Lichtes zu teilen, um dessen Eigenschaften zu erforschen? Das Licht! Hat man vergessen, dass dies der dritte Schöpfungsakt Gottes war? Der, zu dem er sprach: ›Es ist gut‹? Wie kann man glauben – wie einige sagen –, das Licht sei nur da, um uns zu leuchten, wenn wir gehen, wo es doch eine seinem Wesen nach von Gott gewollte Geste ist? Was soll man von denen halten, die den Mechanismus der Fortpflanzung studieren? Werden die Alchimisten und Hexer verbrannt, nur damit wir selbst uns von denselben Versuchungen mitreißen lassen?«

Nur dieses eine Mal hatten Haquin und Chuquet vom Heil im Allgemeinen und von Aristoteles im Besonderen gesprochen.

Der Vikar erinnerte sich noch lebhaft an diese Unterredung, als er jetzt auf dem Schiff von Courtepoing saß und die Briefe seines Herrn las. Ein Schreiben von 1232 unterrichtete Mozat über die verheerende Niederlage der Kommission. Die drei Weisen hatten ihre Untersuchungen zugunsten der Aristoteliker abgeschlossen. Sie stellten fest, dass sie, ohne es zu wissen, gegen den heimlichen Wunsch des Papstes verstoßen hatten. Dieser wollte das Ansehen der Gruppe benutzen, um die Absichten der neuen Gelehrten im Keim zu ersticken und Aristoteles endgültig zu verdammen. Da sein politisches Druckmittel fehlschlug, löste Gregor IX. die Kommission auf und entließ die drei Männer gnadenlos.

In dem Brief vom 3. Februar 1232 tat Romée de Haquin lang und breit seine Missbilligung über die Entscheidung des Papstes kund und beklagte diesen »Rückschritt des Denkens«. Chuquet wunderte sich über die klare Position. Haquin zeigte sich in dem Brief als inbrünstiger Verteidiger der Logik, der Vernunft und der »Wahrheit, die das Studium ans Licht bringen konnte«, wie Aristoteles versicherte. Diese Äußerungen standen, wie Chuquet sehr wohl bewusst war, in völligem Widerspruch zu der Meinung, die der Bischof dreißig Jahre später in Draguan vertrat.

Der Vikar schreckte von seiner Lektüre auf, als er eine aufgeregte Stimme hörte. Jemand rief vom Ufer aus den Schiffer der *Phénicie.*

»Courtepoing!«

Der Schiffer steuerte die Schute näher an die Böschung. Ein junger Mann in einem alten, zerschlissenen Wams stellte sich als Denis Lenfant vor.

»Artois schickt mich.«

»Artois? Der Soldat der Flusswache?«, fragte Courtepoing.

»Ja, aus Noyant.«

Der junge Mann sprang mit einem großen Sack in der Hand an Bord.

»Ich fahre mit«, sagte er. »In Aisne werde ich wieder von Bord gehen. Dort muss ich etwas erledigen.«

Der Schiffer willigte ein. Zwischen den beiden Männern war von Geld keine Rede. Denis Lenfant war von der Flusswache geschickt worden. Eine kleine Gefälligkeit dieser Art wurde nicht in klingender Münze bezahlt.

Der neue Mitreisende erblickte Chuquet, der am Bug des Schiffes hockte. Der Mönch hatte seine Briefe und die Kiste schnell versteckt, bevor der junge Mann an Bord gekommen war.

»Guten Tag, ehrwürdiger Vater«, sagte er, als er die Kutte des Geistlichen sah. »Wer seid Ihr?«

»Chuquet … Bruder Chuquet.«

Lenfant reichte ihm die Hand.

»Ich bin erfreut, Eure Bekanntschaft zu machen, Bruder Chuquet.«

XXI

Henno Gui beobachtete weiterhin das Alltagsleben in Heurteloup. Im Laufe der Tage fiel ihm auf, dass die drei Priester ebenso wie Seth und Tobie jede Woche für ein paar Stunden aus der Gemeinschaft verschwanden. Sie gingen in ihre Hütten und tauchten erst nach geraumer Zeit wieder auf. Eines frühen Nachmittags versteckte sich der Pfarrer in der Nähe von Seths Hütte. Er ging um die Holzwände herum, fand aber keinen Hinterausgang, der in den Wald geführt hätte.

Henno Gui kehrte um und öffnete leise die Tür zur Hütte des Weisen. Er war keineswegs überrascht, als er dessen Bleibe leer vorfand.

Der Lehmboden war feucht und locker, und an eine Wand war ein großes Hirschleder gespannt. Henno Gui schaute sich den Wandbehang genauer an. Er bedeckte eine dünne Trennwand. Sie bestand aus einer Art Kitt, der mit Erde und getrockneten Blättern vermischt war. Die Platte klang hohl.

Nachdem der Pfarrer die Trennwand mühelos entfernt hatte, entdeckte er ein Loch, das senkrecht in die Tiefe führte.

Henno Gui zögerte nicht hinabzusteigen. Unten war die Erde matschig.

Das sind alte Gänge, sagte er sich. Der Anstieg der Sümpfe überschwemmt sie nach und nach, bis sie schließlich vollständig unter Wasser stehen.

Die Augen des Pfarrers gewöhnten sich allmählich an die Dunkelheit. Durch kleine Löcher drang schwaches Licht, dem der Schnee draußen einen bläulichen Schimmer verlieh. Eine kühle Brise wehte durch den Gang.

Henno Gui wunderte sich über den unterirdischen Bau. Im Abendland waren geheime Labyrinthe unter großen Abteien, Festungen oder Zitadellen keine Seltenheit. In der Regel dienten sie der Verteidigung oder boten Fluchtmöglichkeiten. Aber aus welchem Grunde hatte man in Heurteloup ein solches System angelegt? Gegen wen glaubten die Dorfbewohner sich verteidigen zu müssen? In diesem Dorf hatten nie mehr als fünfzig Menschen gewohnt… Arme Menschen.

Henno Gui setzte seine Erforschung der unterirdischen Gänge fort. Die Luft war noch immer frisch. Offenbar war der Bau dieser Anlage so gut durchdacht, dass sogar Luftzufuhr gewährleistet war.

In der Ferne sah der Priester einen flackernden Lichtschein, dem er sich näherte; jetzt meinte er ein Geräusch vernommen zu haben, ein Scharren und Rascheln. Mutig ging er weiter, bis er ein kleines Gewölbe erblickte. Erschrocken hielt er inne: In der Mitte der Grotte standen fünf Männer. Es waren die drei Priester sowie Seth und Tobie. Sie umringten einen Felsstein, der in der Mitte des Gewölbes in die Höhe ragte. Henno Gui erkannte das gelb-rote Tuch wieder, das bei Sashas Bestattung einen seltsamen Gegenstand verborgen hatte. Jetzt war es auseinander gefaltet. Eine zylindrische Holzschachtel und mehrere Papyrusrollen fielen dem Priester auf.

Das Gewölbe wurde von Harzfackeln beleuchtet. Der schwarze Rauch, der sich unter der Kuppel sammelte, zog in andere Gänge. Die Männer schienen völlig in eine Zeremonie versunken zu sein. Aber Henno wusste nicht, wie lange diese noch dauerte, und so kehrte er um und folgte einem langen, leicht ansteigenden Schacht. Die Brise zog in diese Richtung. Plötzlich stand er vor einer Wand, die genauso aussah wie die in Seths Hütte. Der Pfarrer lauschte einen Augenblick, ehe er sie aufstieß.

Er betrat eine neue Behausung, in der es dunkel war. Alle Öffnungen waren versperrt. Nur durch die Rauchluke im Dach drang ein Lichtstrahl.

Henno Gui ging auf die Tür zu, die sich ein wenig von der Dunkelheit abhob. Sie ließ sich mühelos mit der Hand aufdrücken. Der Pfarrer stand unter freiem Himmel in einer dicken Staubwolke. Er befand sich außerhalb des Dorfes vor einer kleinen Hütte. Es war jener Bretterverschlag, den er und seine Gefährten nach ihrer Ankunft im Dorf als Erstes erblickt hatten. Er war unbewohnt.

Eine Weile blieb Henno Gui vor der Hütte stehen und dachte nach. Die unterirdischen Gänge waren viel länger und tiefer, als er zunächst geglaubt hatte.

In der folgenden Nacht verließ Henno Gui mit seinen beiden Freunden heimlich das Dorf.

Trotz der Dunkelheit fand der Pfarrer den Ausgang, der von der Hütte in die unterirdischen Gewölbe führte. Er entzündete seine Fackel erst, als sie unten waren. Floris und Mardi-Gras folgten ihrem Herrn. Sie staunten über die Entdeckung.

Henno Gui führte sie in jenes Gewölbe, wo er die Priester und den Weisen gesehen hatte. Dort zündete er die Harzfackeln an, die an den Wänden befestigt waren.

»Wir befinden uns unterhalb des Waldes«, sagte der Pfarrer. »Weit hinter dem Dorf.«

Er deutete auf die Decke des Schachts: Die verzweigten Wurzeln bewiesen, dass über ihnen Bäume wuchsen. In der Mitte der Hütte ragte immer noch der große Stein hervor. Henno Gui hob vorsichtig das gelb-rote Tuch hoch, unter dem sich eine kleine Holztruhe ohne Schloss verbarg, die er nun langsam öffnete.

»Diese Truhe hat sich weit besser gehalten als die in dem Krater«, sagte der Pfarrer. »Sie blieb von den Wetterunbilden verschont.«

Im Schein der Fackel betrachtete er die zylindrischen Holzschachteln in der Truhe. Er zog eine Papyrusrolle aus der *Capsa* und zog die Schnüre los, die die Rolle zusammenhielten.

»Dieses Schriftstück ist noch nicht oft eingesehen worden.«

Henno Gui rollte den Papyrus auf. Die Schrift war groß und deutlich, die Überschriften schienen die römische *Capitalis quadrata* nachzuahmen, aber die Rundungen der Unzialen wirkten unbeholfen. Sie unterschied sich von der Schrift auf der Skizze, die er im »Stein des Blitzes« im Krater gefunden hatte. Die Spalten waren wie in den Seminaren, in denen Studenten Papier zugeteilt wurde, damit sie die Texte ordentlich kopierten, von oben bis unten beschrieben. Der Pfarrer las ein paar Zeilen laut vor und gab Ausdrücke des Erstaunens von sich. Er hielt inne, überflog einzelne Abschnitte, drehte ganze Stapel um und las hinten weiter.

»Die Aufzeichnungen sind sehr wirr. Als hätte ihr Autor die lateinische Sprache erst gerade erlernt.«

Henno Gui versenkte sich eine Weile in eine andere Schriftrolle.

»Hier, das sind grobe Übersetzungen … der *Timaios* von Platon, ein Auszug aus dem ersten Kapitel der *Metamorphosen* von Ovid. Kosmologische Schriften … die Entstehung der Welt, des Äthers, des Chaos, die Ankunft der Menschen … Alles schlecht und widersprüchlich übersetzt.«

Der Mann, der das geschrieben hatte, beherrschte das Lateinische so unvollkommen, dass er häufig auf okzitanische Wörter und Wendungen zurückgreifen musste.

»Dies hier«, fuhr Henno Gui fort, »ist eine Liste der Dinge, die ein Mönch besitzt. Die Anzahl seiner *Cuculli*, seiner Kutten, seiner Betttücher, seiner Kordeln …«

»Und das sind Psalmen, glaube ich«, fügte er einen Moment später hinzu.

Er fand auch eine gänzlich unbeschriebene Schriftrolle. Eine war von einer Schwefelschicht überzogen und löste sich allmählich auf.

»Wem gehören diese Texte? Wer hat sie geschrieben?«, fragte Floris. »Cosme, der letzte Priester in Heurteloup?«

»Das wäre durchaus möglich.«

»Oder ein anderer, der später hierher gekommen ist und von dem man in der Diözese nichts wusste …«

»… und der die Abgeschiedenheit des Dorfes und die Leichtgläubigkeit der Menschen ausnutzte.«

»Um was zu tun?«, fragte der Schüler.

Henno Gui zögerte, bevor er seine beiden Freunde in seinen ersten Verdacht einweihte: »… um sich zum Beispiel als Prophet auszugeben … oder sogar als Gott?«

»Als Gott?«

»Die Voraussetzungen für eine solche Täuschung sind in diesem Weiler ausgezeichnet. Und zwar seit langer Zeit.«

»Müsste die Person in dem Fall nicht mehr Spuren hinterlassen haben? Wir haben nur diese sonderbaren Aufzeichnungen.«

»Die Sache könnte ja schon mehr als vierzig Jahre zurückliegen. Ich habe darüber nachgedacht. Zu jener Zeit wurde der Süden von den Heeren des Papstes und des Königs heimgesucht. Die Truppen setzten auf ihrem Weg alles in Brand, was nicht dem römischen Kreuz unterstand. Das Lager, das ich neulich im Krater erforscht habe, könnte eine Verschanzung der Soldaten gewesen sein. Wer, wenn nicht Soldaten, würde einen Sumpf trockenlegen, um dort eine Stellung zu errichten? Wer hinterlässt Skizzen einer Rüstung? Der Ort wäre für den Aufenthalt eines falschen Propheten geradezu wie geschaffen gewesen. In der Diözese glaubte damals doch jeder, die Einwohner seien der Pest zum Opfer gefallen. Er könnte in diesem von aller Welt vergessenen Dorf gelebt und sich in Sicherheit gewogen haben, als plötzlich Kreuzritter in Heurteloup einfielen. Wenn wir von einem starken Heer ausgehen, das sich ein paar Meilen vom Dorf entfernt verschanzt hatte, könnte die große, legendäre Feuersbrunst, an welche die Menschen hier glauben, ein Akt der Bestrafung gewesen sein.«

»Eine solche Tat«, rief Floris, »müsste doch in den Annalen des Papstes oder des Königs vermerkt sein!«

»Wir sprechen über eine Zeit, in der Ereignisse dieser Art noch nicht allesamt aufgeschrieben wurden.«

»Und wer soll der teuflische Mann gewesen sein? Cosme? Ich dachte, er sei der Pest zum Opfer gefallen. Ein Unbekannter?«

»Der Bischof Haquin gehört auch zu den Verdächtigen«, sagte Henno Gui.

»Haquin?«

»Warum nicht? Er hat sehr lange Zeit in der Diözese gewirkt. Seine Ermordung kurz nach der Entdeckung des Dorfes gibt Rätsel auf. Wenn es eine Beziehung gibt, werden wir sie früher oder später aufdecken. Nach unserer Vermutung müsste der Mann, der starken Einfluss auf die Dorfbewohner ausübte, mächtig und charismatisch gewesen sein. Wie alle falschen Propheten wird er ihre ehemaligen Glaubensüberzeugungen verworfen haben. Neue Götter geben sich gern als die ersten aus. Das würde auch das Fehlen von Spuren oder die Veränderungen im christlichen Glauben dieser Menschen erklären. Wir dürfen die seltsame Furcht nicht vergessen, die die Einwohner zwingt, ihre Heimat niemals zu verlassen.«

Henno Gui schaute nachdenklich auf die Rollen und *Capsae*.

»Man müsste alles sorgfältig lesen, von der ersten bis zur letzten Zeile. Der Autor muss sich zwangsläufig an irgendeiner Stelle verraten.«

XXII

Chuquet, Courtepoing und Denis Lenfant suchten Tag und Nacht in dem kleinen Verschlag auf der *Phénicie* Zuflucht vor der Kälte. Es schneite unaufhörlich. Das Zugpferd musste das Schiff vom Ufer aus mühsam ziehen.

Vor seiner Ankunft in Troyes löste Chuquet sein Versprechen ein und erteilte Courtepoing drei universelle Absolutionen. Lenfant fasste die Gelegenheit beim Schopfe und ließ sich ebenfalls die Absolution erteilen. In der Beichte enthüllte er sich als skrupelloses Geschöpf, das aus Geldgier oft eidbrüchig geworden war, für Geld alles tat und in jedermanns Dienste trat, wenn es sich lohnte. Der gute Chuquet hörte dem neuen Passagier zu und vergab ihm seine Sünden, ohne an Gottes Gnade zu glauben. Der teuer erkaufte Ablass hatte in den Augen des Himmels gewiss keinerlei Wert. Nach ein paar Tagen wurde der Aufenthalt an Bord für den Vikar Chuquet zur Qual. Letztendlich war diese Flussfahrt sogar noch beschwerlicher, als es die einsame Fahrt auf dem Karren mit Haquins Sarg gewesen war.

Chuquet hatte von Anfang an das Gefühl, Lenfant konnte ein Spitzel sein. Als der Fremde ihn nach seiner Vergangenheit und dem Grund seiner Reise befragte, wich Chuquet aus und verwickelte ihn in ein Gespräch über Neuigkeiten aus Troyes. Jeanne von Navarra, die Tochter der Stadtherrscherin, war dem Thronfolger Philipp zur Frau gegeben worden. Es hieß, dass die Champagne nun ihre Selbständigkeit verlieren und im Königreich aufgehen würde.

An einem Kai kurz vor Troyes ging der Vikar von Bord. Der Schiffer fuhr weiter stromabwärts in Richtung Aisne. Lenfant blieb mit Courtepoing an Bord. Chuquet war froh, wieder festen Boden unter den Füßen zu haben und die beiden Sünder los zu sein.

Mit seiner Kiste unter dem Arm stapfte Chuquet durch den Schnee über die Brücke vor dem Stadttor Saint-Jacques, das erst vor einigen Jahrzehnten errichtet worden war, weil immer mehr Händler aus allen Teilen Europas auf die Märkte von Troyes strömten. Chuquet war voller Neugierde, und er war ergriffen, als er die Kathedrale im Herzen der Stadt sah, auch wenn sie noch lange nicht vollendet war. Troyes hielt Winterschlaf, viele Gasthöfe, Werkstätten waren geschlossen, aber dennoch spürte der Vikar auf Schritt und Tritt, dass dieses, ganz anders als Draguan, eine aufstrebende Stadt war. Er wandte sich als Erstes an die Kirche Saint Urbain, von der er schon einiges gehört hatte. Papst Urban IV. hatte sie und ein dazugehöriges Kolleg 1262 an genau der Stelle gestiftet, wo er zur Welt gekommen war, als Jacques Pantaleon, Sohn eines Flickschusters. Der Bau hatte den erbitterten Widerstand der Äbtissin von Notre-Dame aux Nonnais hervorgerufen; es war zu Plünderungen auf der Baustelle gekommen, und schließlich brannten die Mauern der Kirche nieder. Erst als die Äbtissin exkommuniziert worden war, hatten die Arbeiten an Saint Urbain neu aufgenommen werden können.

Chuquet fragte den Mönch an der Eingangspforte, ob er etwas von einer Familie Haquin wisse, aber dieser schüttelte nur abweisend den Kopf.

Der Vikar klopfte noch an zahlreiche Türen. Meist wurde er barsch abgewiesen. Erst der Küster von Notre-Dame de Ile, die zwischen zwei Wasserläufen lag, gab ihm einen Hinweis: Er solle sich an die Abtei Saint-Martin-ès-Aires wenden, die im Osten der Stadt zwischen Kathedrale und Stadtmauer lag. Einst sei es ein berühmtes Kloster gewesen. Bischof Saint-Loup, der 451 die Stadt selbstlos und mutig vor Attilas Horden gerettet hatte, sollte der Legende nach dort einsame Andacht gesucht haben. Drei Schüler seien ihm zu diesem damals außerhalb der Stadt gelegenen Wald gefolgt und hätten dort schließlich ein Kloster gegründet. Darin wurde auch der Leichnam von Saint-Loup aufbewahrt. Aber als im 11. Jahrhundert die Normannen die Stadt bedrohten, brachte man die Gebeine des Bischofs in eine andere Kirche, und das Kloster verlor seine Bedeutung, diente eine Zeit lang gar als Festung. Jetzt sei dort ein Nonnenkloster untergebracht, bedeutete man Chuquet, an das er sich doch wenden möge, es heiße nunmehr Sainte-Marthe-ès-Aires.

Ein heruntergelassenes Fallgatter führte über einen zugefrorenen Graben zu einem großen Torbogen. Die Vorsprünge und Zinnen des Haupthauses passten nicht so recht zu einem Schwesternorden.

Die Äbtissin Dana empfing ihn in einem weiß gekalkten Saal. Sie war eine alte würdevolle Dame mit harten Gesichtszügen und einem Muttermal über ihren Lippen.

»Ich bin der Vikar von Monseigneur Romée de Haquin aus dem Bistum Draguan«, sagte Chuquet. »Ich bin gekommen, um seiner Familie die Habseligkeiten meines Herrn zu übergeben. Der Küster von Notre-Dame de Ile verwies mich an Euch.«

»Romée de Haquin ist tot?« Chuquet nickte. »Gott hab ihn selig«, murmelte die Äbtissin und zupfte an ihrer *guimpe* aus weißem Leinen. Sie sprach mit einem leicht italienischen Akzent.

»Ein Kürschner aus dem Ort sagte mir, seine Verwandten würden nicht mehr in Troyes leben.«

»In der Tat. In der Familie gab es zu viele Geistliche. Daher haben sie keine Nachkommen mehr.«

»Ach … Gibt es denn kein Haus, kein Geschäft und keine Erben?«

»Alles, was der Familie gehörte, wurde unserem Kloster vermacht, Vater.«

»Kanntet Ihr meinen Herrn?«

»Ja, aber ich darf Euch ohne die Zustimmung von Esclarmonde nichts über ihn sagen.«

»Wer ist diese Frau?«

»Die Schwester von Romée. Sie lebt noch bei uns.«

Diese Enthüllung weckte in Chuquet neue Hoffnung. Er erinnerte sich an das kleine Mädchen, das Alcher de Mozat erwähnt hatte.

»Dürfte ich sie kurz sprechen?«, fragte er.

»Ich glaube nicht. Schwester Esclarmonde lebt in völliger Abgeschiedenheit. Sie will niemanden mehr sehen. Sie verlässt ihre Zelle nie. Ich kann unter Umständen eine Nachfrage wagen, Euch jedoch nichts versprechen. Morgen haben wir Donnerstag. Da beginnen unsere Passionsgebete. Kommt am nächsten Montag wieder.«

Der Vikar konnte auf keinen Fall so lange warten.

»Schwester«, sagte er entschlossen. »Ich habe die sterblichen Überreste von Monseigneur Haquin bei mir.«

Zum ersten Mal zeigte das wächserne Gesicht der Äbtissin eine gewisse Regung. Sie dachte kurz nach.

»Ich muss ihn bestatten«, fuhr Chuquet fort. »Ich kann nicht länger warten.«

Die Frau erlaubte ihm schließlich, am nächsten Tag wiederzukommen.

Chuquet machte sich auf die Suche nach einer Bleibe. Männern war der Zugang zum Schwesternkloster verboten, und der Mönch wollte nicht im Gästehaus des Erzbistums vorstellig werden. Er zog es vor, anonym zu bleiben und sich unter andere Reisende zu mischen. In der Herberge Juvenal des Ursins, die einer alteingesessenen Tuchhändlerfamilie gehörte, gegenüber der im Wiederaufbau begriffenen Kirche Saint Jean au Marché, fand er ein Quartier. Chuquet bezahlte die Kammer mit seinen letzten Talern und stieg schnell in den ersten Stock hinauf, um sich schlafen zu legen. Als er oben auf der Treppe stand, hörte er, dass ein neuer Gast die Herberge betrat. Er konnte ihn nicht sehen, erkannte aber sofort die Stimme. Es war Denis Lenfant.

XXIII

Fauvel de Bazan saß im Lateranpalast in Rom im großen Vorzimmer von Artemidore. Auf einer Sitzbank wartete Vater Profuturus.

»Der Kanzler wird Euch gleich empfangen«, sagte der Diakon wohlwollend.

Der Abt nickte.

In diesem Augenblick betraten drei Franziskaner in Begleitung eines korpulenten Dominikaners den Raum. Es waren die drei Ordensbrüder, denen Enguerran du Grand-Cellier erst in diesem Vorzimmer im Lateranpalast und später in der Villa des Signor de Chênedollé begegnet war. Sie trugen immer eine ernste, herrische Miene zur Schau. Der Diakon sah ihnen sichtlich eingeschüchtert entgegen.

»Dieser Mann«, sagte der erste Franziskaner, der auf den Dominikaner zeigte, »hat uns gestern Abend aufgesucht.«

»Ich bin Vater Merle von der französischen Gesandtschaft in Rom«, erklärte der Dominikaner.

Der Mann war klein, und seine Augen funkelten. Er hatte trotz seiner jungen Jahre eine kahle Stirn.

»Er hat Botschaften aus Paris«, fügte der Franziskaner hinzu. »Und ein paar Fragen, die unseres Erachtens eher die Kanzlei als unseren Orden betreffen.«

»Um was geht es?«, fragte Bazan.

»Ich habe Mitteilungen über den Archivar von Paris«, sagte Merle. »Es geht um einen gewissen Romée de Haquin, den ehemaligen Bischof von Draguan, der sich einst unter Papst Gregor IX. in Rom aufhielt …«

Diese Nachricht machte Bazan, den in politischer Hinsicht

so schnell nichts erschüttern konnte, fassungslos. Er warf seinen Federkiel auf den Schreibtisch.

»Wartet hier!«, befahl er.

Er verschwand hinter der Tür des Kanzlers.

»Ich glaube, Ihr seid hier richtig«, sagte der große Franziskaner.

Die drei Ordensbrüder ließen ihren Gast allein und verließen das Vorzimmer der Kanzlei.

Profuturus musste sich noch ein wenig gedulden, ehe er mit Artemidore sprechen konnte. Vater Merle wurde eilends in sein Büro geführt.

»Was ist denn das für eine Geschichte?«, rief Artemidore seinem Sekretär aufgebracht zu, nachdem der Besucher sie verlassen hatte. »Ich dachte, die Sache mit der Akte von Draguan sei in Paris endgültig geregelt worden!«

»Das dachte ich auch, Exzellenz.«

»Mit welchem Recht nimmt dieser Archivar Ermittlungen auf? Wie hat er vom Tod des Bischofs erfahren? Seit wann ist er über Haquins Aufenthalt in Rom, unter Papst Gregor IX., im Bilde? Und warum weiß dieser Dominikaner bereits Bescheid?«

»Die Franzosen sind ebenso wie die Engländer stolz auf ihre Kurierdienste, die wir aus dem Orient übernommen haben. Ihre Nachrichten werden schnell weitergeleitet. Sogar im Winter.«

»Unterrichtet Jorge Aja. Er soll sich um das Problem kümmern!«

Der Kanzler schlug mit der Faust auf den Tisch.

»Beim Leib Gottes, wie ich es hasse, wenn man vor meiner Nase alte Geschichten aufrührt!«

Bazan hielt es für ratsam, seinem wütenden Herrn aus dem Weg zu gehen, und zog sich rasch zurück.

Kurz darauf betrat Vater Profuturus das Büro des Kanzlers. »Ah, ehrwürdiger Vater«, sagte Artemidore, der noch immer verstimmt war. »Wie weit seid Ihr?«

»Es läuft alles hervorragend, Exzellenz.«

»Aymard du Grand-Cellier? Hat er überlebt?«

»Bestens.«

»Wie geht es ihm?«

»Er hat seine Lebensgeister wiedererlangt... und seinen Glauben.«

»Schön. Und seine Erinnerung?«

»Er ist sich seiner bewusst und weiß, was ihm widerfahren ist. Im Augenblick ist er noch sehr fügsam.«

»Im Augenblick? Wie habe ich das zu verstehen? Habt Ihr Zweifel?«

»Er hat einen festen Charakter, Exzellenz. Er ist zu allem fähig. Ich weiß nicht, ob er die für uns günstige Gesinnung lange beibehalten wird. Wenn wir ihn benutzen wollen, müssen wir uns beeilen. Er hat einen starken Unabhängigkeitsdrang. Die Unterwerfung unter Autoritäten ist nicht seine Stärke.«

»Habt Ihr ihn schon auf die Probe gestellt?«

»Mehrmals. Immer mit Erfolg.«

»Wie könnte er uns nutzen?«

»Im Guten wie im Bösen. Er ist zu allem fähig. Wenn wir ihn gut vorbereiten, ist dieser Mann eine gefährliche Waffe.«

»Habt Ihr mit ihm gesprochen?«

»Noch nicht. Ich wollte auf Eure Befehle warten, Exzellenz.«

»Die Sache obliegt Euch allein, Profuturus. Erklärt ihm, was wir machen. Vertraut ihm eine Mission an.«

»Wer soll ihn begleiten?«

»Stellt ihm Merci-Dieu zur Seite. Das ist eine gute Sicherheit.«

»Aymard du Grand-Cellier sprach mehrmals von einem jungen Mann, der ihn nach Rom gebracht habe.«

»Ja. Warum?«

»Er glaubt ihm seine Wiedergeburt zu verdanken.«

»Gilbert de Lorris.«

»Er betrachtet den jungen Mann als eine Art Retter, der ihm sein neues Leben ermöglicht hat und …«

»Wenn er Euch dienlich sein kann«, unterbrach ihn Artemidore, »sagt es frei heraus. Ihr könnt über ihn verfügen.«

Profuturus bedankte sich.

»Wie denkt Drona über Aymard?«, fragte der Kanzler.

Der Abt räusperte sich, bevor er antwortete: »Hm, er ist hin und her gerissen, Exzellenz. Er weiß nicht, ob wir unser bestes Medium oder unseren ärgsten Feind geschaffen haben. Dieser Ungläubige hat auf eine kuriose Weise zu seinem Glauben zurückgefunden. Er könnte sich eines Tages gegen uns wenden.«

»Dazu müssten wir ihm einen Anlass bieten. Das wird nicht geschehen. Tut Euer Bestes, Profuturus.«

»Ja, Exzellenz …«

XXIV

Am Tag nach seiner Ankunft in Troyes verließ Chuquet im Morgengrauen die Herberge, um ins Kloster zu gehen. Er passte auf, dass ihn niemand sah und ihm niemand folgte. Das unerwartete Auftauchen von Lenfant in dem Gasthaus Juvenal des Ursins bewies, dass sein Argwohn berechtigt war. Er wollte seine Angelegenheit in dieser Stadt schnell zu Ende bringen und sich auf den Heimweg machen. Leider fielen noch immer dicke Schneeflocken vom Himmel. Seine Rückreise nach Draguan könnte sich aufgrund der Kälte verzögern.

Der Vikar wartete mit seiner Kiste und dem Paket Briefe zwei lange Stunden neben dem Büro der Mutter Oberin. Aber die Äbtissin bat ihn nicht herein. Schließlich begleitete ihn Mélanie, eine Dienerin, die die Stadt in den Dienst der Nonnen gestellt hatte, wortlos in einen Trakt des Klosters, der Besuchern normalerweise verschlossen war. Die Gänge waren menschenleer. Alle Nonnen waren beim Gebet. Chuquet folgte der Dienerin hinter die Apsis einer kleinen Kapelle. Eine steile Steintreppe führte ins Untergeschoss des Gebäudes. Mélanie ermunterte ihn, die Treppe hinunterzusteigen.

»Gebt Ihr mir keine Fackel?«, fragte Chuquet.

»Nein. Die Schwester lebt zurückgezogen und kann kein Licht mehr ertragen. Sie hat ihre Zelle seit sieben Jahren nicht verlassen.«

»Ist es da nicht schwierig, sie zu finden?«

»Ich glaube, Vater, dort unten lebt nur noch sie.«

Die junge Dienerin ließ den Vikar allein. Chuquet atmete tief ein, ehe er sich durch die Dunkelheit tastete.

Esclarmonde … Der Vikar musste an das charmante Mädchen denken, von dem Mozat gesprochen hatte und das nun in dieser Einsamkeit lebte.

Der Mönch schlich an den Wänden entlang und fürchtete schon, sich zu verirren.

»Ich bin Bruder Chuquet, Schwester … Wo …?«, rief er laut.

»Hier.«

Die leise Stimme hallte wie in einer Höhle. Die Frau war ganz in der Nähe. Der Vikar bekam es mit der Angst zu tun. Er traute sich keinen Schritt mehr zu gehen und presste die

Kiste so fest an seinen Körper, dass die Holzkanten seine Haut schnitten.

»Ich höre Euch, mein Sohn«, sagte die Stimme.

»Ich… ich stand im Dienste Eures Bruders, Monseigneur Haquin… Er hat uns verlassen und…«

Chuquets Stimme belegte sich. Heute würde er zum ersten Mal über den Mord an seinem Herrn sprechen. Er hatte dem Archivar, den Geistlichen in der Registratur, Alcher de Mozat oder seinem Beschützer kein Wort davon gesagt. Aber diesmal konnte er die brutale Wahrheit nicht länger verschweigen. Er erzählte ihr in knappen Worten von dem abscheulichen Mord an dem Bischof.

Die Nonne schwieg eine ganze Weile, ehe sie mit Grabesstimme antwortete.

»Die Äbtissin Dana sagte mir, dass Ihr die sterblichen Überreste meines Bruders bringt. Wo sind sie?«

Man hörte, dass sie es nicht mehr gewohnt war zu reden. Jedes Wort strengte sie an, und sie sprach unendlich langsam.

»Ich habe sie bei mir«, antwortete Chuquet. »Hier bei mir.«

Wieder herrschte Stille. Der Vikar blinzelte mit den Augen, ohne einen einzigen Umriss oder einen Schatten erkennen zu können.

»Kommt näher«, sagte die Stimme. »Und gebt mir, was Ihr mitgebracht habt.«

Trotz des lauten Widerhalls spürte Chuquet die unmittelbare Nähe der Nonne. Vermutlich trennten sie kaum drei Schritte. Er ging vorsichtig auf sie zu, bis er gegen ein Holzbein stieß.

»Ich nehme an, Ihr bringt mir nur Reliquien«, sagte Esclarmonde. »Legt sie auf den Hocker.«

Chuquet folgte dem Befehl und trat sogleich einen Schritt zurück.

Die wenigen Minuten, die nun folgten, waren die beschwerlichsten seiner langen Reise. Er hörte in der kalten Stille des Untergeschosses, dass Esclarmonde die Kiste öffnete, die Knochen ihres Bruders in die Hand nahm und sie berührte. Würde sie sie küssen oder segnen? Chuquet lauschte gespannt, doch er hörte kein Seufzen und kein Klagen. Seines Wissens hatte Esclarmonde ihren Bruder Romée de Haquin seit mehr als dreißig Jahren nicht gesehen und nichts von ihm gehört.

Chuquet wagte es nicht, die Stille zu stören. Schließlich fiel der Deckel der Kiste zu. Schwester Esclarmonde sagte:

»Mein Bruder hat uns Anweisungen für seine Bestattung hinterlassen. Die Äbtissin Dana wird Euch Papiere von ihm geben. Ich werde meine Zelle zur Beisetzung des Bischofs verlassen. Nur um die Totenwache zu halten und der Messe beizuwohnen. Unsere Unterredung ist sehr beschwerlich für mich, mein Sohn. Lasst mich jetzt allein …«

Chuquet hatte nicht den Mut zu widersprechen. Er verneigte sich trotz der Dunkelheit und schickte sich an zu gehen.

»Ich danke Euch«, fügte die heisere Stimme hinzu. »Ich sehe an Eurem Blick, dass Ihr ein guter Mensch seid und meinen Bruder geliebt habt.«

Dem Vikar lief ein kalter Schauer über den Rücken. Er eilte zum Ausgang und vergaß, die Knochen seines Herrn mitzunehmen.

XXV

Unmittelbar nach der Ankunft in Rom hatten sich die Wege von Gilbert de Lorris und Aymard du Grand-Cellier getrennt. Gilbert hatte keine Gelegenheit erhalten, bei der Garde des Lateranpalastes vorstellig zu werden. Er war noch am selben Tag in die Kaserne in Falvella am Stadtrand von Rom gebracht worden. Dort hatten ihn zwei Soldaten und zwei Geistliche detailliert über seine Mission und Enguerrans Sohn befragt. Es handelte sich um keine gewöhnliche Berichterstattung, sondern um ein strenges Verhör. Gilbert musste sich jede Antwort sehr genau überlegen. Er beschrieb Aymards düsteren Charakter und sprach über dessen grobes Gebaren sowie dessen Weigerung, den Trauerzug im Dorf Lacretelle-sur-Argens zu segnen. Der Gefangene habe sogar auf den Sarg des Toten gespuckt, fügte er hinzu. Der Gardist führte alles an, was ihm einfiel: die ihm von Aymards Mutter auferlegten Vorsichtsmaßnahmen, die eigenartige Episode mit den Spielleuten und Schauspielern in der Herberge des Maître Roman, Aymards Widerstandsfähigkeit, sein dauerndes Schweigen und seine finsteren Blicke. Die Männer, die Gilbert befragten, machten zahlreiche Andeutungen über Aymards Vergangenheit. Dazu konnte der junge Gardist nichts sagen.

Die Verhöre hatten drei Tage gedauert. Anschließend nahm Gilbert wieder am normalen Militärdienst teil, aber er durfte die Kaserne nicht verlassen.

Er blieb ein paar Wochen in dieser Garnison, die er höchst sonderbar fand. Seiner Meinung nach gab es hier zu viele Mönche. Er wurde schnell befördert, doch auf politischer Ebene. Das sahen die richtigen Soldaten nicht gern. Gilbert durfte keinen einzigen Kameraden seiner ehemaligen Garde treffen. Eines Tages kam ein Soldat vom Lateranpalast mit einem Brief. Gilbert de Lorris wurde sofort vom Dienst entbunden, durfte aber in der Garnison bleiben.

Er hatte frei. Ihm wurde keine neue Mission übertragen.

Nach einigen Wochen fuhr ein Prälat in einer Kutsche mit dem Wappen des Papstes auf den Kasernenhof. Gilbert wurde gerufen. Der Besucher brachte einen Befehl des Kanzlers.

»Kehre ich nun endlich nach Rom zurück?«, fragte Gilbert. »Ich bin schon über einen Monat hier. Warum darf ich nicht in meine Garde des Lateranpalastes zurückkehren?«

Der Prälat schaute den Soldaten ernst an.

»Deine Mission ist noch nicht beendet. Du wirst Aymard du Grand-Cellier wieder sehen. Wir reisen heute ab. Pack deine Sachen!«

Der Prälat, der die Kaserne in Falvella aufgesucht hatte, war der Abt Profuturus.

Aymard hatte sich scheinbar ohne Schwierigkeiten an das Klosterleben gewöhnt. Er teilte die magere Kost der Mönche und nahm an allen Gemeinschaftsarbeiten teil. An den einfachen Zellen und den gemeinsamen Gebeten zur Tertia, Sexta und None schien er sich jetzt ebenso zu freuen wie zuvor an der Gotteslästerung und den Orgien. Oftmals flehte er den Himmel an, ihm die Reinheit seiner Seele zu bewahren.

Zwei Tage, nachdem er aus Rom zurückgekehrt war, ließ Profuturus den Sohn des großen Kreuzritters zu sich rufen.

»Was möchtest du tun, Bruder Aymard, jetzt, da deine Reinigung abgeschlossen ist?«

»Meiner Kirche dienen«, sagte der ehemalige Abt der Frommen Brüder.

»Das ist gut. Aber wir müssen wissen, wie.«

Der Abt erhob sich und führte ihn in einen Flügel des Aedificiums, den Aymard bisher nie betreten hatte. Ein beeindruckender, fensterloser Trakt schloss sich an die Ostfassade an. Der Wächter, der Aymard oft begleitete – der Mann in Schwarz –, wartete vor einer kleinen Eisentür. Sie betraten einen riesengroßen Saal, der fast die Länge eines Stadions hatte und dessen rundgewölbtes Deckengewölbe von robusten Pfeilern gestützt wurde. Aymard ließ seinen Blick durch die Halle schweifen. Zahlreiche Mönche arbeiteten an Dutzenden von Arbeitstischen, die durch kleine Holzwände voneinander abgetrennt waren. Aymard hatte noch nie einen der Mönche gesehen. Sie lebten im Verborgenen, am Rande der Gemeinschaft, nahmen weder an den *laudes* noch an der *Komplet* teil.

Zwei große Wandteppiche neben dem Eingang begrüßten die Besucher: Der erste zeigte die durch ein griechisches Symbol verkörperte Heilkunde, der zweite die durch Christus verkörperte Erlösung.

»Hier arbeiten wir«, sagte Profuturus. »Stell mir keine Fragen. Ich erkläre dir alles unterwegs.« Er führte du Grand-Cellier an den Arbeitsplätzen der Mönche vorbei.

Der Erste, bei dem sie stehen blieben, hatte eine Reihe von Tuschezeichnungen, Radierungen, Buchmalereien und Gemälden vor sich auf dem Tisch liegen. Der Mönch beugte sich über eine Miniaturmalerei, die er durch ein großes, geschliffenes Glas, das ihm als Lupe diente, betrachtete.

»Das ist unser Bruder Astarguan. Er studiert die Bilder der Ketzer, die uns in die Hände fallen. Neben den rein blasphemischen Botschaften übermitteln einige Werke geheime, codierte

Nachrichten, die ihre Vereinigungen unter dem Vorwand, den Auftrag eines Kirchenschmuckes zu erfüllen, verschicken.«

Aymard schaute auf das Bild, das vor dem Mönch auf dem Tisch lag. Es war ein wunderschöner Christus am Kreuz. Astarguan hatte die oberste Farbschicht auf dem Oberkörper des gekreuzigten Erlösers vorsichtig abgekratzt. Anstelle der blutenden Wunde rechts neben dem Herzen, die ihm die römischen Wächter zugefügt hatten, sah man nun eine entsetzliche Vagina. Inmitten der roten Lippen stand ein Name.

Profuturus führte Aymard zu einem anderen Arbeitsplatz.

»Hier siehst du unseren Bruder Franz, einen ehemaligen Mediziner der Hospitaliter.«

Neben Bruder Franz saß ein halb nackter Mann mit verstörter Miene auf einem Schemel.

»Er studiert die Pestkranken«, sagte der Abt. »Vor allem diejenigen, die der Krankheit nicht erliegen. Wir haben festgestellt, dass die Menschen, die eine Pest überleben, wie durch ein Wunder gegen einen erneuten Ausbruch der Pest gefeit sind.«

»Ist das Gnade?«, fragte Aymard.

»Vielleicht. Vielleicht auch nicht… Er sucht nach den Gründen. Auf jeden Fall sind diese Wesen ungeheuer nützlich für uns. In den von der Pest heimgesuchten Gebieten, aus der die Bevölkerung geflohen ist, plündern Räuber unsere Kirchen und unsere Leichen. Sobald wir können, schicken wir Männer, die gegen die Krankheit gefeit sind, in die Gebiete, damit sie unsere Güter dort bis zum Ende der Seuche beschützen.«

»Und dort«, erklärte Profuturus, nachdem sie ein paar Schritte gegangen waren, »studiert Bruder Théron die Eigenschaften des Lichts und des Wassers. Der Regenbogen ist sein bevorzugtes Forschungsgebiet. Wie du weißt, steht in der Bibel geschrieben, Gott habe den Regenbogen erschaffen, um das

Ende von Noahs Sintflut anzuzeigen. Théron konnte uns dank seiner Versuche Folgendes beweisen: In der Tat diente die leuchtende Verdunstung dem Schöpfer, um das überschüssige Wasser, das die Welt bedeckte, zu beseitigen.«

Auf dem nächsten Arbeitsplatz lagen tote, ausgestopfte und sezierte Tiere. Ein alter Mönch, dessen Kreuz vom Alter gebeugt war, grüßte den Abt und seine beiden Begleiter.

»Arthuis de Beaune gehört zu unseren ältesten und bedeutendsten Gelehrten. Er genießt heute einen ebenso großartigen Ruf wie ein Weiser der Antike. Seit über vierzig Jahren erforscht er Naturwunder. Durch Experimente demonstrierte er, dass der Salamander das Feuer nicht fürchtet und dass das Fleisch des Pfaus nicht verwesen kann. Ihm verdanken wir auch das berühmte Experiment mit dem Skorpion. Das war seine erste Meisterleistung zu Beginn seiner Laufbahn. Er beobachtete einen von einem Feuer eingeschlossenen Skorpion und machte eine erstaunliche Entdeckung: Der Skorpion floh weder, noch ließ er sich von den Flammen verzehren. Nach einer merkwürdigen Zeit der ›Überlegung‹ erstach er sich mit dem Stachel seines Schwanzes und vergiftete sich. Diese überraschende Willenskraft eines Tieres wirft viele Fragen auf. Ist es ein Bewusstsein? Denken? Vielleicht eine Seele? Auf jeden Fall haben wir Arthuis de Beaune diese leidenschaftlichen Fragen und vieles mehr zu verdanken.«

Profuturus führte Aymard weiter durch die große Halle. Bruder Jouve arbeitete am Gleichgewicht der drei Stimmungen des Menschen. Der Engländer William Candish studierte Feuerwaffen, die im Orient und in Asien entdeckt worden waren. Er zeigte ihnen ein Exemplar einer »tragbaren Kanone«, wie er sie nannte. Das lange Rohr aus Stahl und Holz, das ungefähr halb so lang wie eine Lanze war, konnte Feuer und Bleikugeln in unglaubliche Entfernungen schießen. Aymard erstaunte die Kraft der Feuerwaffe, mit der man einen Menschen enthaupten konnte, ohne sich ihm zu nähern oder ihn zu berühren. Der Mann in der schwarzen Cappa legte eine dieser Waffen an, um den Gebrauch vorzuführen.

Die anderen Mönche beschäftigten sich ebenfalls mit erstaunlichen Dingen. Das Kloster war trotz seines äußeren Scheins als Ort des Gebetes gefährlicher als eine von den Gegnern Roms bezahlte Forschungsstätte.

»Unsere Tätigkeiten sind streng geheim«, sagte Profuturus, als die drei Männer wieder in seiner Kammer saßen. »Trotz unseres untadeligen Glaubens erkennen uns nur wenige hohe Kleriker an.«

»Für wen arbeitet Ihr?«

»Für eine Kommission mächtiger Männer. Sie haben dich ausgewählt. Du wirst vielleicht bald zu ihnen stoßen … Unsere Kirche durchlebt schwierige Zeiten. In den letzten Jahren wurden viele ketzerische Sekten blutig zerschlagen. Das ist eine gute Sache, und die bewaffneten Kreuzzüge im Abendland waren nicht vergebens. Diese Maßnahmen sind jedoch nicht ausreichend. Die Lügen und Dogmen der Katharer und Albigenser verseuchen noch immer die Welt. Die Ketzer an sich können uns nicht weiter schaden. Ihre Wissenschaft und ihr Wissen vielleicht schon eher. Wir haben uns daher eine Art Universität eingerichtet. Hier studieren wir die Phänomene, die unsere Dogmen bestätigen oder widerlegen und die von unseren Gegnern benutzt werden können. Alles geschieht im Verborgenen. Die Beweisführung und der Glaube unserer Theologen reichen nicht mehr aus, um die Kirche zu verteidigen. Wir müssen über dasselbe Wissen verfügen wie unsere Widersacher. Auf diese

Weise können wir ihre Angriffe abwehren. Sie benutzen die Wissenschaft, um die Kohärenz unserer heiligen Texte zu widerlegen. Die Ketzerei ist nicht mehr die Angelegenheit einiger Schwärmer, die leichtgläubige, schnell zu beeindruckende Bauern und Handwerker in ihren Bann ziehen. Es ist eine Sache der Gelehrten, der Denker, die beschlossen haben, die Existenz Gottes zu beweisen oder zu leugnen anstatt an ihn zu glauben.«

»Ich wüsste nicht, wie ich Euch bei diesem Streit helfen könnte«, sagte Aymard. »Ich habe auf diesen Gebieten keine Kenntnisse.«

»Wir beschränken uns nicht darauf, im Verborgenen zu forschen.«

Profuturus gab dem »Mann in Schwarz« ein Zeichen. Dieser öffnete die Tür und ließ einen weiteren Mönch eintreten.

»Ich möchte dir Drago de Czanad vorstellen, Aymard.«

Der Mönch begrüßte Profuturus.

»Drago kommt soeben aus der Ariège zurück«, sagte der Abt. »Erkläre unserem Bruder deine letzte Mission.«

»Zwei Dörfer in der Nähe von Survines stritten sich um die Reliquien eines Heiligen des Landes. Streitigkeiten dieser Art sind nicht selten, aber diesmal behauptete jedes Dorf, das vollständige Original-Skelett des Auserwählten in Händen zu haben.«

»Mit solchen Konflikten hatten wir es schon im sechsten Jahrhundert zu tun. Damals ging es um die Reliquien unseres heiligen Benedikt von Nursia«, fügte Profuturus hinzu. »Zwei mächtige Klöster erhoben Anspruch auf den Leichnam von Benedikt: das Kloster in Monte-Cassino und das in Fleuris-sur-Loire. Die beiden Orte lagen weit voneinander entfernt. Das erste Kloster war in Italien und das zweite in Frankreich. Die Kirche konnte den Konflikt nicht ausräumen, bis die Reliquie letztendlich vollständig zerstückelt war. Der Fall, mit dem sich Drago jetzt beschäftigt hat, ist viel schwieriger. Die beiden Dörfer grenzen aneinander.«

»Die Legitimität einer Reliquie beruht auf den Wundern, die sie an den Gläubigen vollbringt«, sagte Drago. »Ich ergriff Partei für das Lager, das dem Papst am nächsten steht. Um die Bevölkerung aufzuklären und jeden Streit über die Authentizität des heiligen Körpers auszuräumen, inszenierte ich mit dem Leichnam ein gigantisches Wunder.«

»Diese Vorgehensweise der Kirche mag dir kindisch erscheinen«, sagte der Abt, »aber derartige Konflikte ziehen oftmals gefährliche Volksaufstände nach sich. Herrscher, die die Autorität Roms untergraben wollen, wiegeln das Volk auf. Sogar in den Dörfern in der Ariège, wo es um einen bedeutungslosen Heiligen ging, mussten wir all das bedenken.«

»Morgen reise ich in das Dorf Gennanno auf dem Rattenberg in der Gegend von Spoleto«, sagte Drago de Czanad. »Dort müssen wir dafür sorgen, dass das alte Gotteshaus erneuert wird.«

»Das ist gewiss einfacher«, sagte Aymard.

»Da irrst du dich«, entgegnete Profuturus. »Die überwiegende Zahl der Einwohner von Gennanno fühlt sich dem Kaiser, unserem Gegner, verbunden und ist gegen den Papst. Sie haben sich Gruppierungen angeschlossen, die die Kirche aufgrund ihres angeblichen Reichtums, der im Widerspruch zur Heiligen Schrift steht, geißeln. Dennoch werden wir das baufällige Gotteshaus in Gennanno wiederherstellen. Auf gar keinen Fall können wir dem Bischof auf dem Rattenberg die hohe, für die Arbeiten erforderliche Geldsumme einfach übergeben. Das würde bedeuten, Wasser auf ihre Mühlen zu gießen und ihren lächerlichen Protest gegen den Reichtum Roms anzufachen.«

Drago nickte und musterte Aymard unverhohlen, bevor er hinzufügte:

»Daher werde ich eine wundersame Erscheinung inszenieren: Die Heilige Jungfrau wird sich den Einwohnern zeigen und ihnen befehlen, sich der Partei des Papstes anzuschließen. Um sie zu ermutigen, wird sie ihnen das Versteck einer mit Gold gefüllten Truhe verraten, die vor langer Zeit vergraben wurde. Die Einwohner müssen den Schatz als Zeichen ihrer Verbundenheit mit der Kirche und ihres uneingeschränkten Glaubens für den Wiederaufbau ihrer Kirche verwenden.«

Nach dieser Enthüllung herrschte eine Weile Schweigen.

»Die Politik der Kirche muss auch diese Wege gehen, mein Sohn«, sagte Profuturus lakonisch. »Ich möchte, dass du dich gemeinsam mit Drago um die Sache bemühst. Es wird deine erste Mission und deine erste Geste der Dankbarkeit gegenüber denen sein, die beschlossen haben, dir eine zweite Chance zu geben. Merci-Dieu wird dich begleiten.«

Er zeigte auf den Mann in Schwarz. Aymard hörte den Namen der rätselhaften Person zum ersten Mal.

»... und ein junger Mann, den du bereits kennen gelernt hast. Er ist in die Inszenierung des Wunders von Gennanno eingeweiht«, sagte Profuturus.

Der Mann in Schwarz öffnete die Tür des Büros.

Aymard du Grand-Cellier erkannte den jungen Mann auf den ersten Blick. Vor der Tür stand Gilbert de Lorris.

XXVI

Die Äbtissin Dana erlaubte Chuquet nach seinem Treffen mit Schwester Esclarmonde, den Schuppen zu betreten, in dem die Habseligkeiten der Familie Haquin untergebracht waren.

»Die Haquins vermachten unserem Kloster vor acht Jahren ihre Besitztümer«, sagte sie. »Die meisten wertvollen Gegenstände wurden verkauft, um fromme Werke zu unterstützen. Ihr findet hier Aufzeichnungen und einige Familienerbstücke. Romée de Haquin hatte mehrere Brüder. Es liegt alles durcheinander. Ihr müsst sorgfältig suchen. In dem Schuppen werden auch Schenkungen anderer Familien aufbewahrt. Passt gut auf.«

Chuquet entdeckte nur Schriftstücke, die keinen Wert hatten oder schwierig zu identifizieren waren. Nichts hatte direkt mit dem Schicksal von Romée de Haquin zu tun. Es waren unbedeutende Familienurkunden. Das einzige Blatt, das den Vikar ein wenig interessierte, war eine gemeinsame Erklärung aller fünf Brüder. Jeder hinterließ sein Vermögen dem letzten Überlebenden. Sie hatten alle die geistliche Laufbahn eingeschlagen, aber ihre Vermögenswerte in Troyes gehörten nicht zu den Besitztümern ihrer Pfarrgemeinden und sollten im Schoße der Familie verbleiben. In einem *addendum* wurden später ein paar Wünsche hinzugefügt: Simon, der Älteste, bat, seinen Goldschmuck einzuschmelzen und daraus ein Kruzifix zu gießen. Es sollte der Gemeinde Bagneux vermacht werden. Félix bezahlte nach dem Tod seiner Mutter dreißig Jahre lang eine Messe pro Jahr. Adam verzichtete seinerseits 1242 auf jedes Erbe. Von Romée fand Chuquet nur eine kurze Mitteilung:

»Ich verzichte wie mein Bruder Adam auf jede Schenkung und auch auf jedes Mitspracherecht. Ich bitte diejenigen, die mich überleben, um eine einzige Gunst: Man möge für mich beten und nicht meinen Namen auf meinen Grabstein setzen. Stattdessen möge man den heiligen Vers aus unserem Vaterunser eingravieren:

DIMITTE NOBIS DEBITA NOSTRA.

Das war alles. Chuquet schaute noch einmal auf das Datum, das auf dem kurzen Kodizill seines Herrn geschrieben stand: 1248. Haquin hatte Rom verlassen und die dunkle Periode seines Lebens beendet, um sich in kleinen Bistümern niederzulassen.

Am Abend ließ die Äbtissin Haquins sterbliche Überreste in dem Empfangssaal des Klosters aufbahren. Kerzen wurden für die Totenwache um die Kiste gestellt, die als Sarg diente. In diesem Raum wurden Schwestern desselben Ordens anderer Klöster empfangen. Es war der einzige Ort, der nicht so schmucklos war wie der Rest des Klosters. Rund um einen langen Eichentisch standen neun hübsch geschnitzte Stühle. Chuquet brauchte mehrere Stunden, um das Gerippe seines Herrn, das er auf dem Tisch ausgebreitet hatte, zusammenzusetzen. Die makabre Handlung erinnerte ihn an die Arbeit des gelehrten Medikus Amelin, der sich mit den drei zerstückelten, in Draguan aufgefundenen Leichen beschäftigt hatte. Chuquet versuchte nun seinerseits, aus den Knochen ein menschliches Skelett zu bauen. Die starken Axthiebe hatten die Gelenke und die Struktur vollkommen zerstört. Es war eine mühselige Arbeit. Chuquet kannte sich in der Anatomie nicht gut aus. Dana hatte ihm ein paar gesegnete Stoffe gegeben, die als Leichentuch dienten und das schlecht zusammengefügte Skelett bedeckten.

Die Bestattungsfeier des Bischofs wurde wie eine normale Beerdigung zelebriert. Als hätte es keinen Mord gegeben, als wäre der Leichnam nicht zerstückelt worden.

Am Sonnabend verließ Schwester Esclarmonde wie verabredet bei Sonnenuntergang ihre Zelle. Sie war von Kopf bis Fuß mit einem dicken Trauerflor bedeckt, der sie vor dem Licht schützte und ihre Gesichtszüge verschleierte. Esclarmonde begab sich in den Empfangssaal, in dem der Sarg ihres Bruders aufgebahrt war. Die in Klausur lebende Nonne beugte sich der traditionellen Totenwache des Verstorbenen. Chuquet war mit ihr und der Äbtissin Dana allein.

Die Nacht verlief in tiefem Schweigen. Die drei Geistlichen beteten unaufhörlich. Die Messe sollte am frühen Morgen gelesen werden. Esclarmonde, die in jeder Hand einen Rosenkranz hielt, beendete am nächsten Tag vor dem Morgengrauen ihre Gebete und ergriff plötzlich das Wort.

Chuquet machten die rätselhaften Worte der Frau fassungslos. Haquins Schwester sprach über die Erlösung ihres Bruders, über das Ende der Welt, das nahe und ihm nun erspart geblieben sei, über den Misserfolg seiner Mission und die Hoffnung, die man trotz allem bewahren müsse … Der Vikar verstand die Anspielungen nicht. Er begriff auch nicht recht, warum sie das Wort Apokalypse mehrmals wiederholte, fand es aber beunruhigend.

»Mein Bruder wusste all das«, sagte sie. »Er wusste, dass der Tag nahte …«

Dieses Thema hatte der Bischof niemals in Gegenwart von Chuquet angeschnitten. Der Vikar war sich in dieser Hinsicht ganz sicher. Für ihn entbehrten Esclarmondes Andeutungen jeglicher Grundlage. Das Volk und die Menschen, die mit Vorliebe schlechte Nachrichten verbreiteten, schwadronierten gern über das Ende der Welt. Haquin hatte hingegen niemals auf der Kanzel darüber gesprochen.

Musste er das wirre Gerede einer Nonne, die seit sieben Jahren in völliger Abgeschiedenheit lebte, ernst nehmen? Esclarmonde beteuerte, dass die Gelehrten den Zeitpunkt der Offenbarung und der Apokalypse kennen würden und auch Haquin ihn kannte … Alles war vorbereitet.

Ihre Stimme bebte, als sie Passagen aus der »Offenbarung« des heiligen Johannes auswendig rezitierte: die tausend Jahre des Wartens vor der Rückkehr Christi, die Posaunen der Engel, der Kampf der Drachen mit der Frau, das Heraufsteigen des Tieres mit den zehn Hörnern aus dem Meer, die sieben Schalen des Zorns, das Gericht über die Toten, das neue Jerusalem.

Chuquet dachte an die Geschichten, die über die Jahre 1000 und 1033 erzählt wurden, den tausendsten Jahrestag des Leidens und Sterbens Christi. In diesen Jahren hatte man vergeblich auf Anzeichen für das Ende der Welt gewartet, die die Vorhersagen der »Offenbarung« bestätigt hätten.

Esclarmonde schien die Gedanken und Zweifel des Vikars zu ahnen.

»Es steht nirgendwo geschrieben, dass die Zählung der tausend Jahre der Geduld bis zur Apokalypse mit Christi Geburt oder seiner Auferstehung beginnt … Das neue Jerusalem, das von den Evangelisten für die letzten Tage erwartet wird, ist der Erfolg der Kirche … der Erfolg der Kirche! Rechnet selbst nach.«

Rechnen? Die Kirche? Die Kirche begann nicht mit Jesus Christus und natürlich nicht mit seinem Leiden und Sterben. Welches Datum markierte den Beginn der christlichen Religion? Gab es ein solches überhaupt? Es war absurd.

Chuquet verstand nichts. Und Haquin? Der Vikar dachte an den Mord in Draguan in den frühen Morgenstunden. Er erinnerte sich an die seltsamen johanneischen Buchmalereien, die auf dem Schreibtisch seines Herrn lagen… an all die apokalyptischen Bilder.

Die Trauerfeier fand in der großen Kapelle des Nonnenklosters statt. Jehan, ein Prior aus Troyes, las die Messe.

Chuquet verstimmte es, dass die Menschen im Dorf über die Messe unterrichtet worden waren und sich um das Grab und die Beisetzung kümmern sollten. Dem Vikar wäre es lieber gewesen, wenn diese Angelegenheit innerhalb der Klostermauern geblieben wäre.

Chuquet war während der Beisetzung seines Herrn mit dem Priester und einigen Nonnen allein. Esclarmonde war unmittelbar nach der Messe in ihre Zelle zurückgekehrt, und die meisten Nonnen hatten den Weg zu ihrem sonntäglichen Gottesdienst eingeschlagen.

Terra es, terram ibis. Chuquet warf dunkle feuchte Erdklumpen, die sich mit Schnee vermischt hatten, auf den Sarg. Über dem Grab hatten die Männer den Stein nach den Wünschen des Verblichenen aufgestellt. Er trug keinen Namen, kein Datum und nur diesen Vers:

VERGIB UNS UNSERE SCHULD.

Der Sarg verschwand schließlich unter der Erdmasse, und so nahm der Bischof von Draguan seine Geheimnisse mit ins Grab.

Das Wetter war so schlecht, dass der Vikar Troyes noch nicht verlassen konnte.

Er klärte die Äbtissin über seine Lage auf. Er sprach über den Mord an seinem Herrn, die merkwürdige Unterredung mit dem Archivar in Paris, seine Zweifel an der politischen Vergangenheit des Bischofs, seine Gewissheit, bis hierher verfolgt worden zu sein, die Anwesenheit eines Spitzels in der Herberge Juvenal des Ursins und so weiter. Er bestand darauf, das oberste Gesetz des Klosters zu brechen: das Verbot für Männer. Chuquet bat um ein Quartier und um Sicherheit.

Die Äbtissin erwies sich als erstaunlich entgegenkommend.

Chuquet wurde abseits des klösterlichen Gästehauses in einer Zelle untergebracht. Er durfte im Kloster wohnen, musste sich aber hüten, einer Nonne über den Weg zu laufen. Seine einzige Kontaktperson sollte die Dienerin Mélanie sein, die Frau aus dem Dorf, die sich um seine Kammer kümmern würde. Wenn Chuquet Rücksicht nahm und die Regeln der Gemeinschaft achtete, würde man ihn bis zum Frühjahr dulden.

Der Vikar bedankte sich bei der Äbtissin. Hinter den dicken Mauern der ehemaligen Festung musste er keine Gefahr fürchten.

»Unsere Gemeinschaft der Sainte-Marthe«, sagte die Äbtissin Dana, um ihn zu beruhigen, »untersteht mit einigen anderen Klöstern desselben Ordens einzig und allein der Autorität des Papstes. Der Klerus des Königs von Frankreich und sein weltlicher Arm können uns keinen Schaden zufügen, ohne sich grober Verstöße gegen Rom schuldig zu machen.«

Chuquet betete viel und las die Heilige Schrift, aber seine Gedanken kamen nicht mehr los von dem toten Bischof und den sonderbaren Andeutungen Esclarmondes.

XXVII

In Heurteloup warteten Henno Gui und seine beiden Freunde ebenfalls seit ein paar Tagen auf das Ende des Schneefalls, damit sie ihre Ermittlungen fortsetzen konnten. Der Priester hielt es für vorteilhaft, sich den Dorfbewohnern stärker anzupassen. Er legte das Pluviale, seine traditionelle Priesterrobe, ab und bat Mabel, ihm den alten Wams ihres Mannes zu überlassen. Es bestand aus notdürftig zusammengenähten Lederflicken, wie sie von den Wilden getragen wurden. Die Dorfbewohner staunten über seine Verwandlung. Henno Gui bat seine beiden Gefährten, es ihm gleichzutun.

Da es immer weiter schneite, kam das Leben in Heurteloup fast zum Erliegen. Das Dorf hielt wie das gesamte Königreich seinen Winterschlaf.

Auch die Pläne von Aymard, Gilbert und Merci-Dieu wurden von der strengen Kälte durchkreuzt. In Begleitung von Drago de Czanad waren sie nach Gennanno auf dem Rattenberg in der Gegend von Spoleto aufgebrochen. Die große, mit Gold gefüllte Schatulle, die sie mitgenommen hatten, sollte als »Gabe der Jungfrau« dienen. Außerdem hatten sie weitere für ihr Täuschungsmanöver notwendige Gerätschaften bei sich – und eine junge Komödiantin namens Maud, die von Profuturus engagiert worden war. Sie sollte bei der Inszenierung der Marienerscheinung die Rolle der Jungfrau Maria spielen.

Als die Truppe schließlich in Gennanno ankam, fiel der Schnee immer noch in großen Flocken. Die Vorbereitungen für das Wunder mussten verschoben werden. Die Anhänger des

Papstes versteckten sich in den Bergen und warteten auf milderes Wetter.

Im Domstift des Bistums Draguan hatten die Brüder Méault und Abel eine Weile die Messen gelesen, die früher der Bischof und der Vikar gefeiert hatten. Doch nachdem mehrere Häuser des Ortes unter der Last der erneuten Schneefälle zusammengebrochen waren und das Dorfleben fast ganz zum Erliegen gekommen war, verzichteten sie darauf.

Die Frau des Küsters begrub alle Hoffnungen auf eine Rückkehr ihres Gatten und versank in Trauer und Zorn.

Die beiden Mönche, die sich in dem Domstift verbarrikadiert hatten, beschlossen, den Brief, den sie am Tag nach Henno Guis Abreise und ihrer Zerstörung von Haquins Archiven heimlich geschrieben hatten, zu öffnen und um einen Zusatz zu erweitern. Dieser betraf den jungen Priester, der in das verdammte Dorf gereist war. Falls ihn die Wilden nicht sofort erschlagen hatten, müsste er spätestens jetzt der Kälte erlegen sein, fügten sie hinzu.

Die beiden Männer in Draguan warteten wie der Rest der Welt ungeduldig auf den Frühling, um ihr Werk fortzusetzen…

XXVIII

Weit entfernt in Valpersa bezogen zehn Bogenschützen der Kaserne Falvella Posten auf einem Bergplateau, das nördlich von Rom in die Höhe ragte. Die Schützen wurden regelmäßig abgelöst.

Trotz der Kälte und des Schnees beobachtete einer von ihnen, der sich im Unterholz versteckte, mit großer Ausdauer Himmel und Wolken. Es war sein vierter Tag auf dieser Anhöhe. Ein langer, befiederter Pfeil klemmte zwischen seinem Daumen und dem großen, gespannten Bogen. Der Soldat regte sich nicht. Er wartete wie ein Wachhund.

Plötzlich spannte er den Bogen und schoss. Der Pfeil flog in Schwindel erregende Höhe und traf mit voller Wucht einen kleinen, grauen Punkt, der am verschneiten Horizont kaum zu erkennen war. Etwa fünfhundert Fuß vom Jäger entfernt fiel etwas zu Boden – ein Geräusch wie vom Klatschen eines Lederriemens auf menschlicher Haut.

Der Schütze musste ein paar Minuten laufen, bis er seine Beute fand.

Der Pfeil hatte den Vogel gänzlich durchdrungen. Aber das war nicht wichtig für den Mann, der sofort den Eisenring vom linken Beinchen des Tieres entfernte. In einer wasserdichten Schweinsdarmhaut war ein Stück Papier eingerollt, das der Bogenschütze sofort öffnete. Als er den Text gelesen hatte, erhellte ein Lächeln seine vor Kälte starren Gesichtszüge.

Er hatte seine Mission erfüllt. Die Taube kam von der französischen Gesandtschaft Roms und sollte in die große Voliere des Bistums Paris zurückkehren. Vater Merle hatte dem Archivar Corentin Tau eine Nachricht geschrieben. Er enthüllte einen seltsamen Verdacht, der auf der Kanzlei des Lateranpalastes lastete, und machte auf den sonderbaren Fall des Romée de Haquin aufmerksam, des Bischofs von Draguan, eines ehemaligen Mitglieds eines mysteriösen Konvents namens Armageddon…

DRITTER TEIL

I

Mitte März machte sich Enguerran du Grand-Cellier daran, sein fünftes Grundstück im Auftrag Roms zu erwerben. Seit seiner Rückkehr aus Italien hatte er nur wenige Tage auf seinem Schloss in Morvilliers verbracht. Enguerran war mit schriftlichen Anweisungen des Lateranpalastes und einer riesigen Summe Gold ausgestattet, die unerschöpflich zu sein schien. Er bereiste weite Gebiete des Königreiches, um in seinem Namen Landparzellen zu kaufen, die seine Auftraggeber in Rom ausgewählt hatten. Die Gutsbesitzer reagierten unterschiedlich auf sein Vorhaben. Enguerran traf auf verschuldete Großgrundbesitzer, welche von den Kriegskosten und den Wucherern aus Cahors in den Ruin getrieben worden waren und die nun darauf brannten, einen Käufer für ihr verpfändetes Land zu finden. Sie waren erfreut, dass sich ein berühmter Kreuzritter für sie interessierte und offenbar keine Kosten scheute. Es gab auch Grundbesitzer, die unter der Last einer wachsenden Zahl von Mitbesitzern ächzten. Das Feudalsystem, das sich in sechs Jahrhunderten durch Eroberungen und Verschwägerungen herausgebildet hatte, drohte nun an seinen eigenen Voraussetzungen zu zerbrechen. Eroberungen wurden vom König nicht mehr zugelassen. Eheschließungen und Erbschaften zerstückelten die großen Landgüter immer mehr. Eine Zerstückelung, die stets die Rechte, aber nicht den Grund und Boden betraf. Um das Land von Grammonvard der Familie gleichen Namens zu kaufen, mussten dreißig Cousins,

Neffen und Schwiegersöhne überzeugt werden, denen das Land gemeinsam gehörte. Sie brauchten alle dringend Geld, konnten sich aber nicht einigen. In diesem familiären Wirrwarr konnte nur Enguerrans Gold den Streit schlichten. Wenn du Grand-Cellier nach seinen Beweggründen gefragt wurde, redete er sich mit der Suche nach einer langfristigen Geldanlage heraus. Ein Landerwerb schien ihm sicherer zu sein als das Sparen, sagte er. Er sei überzeugt, dass die Geldknappheit des Königreiches in einigen Jahren überwunden sei und seine Erben sich sehr über seine Anlage freuen würden. Diese Auskunft reichte den verblüfften Landbesitzern meistens, und sie verkauften ihren Boden, ohne ihm weitere Fragen zu stellen. Der Chevalier Azur war ein berühmter, vermögender Held. Noch wurde seine Familie von ihresgleichen hoch geachtet. Kurz nach seinem Gespräch mit Artemidores Komitee hatte der Lateranpalast Briefe durchs ganze Land geschickt. Sie prangerten die bösen Gerüchte über Enguerrans Sohn Aymard und seinen Orden der Frommen Brüder an. Es komme einer Gotteslästerung gleich, den Orden öffentlich zu verhöhnen, hieß es. An dieser Klarstellung und der in ihr enthaltenen Drohung nahm niemand Anstoß. Groll rief hingegen die päpstliche Anordnung hervor, dass Aymards Orden von den Dominikanern übernommen werde. Vielen Gutsbesitzern, die ihre Kapellen den Frommen Brüdern anvertraut hatten, gefiel das unerwartete Eindringen der Inquisition in ihr Land nicht. Einige weigerten sich sogar, ihre Pfarrer weiterhin auf dem Gut zu beschäftigen. Während seiner zahlreichen Reisen durch Frankreich spürte Enguerran die Feindseligkeit, die der Adel den hohen Geistlichen entgegenbrachte. Die jüngsten Söhne der Familien wurden nicht mehr ins Priesterseminar oder in ein Kloster gesteckt. Die Menschen misstrauten dem Klerus und den Geistlichen.

Ihre Sitten, ihre Politik und ihre Betrügereien wurden immer weniger geduldet. Enguerran wurde mehrfach Zeuge ihrer Empörung: Nicht mehr Rom ist die Kirche, sondern der Lateranpalast! Nicht mehr Christus ist die Kirche, sondern der Papst!

Jetzt verstand er, warum Artemidore, der sich über den Widerstand der französischen Gutsherren beklagte, die Erweiterung des Landbesitzes der Kirche nur heimlich vorzunehmen wagte.

Der nächste Grundbesitzer, an den Enguerran sich im Auftrag des Kanzlers wenden sollte, verbrachte den Winter auf der Festung Belles-Feuilles. Die Burg hatte eine schmutzige graue Schieferfassade und war von Häuschen, Ställen und Werkstätten der Hörigen umgeben. Armand de Beaulieu, der Burgherr, war wie sein Bruder ein großer Kreuzritter und nach dem Vorbild des Bernhard von Clairvaux erzogen worden.

Die beiden Männer saßen allein in einem großen Saal, in dem ein Feuer brannte. Beaulieu war etwas jünger als du Grand-Cellier. Er trug über einer weiten, granatfarbenen Robe ein besticktes Chorhemd, und auf seinem Kopf saß eine Mütze aus goldenem Tuch. Nach seiner Kleidung zu urteilen, litt dieser Mann im Gegensatz zu den anderen Gutsbesitzern, die Enguerran zuvor aufgesucht hatte, nicht an Geldnöten.

»Ich habe dein schriftliches Angebot erhalten«, sagte Beaulieu. »Es schmeichelt mir, dass du dich für meine bescheidenen Besitztümer in der Ariège interessierst«, sagte er. »Es schmeichelt mir und überrascht mich.«

Enguerran antwortete ihm mit den üblichen Hinweisen auf seine Ansichten über die beste Geldanlage und auf seinen Wunsch, seinen Familienbesitz zu vergrößern. Sein guter Ruf verbiete es, auch nur einen Augenblick seine Loyalität oder seine ehrenhaften Absichten infrage zu stellen.

»Der Preis, den du mir anbietest, ist viel höher, als ich erwarten könnte«, sagte Beaulieu. »Ich habe es nicht eilig, mein Land zu verkaufen, aber ein gutes Geschäft will ich nicht abschlagen.«

Enguerran glaubte schon, sein Vorhaben könne durch nichts mehr durchkreuzt werden.

»Leider«, fuhr der Gutsbesitzer fort, »geht mein Erbe an meine älteste Tochter Manon de Beaulieu, die seit kurzem einem Neffen des Königs versprochen ist.«

Grand-Cellier griff nach dem Zinkbecher und nahm einen Schluck Wein.

»Mein Besitz, der durch diese Eheschließung an die Krone Frankreichs fällt, wird soeben in seiner Eigenschaft als königliche Mitgift inspiziert.«

Enguerran war überrascht; die Kanzlei hatte ihn nicht über die geplante Eheschließung unterrichtet.

»Ich habe den Seneschall über dein Angebot in Kenntnis gesetzt. Ohne sein Einverständnis und das meines zukünftigen Schwiegersohns kann ich dir keine Antwort geben.«

Der alte Soldat schrak mit einem Seufzer zusammen. Seine gute Laune war nun endgültig dahin. Dass er ausgerechnet bei diesem von ihm selbst geachteten Ritter auf Schwierigkeiten stoßen würde, hätte er nie für möglich gehalten. Er fürchtete, dass nun der eigentliche Sinn seiner Erwerbungen bekannt werden könnte.

»Ich habe auch von etlichen Landkäufen erfahren, die du in den vergangenen Wochen getätigt hast. Deine Geschäfte gehen mich nichts an, doch sie haben die Neugier einiger einflussreicher Leute in Paris geweckt. Die Gerüchte des Hofes sind unwichtig, solange sie nur Leute unseres Ranges betreffen. Die Buchhalter des Königreiches interessieren sich indes ebenfalls für deinen Fall. Du weißt, wie eifrig unser König ist, wenn es um seine Steuern und seine Staatsgelder geht. Er hat das Gefühl, das Gold, das du in diesem Winter mit vollen Händen auszugeben scheinst, würde niemals in seine Finger gelangen. Daher wird morgen der Seneschall Raimon de Montague hier auf Belles-Feuilles eintreffen. Er bittet dich, auf ihn zu warten, damit er dir ein paar Fragen stellen kann.«

Das war ein herber Schlag. Das Gespräch mit dem Beauftragten des Königs könnte seine Geschäfte gefährden. Er würde plausible Erklärungen liefern müssen, Gründe erfinden, die Fragen von diesem Montague in eine andere Richtung lenken, seine Zahlungen rechtfertigen... Enguerran war der Krone als ehemaliger Kreuzritter vollkommen ergeben. Aber durch seinen Glauben und die Begnadigung seines ketzerischen Sohns war er zugleich der Kanzlei des Papstes verpflichtet... Die beiden gegensätzlichen Schwüre nagten an seinem Ehrgefühl.

»Machst du mir die Freude, den heutigen Abend bei mir in der Burg zu verbringen?«, fragte Beaulieu.

Enguerran nahm die Einladung an.

»Mach dir keine Sorgen. Sobald du mit dem Seneschall gesprochen hast, stimme ich unserem Geschäft zu. Dann verkaufe ich dir das kleine Landgut, für das du dich interessierst.« Beaulieu nestelte an dem silbernen Verschluss seines Chorhemds. »Natürlich nur, wenn der König einverstanden ist...«

II

In Troyes wurde es allmählich milder. Der Winter ging vorüber, und auf der aufgeweichten Erde bildeten sich Pfützen, und der Duft der erwachenden Natur kündigte den Frühling an.

Ein junger Mann hatte sich den ganzen Winter über in dem verschneiten Ort verkrochen. Er nutzte die Zeit, um in der Stadt Beziehungen zu knüpfen und den Erfolg seiner geheimen Mission sicherzustellen. Denis Lenfant hatte Troyes während der heftigen Schneefälle nicht verlassen. Der junge Mann beobachtete das Kloster, in das Chuquet geflüchtet war. Er ging geschickt vor. Den Auftrag hatte er aus Paris erhalten, wie der Vikar aus Draguan vermutet hatte. Lenfant bezahlte ein paar Dorfbewohner, damit sie die Ausgänge von Sainte-Marthe-ès-Aires und die Tore in der Stadtmauer bewachten. Er sprach alle kleinen Gruppen an, die die Abtei verließen. Es waren ausnahmslos Nonnen, die zu einer Pilgerfahrt aufbrachen. Weit und breit keine Spur von Chuquet. Der Mann hielt sich beharrlich in dieser ehemaligen Festung versteckt. Lenfant wusste übrigens über all seine Schritte Bescheid. Mélanie, die Frau des Küsters, die im Kloster arbeitete, ließ sich mühelos bestechen. Für ein paar Münzen erstattete sie regelmäßig Bericht über alles, was den einzigen männlichen Gast der Äbtissin Dana betraf. Lenfant erfuhr alle Details. Der Vikar lebte am Rande der Gemeinschaft und unterhielt keinen Kontakt zu den Nonnen. Die einzige Ausnahme stellte eine in strenger Abgeschiedenheit lebende Nonne dar, mit der er häufig Gespräche führte. Außerdem schrieb der Mann sehr viel. Mélanie, die in der kleinen Zelle des Mönchs für Sauberkeit sorgte, fielen die langen Pergamentrollen auf, die Chuquet eifrig beschrieb, die

Tintenfässer und die Federn, die er mit winzigen Messern schärfte. Da die Frau des Küsters der Schrift nicht mächtig war, konnte sie Lenfant nichts über den Inhalt sagen. Es schien aber auch nicht so wichtig. Wichtig war nur, dass Chuquet in der Nähe blieb. Als der strenge Winter zu Ende ging, schickte Lenfant Briefe ins Bistum Paris. Der Beginn des Frühlings würde die Abreise des Vikars beschleunigen, und daher musste er schnell handeln. In einem Antwortschreiben erfuhr er von der baldigen Ankunft eines wichtigen Abgesandten, der mit Passierscheinen ausgestattet war. Diese würden ihm den Zugang zum Kloster und somit den Kontakt zu Chuquet ermöglichen.

Denis Lenfant wartete auf ihn. Es machte ihm nichts aus, per Zufall diesen Auftrag erhalten zu haben, für den er reichlich entlohnt wurde.

Mélanie beendete ihre Arbeit im Kloster jeden Tag um die Mittagszeit. Ehe sie den Heimweg antrat, traf sie sich am Place de la Belle Croix mit Lenfant, um ihm Bericht zu erstatten. Mitte März geschah es zum ersten Mal, dass sie nicht zu dem Treffen erschien. Nachdem Lenfant einige Stunden vergeblich an dem Monument aus Stein und Bronze gewartet hatte, das noch aus der Zeit stammte, als die Grafen Thibaut über Troyes geherrscht hatten, kehrte er verdrossen und beunruhigt in die Herberge zurück.

Bei Einbruch der Dunkelheit erschien die junge Frau mit zerzaustem Haar und geröteten Wangen in dem Gasthof. Sie keuchte und war völlig aufgelöst, als sie in seine Kammer trat.

»Ich bin entlarvt worden«, stammelte sie. »Die Schwestern haben gemerkt, dass ich den Mönch überwacht habe… Die Äbtissin hat mich ausgefragt… Schwester Dana persönlich… den ganzen Tag… den ganzen Tag.«

»Und Chuquet? Weiß er Bescheid? Ist er dabei gewesen?«

»Nein. Darum wurde ich ja erwischt. Heute Morgen war seine Zelle leer. Es lagen keine Wäsche und keine Papiere mehr herum. Ich lief durch das ganze Kloster. Vergebens. Keine Spur von dem Mönch. In meiner Aufregung bemerkte ich die Äbtissin nicht, die mich belauerte. Sie stürzte sich wie eine Furie auf mich.«

»Und? Was hast du ihr gesagt, du Dummkopf?«

Mélanie wurde puterrot und senkte den Kopf.

»Alles«, gab sie zu. »Ich musste alles gestehen, Monsieur. Ich wurde gezwungen.«

Lenfant schlug mit der Faust auf den Tisch.

»Rede! Was hast du gesagt?«

»Ich habe zugegeben, dass mich ein Mann aus der Stadt seit ein paar Wochen bezahlt, damit ich ihm berichte, was der Vikar, der sich im Kloster versteckt, treibt. Ich habe Euren Namen nicht verraten, weil ich ihn nicht kenne. Aber ich habe gesagt, wo wir uns treffen, wie Ihr ausseht und wie wichtig es Euch ist, Chuquet nicht aus den Augen zu verlieren.«

»Dummkopf! Und dann?«

»Dann hat mich die Äbtissin aus den Diensten des Klosters entlassen und mich zu meiner großen Überraschung beauftragt, Euch eine Botschaft zu übermitteln.«

»Eine Botschaft?«

»Ja. Anschließend darf ich Euch nie wiedersehen, wenn ich mein Seelenheil nicht einbüßen wolle und …«

»Ja, ja«, unterbrach sie Lenfant. »Die Botschaft?«

»Sie hat mir gesagt … sie hat mir gesagt, ich solle Euch *von ihr* ausrichten, dass Vater Chuquet in der vergangenen Nacht das Kloster sicher verlassen habe und nun über geheime Wege reise … Sie hat hinzugefügt, es würde Euch gewiss gelingen, seine Spur aufzunehmen, aber das werde Euch nicht helfen, dann sei es bereits zu spät.«

»Zu spät? Wofür zu spät?«

»Das verriet sie mir nicht. Sie hat den Satz zweimal wiederholt: An dem Tag, da Ihr ihn findet, wird es zu spät sein …«

Denis Lenfant stampfte wütend auf den knarzenden Holzboden. Wenn seine Mission scheiterte, würde er leer ausgehen. Seine Geisel war ihm durch die Lappen gegangen, und die Unterstützung aus Paris war im Grunde nicht mehr hilfreich.

Er verließ Troyes noch am selben Abend und versteckte sich in einem kleinen Nachbardorf. Dort wartete er drei Tage auf die Ankunft des Gesandten aus Paris. Lenfant bat eine seiner neuen Bekanntschaften, den Neuankömmling unauffällig zu ihm ins Nachbardorf zu schicken.

Als der Abgesandte aus Paris bei ihm ankam, staunte Lenfant über seine Aufmachung. So hatte er sich den Mann nicht vorgestellt. Es war ein kleiner, ziemlich alter Mann, der dicke *Codices* und *Peciae* im Gepäck hatte.

Der Gesandte aus Paris war kein anderer als der Archivar Corentin Tau. Denis Lenfants Bericht und seine gescheiterte Mission erschütterten ihn zutiefst. »Mein Gott!«, brummte er. »Wo sollen wir ihn denn nun finden?«

III

Das Ende des Winters verscheuchte die Dämonen, die die Bewohner des Bistums Draguan während der kalten Jahreszeit gequält hatten. Die Wagenmacher, Sattler, Schmiede und Kerzengießer nahmen ihre Arbeit wieder auf. Als der

Frühling begann, war der Mord an dem Bischof beinahe schon in Vergessenheit geraten. Die Tennen mussten instand gesetzt, die beschädigten Dächer ausgebessert, das Vieh musste gedeckt werden. An den Priester, der Mitte Januar urplötzlich aufgetaucht war, dachte kaum noch jemand.

Nur Méault und Abel, die beiden Mönche, hatten diese rätselhafte Person und ihr unerwartetes Auftauchen keinen Augenblick lang vergessen.

Seitdem der Schnee schmolz, wurde ihnen die Zeit immer länger. Auch sie lüfteten und reinigten ihr Haus und entfernten die Bretter, die sie vor die Fenster genagelt hatten. Voller Ungeduld warteten die beiden Geistlichen auf die Rückkehr des Vikars Chuquet mit den drei Pferden des Bistums. Sie wollten endlich den Brief verschicken, den sie nach Henno Guis Abreise geschrieben hatten.

Nur die überraschende Ankunft eines Einwohners von Draguan, der in einer Gemeinde im Norden den Winter verbracht hatte, erlöste sie von ihrer Qual. Die Stute des armen Mannes durfte sich eine knappe halbe Stunde ausruhen. Dann stieg Méault in den Sattel und verließ im Galopp den Ort. Die Dorfbewohner verfolgten mit offenen Mündern die überstürzte Abreise des Mönchs.

Er ritt nach Passier, dem Amtsbezirk der Erzdiözese, von der Draguan abhängig war.

Passier war eine Stadt mit achthundert Einwohnern, die von den Dominikanern – also der Inquisition – kontrolliert wurde. Hinter den alten Festungsmauern hatten sich Aufsehen erregende Prozesse gegen die Ketzer abgespielt. Die Register quollen über von Verurteilungen ohne Anklagen. Der Marktplatz der Stadt war vor ein paar Jahrzehnten der Schauplatz eines unaufhörlich brennenden Scheiterhaufens, auf den häufiger menschliche Leiber als Holzscheite geworfen wurden. Passier wachte über einen großen Bezirk, der sich von Albi bis Tarbes erstreckte und Muret und Sagon mit einschloss. Passier beäugte jede Gemeinde, jedes Haus und jedes Gewissen … bis auf einige ärmliche Randgebiete wie zum Beispiel Draguan. Die Stadtväter von Passier scherten sich nicht um die Diözese von Haquin, die skandalöse Nachlässigkeit des Bischofs oder die seltsamen Ereignisse, die sich seit einem Jahr dort zutrugen. Die Politik der Dominikaner interessierte sich nicht im Geringsten für dieses Gebiet, dessen Besitz und Verwaltung ihnen weder Einnahmen noch große Macht versprachen. Kläger oder Bittsteller aus Draguan wurden schweigend abgewiesen.

Der Name des Mannes, der allen Gerichten von Passier vorsaß, war den Bewohnern der Diözese Draguan nicht unbekannt. Er hieß Jorge Aja. Vor fünfunddreißig Jahren war er zwei kurze Jahre lang ihr Bischof gewesen. Damals hatte er gerade das dreißigste Lebensjahr vollendet. Er verließ die jämmerliche Kanzel vollkommen unerwartet. Seine verwaisten Schäfchen hatten drei Jahre auf die Ankunft von Romée de Haquin warten müssen.

Mittlerweile war Jorge Aja fünfundsechzig Jahre alt. Er wurde mehr gefürchtet als geachtet, und die Menschen gehorchten ihm eher, als dass sie ihm dienten. Seine schwarzen Augen funkelten wie die eines Arabers und verängstigten seine Gläubigen. Aja war ein verschlossener, unzugänglicher Mann, der sich mit einer geheimnisvollen Aura umgab, um die Menschen besser einschüchtern zu können.

Dennoch ließ er alles stehen und liegen, um den kleinen Mönch Méault persönlich zu empfangen, nachdem sich dieser am Eingang der Erzdiözese vorgestellt hatte.

»Was wollt Ihr hier?«, herrschte er ihn an, sobald die beiden

Männer allein waren. »Seid Ihr verrückt? Habt Ihr Eure Order vergessen?«

»Verzeiht mir, Herr.« Méault verneigte sich tief. »Mir blieb nichts anderes übrig. Wir wollten Euch bereits vor einigen Wochen unterrichten, aber aufgrund des Winters wurden die Briefe nicht befördert.«

»Sprecht! Schnell!«

Der Mönch hob den Kopf und schilderte das Drama seiner Gemeinde in einem einzigen Satz: »Unser Bischof rief einen jungen Priester nach Draguan, damit er die Pfarrstelle in dem dreizehnten Dorf antritt.«

Jorge Aja war wie vom Donner gerührt und vermochte seine Wut kaum zu zügeln.

»Was erzählst du mir da?«

»Die Wahrheit. Während wir glaubten, alle diesbezüglichen Schritte durch unsere Bemühungen verhindert zu haben, trieb der Bischof heimlich die Neubesetzung der Pfarrstelle voran. Nur der Vikar Chuquet schien unterrichtet zu sein. Wir wussten nichts davon.«

»Wo steckt dieser junge Priester?«

»In Heurteloup. Er hat Draguan vor mehr als zehn Wochen verlassen. Er brach in Begleitung des Küsters auf, der die gespenstischen Dorfbewohner im letzten Jahr entdeckte.«

»Welche Nachrichten gab es seit seiner Abreise?«

»Keine. Vielleicht hat er das Ziel seiner Reise nie erreicht. Auch der Küster, der ihn dorthin führte, ist bisher noch nicht zurückgekehrt.«

»Wie heißt der Priester?«

»Henno Gui. Er kommt aus Paris. Ich habe die Auskünfte, die der Bischof über ihn besaß, bei mir.«

Jorge Aja saß hinter einem großen Schreibtisch, der auf gedrechselten Füßen stand. Auf der polierten Tischplatte lag ein aufgebrochener Brief, den er vor drei Tagen erhalten hatte. Artemidore aus der Kanzlei des Laterans hatte ihn persönlich geschrieben. Der Kanzler erteilte Aja einen scharfen Verweis, weil die Nachricht vom Tode des Bischofs von Draguan den Bischofspalast in Paris erreicht hatte und er sich Fragen über Haquins Vergangenheit in Rom gefallen lassen musste.

Aja hatte das Gefühl, den Boden unter den Füßen zu verlieren. Er musste schnell handeln. Schneller als vorgesehen.

»Geht hinaus!«, befahl er Méault. »Gebt mir die Notizen über den Pfarrer und wartet im Vorzimmer auf meine Anweisungen.«

Der Mönch reichte ihm gehorsam den Bericht über Henno Gui und ging hinaus.

Aja überflog die Pergamentrolle und zog mit fahriger Hand an dem Glockenstrang. Ein junger Sekretär erschien mit einer Schreibgarnitur und einem Verschlüsselungscode.

»Schreibt!«, sagte der Prälat.

Jorge Aja diktierte zwei lange Briefe, die mit zahlreichen Details und Hinweisen gespickt waren. Er wählte seine Worte sorgfältig aus, um sein Vorhaben, das er nach dem Erhalt von Artemidores kränkender Depesche ins Auge gefasst hatte, in die Tat umzusetzen.

Die beiden Briefe sollten auf der Stelle verschickt werden.

Der erste Brief war an die Kanzlei des Lateranpalastes gerichtet.

Der zweite Brief sollte Enguerran du Grand-Cellier entweder auf seinem Schloss in Morvilliers oder an jedem anderen Ort, an dem er sich aufhielt, überbracht werden.

Aja versiegelte die beiden Briefe mit seinem Bischofsring. Er trug das Symbol eines Kreuzes und einer Maske. Ohne zusätzliche Anweisungen zu erhalten, verschwand der Sekretär mit den Blättern, die nach den üblichen Sicherheitsmaßnahmen verschlüsselt worden waren.

Schließlich wurde Méault erneut zu Jorge Aja geführt.

»Ihr kehrt augenblicklich nach Draguan zurück.«

Der Mönch verneigte sich.

»Aber nicht allein.«

Aja stellte ihm drei bewaffnete Soldaten aus seiner Garde zur Seite.

»Sie verfügen über jede Vollmacht und werden sich mit Euch im Bistum niederlassen. Habt Ihr mich verstanden?«

»Aber…«

»Ich allein erteile ihnen Befehle. In Kürze schicke ich Euch weitere Truppen. Bleibt loyal! Dann ist Euch Euer Vermögen sicher. Geht!«

Kurz darauf trat Méault die Rückreise an. Drei Dämonen, die von Kopf bis Fuß für den Krieg gerüstet waren, ritten an seiner Seite.

IV

Im Morgengrauen des 16. März 1285 ritt ein Fremder in das kleine Dorf Sauxellanges.

In dieses Dorf, das dreiundzwanzig Meilen südlich der großen Stadt Lyon lag, verirrten sich selten Reisende. Der Mann, der den Weiler besuchte, sah befremdlich aus. Die Dorfbewohner stritten sich, ob es sich um einen verarmten Ritter oder einen gewöhnlichen Landstreicher handelte. Er trug einen Bart und war ärmlich gekleidet. Ein langes Schwert steckte in einer

Scheide an seinem Gürtel. Er saß auf einem stattlichen, jungen Pferd.

Der Mann hielt weder vor der Herberge noch vor dem Presbyterium an, sondern ritt bis zum Gottesacker des Dorfes, der neben der kleinen Kirche lag. Dort stieg er aus dem Sattel und schritt von Grab zu Grab. Da er offenbar nicht fand, was er suchte, betrat er abrupt die Kirche, ohne das Schwert abzulegen.

Er schritt geradewegs auf die Grabstätten in dem Kirchenschiff zu. Diese Gräber gehörten Kirchenmännern und Würdenträgern der Gegend. Der Fremde schaute sich jede Inschrift aufmerksam an. Als er einen bestimmten Namen auf einer Wandtafel las, erhellte sich sein Gesicht. Es war ein Kenotaph – ein Grab ohne Leichnam –, das Verstorbenen diente, deren Leichnam niemals gefunden worden war, aber deren Seele der Kirche auf traditionelle Weise übergeben werden sollte.

Der Fremde ging näher heran. Er las auf dem weißen Felsstein: Vater Cosme.

»Kann ich Euch behilflich sein, mein Sohn?«

Eine sanfte Stimme hallte durch die Gewölbe der Kirche. Der Fremde drehte sich um und stand einem kleinen Pfarrer in einem weißen Talar gegenüber.

»Ich bin Vater François, der Pfarrer von Sauxellanges. Sucht Ihr etwas?«

»Ich habe ein paar Fragen an Euch.«

»Wenn Ihr hier mit mir sprechen wollt, mein Sohn, müsst Ihr zuerst die Waffe ablegen.«

Der Pfarrer zeigte mit dem Finger auf das große Schwert, das an dem Gürtel des Mannes hing. Es gab nur wenige Herren, denen es erlaubt war, eine Kirche mit einer Waffe zu betreten.

Der Fremde zögerte einen Augenblick, ehe er sagte:

»Gut, dann sprechen wir draußen.«

Sein Ton duldete keinen Widerspruch. Er ging dem Pfarrer voraus zum Ausgang.

»Worum handelt es sich, mein Sohn?«, fragte der Pfarrer, als sie auf dem Kirchenvorplatz standen.

»Ich suche Kunde über Vater Cosme. Er wurde in dieser Gemeinde geboren.«

»Cosme? Ja, das stimmt… Ich kannte ihn nicht persönlich, denn er starb lange, bevor ich mein Amt in dieser Gemeinde antrat. Seine Geschichte ist mir dennoch bekannt. Seid Ihr ein Verwandter?«

»Nein.«

»Wurdet Ihr von einem seiner Nachkommen geschickt?«

»Nein.«

»Euch interessieren also die Gerüchte um seine Person?«

»Vielleicht. Erzählt sie mir.«

»Hm, ich werde Euch nichts Neues sagen können. Cosme war ein hoch geachteter Landpfarrer, der in einer Diözese im Süden seines Amtes waltete. Der Name der Diözese ist mir nicht bekannt. Über seine Hingabe, mit der er sich seinen Gläubigen widmete, wird viel Gutes gesagt. Leider wurde der brave Mann in den zwanziger Jahren wie so viele andere von der Pest angesteckt. Die Krankheit schwächte ihn sehr, aber wie durch ein Wunder überlebte Cosme. Er kehrte in seine Gemeinde zurück und blieb dort, bis er einige Jahre später erneut an der Pest erkrankte. Auch diesmal suchte er in Sauxellanges Zuflucht, um in seiner Heimat zu sterben. Doch wie durch ein Wunder überlebte er die Seuche ein zweites Mal.«

Der Besucher zog die Augenbrauen hoch. »Seid Ihr sicher?«

»Dieses Ereignis markierte einen Wendepunkt in seiner

Vita. Die erste Heilung hatte er als göttliche Gnade angesehen. Seine zweite Genesung nahm er hingegen anders auf.«

»Was wollt Ihr damit sagen?«

»Nun, das Gemüt des Pfarrers veränderte sich nach der Krankheit. Plötzlich deutete er seine Rettung als Zeichen, als Aufruf, eine bedeutende Mission zu vollbringen. Cosme hielt sich für ein auserwähltes Wesen, das Gott der Herr wie einen Heiligen oder einen Propheten auserkoren hatte. Er durchlebte eine starke Verwandlung. Innerhalb weniger Tage wurde er ein anderer Mensch, der kaum noch etwas mit dem bis dahin guten, bescheidenen Pfarrer gemein hatte. Da der Sinneswandel in seiner Heimat keinen Anklang fand, beschloss er, Sauxellanges zu verlassen. Er war davon überzeugt, dass er die Mission, zu der er sich berufen fühlte, in seiner alten Gemeinde erfüllen sollte. Nach seiner Abreise brach in unserer kleinen Stadt ebenfalls die Pest aus...«

»Er soll nach der zweiten Genesung in seine Diözese zurückgekehrt sein?«

»Die Leute sagen es, mein Sohn.«

Der Pfarrer fuhr fort:

»Hier ward er nie mehr gesehen. Später glaubte mein Vorgänger, es ihm in Erinnerung an seine Loyalität gegenüber der Kirche und an die beiden unbestritten wundersamen Heilungen schuldig zu sein, ein Kenotaph zu errichten und ihn der Gnade unseres Herrgottes anzuvertrauen. Mit der Inschrift, die Ihr soeben in der Kirche gelesen habt, hat Sauxellanges ihm einen gesegneten Ort für sein Seelenheil zugewiesen.«

Der Fremde verneigte sich. Er hatte genug erfahren. Als Dank zog er drei glitzernde Kupfermünzen aus der Manteltasche und schenkte sie dem Pfarrer.

»Für Euer Werk, Vater François.«

Ohne dem etwas hinzuzufügen, drehte sich der Mann um und ging davon.

»Soll ich von dem Geld, mein Sohn«, fragte der Pfarrer, der die Münzen in seiner Hand wog, »Messen für die Seele des armen Vaters Cosme lesen?«

Der Fremde ging weiter und zuckte leicht mit den Schultern. »Das überlasse ich ganz Eurem Gutdünken.«

Der Pfarrer von Sauxellanges schaute ihm verwirrt nach. Er wusste nicht, mit was für einem Menschen er soeben gesprochen hatte. Sein grobes Gebaren ließ nicht erkennen, dass dieser Mann noch bis vor wenigen Wochen ein zurückhaltender, ergebener Mönch gewesen war.

Denn der Unbekannte, der in dieser Stunde mit einer Waffe und einer gut gefüllten Geldkatze in dem Dorf auftauchte, war kein anderer als der Vikar Chuquet, der ehemalige Stellvertreter des Bischofs von Draguan.

V

Auf den steilen Hängen des Rattenberges in Spoleto bereiteten Aymard du Grand-Cellier und seine Truppe sich sorgfältig auf die Erfüllung ihres Auftrags vor. Ein Schäfer hatte sie erwartet und in einer kleinen Berghütte fern von neugierigen Blicken ein Lager für sie errichtet.

»Das ist unser Kundschafter«, sagte Drago de Czanad, der Anführer der Expedition.

»Kundschafter?«, fragte Gilbert erstaunt.

»Ja. Bei jedem Auftrag verfügen wir über einen Mann, der Monate oder sogar Jahre vor unserer Ankunft den besagten Ort aufgesucht hat. Auf diese Weise können wir die Bewohner aushorchen und über mögliche Schritte nachdenken.«

»Führt Ihr solche Arbeiten häufig durch?… Ich meine… solche Scheinhandlungen?«

»Es kommt vor.«

Von der politischen Notwendigkeit der Mission auf dem Rattenberg war Gilbert de Lorris schnell überzeugt: Gennanno war ein Posten an der kaiserlichen Grenze und dem Einfluss der Papstgegner und Kaisertreuen unterworfen. Die strategische Bedeutung des Standortes war offenkundig. Die Art und Weise jedoch, wie man die Bewohner zu bekehren gedachte, schien dem jungen Soldaten höchst fragwürdig zu sein.

Vielleicht, sagte er sich zum Trost, erspart diese Maßnahme Tote und unsinnige Kämpfe. Lieber eine Täuschung als ein Blutbad.

Gilbert freute sich, Aymard du Grand-Cellier wiederzusehen. Trotz dessen barscher Art hatte er sich damals während der langen Reise von Morvilliers nach Rom an ihn gewöhnt. Der Mann, der früher Gott verflucht hatte und nun unaufhörlich betete, wirkte vollkommen verändert. Er benahm sich nachgerade vorbildlich. Gilbert wusste nicht, woher dieser Sinneswandel kam und was er erlebt hatte. Auch entging ihm nicht, dass Aymard sich körperlich verwandelt hatte, vorzeitig gealtert, grau und hager geworden war. Dennoch freute er sich im Stillen, wohl selbst ein wenig zur Läuterung dieses Wüterichs beigetragen zu haben.

Aymard hieß die Scheinhandlung am Rattenberg« von Anfang an gut, wobei sich seine Beweggründe von denen des jungen Gardisten unterschieden. Er betrachtete den Auftrag als ein frommes Werk und als Gelegenheit, denen zu danken, die sich bemüht hatten, ihn vor seiner Apostasie zu retten.

Obwohl Aymard sich geändert hatte, erkannte Gilbert bisweilen den zerstreuten, bedrohlichen Blick des Gefangenen aus Morvilliers wieder. Das geschah, wenn der Abt die junge Maud beobachtete, die kleine Komödiantin, die mit der Truppe reiste und die Rolle der Jungfrau spielen sollte. Das Mädchen in den buntscheckigen Kleidern, das sich auf seine sonderbare Aufgabe vorbereitete, erinnerte Aymard an seine eigene Vergangenheit, an seinen Orden der Frommen Brüder, an seine schändliche Eheschließung mit der Mutter Christi…

Sobald sich das Wetter besserte, begannen Drago und seine Männer mit der Ausführung ihres Plans. Merci-Dieu – der »Mann in Schwarz« – und die Schauspielerin versteckten sich in der Almhütte, während sich die drei anderen in Gennanno unters Volk mischten. Sie gaben sich als Sympathisanten der Papstgegner aus, die sich vor der Verfolgung römischer Spitzel fürchteten. Diese List erlaubte es ihnen, das Treiben der Stadtbewohner genauer kennen zu lernen. Sie erfuhren, dass Gennanno als vorgeschobener Posten für einen regen Schmuggel von Geld, Waffen, Ikonen und ketzerischen Texten diente. Eine Bestätigung der Erkenntnisse, die Drago und auch Rom bereits aus den Berichten des Kundschafters gezogen hatten. Die drei Männer nahmen am Leben des feindlich gesinnten Dorfes teil, ohne ihr Ziel jemals aus den Augen zu verlieren. Es ging darum, die geeignete Person zu finden, die der wundersamen Erscheinung beiwohnen und sie wirksam bezeugen sollte. Drago entschied sich für einen Schweine- und Schafzüchter. Der Mann war einfältig, ängstlich und leicht zu beeindrucken. Er hieß Roubert. Das Ereignis wurde vorbereitet. Drago gab den ersten Schafen, die in diesem Jahr trächtig waren, heimlich eine von ihm zusammengestellte Kräutermischung zu fressen. Die Lämmer kamen alle mit Missbildungen zur Welt: Einem

Lamm fehlte ein Huf, und ein anderes hatte einen zu viel. Die Knochen waren ungenügend entwickelt, oder die Tiere hatten kein Fell. Einige waren blind oder keuchten kränklich. Die Dorfbewohner bekamen es mit der Angst zu tun, als sie den dem Tode geweihten Wurf sahen ... Böse Vorzeichen, die nach einem Werk des Teufels rochen, gefielen ihnen ganz und gar nicht. Die drei aus Rom gesandten Männer verfolgten ihren Plan, ohne sich Sorgen zu machen. Mit Kräutermischungen und einem Bleigebräu ließen sie die Euter der Ziegen und Kühe versiegen. Aus den Eutern floss geronnene Milch, oder sie verströmte einen unangenehmen Duft, sobald sie im Eimer landete. Zwei Tiere starben nach einem qualvollen Todeskampf. Nachdem sie ein paar Tropfen des teuflischen Suds in den Brunnen gespritzt hatten, klagte ein Viertel der Einwohner über Unwohlsein. Die Angst der Menschen wuchs. Sie spürten, dass sich eine große Gefahr ankündigte, der sie nicht entkommen konnten.

Währenddessen bereitete Merci-Dieu den Ort des Wunders vor. Er wählte eine kleine Ebene auf den Bergen aus, auf der er Gräben für das Feuer grub.

Die wundersame Erscheinung der Jungfrau sollte den verborgenen Schatz enthüllen. Die Suche nach einem geeigneten Versteck erwies sich als schwierig. Sie konnten die Truhe nicht einfach unter der Erde vergraben. Man würde merken, dass die Erde hier vor kurzem umgegraben worden war, und schon wäre der Betrug aufgedeckt.

Merci-Dieu war bereits der Verzweiflung nahe, als er in der Nähe eines Waldes einen kleinen Bach von elf Fuß Breite entdeckte, der weiter oben versickerte. Er wählte einen markanten Punkt am Ufer des Rinnsals aus. Ein großer Felsstein diente als Erkennungszeichen. Ein Stückchen weiter bachaufwärts leitete er das Wasser vorübergehend um. In dem leeren, schlammigen Bett auf Höhe des Steines fing er an zu graben. Mit Hilfe von Holzbrettern hielt er die lockere, feuchte Erde zurück. An dieser Stelle vergrub er die schwere, mit Gold gefüllte Schatulle. Sie trug keinen Namen, kein Datum und keine Gravur. Anschließend bedeckte er die Truhe mit Schlamm und leitete den Bach wieder in sein normales Bett um.

Nun galt es, Roubert auf das kleine Bergplateau zu locken, wo die nötigen Vorkehrungen für das Wunder getroffen worden waren. Gilbert und Aymard stibitzten eines seiner Tiere. Damit es so aussah, als wäre das Tier geflohen, rissen sie ein Brett aus dem Zaun. Der Mann konnte sein Schaf nirgendwo finden.

Das Wunder sollte am achten Tag nach der Osterfeier stattfinden. Die junge Schauspielerin probierte ihre duftigen Gewänder an und übte den Text, während Merci-Dieu seinen Räucherkitt anmischte.

Am Tag des Wunders benachrichtigte Gilbert den Züchter, sein verirrtes Schaf sei oben in den Bergen auf einem kleinen Plateau gesehen worden. Roubert lief sofort mit seinen beiden Brüdern los.

Tatsächlich fand er das Tier dort auf einer kleinen Wiese, wo es friedlich weidete. Roubert wollte es zusammen mit seinen beiden Brüdern einkreisen, um es leichter einfangen zu können. Doch plötzlich verharrten die drei Männer reglos auf dem Plateau und machten keinen Schritt mehr. Vor ihren Augen war inmitten einer Rauchwolke eine leuchtende Erscheinung aus der Erde erwachsen. Der Züchter und seine beiden Brüder waren wie benommen von dem verwirrenden Anblick: Inmitten des Schleiers erschien eine zarte, luftige Gestalt in ihrer ganzen Schönheit. Die Männer warfen sich auf die Knie. Sie kannten das leuchtende Gesicht mit den göttlichen Gesichtzügen. Sie hatten es schon häufig auf Bildern oder Statuen in Kirchen gesehen. Die junge Frau schritt würdevoll auf die Männer zu. In den Falten ihres goldbestickten Gewandes aus feiner Seide verfing sich der Rauch, der ihren Körper umschwebte. Sie sprach mit sanfter, gedämpfter Stimme zu ihnen. Den drei Männern entging kein einziges Wort: Sie sollten ihre Mitmenschen ermahnen, auf den rechten Pfad zurückzukehren. Die Bewohner des Dorfes seien es Rom, den Nachfolgern des heiligen Petrus, dem Apostel des Sohnes, schuldig, ihnen ihre Zuneigung zu schenken. Das Seelenheil von Gennanno stehe auf dem Spiel. Die Zeit des Ungehorsams habe lange genug gedauert. Die Erscheinung beklagte sich auch, dass ihr hier als Heimstatt nur ein Gotteshaus zur Verfügung stehe, das im Verfall begriffen sei. Sie beklagte sich über die Gesandten des Bösen, die die Seelen der guten Dorfbewohner verdarben, damit sie sich mit dem Kaiser oder dem Teufel verbündeten. Sie tadelte die endlosen Streitereien und Hetzreden, die sich ungerechterweise gegen Papst Martin IV. richteten. Sie mussten ihre Mitmenschen von der Notwendigkeit einer Umkehr überzeugen. Sie sei heute erschienen, um sie zu retten. Als Pfand wollte die leibhaftige Jungfrau ihnen ein Geschenk machen … Sie erklärte ihnen zweimal ganz genau, wo seit Urzeiten ein wertvoller Schatz versteckt liege, den sie dazu benutzen sollten, die Kirche instand zu setzen und würdige Gottesdienste abzuhalten.

Die drei Männer waren wie erstarrt. Dicke Tränen liefen über ihre Wangen. Als die Jungfrau ihnen alles erklärt hatte, ertönten laute Klänge, wie von Harfen und einer Lyra, und die Mutter Gottes verschwand auf wundersame Weise in einem leuchtenden Licht. Der Rauch löste sich auf, und auf dem kleinen Bergplateau kehrte wieder Stille ein.

Das verirrte Schaf von Roubert war vor all dem Lärm und Rauch geflohen.

Der Züchter und seine Brüder rannten ins Dorf zurück und erzählten, was sie gesehen hatten. Die Menschen umringten sie schreiend. Zuerst schenkten sie ihnen keinen Glauben. Die Ersten, die sich von den Worten der Jungfrau überzeugen ließen, waren die drei Fremden: Drago, Aymard und Gilbert. Maria habe gesprochen. Man müsse sich ihren Befehlen beugen. Die Papstgegner teilten diese Meinung nicht und fragten, welche Beweise es denn für die Richtigkeit ihrer Worte gebe!

Das ganze Dorf stieg den Hügel hinauf und suchte die Stelle am Bachufer, die die Jungfrau genannt hatte. Als sie sahen, dass ein großer Stein an dieser Stelle in die Höhe ragte, gaben die ersten Dorfbewohner schon ihren Widerstand auf. Jetzt mussten sie den Schatz finden. Drago, der sich diskret zurückhielt, schlug nach einer Weile vor, das Bachbett umzuleiten. Eine Stunde später wateten ein Dutzend Männer durch den Schlamm. Es dauerte nicht mehr lange, bis sie die Truhe gefunden hatten.

Die Reaktion auf den Fund des Schatzes war überwältigend. Innerhalb kürzester Zeit folgte die gesamte Bevölkerung den Geboten der Jungfrau. Die verstocktesten Papstgegner baten in der kleinen Kirche um Vergebung, beteten und gelobten Rom Treue. Der Erfolg des Wunders konnte nicht bestritten werden. Auch von Gilbert de Lorris nicht, der sich an Drago wandte:

»Verlassen wir Gennanno nun?«

»Bald. Wir müssen zuerst alle Spuren beseitigen. Dann werden die Männer aus dem Lateranpalast uns hier ablösen.«

Gilbert war gleichermaßen verwirrt wie begeistert. Er hatte mit eigenen Augen gesehen, wie grenzenlos wankelmütig seine Mitmenschen waren. Ein bisschen Rauch und ein Haufen

Gold reichten aus, damit sich alles, woran sie ihr ganzes Leben geglaubt hatten und für das sie noch am Morgen gestorben wären, in Luft auflöste. Der junge Mann dachte an Rom, an die Kardinäle, die die Stufen des Lateranpalastes hinaufstiegen und die Seelen ihrer Schäfchen so gut kannten. Daher wussten sie auch, wie man sie hinters Licht führte … Wie oft hatten sie sich in der Geschichte der Kirche schon ermächtigt, so mit dem Glauben der Menschen zu spielen?

VI

In Henno Guis Pfarrei waren die Sümpfe rund um Heurteloup nach der Schneeschmelze stark angestiegen. Das Dorf bot das trostlose Bild einer kränkelnden, schmuddeligen, von Ulmen, Birken und kurzem Schilf umgebenen Ortschaft.

Zwei Meilen von Heurteloup entfernt lief ein Junge mitten durch den Wald. Er war in flatternde Lumpen gehüllt, und an seinem Hals baumelte ein Holzkreuz hin und her. Es war Lolek, Mabels Sohn. Er lief sehr schnell und schaute ohne Unterlass auf die Schatten der Sträucher und den Stand der Sonne. Der Abend dämmerte bereits. Je dunkler es wurde, desto schneller lief der Junge. Wenn große Pfützen den Weg versperrten, zögerte er nicht, auf einen Ast zu springen oder auf einen Baumstamm zu klettern.

Nach einer halben Meile erreichte er einen Platz, auf dem nur wenige Bäume standen. In der Mitte ragte ein hoher Felsen in die Höhe. Auf der Vorderseite war ein großer Spalt, durch den ein Mensch in die Felsenhöhle kriechen konnte. Lolek schnappte nach Luft: Er hatte sein Ziel erreicht.

In der Nähe des Felsens wartete ein Mann auf ihn. Er hielt eine kurze Lanze in der Faust und stand so reglos wie die Wächter des Tempels der Diana da.

Lolek lief die wenigen Schritte, die ihn von dem älteren Mann trennten.

»Du bist pünktlich«, sagte Tobie.

Der Junge schaute den Felsen hinauf, auf dessen Gipfel ein Wolf mit erhobenem Kopf und angespannten Muskeln stand. Es war der grau gefleckte Wolf, den Mardi-Gras gezähmt hatte, und er beäugte den Jungen.

»Sie sind da. Sie warten auf dich«, sagte Tobie und reichte dem Jungen die kurze Lanze. »Ich bleibe hinter dir.«

»Haben wir keine Fackel? Kein Licht?«, fragte Lolek aufgeregt.

»Nein. Nur das letzte Tageslicht, das in den Felsspalt dringt. Alles muss vollbracht sein, ehe die Nacht hereinbricht.«

Lolek atmete tief durch. Er nahm die Lanze und zwängte sich durch den Spalt des großen Felsens. Tobie folgte dem Jungen.

Der Wolf war verschwunden.

Mardi-Gras und der junge Priester nahmen seit zwei Tagen die Umgebung des Dorfes in Augenschein. Die milde und trockene Frühlingsluft gestattete es ihnen, Gebiete aufzusuchen, die sie im Winter nicht hatten inspizieren können.

Der Riese hatte einen Kübel bei sich, der mit einer milchigen Flüssigkeit gefüllt war, und Henno Gui hielt einen Rohrstock in der Hand. Sie schritten langsam voran und sahen sich jeden Baum genau an. Vor einigen hohen, dicken Bäumen blieb Henno Gui stehen. Er tauchte den Stock in den Kübel seines

Gefährten und malte ein weißes Kreuz auf die Borke. Auf diese Weise markierten sie in einem weiten Umkreis rund um Heurteloup und die heiligen Sümpfe Baum für Baum.

Als einer der Priester von Heurteloup atemlos zu ihnen eilte, beendeten sie ihre geheimnisvolle Arbeit.

»Kommt schnell«, sagte er. »Ein Unglück ist geschehen.«

Tobie lag bewusstlos auf der Erde. Die Hälfte seines Gesichtes war von tiefen Fleischwunden zerfetzt. Seine rechte Körperseite war blutverschmiert, und aus seinem Bein war ein großes Stück Fleisch herausgerissen worden. Das ganze Dorf hatte sich um den Verletzten versammelt. Lolek kniete erschöpft neben ihm, das Gesicht blass wie Birkenrinde. Er hatte Tobie den weiten Weg von dem eigentümlich »gespaltenen Felsen« bis hierher auf seinen Schultern gestützt.

In den letzten Tagen hatte der Junge die Prüfungen der Einweihung, den »Ritus des Übergangs« in die Gruppe der Erwachsenen durchlaufen. Tobie war mit der Durchführung der Prüfung beauftragt worden. Sie änderte sich nie, und niemand konnte ihr entkommen. Nachdem der Schüler zahlreiche Herausforderungen gemeistert hatte, hatte er an diesem Tag die letzte zu bewältigen: Er sollte so gut wie unbewaffnet in die Höhle der Wolfshunde kriechen und eines der Tiere erlegen. Diese Übung hatte schon mehr als einem Jungen das Leben gekostet. Aber heute hatte das Schicksal den üblichen Gang der Dinge durchkreuzt. Obwohl Lolek als Erster in die Höhle gekrochen war, fielen die Wölfinnen mit den runden Bäuchen nicht über ihn brutal her, sondern über den älteren Lehrer. Der Junge hatte versucht, Tobie aus den Klauen der wilden Tiere zu befreien, und wurde dabei nicht ein einziges Mal gebissen oder auch nur bedrängt.

Henno Gui untersuchte die Verletzungen und ließ Tobie in seine Hütte bringen. Mit Hilfe von Floris und Mardi-Gras bemühte sich der Pfarrer mehrere Stunden, das Leben jenes Mannes zu retten, der ihm seit seiner Ankunft im Dorf das größte Misstrauen entgegengebracht hatte. Als es dunkel wurde, hatte der Pfarrer die Blutung gestoppt und die Wunden verbunden. Das Bilsenkraut ließ ihn bewusstlos dahindämmern. Jetzt konnten sie nur warten, bis er erwachte oder starb.

Henno Gui und Floris beteten lange um Tobies Überleben. Sie waren nicht die Einzigen. In einer anderen Hütte des Dorfes sprachen Mabel und Lolek unermüdlich das Ave-Maria und Psalmen für den Verletzten.

In der Enge des strengen Winters hatte Henno Gui es geschafft, diese beiden Seelen zu Jesus zu bekehren.

VII

Am Tag nach seiner Ankunft auf der Festung des Seigneur de Beaulieu wurde Enguerran du Grand-Cellier dem Seneschall Raimon de Montague vorgeführt, dem Gesandten des Königs von Frankreich, dem Vertreter der Krone und des Rates. Das Treffen fand in dem großen Saal statt, in dem Beaulieu in der Regel über seine Untertanen zu Gericht saß. Die Wände waren mit kostbaren Teppichen und Stickereien behangen. Durch die hohen Bogenfenster aus Glas drang Licht. Der Seneschall, der in der Mitte des Saals stand, hatte seine Reiserüstung nicht abgelegt. Er trug einen kostbaren Schurmantel, hatte graue Augen und mittelblondes Haar und musterte Enguerran mit starrer, gewichtiger Miene. Dieser ahnte, dass der

Seneschall nicht gekommen war, um ihn im Namen der königlichen Buchhalter zurechtzuweisen, sondern um ein viel ernsteres Gespräch mit ihm zu führen.

»In den vergangenen sechs Wochen«, begann Romain de Montague, »habt Ihr die Güter von Eliman, Chareuse, Pontarléan, Cortème und Plessis-sur-Haine erworben. Und das Ganze hat Euch an die zweihunderttausend Taler gekostet.«

»Das ist richtig«, sagte der Ritter. In Wahrheit war er überrascht, wie schnell und umfassend die Berater des Königs über seine Transaktionen unterrichtet worden waren. Ihm blieb nichts übrig, als erneut die mit Rom abgesprochenen Erklärungen für seine Investitionen zum Besten zu geben.

»Und woher bezieht Ihr das für Eure Einkäufe erforderliche Geld?«, fragte der Seneschall schroff.

»Der Hof ist über die Gewinne, die mir mein Handel mit den Streitrössern einbringt, im Bilde. Dadurch war es mir möglich, große Geldsummen zu sparen. Nun lege ich sie nach meinem Gutdünken an.«

»Niemand, Monsieur du Grand-Cellier, will Eure Redlichkeit als Ritter infrage stellen. Dennoch schreiben die Gesetze des Schatzamtes eine Schätzung Eures Vermögens durch die königlichen Buchhalter vor. Wenn Ihr nichts zu verbergen habt, werdet Ihr Euch dieser Offenlegung Eurer Vermögensverhältnisse nicht widersetzen. Überdies erhaltet Ihr heute den Befehl, den Erwerb weiterer Ländereien einzustellen. Das Gold, das Ihr bei Euch tragt, wird beschlagnahmt. Eure bisher getätigten Erwerbungen werden nicht rückgängig gemacht, aber von einer Rechtskommission untersucht.«

»Ich möchte vor Beginn des Sommers noch einige Käufe vornehmen«, widersprach Enguerran.

»Das wird Euch nicht untersagt. Die Geschäfte können jedoch nur durch den guten Ruf Eures Namens getätigt werden. Es wird kein Geld mehr aus Eurem Vermögen fließen. Sobald unsere Untersuchungen abgeschlossen sind, könnt Ihr Euer Wort einlösen.«

Enguerran wagte nicht, lauthals dagegen zu protestieren. Das wäre zu gefährlich gewesen. Er tat so, als würde er sich den neuen Anordnungen weise und vertrauensvoll beugen.

»Ich füge mich den Befehlen meines Königs«, sagte er, äußerlich gefasst, und verneigte sich.

Seigneur de Beaulieu, der beweisen wollte, dass er Enguerran größtes Vertrauen entgegenbrachte, willigte ein, ihm sein Land auf sein Ehrenwort hin zu verkaufen. Die beiden Gardisten des Seneschalls ergriffen die beiden Goldkisten, die der Chevalier Azur mitgebracht hatte. Sie enthielten mehr als achtzigtausend Taler mit dem aufgeprägten Profil des Königs.

Niedergeschlagen und verstimmt trat Enguerran den Rückweg zu seinem Schloss in Morvilliers an. Der Vorfall, den er den schlechten Vorbereitungen Roms zu verdanken hatte, könnte ihn teuer zu stehen kommen. Eine gründliche Untersuchung gefährdete die Geheimhaltung seiner Absprache.

In Morvilliers traf er seine Frau Hilzonde wieder, den einzigen Mensch auf der Welt, den er in seinen Pakt mit Artemidore eingeweiht hatte. Hilzonde trug eine plissierte Chemise, deren Brustschlitz mit einem fein ziselierten Fürspan zusammengehalten war. Ihre Gesichtszüge verrieten große Anspannung. Die aufrechte Frau hatte entsetzt auf die vertrauliche Mitteilung reagiert. Für sie persönlich grenzte es an Verrat, das Kreuz von Tunis vor den Männern des Papstes niederzulegen. Auch wenn die Ehre ihres Namens und das Leben ihres Sohdem Spiel standen, konnte Hilzonde ihren Verdruss als Kreuzrittergattin kaum verbergen.

Die Verdrießlichkeiten auf Beaulieus Festung, von denen sie erfuhr, führten ihr die Untreue ihres Gatten der französischen Krone gegenüber besonders deutlich vor Augen. Sie reichte Enguerran einen Brief, der vor zwei Tagen angekommen war. Auf dem Wachssiegel waren ein Kreuz und eine Maske abgebildet. Hilzonde hatte den Brief sofort geöffnet. Sie las alle Briefe von Jorge Aja, die in Abwesenheit ihres Mannes eintrafen. Der alte Ritter nahm seine Schablone zur Hand und entschlüsselte den Code des Mannes, der als Mittelsmann diente.

Die neuen Befehle von Aja waren eindeutig. Du Grand-Cellier sollte alle vorherigen Anweisungen zurückstellen. Seine Mission blieb dieselbe, aber die Liste der zu erwerbenden Ländereien hatte sich geändert. Fünf neue Gebiete waren betroffen. Sie lagen alle an der französischen Grenze unweit von Avignon und im Norden der Grafschaft Toulouse.

Hilzonde hatte die Nachricht bereits entschlüsselt. Sie entrollte auf dem Tisch eine große Karte, auf der der gesamte Süden des Königreiches abgebildet war. Enguerran verdankte dieses Pergament Oreyac von Toulouse. Die Darstellung der Wege und Orte war von seltener Genauigkeit und stammte aus der Zeit, als sie die Vereinigung der Militärcorps von Aquitaine und der genuesischen Flotte für den Kreuzzug abgestimmt hatten.

»Schau her«, sagte Hilzonde, die mit dem Finger auf die von Aja genannten Gebiete zeigte. »Diese fünf auf den ersten Blick unbedeutenden Ländereien grenzen alle an Gebiete, deren Herren oder Besitzer im Sold der Kirche stehen. Wenn man sie zusammenfügt, bilden sie eine Art Kanal, der sich bis Limoges zieht.«

»Und?«, fragte Enguerran.

»Verstehst du denn nicht? Wenn sie gefahrlos eine Straße mitten ins Königreich eröffnen wollen, könnten sie es nicht geschickter anstellen.«

Die Strecke, die Hilzonde mit dem Finger nachzeichnete, betrug in der Tat über einhundertfünfzig Meilen.

»Deine neuen Herren könnten ganze Garnisonen ins Land einmarschieren lassen, ohne dass es der König bemerkt ... Was sagst du als Getreuer Ludwigs dazu?«

Enguerran starrte gebannt auf das bunte Pergament. Seine Gattin hatte Recht. Er nahm den Brief von Jorge Aja wieder zur Hand und las aufmerksam die Namen der fünf Landgüter, um die er sich nun kümmern sollte: Bastidon, das Land der Debras, das Gut von Meyer-l'Âne, Pichegris und schließlich Calixte, das in das kleine Bistum Draguan führte ...

VIII

Kanzler Artemidore hielt einen Brief in der Hand, der dasselbe Siegel trug wie der, den Enguerran du Grand-Cellier erhalten hatte. Ein erschöpfter Kurier hatte ihm den Brief von Jorge Aja nach den Regeln des Geheimprotokolls des Lateranpalasts ausgehändigt.

Der Bischof von Passier unterrichtete ihn über die Anwesenheit eines jungen Pfarrers in Draguan, den Romée du Haquin vor seiner Ermordung ins Amt berufen hatte. Dem Brief lag eine genaue Beschreibung der Person und ihrer Mission bei. Artemidore las die Ausführungen über Henno Gui mehrmals. Jorge Aja bestand darauf, dass der Kanzler einen Teil der Garnison von Falvella abziehe. Die Streitkräfte sollten warten, bis Enguerran du Grand-Cellier alle erforderlichen Ländereien gekauft hatte, und dann in Frankreich einmarschieren, bis Draguan vordringen und diese Affäre, die immer bedrohlicher wurde, ein für alle Mal aus dem Weg räumen.

»Ajas Bitte ist gut durchdacht«, sagte Fauvel de Bazan.

Artemidore nickte. Der Diakon fuhr fort:

»Wir sind nun gänzlich von diesem Enguerran du Grand-Cellier abhängig. Ohne ihn fehlt uns der notwendige Handlungsspielraum. Ein Einmarsch in Frankreich ist gefährlich … Wir müssen Enguerran unterstützen und geduldig warten, bis er die für den Feldzug erforderlichen Gebiete erworben hat …«

Der Kanzler erhob sich.

»Nicht unbedingt«, sagte er. »Wir könnten auch seinen Sohn Aymard für unsere Zwecke benutzen. Er müsste bald von der Wunderinszenierung auf dem Rattenberg zurückkehren. Wir müssen ihn nur an die Spitze unserer Truppen stellen, damit er sie persönlich nach Draguan führt.«

»Welches Interesse sollte er daran haben?«

»Das Interesse an seinem guten Namen«, erwiderte der Kanzler. »Der hat in Frankreich große Bedeutung. Wir werden Enguerrans Geschäften zuvorkommen. Aymard dringt mit seiner Truppe in das Gebiet ein, das wir begehren. Wenn die Truppe aufgehalten wird, gibt er vor, das Land werde schon bald an seine Familie übergehen, die bekannt und geachtet ist, oder er täuscht ein Missverständnis vor. Wenn wir uns beeilen, könnten unsere Truppen die Diözese Draguan in Kürze erreichen und vernichten, was davon übrig geblieben ist … Auf diese Weise würde uns Aymards Reinigung schneller als gehofft nutzen …«

IX

Der junge Floris de Meung hatte sich mehrmals heimlich in die unterirdischen Gänge des Dorfes begeben, um die Schriftrollen abzuschreiben, die in der Höhle lagen und den Priestern des Dorfes als heiliges Buch dienten. Die sorgfältige Lektüre der Abschriften trug dazu bei, dass Henno Gui die Vergangenheit von Heurteloup immer größere Sorgen bereitete. Es wollte ihm einfach nicht gelingen, die verwirrende Fülle der Gedanken zu ordnen und zu entschlüsseln. Zu widersprüchlich oder unverständlich waren die Aussagen.

Die sonderbare Sprache der Dorfbewohner stammte direkt von den in einem Schülerlatein verfassten Schriftsätzen ab. Die wichtigsten Themen des geheimnisumwobenen Dorfes entsprachen dieser eigenartigen Überlieferung: das anfängliche Feuer, die Heiligkeit der Sümpfe … Einige Rollen, die Henno Gui zuerst für Psalmen gehalten hatte, waren in Wahrheit religiöse Anrufungen, ungelenke Verse, in denen von teuflischen Monstern die Rede war, die gekommen seien, um die Sünder zu bestrafen. Eine neue Menschheit, die aus diesem Kampf hervorging, wurde prophezeit. Eine Frau übernahm den Platz des Papstes auf dem Thron des heiligen Petrus. Ein Meteoritenhagel setzte das Heilige Grab in Jerusalem in Brand. Babylon wurde wieder aufgebaut. Hungersnöte suchten die Völker der Welt heim und vieles mehr.

Henno Gui wusste noch immer nicht, wer der Mann war, der diese Zeilen geschrieben hatte, und welches Ziel er verfolgte.

Nach Tobies Genesung, die viele als Wunder ansahen, kehrten der Pfarrer und Mardi-Gras in die Nähe der Sümpfe zurück, wo sie einige Bäume mit einem weißen Kreuz markiert hatten. Henno Gui konnte den Dorfbewohnern keine direkten Fragen stellen. Zahlreiche Legenden und die Angst, die er ihnen nicht nehmen konnte, verfälschten ihre vagen Erinnerungen. Daher beschloss der Pfarrer, einige ihrer hartnäckigsten Überzeugungen *in vivo* zu überprüfen.

Er begann mit der Feuersbrunst. Das große Flammenmeer, das am Anfang des Volkes stand…

Der Pfarrer und Mardi-Gras nahmen eine Axt und schlugen die Borke der Bäume ab, die sie mit einem weißen Kreuz versehen hatten. Die Bäume in der Nähe der Sümpfe sollten ihnen helfen, eines der Mysterien aufzudecken: Das »heilige Wasser« sollte das Vordringen der teuflischen Flammen damals verhindert haben. Sie schlugen mit den Äxten schräg in die Bäume ein, um von den Borken bis zum Mark dicke Querscheiben herauszulösen. Henno Gui betrachtete die Ringe in dem hellen Holz. Sie waren alle konzentrisch und regelmäßig. Er zählte von der Borke ab etwa dreißig Ringe, bis er auf einen dicken, grauen Ring stieß, der viel breiter war als die anderen. Anschließend nahmen die Ringe wieder die normale Farbe und Dicke an. Henno Gui erkannte den grauen Ring bei fast allen älteren Bäumen. Die schwärzliche Farbe war ein unwiderlegbares Indiz für einen Brand – die Wahrheit hinter der Legende. Die Anzahl der Ringe von der Borke ab war konstant. Der Pfarrer berechnete etwa fünfunddreißig Jahre.

Henno Gui ging in die Hütte von Mabel und Lolek.

»Ihr habt mir gesagt, Euer Gatte hätte ein gewisses Alter erreicht, als er starb«, sagte der Pfarrer zu Loleks Mutter.

»Ja, das stimmt.«

»Wenn meine Berechnungen richtig sind, müsste er die Ereignisse vor der Gründung Eurer Welt gekannt haben… besser als die anderen. Meines Erachtens ereignete sich die ›Feuerflut‹, von der in Euren Legenden immer die Rede ist, nicht in vorsintflutlicher Zeit – wie Ihr glaubt –, sondern zu Lebzeiten Eures Mannes! Oder so kurz vor seiner Geburt, dass sie ihm nicht vollkommen verborgen geblieben sein kann.«

»Nun … Ihr müsst die Priester fragen«, sagte Mabel verlegen. »Ich weiß nichts … kaum etwas …«

Statt weitere Erklärungen abzugeben, führte sie Henno Gui aus dem Dorf hinaus. Sie überquerte nachdenklich die Stelle mit den geriffelten Brettern, wo Sasha begraben lag. Wenig später erreichten sie eine andere Lichtung mitten im Wald. Der Platz, der leicht anstieg, war beinahe so groß wie die kleine Dorfsiedlung. Am Rande ragte ein Hügel in die Höhe. Auf der Erde wuchs saftiges Gras. Henno Gui hatte diese Lichtung schon mehrmals in Augenschein genommen, ohne je etwas Interessantes zu entdecken.

»Hier war es … Mehr weiß ich nicht … Mein Mann hat es gesagt. Ich war noch nicht geboren … Nur wenige von uns wissen, was wirklich geschehen ist. Unsere Vorfahren wollten die grauenvolle Geschichte vergessen und hofften nach dem großen Feuer auf einen Neubeginn.«

Mabel schaute reglos auf die Lichtung.

»An dieser Stelle hatte sich das ganze Dorf versammelt«, sagte sie. »Von hier aus sahen sie die Sonne mitten am Tag untergehen … Es donnerte … Die Flammen verzehrten die Bäume … Die vier Teufel kamen aus dem Wald.«

»Teufel?«

»Sie trugen teuflische Rüstungen und ritten auf riesigen Rössern. Sie kannten die Seele eines jeden Dorfbewohners und konnten ihre jeweiligen Sünden laut vortragen. Und als die neue Sonne aufging, zeigte sich die Erscheinung …«

»Was für eine Erscheinung?«

Mabel drehte sich zu dem kleinen Hügel um, der die Lichtung überragte.

»Dort oben war es … All unsere Vorfahren haben sie gesehen …«

Als die Frau den Arm ausstreckte und auf den Hügel deutete, erblickte sie plötzlich eine Gestalt auf dem Gipfel, die auf wundersame Weise aus dem Nichts hervortrat. Es herrschte vollkommene Stille. Mabel starrte fassungslos auf das mysteriöse Wesen und sank zu Boden.

Der Pfarrer beobachtete fieberhaft die Gestalt, die reglos auf dem Gipfel des Hügels inmitten eines roten Lichtscheins verharrte.

Henno Gui stand zu weit entfernt, um das Wesen richtig erkennen zu können. War es ein Engel? Ein Mensch oder ein Teufel? Er ging näher heran und nahm die undeutliche Gestalt in Augenschein. Bald konnte er die Gesichtszüge erkennen. Es war ein Mann. Ein sehr alter Mann. Henno Gui stieg den Hügel hinauf. Auf der anderen Seite der Anhöhe drängte sich eine Gruppe von etwa fünfzehn Personen schweigend um zwei Karren. Henno Gui drehte sich wieder zu der Erscheinung um. Er war nur wenige Schritte von dem Alten entfernt. Dieser trug ein weinrotes Gewand. Seine Augen waren verdreht und tränenfeucht. Der Alte wankte, bemühte sich verzweifelt, seine Arme auszustrecken. Er verlor das Gleichgewicht und brach vor Henno Guis Füßen zusammen.

X

Als Chuquet endlich Rom erreichte, trug er noch immer die alten Kleider, in denen er nach Sauxellanges geritten war. Vor seiner Abreise aus dem Kloster Sainte-Marthe in Troyes hatte er sein Aussehen, sein Verhalten und sogar seine Art zu sprechen verändert. Er hatte seine Kutte verbrannt, die Tonsur unter einem großen Hut versteckt und ließ sich einen Bart wachsen. Der Vikar war nicht wieder zu erkennen, und genau das war seine Absicht. Der Mönch aus Draguan hatte in den langen Wochen im Nonnenkloster viel gelernt, und vor allem eines: misstrauisch zu sein. Esclarmonde, die Schwester von Romée de Haquin, hatte dem Fremden in der Abgeschiedenheit ihrer dunklen Zelle, allen Erwartungen zum Trotz, nach und nach doch ihr Herz ausgeschüttet. Chuquet erfuhr von der geheimnisvollen Vergangenheit seines ehemaligen Herrn. Nur die Äbtissin Dana hatte vor ihm unter dem Siegel des Schweigens die beunruhigenden Vertraulichkeiten vernommen, die die arme Klausnerin in ihrem Herzen bewahrte und denen sie ihre endlosen Gebete widmete.

Esclarmonde hatte Chuquet in die andere Hälfte der Korrespondenz zwischen ihrem Bruder und Alcher de Mozat eingeweiht sowie in die Geständnisse, die Haquin seiner Schwester während seiner letzten Reise nach Troyes abgelegt hatte. Esclarmonde hatte viel gebetet und ihre Heiligen um Rat angefleht, um dieses eine Mal das Gelöbnis des Schweigens zu brechen, das mit der Beichte einherging. Sie hatte so lange alle Geheimnisse für sich bewahrt, sich dadurch von ihren Schwestern völlig abgesondert. Doch jetzt fasste sie Zutrauen zu dem Vikar. Sie glaubte zu spüren, dass dieser eine tiefere Zuneigung zu ihrem verstorbenen Bruder hegte, und so war sie beinahe erleichtert, endlich einmal auszusprechen, was sie seit so langer Zeit schon bewegte.

Haquins Vergangenheit, seine Jugend in Rom, seine Einsamkeit in Draguan, seine Niedergeschlagenheit, als er von den Leichen in Domines und später von dem verfluchten Dorf erfuhr, seine Ermordung – alles bekam plötzlich einen unglaublichen Sinn. Chuquet erinnerte sich an die drängenden Fragen des Archivars in Paris, das Verschwinden der Akte von Draguan und den Mord an dem armen Kerl, der ihn beschützen sollte. Vermutlich hatte er sterben müssen, weil jemand um jeden Preis in den Besitz der restlichen Briefe von Alcher de Mozat gelangen wollte. Der Vikar vergaß auch nicht den seltsamen Denis Lenfant, der sich seit Wochen in Troyes versteckte. Die Äbtissin hatte ihm mitgeteilt, dass dieser ihm nachspionierte und das Kloster von mehreren Einwohnern, die er reichlich entlohnte, beobachten ließ.

In der Klosterzelle in Troyes beschloss Chuquet, alles aufzuschreiben, was Esclarmonde ihm enthüllt hatte. Er fertigte zwei Exemplare an: Eine Schriftrolle übergab er der Äbtissin, die sie an einem sicheren Ort aufbewahrte. Das zweite Exemplar trug Chuquet bei sich, in einer *Capsa*. Sobald sich das Wetter besserte, wollte er die Spur der für den Tod an dem Bischof Verantwortlichen aufnehmen und sie öffentlich anprangern. Dana war bereit, ihm zu helfen. Sie bereiteten gemeinsam die nächtliche Flucht des Vikars vor. Die Äbtissin versorgte ihn mit neuer Kleidung, einem Pferd und einer stattlichen Summe Geld. Gemeinsam ersannen sie eine neue Identität für ihn und beschafften gefälschte Papiere. Aus Chuquet wurde Monsieur Anselme von Troyes, der mit einer Nonne aus dem Santa-Marta-Kloster in Rom verwandt war. Er legte alle Manieren eines Geistlichen ab, schnallte sich einen mit Troddeln und Metallbeschlägen verzierten Gürtel um, steckte sein Schwert in die Scheide und verließ mitten in der Nacht das Kloster Sainte-Marthe-ès-Aires. Die Stunden bis zum Morgengrauen verbrachte er bei dem Küster von Notre-Dame de Isle, der ihn zu Beginn seines Aufenthaltes in Troyes an den Nonnenkonvent verwiesen hatte. Im Morgengrauen überquerte Chuquet in seiner Verkleidung den Nerveaux-Kanal, der die Stadt teilte, und verließ Troyes durch das Porte de Comporté, das erst im letzten Jahrhundert errichtet worden war, aber von dem viele meinten, es gehe auf eine Eingebung von Julius Cäsar selbst zurück. Die Empfehlung der Äbtissin Dana für ihre römische Amtskollegin Mutter Nicole trug er bei sich. In deren Konvent sollte Chuquet sofort nach seiner Ankunft in Rom Unterschlupf finden.

Chuquet brauchte drei Wochen für die Strecke von Troyes zur ewigen Stadt. Bei der römischen Äbtissin stellte er sich unter jenem Namen vor, zu dem ihm Dana verholfen hatte. In dem kleinen Gebetshaus in der Nähe der Kirche S. Angelo, vor deren Portal sich die Fischverkäufer niedergelassen hatten, lebten nur ein Dutzend Schwestern. Nicole wunderte sich über den Brief der Oberin aus Troyes, der einem Befehl glich, dem Reisenden Unterkunft und Verpflegung zu gewähren. Die Äbtissin reagierte entsetzt: Dies war ein Frauenkloster! Aber der Brief duldete keinen Widerspruch, und das Santa-Marta-Kloster gehörte demselben Orden an wie das Kloster in Troyes. Nicole musste diese einmalige Ausnahme zulassen.

»Was macht Ihr in Rom, Signore?«, fragte sie.

Der Vikar zog einen Zettel aus der Tasche.

»Ich bin zum ersten Mal in der Caput Mundi. Vielleicht könnt Ihr mir helfen, die Spur dieser Personen zu finden…«

Auf dem Zettel standen vier Namen: Arthème de Malaparte, Arthuis de Beaune, Domenico Profuturus und Aures de Brayac. Nicole las die Namen aufmerksam durch.

»Die ersten drei Namen«, sagte die Äbtissin, »kenne ich nicht. Der vierte Mann hingegen ist sehr bekannt, doch nicht mehr unter diesem Namen. Aures de Brayac heißt heute Monsignore Artemidore. Er ist der Kanzler des Papstes – der mächtigste Mann Roms. Es wird schwierig sein, ein Treffen mit ihm zu vereinbaren, vielleicht gar unmöglich.«

»Gut, dann lasse ich den Namen dort stehen, wo er ist«, sagte Chuquet. »Nämlich am Ende meiner Liste. Wenn ich mit den ersten drei Personen gesprochen habe, wird Artemidore von allein zu mir kommen.«

XI

Henno Gui bemühte sich um den bewusstlosen Mann, der vor seinen Füßen zu Boden gesunken war. Die Gruppe, die auf der anderen Seite des Hügels gewartet hatte, versammelte sich um den Patriarchen und den Priester. Die fünfzehn im bunte Mi-partis gehüllten Personen waren alle erschöpft.

Der Pfarrer war völlig ratlos, als er das farbenprächtige Grüppchen und die Tiere erblickte. Seit seiner Ankunft in Heurteloup hatte er keinen Fremden mehr zu Gesicht bekommen. Die lebhaften Gaukler unterschieden sich erheblich von den verdrossenen Dorfbewohnern.

»Ich bin der Pfarrer Henno Gui«, sagte er zu den Fremden, die ihn musterten. »Habt Ihr Euch verirrt?«

»Nein, Vater«, antwortete einer von ihnen. »Es sieht so aus, als wären wir am Ende unserer Reise angekommen.«

Der Gaukler erklärte dem Pfarrer, dass die Truppe seit Herbstbeginn durch die weite Gegend zwischen Albi und Sartegnes zog. Sie hatten den ganzen Winter auf den Straßen verbracht und kleine, verschneite Dörfer und Sumpfgebiete durchquert. Ihr Patriarch hatte einen letzten Willen geäußert, den sie ihm zu erfüllen versuchten. Er wollte in einen kleinen Weiler geführt werden, der sich tief in sein Gedächtnis gegraben hatte. Dort hatte er in seiner Jugend eine unvergessliche Vorstellung gegeben. Die Erinnerung an das Schauspiel ließ ihn sein Leben lang nicht los. Unglücklicherweise war ihm der Name des Dorfes entfallen. Daher war die Truppe gezwungen, monatelang durch das Land zu reisen, um den Ort zu suchen.

»Ist es hier?«, fragte Henno Gui irritiert. »Ist das der Ort, den Euer Vater gesucht hat?«

Die Spielleute bejahten die Frage. Ihr Patriarch schien sich ganz sicher zu sein.

»Warum wollte er unbedingt nach Heurteloup zurückkehren?«, fragte der Pfarrer.

Fünfzehn Gaukler zuckten mit den Schultern und schauten betreten auf den alten Mann, der allmählich wieder zu Bewusstsein kam. Offenbar hatte er den wahren Grund seiner Reise niemals verraten.

Wenige Minuten später versuchte der Patriarch, der sich ein wenig erholt hatte, aufzustehen. Seine Leute halfen ihm mühsam auf die Beine. Er schaute vom Gipfel des Hügels auf die Lichtung.

»Wir sind da. Hier ist es«, sagte er. »Hier haben wir gespielt. Ich stand genau an der Stelle, an der ich jetzt stehe… oben auf dem Hügel… Vor mir standen meine beiden Fackeln und meine beiden Ölbäume, und dort waren die Pferde und die Bäume…«

»Bist du sicher, Vater?«, fragte die Jüngste der Truppe, die ein Gewand voller bunter Rhomben und Streifen trug.

»Ja, ich bin ganz sicher«, erwiderte der Alte.

Henno Gui hatte Schwierigkeiten, den Sinn dieses Abenteuers zu begreifen. Warum sollte jemals eine Truppe Gaukler in Heurteloup Halt gemacht haben?

»Was habt Ihr hier gemacht? Was habt Ihr gespielt?«

»Meine Rolle?«, fragte der Gaukler. »Die schönste.«

Der alte Mann, der nichts von seinen Talenten eingebüßt hatte, schwieg einen kurzen Augenblick.

»Ich habe den Jesus gespielt.«

XII

Am Tag nach seiner Ankunft ging Chuquet den Vatikan genannten Hügel am Ufer des Tibers hinauf. Die Kirche besaß hier eine Kapelle und einige Gebäude, die vergrößert wurden, um den Lateranpalast zu entlasten. An diesen Ort war die Verwaltungsbibliothek der Staaten des heiligen Petrus verlegt worden, in der alle Akten über Ereignisse und Ernennungen Roms Platz fanden. Nur die Geistlichen des Laterans oder Laien mit besonderen Genehmigungen durften die Bibliothek betreten und die *Codices* einsehen. Chuquet verfügte an diesem Morgen über einen Passierschein, den ihm Schwester Nicole ausgestellt hatte.

Die vereidigten Bibliothekare und Wächter ließen den Besucher trotz seiner weltlichen Kleidung eintreten.

Der Besucher nahm aus den nach frischem Holz duftenden Regalen acht dicke *Codices*, die er auf die Pulte stellte, auf denen zum Teil schon wertvolle Kettenbücher lagen. Anschließend schaute er sich die alphabetischen Verzeichnisse an und warf einen Blick auf seine Liste mit den vier Namen.

Die Person, über die der Vikar zuerst Aufschluss erhielt und auf die am häufigsten Bezug genommen wurde, war Arthuis de Beaune. Hinter diesem Namen verbarg sich ein weiser Mönch, der Kommentare über Aldobrandini von Siena geschrieben und Entdeckungen im Tierreich gemacht hatte. Besonders aufgrund des berühmten »Feuerkreises des Skorpions« wurde vor vierzig Jahren viel über ihn geschrieben. Der gelehrte Mönch lebte noch und leitete eine Schule, die an die Studienanstalten des Laterans angeschlossen war. Chuquet schrieb sich den Namen der Schule auf und setzte seine Recherchen fort.

Arthème de Malaparte wurde in einem Kapitel genannt, in dem es um die Sonderkommission ging, die 1231 von Gregor IX. gegründet worden war, um Aristoteles' Werk zu studieren. Haquin hatte die Kommission in einem seiner damaligen Briefe an Alcher de Mozat erwähnt. Chuquet musste über die kurze Lobrede auf Malaparte lächeln. Die wissenschaftlichen und theologischen Kenntnisse des Laien, dem 1235 die außerordentliche Bischofswürde verliehen wurde, fanden lobende Erwähnung. Seine bischöfliche Karriere war vom Tag seiner Weihe bis zu seinem Tode im Jahre 1266 mit keinem Amt verbunden. Der Lobredner schrieb, dass der Papst ihm 1264 einen Kardinalshut und den höchsten Orden des heiligen Petrus anbot. Eine erstaunliche Gnade für einen Mann, der offiziell nichts Außergewöhnliches geleistet hatte. Malaparte konnte sich nur des Verdienstes rühmen, ein Kinderhospiz in der Nähe der Burg Sant'Angelo in Rom gegründet zu haben. Seit seinem Tod leitete seine Tochter Lucie das Hospiz.

Chuquet schrieb sich den Namen und den Ort des Hospizes auf.

Domenico Profuturus war ein dominikanischer Abt, der der Schule von Chartres nahe stand. Er wurde in einem Register mit klösterlichen Ernennungen aufgeführt. Seine letzte Wirkungsstätte war Santa Lucia in der Nähe von Ostia.

Wie Chuquet bereits von Schwester Nicole erfahren hatte, leitete Aures de Brayac seit 1274 unter dem Namen Artemidore die Kanzlei des Laterans. Aufgrund seiner hohen politischen Stellung gab es zur Zeit keine einsehbaren Schriftsätze über seinen Werdegang.

Nachdem sich der Besucher ein paar Notizen gemacht hatte, stellte er die *Codices* zurück in die Regale und verließ die Bibliothek.

XIII

Der erstaunlichen Enthüllung des alten Komödianten, die Rolle von Jesus Christus gespielt zu haben, hafteten weder Arroganz noch Stolz an, sondern Bitterkeit. Henno Gui konnte seine Bestürzung kaum verbergen. Der alte Mann fuhr fort:

»Ich habe den Christus gespielt. Diese Rolle wurde mir schon vor dem denkwürdigen Tag anvertraut«, gestand der Schauspieler. »Ich hatte das Glück, damals von Natur aus ähnliche Gesichtszüge zu haben wie die, die Gottes Sohn auf den Gemälden oder den Kruzifixen in den Kirchen zugeschrieben werden. Daher begann ich meine Laufbahn in den großen Mysterienspielen, die Ostern in Basel oder Ravenna aufgeführt wurden.«

Henno Gui musste ihm Recht geben. Das ovale Gesicht mit den feinen Furchen, der blassen Haut und den hohlen Wangen ähnelte auch jetzt noch den Darstellungen der Ikonen und Evangelienbücher.

Der Alte atmete tief ein und schloss die Augen.

»Es war ein unglaubliches Schauspiel«, fügte er hinzu. »Einzigartig. Rund um die Lichtung dort brannten große Feuer.«

»Feuer?«, fragte Henno Gui. »Was denn für Feuer?«

Der Mann öffnete die Augen und zeigte auf sieben Bäume.

»Sie hatten große, hohe Bäume ausgewählt. An jedem Baum wurden feierlich sieben lange Zweige entzündet. An jedem Baum sieben. Es war großartig… großartig…«

»Sieben Bäume? Sieben Zweige?«, wiederholte der Pfarrer. »Wie die sieben goldenen Leuchter in der Offenbarung des Johannes?«

Der alte Mann lächelte. Er schaute dem Pfarrer zum ersten Mal in die Augen.

»Es war doch *die Apokalypse des heiligen Johannes*, die wir hier aufgeführt haben, Vater.«

Noch nie hatte Henno Gui eine Offenbarung dermaßen bestürzt. Er war fassungslos.

XIV

Eine Stunde, nachdem Chuquet die Bibliothek auf dem Vatikanhügel verlassen hatte, sprach er unter seinem falschen Namen im Hospiz der Mutter Anna vor, einer Einrichtung für Waisen, die neben der Burg Sant'Angelo lag. Er bat um ein Gespräch mit der Mutter Oberin, Lucie de Malaparte. Er musste sich lange gedulden, ehe ihn eine Frau empfing, die jünger war, als er erwartet hatte. Sie trug ein weißes, durch mehrere Laschen geschlossenes Skapulier.

»Was kann ich für Euch tun?«, fragte sie. Unter dem Weihel zeichneten sich Gesichtszüge ab, die Gleichmut und Sanftheit ausstrahlten.

»Ich möchte mit Euch über Euren Vater sprechen. Mein ehemaliger Herr stand in seinen Diensten.«

»Ach ja? Wie war sein Name?«

»Romée de Haquin. Er unterstützte den gnädigen Herrn Malaparte bei seiner Arbeit für die päpstliche Kommission, die 1231 gegründet wurde, um Aristoteles' Werk zu studieren.«

»Der Name sagt mir nichts.«

»Ich weiß genau, dass mein Herr mehrere Jahre im Dienste Eures Vaters stand und auch nach der Auflösung der Kommission in seinen Diensten blieb.«

»Das Leben meines Vaters ist mir vertraut. Aber ich erinnere mich nicht, je von einem Haquin gehört zu haben.«

Chuquet ließ sich von dem bestimmten Ton der Mutter Oberin nicht einschüchtern. Vielleicht hatte sie es ganz einfach vergessen.

»Blieb Euer Vater nach dem Scheitern der Kommission in Rom?«

»Ja. Er gründete mit meiner Mutter das Hospiz.«

»Was hat er zu jener Zeit noch getan?«

»Nichts, Signore. Ihm wurden mehrere bedeutende Posten in Europa angeboten, doch er lehnte sie alle ab. Mein Vater hatte sich mit Herz und Seele seiner Einrichtung für die Waisenkinder verschrieben.«

»Und Ihr kennt keinen anderen Grund, der erklären könnte, warum er in Rom blieb?«

»Ich habe es Euch bereits gesagt: das Hospiz der Mutter Anna.«

»Hm…« Chuquet reichte diese Erklärung nicht aus. »Hat Euer Vater nie über die doch überraschende und sehr strenge Entscheidung des Papstes geklagt, die Kommission aufzulösen und Aristoteles' Schriften als Vorlesungsthema zu verbieten?«

»Nein.«

»Er soll den Widerruf sogar mit Würde aufgenommen und sich öffentlich stets loyal gegenüber dem Oberhaupt der Kirche gezeigt haben.«

»Das weiß ich.« Die Stimme von Lucie de Malaparte klang zunehmend gereizt.

»Gewiss. Eines scheint Ihr wohl nicht zu wissen, gute Frau. Die Kommission nahm ihre Arbeit nämlich noch am Tag der päpstlichen Entscheidung heimlich wieder auf. Alle, die an Aristoteles' Lehren glaubten, verhöhnten das Verbot der Kirche und scharten sich um Euren Vater, um das Studium seiner Philosophie zu vertiefen. Schon bald verwandelte sich das Komitee in einen mächtigen Geheimbund. Der Mensch und die Natur wurden nach neuen Gesetzen studiert, ohne sich länger um die erstarrte römische Glaubenslehre zu scheren.«

»Ich glaube kein Wort von dem, was Ihr behauptet«, warf Lucie ein.

»Das ist Euer gutes Recht. Ihr solltet dennoch wissen, dass Euer Vater dem Geheimbund bis zu seinem Tod im Jahre 1266 vorsaß. Dieser existiert höchstwahrscheinlich heute noch – ohne Wissen des Papstes – und ist mächtiger denn je.«

»Könnt Ihr das beweisen?«

»Meine Beweise gehen Euch nichts an.«

»Und warum erzählt Ihr mir das alles? Was wollt Ihr dadurch erreichen?«

»Ihr seid hier in den römischen Kreisen sehr hoch angesehen. Ich bitte Euch nur, meine Worte ernst zu nehmen und nicht zu zögern, den mächtigen Personen, die Ihr trefft, Fragen zu stellen. Wenn öffentlich darüber gesprochen wird, werdet Ihr sicherlich bald mehr wissen als ich …«

»Wenn ich darüber spreche, werde ich Euren Namen nennen.«

»Gut. Ich heiße Anselme von Troyes, aber der Name, der zählt, ist der meines ehemaligen Herrn. Vergesst ihn nicht: Er hieß Romée de Haquin.«

XV

Auf dem kleinen Hügel am Rande der Lichtung setzte der alte Schauspieler seine Schilderungen fort. Die ganze Truppe umringte ihn. Auch sie vernahm zum ersten Mal die Offenbarungen des Patriarchen.

»Die Apokalypse … Ein Schauspiel, wie man es nie zuvor gesehen hatte …«

Er erzählte mit schwacher Stimme, wie er und seine damalige kleine Truppe vor langer Zeit engagiert worden waren, um die Szene aus dem letzten Buch des Evangeliums in ihrer ganzen Länge zu spielen. Ihre Auftraggeber schienen seit Jahren unter größter Geheimhaltung an der Aufführung der Apokalypse gearbeitet zu haben. Sie setzten alle Hebel in Bewegung, um das Werk zu inszenieren. Jeder Vers des Apostels Johannes wurde mit ausgeklügelten Dekorationen sichtbar gemacht. Es gab phantastische Kostüme, Pferde mit Löwenköpfen, Reiter mit rauchblauen und schwefelgelben Panzern, ein Tier mit zehn Hörnern und sieben Köpfen, einen Drachen, ein Lamm.

»Aber warum?«, fragte der Priester. »Das Ganze war eine schreckliche Blasphemie. Warum wart Ihr bereit, an dieser Täuschung mitzuwirken?«

»Uns wurde gesagt, es sei ein Experiment von höchster religiöser Bedeutung«, erklärte der Patriarch. »Ich kam mit meiner Truppe erst in allerletzter Minute an und war bei den Vorbereitungen nicht zugegen. Die Kardinäle, die das Mysterienspiel in Szene setzten, weihten uns nur flüchtig in ihre Motive ein.«

»Kardinäle?«, rief der Pfarrer entsetzt.

»Ja, mehrere Kardinäle. Ich sehe ihre roten Hüte mit den flachen breiten Krempen und den Quasten an den seidenen Schnüren noch vor mir.«

Es herrschte Schweigen. Niemand wagte es, den Patriarchen zu unterbrechen. »Auch Doktoren der Theologie waren dabei.«

Der alte Mann starrte auf die Lichtung. Er legte die Hand auf seine Brust, wie um einen Schmerz zu dämpfen. »Ja … es war genau dort …« Er zeigte auf die kleine Lichtung, wo die arme Mabel wie versteinert kniete. »Ich erinnere mich … Das ganze Dorf hatte sich auf der Wiese versammelt … Und unsere vier Reiter der Apokalypse stürzten sich in ihren funkelnden Rüstungen und Helmhauben auf die kleine Gruppe … Und dann war da noch der kleine Pfarrer … Ja, jetzt erinnere ich mich wieder … der Pfarrer des Dorfes …«

»Ein Pfarrer?«, fragte Henno Gui. »Bei den Dorfbewohnern war ein Pfarrer?«

»Ja, ehrlich gesagt, ein seltsamer Vogel.«

Nach diesen Worten presste der Komödiant eine Hand fest aufs Herz, als hätte ihn ein Schlag getroffen. Sein Gesicht war schmerzverzerrt. Seine Kräfte schwanden. Eine junge Gauklerin nahm ihn in die Arme, um ihn zu seiner Reisesänfte zu führen.

»Wir müssen ihn ins Dorf bringen«, sagte sie. »Unser Vater braucht Ruhe.«

»Macht Euch keine Sorgen. Folgt mir. Ich weiß, wo Ihr Euch niederlassen könnt.«

Der Pfarrer führte die Truppe mit Mabel, die sich von ihrem Schock noch nicht erholt hatte, zu dem Krater, der den Dorfbewohnern als Zufluchtsort diente. Der Schnee war geschmolzen, aber der Krater war dennoch kaum zu erkennen. Gräser und Moos verdeckten die Oberfläche ebenso gut wie der winterliche Schnee.

Der Eingang zu dem Unterschlupf weckte bei dem alten Mann neue Erinnerungen.

»Hier hat sich ja überhaupt nichts verändert ... nein. Genau hier haben wir uns vorbereitet.«

»Hier?«, fragte Henno Gui. »Wer war denn bei Euch? Soldaten?«

»Nein. Mönche. Viele Mönche ... und Hunde ... Ja, ich erinnere mich an die Hunde.«

Mehr konnte der Pfarrer dem alten Mann nicht entlocken. Er war zu schwach und sprach kein Wort mehr. Die Komödianten bedankten sich bei Henno Gui und richteten sich in dem Unterschlupf ein. Sie stellten ihre Truhen ab und entzündeten ein großes Feuer. Der Pfarrer befahl ihnen, diesen Platz auf keinen Fall zu verlassen.

Anschließend kehrte er mit Mabel nach Heurteloup zurück. Henno Gui mahnte auch sie zu größter Geheimhaltung. Niemand durfte etwas davon erfahren.

Allmählich lichtete sich das Dunkel um die Geheimnisse des Dorfes. Henno Gui dachte an die eigentümliche Federzeichnung auf Pergament, die er in der vermoderten Truhe gefunden hatte, an Tobies Waffen, die unterirdischen Gänge, die vermutlich gegraben worden waren, um einer neuen Apokalypse vorzubeugen, das Trauma der großen Feuersbrunst und die Heiligkeit der Sümpfe. Der Pfarrer wusste um die Überzeugung der Dorfbewohner, sie seien verschont geblieben, als eine neue Welt entstanden war, und seit langer Zeit vom Rest der Welt abgeschnitten … Dieser unvergleichliche Schock, die für immer geschädigten Seelen, die das Ende der Welt bezeugt hatten – eine Apokalypse als Theaterstück!

Kardinäle aus Rom hatten die Tragödie des kleinen Dorfes inszeniert, das vermutlich kraft ihrer Anstrengungen in Vergessenheit geraten war. Was sollte man angesichts der neuen Erkenntnisse vom Tod des Bischofs Haquin halten? Bewies seine Ermordung, dass er in diese Täuschung der Dorfbewohner verwickelt war, oder hatte Haquin das Geheimnis aufgedeckt und musste darum sterben? War in Heurteloup heute nicht jeder in Gefahr, wenn die Entdeckung des Dorfes dem Bischof von Draguan das Leben gekostet hatte?

XVI

Aymard du Grand-Cellier, Gilbert de Lorris und Merci-Dieu kamen nach ihrer Rückkehr aus Gennanno nie in Rom an. Auf der Straße trafen sie einen Melder, der von der Kanzlei des Laterans geschickt worden war und ihnen neue Anweisungen erteilte. Der Auftrag duldete keinen Widerspruch. Das Trio verabschiedete sich von Drago de Czanad und der jungen Komödiantin Maud und ritt im Galopp nach Norden.

Eine Garnison von zweihundert Soldaten wartete in der Nähe des kleinen Weilers Porcia diesseits der Alpen – unweit der französischen Grenze und des Bezirkes Avignon – auf sie. Die gesamte Kaserne von Falvella war mit Waffen und Streitrössern hierher verlegt worden. Gilbert freute sich, seine ehemaligen Kameraden wiederzusehen. Sofort nach ihrer Ankunft wurden die drei Neuankömmlinge für den Krieg gerüstet. Aymard legte die Rüstung an, ohne seine weiße Soutane auszuziehen. Die Ärmel und Falten der Robe schauten unter dem Kettenhemd hervor. Auch weigerte er sich, seine Tonsur unter einer Kampfhaube zu verstecken.

Der Befehlshaber der Streitkraft erklärte ihnen, dass sie auf dem Weg zu einer kleinen französischen Pfarrei seien, in der eine Gruppe Ketzer gegen Rom wetterte. Diese müsse so schnell wie möglich niedergeschlagen werden, ehe ihre Spitzel in die Umgebung ausschwärmten. Die Soldaten sprachen von einem Kreuzzug, um die drei Männer von der Bedeutung dieses Unterfangens zu überzeugen.

Von den zweihundert Soldaten der Garnison von Falvella wurden für den Feldzug dreiunddreißig sorgfältig ausgewählt.

Drei Tage nach der Ankunft von Aymard und seinen Kameraden in Porcia überquerten die Soldaten in Dreierreihen heimlich die französische Grenze und begannen ihren Marsch auf die Diözese Draguan.

Diese kleine Truppe benutzte abgelegene Wege, und der Befehlshaber stellte Aymard du Grand-Cellier an ihre Spitze.

XVII

Am Tag nach dem Gespräch mit Lucie de Malaparte verließ Chuquet Rom und machte sich auf den Weg nach Ostia. Er war so sehr in seine Ermittlungen über Haquins Tod vertieft, dass er selbst die Basilika, die an der Rechtsbiegung des Tiber über dem Grab des Apostels Paulus aufragte, kaum beachtete.

Am Spätnachmittag kam er vor dem Tor des Klosters Santa Lucia an, das in der Nähe des Dorfes gleichen Namens lag. Das Tor war geöffnet und die Festung menschenleer, die Häuschen, Ställe und Werkstätten verlassen. Das Aedificium war bis zum Dach von Ranken bewachsen und zum Teil mit Unkraut überwuchert. Er ging den Kreuzgang am überdachten Innenhof entlang, vorbei an leeren Gemeinschaftsräumen, glaubte aber zu spüren, dass hier vor noch nicht allzu langer Zeit Mönche gelebt hatten. Ihre Abreise musste sorgfältig geplant worden sein. Nichts wies auf eine überhastete Flucht oder eine Plünderung hin. Chuquet suchte in der Kirche und auf den Gewölben nach Inschriften: Sie waren alle entfernt worden. Sogar den Friedhof gab es nicht mehr. Im Dorf traf er einen alten Bauern, den er nach den Mönchen befragte.

»Sie sind seit gut acht Jahren fort, gnädiger Herr«, erwiderte der Mann.

»Kanntet Ihr den Abt Profuturus?«

Der Bauer schüttelte den Kopf.

»Die Mönche lebten vollkommen zurückgezogen. Solche Ordensbrüder habe ich nie zuvor in meinem Leben gesehen – unfähig, Gutes oder Schlechtes zu tun.«

»Wie habe ich das zu verstehen?«

»Verdammt! Wenn ein Kloster in einer Gegend eröffnet

wird, ist es wie bei einem Schloss. Alle Welt zieht daraus Nutzen. Es werden Zimmerleute, Glaser und Pergamentmacher aus der Gegend beschäftigt. Die Bauern haben viel Arbeit. Es werden neue Felder angelegt und neue Viehherden gezüchtet. Und hier? Nichts von alledem. Es gab zwischen den Mönchen und uns nicht den geringsten Austausch. Ihr ganzes Leben spielte sich im Verborgenen ab. Wir bekamen sie niemals zu Gesicht. Niemand ist je über die Schwelle des Klosters getreten. Noch nicht einmal der Pfarrer aus Santa Lucia!«

»Wisst Ihr, warum sie das Kloster verlassen haben?«

»Ich weiß ja bis heute nicht einmal, warum sie überhaupt gekommen sind! Sie haben das Kloster ein paar Monate lang ausgebessert und dann, etwa zwei Jahre später, waren sie auch schon wieder verschwunden. Seitdem steht das Kloster leer, und es hat sich keine neue Glaubensgemeinschaft angekündigt. Was für eine Verschwendung!«

Chuquet stellte ihm keine weiteren Fragen. Er verbrachte die Nacht in einem ärmlichen Gasthaus, wo er den klammen Schlafsaal mit drei Händlern teilen musste. Am nächsten Tag kehrte er nach Rom zurück, um Auskünfte über die von Arthuis de Beaune gegründete Schule einzuholen.

Er erkundigte sich nach den verschiedenen Doktoren und Professoren, aber Arthuis selbst war nicht anwesend. Chuquet bat um ein Gespräch mit Pharamond dem Jüngeren, einem verdienstvollen Schüler des Meisters und dem stellvertretenden Schulmeister. Um das Treffen zu beschleunigen, gab sich Anselme von Troyes als begüterter Wohltäter aus. Er zeigte ein paar funkelnde Goldtaler und wurde sofort in Pharamonds Büro geführt.

Chuquet erklärte einleitend, wie sehr ihn der gute Ruf des Meisters beeindrucke.

»Er genießt weithin großes Ansehen«, stimmte der Schulmeister zu. »Arthuis de Beaune wird als bedeutender Gelehrter, der immer im Dienste Christi stand, in die Menschheitsgeschichte eingehen. Er ist die Ehre der gesamten Schule.«

»Seine Experimente mit dem Skorpion und dem Feuerkreis sind bewundernswert.«

»Der Erste, der über den Geist des Tieres nachdachte. Der Selbstmord des Skorpions! Ein denkwürdiger Akt, wenn man bedenkt, dass nur der Mensch allein von Gott mit einem Selbstbewusstsein und Lebenswillen ausgestattet wurde.«

»Hat de Beaune diesen Versuch auch an Menschen ausgeführt?«

Pharamond schaute den Vikar verständnislos an.

»An Menschen?«

»Ja. Seine Experimente … Wisst Ihr, ob er versucht war, sie eines Tages an Menschen durchzuführen? Der Mensch angesichts des Todes, der Mensch angesichts seiner natürlichen Angst, der Mensch angesichts der Wahrheiten des Evangeliums … Die erstaunlichen Ergebnisse des Skorpionexperimentes müssen ihn zur Überprüfung weiterer Thesen inspiriert haben, oder nicht?«

»Es wäre ein Frevel, so mit dem menschlichen Bewusstsein zu spielen!«, widersprach Pharamond. »Arthuis de Beaune ist ein untadeliger Gläubiger. Wenn seine wissenschaftlichen Erkenntnisse im Widerspruch zur Moral oder zum Glauben stehen, nimmt er immer öffentlich davon Abstand.«

»Hm … Wie alt ist er heute?«

»Er feiert in Kürze seinen achtzigsten Geburtstag.«

»Bewundernswert. Wo kann ich ihn finden?«

»Arthuis de Beaune arbeitet trotz seines Alters sehr viel. Einen Monat pro Jahr hält er sich an unserer Schule auf. Im Juni.«

»Und den Rest des Jahres?«

»Das weiß ich nicht. Wir glauben, dass er durch die Welt reist oder irgendwo ein Haus besitzt, in dem er seine Arbeiten in Ruhe fortsetzt.«

»Und worum geht es bei diesen Arbeiten?«

»Oh, das weiß nur er allein«, sagte der Schulmeister lächelnd. »Aber er stellt sie der Schule im nächsten Sommer zur Verfügung. Das macht er in jedem Jahr.«

»Schön.«

Chuquet erhob sich.

»Dann warte ich bis zum nächsten Juni, um Eure Einrichtung mit einer kleinen Spende zu unterstützen«, sagte er. »Ich danke Euch für das interessante Gespräch.«

Der vertretende Schulmeister verabschiedete den Wohltäter, der so unerwartet aufgetaucht und seine Spende plötzlich wieder zurückgezogen hatte, ein wenig enttäuscht.

Chuquet verbrachte die nächsten Tage damit, die neuen Erkenntnisse, die er seit seiner Ankunft in Rom gesammelt hatte, zu ordnen. Eines Nachts nahm er seinen besten Federkiel zur Hand, glättete mit einem Bimsstein das Pergament und schrieb einen Brief, den er diesmal mit seinem richtigen Namen unterzeichnete.

Im Morgengrauen verließ er das Santa-Marta-Kloster mit dem Umschlag, in dem der Brief steckte, und begab sich zur französischen Gesandtschaft. In der kleinen Villa waren die Diplomaten des französischen Königs und Klerus untergebracht. Die Botschaft wurde seit kurzer Zeit von einem gewissen Vater Merle geleitet, einem rundlichen, glatzköpfigen Dominikaner. Der Mann sorgte dank seines Amtes für eine ständige Verbindung zwischen Paris und Rom. Chuquet bat um eine Unterredung.

»Was kann ich für Euch tun, mein Sohn?«, fragte der Geistliche.

»Eure Kuriere nach Frankreich sollen die schnellsten und sichersten sein.«

»Das ist möglich.«

»Ich möchte einen Brief ins Bistum Paris bringen lassen.«

Vater Merle hob die Augenbrauen.

»Ist es ein amtlicher Brief?«

»Nein, Vater. Ein persönlicher Brief. Er soll Corentin Tau, dem Archivar des Erzbistums, ausgehändigt werden.«

Chuquet legte den Umschlag auf Merles Schreibtisch.

»Das können wir machen«, sagte der Geistliche. »Aber Ihr kennt das Gesetz: Jeder Brief muss geöffnet und überprüft werden, bevor er das Siegel unserer Gesandtschaft erhält.«

Chuquet zuckte mit den Schultern.

»Handelt, wie Ihr handeln müsst.«

Ohne den Dominikaner eines weiteren Blickes zu würdigen oder ein weiteres Wort an ihn zu richten, grüßte er und verließ das Büro. Merle machte so viel Arroganz sprachlos. Er öffnete den Brief und fing an zu lesen. Nachdem er die ersten Zeilen überflogen hatte, erstarrte er: Corentin Tau sollte über eine Reihe aufschlussreicher Enthüllungen unterrichtet werden. Der Schreiber kündigte an, diese in Kürze bekannt geben zu wollen.

Merle drehte den Brief um und schaute auf die Unterschrift. Eine Sekunde später rannte er zur Tür und auf die Straße.

Er sah sich nach allen Seiten um.

Der Mann, der den Brief abgegeben hatte, war in der bunt wogenden Menge von Händlern und Ochsenkarren untergetaucht.

XVIII

Floris de Meung hatte Heurteloup vor ein paar Tagen verlassen. Nach den Offenbarungen des alten Komödianten hatte Henno Gui beschlossen, den Jungen nach Draguan zu schicken. Dort sollte er mit dem Vikar Chuquet sprechen, der, so glaubte Henno Gui, inzwischen bestimmt zurückgekehrt war, und ihn bitten, auch nach Heurteloup zu kommen. Floris nahm das Bündel mit den persönlichen Sachen von Premierfait mit, um es dessen Frau auszuhändigen. Henno Gui übergab ihm auch seine astronomischen Aufzeichnungen, die er auf der Hinreise angefertigt hatte, damit Floris sich nicht verirrte.

Er brauchte fünf Tage, um die drei Wälder und die drei Täler zu durchqueren, die Heurteloup von Draguan trennten. Der Ort war aus seinem Winterschlaf erwacht: Steinmetze bearbeiteten riesige Blöcke, Maurer mischten Mörtel oder maßen mit dem Senkblei eine Wand. Er sah Scherenschleifer, Leinenweber, Bogenmacher und Ziegenhirten durch die Gassen eilen.

In Draguan erfuhr er, dass der Vikar Chuquet gar nicht ins Bistum zurückgekehrt war. Niemand hatte eine Nachricht von ihm erhalten. Sein Posten sollte bald neu besetzt werden.

Als Floris vor der Hütte des Küsters stand, deren Ritzen in dem Balkenwerk mit Moos verstopft waren, staunte er nicht schlecht. Godiliège Premierfait musste das rätselhafte Verschwinden ihres Gatten schnell verwunden haben. Das bigotte Weib mit den kurzen Entenbeinen war bereits mit dem neuen Küster verheiratet! Die Frau stand auf der Türschwelle und schimpfte lauthals über ihren neuen Mann, der aber nicht zugegen war. Floris traute sich nicht, sich zu erkennen zu geben.

Er trat ein paar Schritte zur Seite, wartete, bis die Frau wieder in ihrer Hütte verschwand. Dann ließ er das Bündel, das er bei sich trug, einfach vor der Tür fallen, die in Lederriemen hing.

In einer kleinen Nebenstraße traf er auf zwei seltsame Wesen, die ihm gespannt entgegensahen. Es waren zwei junge Mädchen, in groben Cotten und Holzpantinen, die reglos nebeneinander standen und auf ihn zu warten schienen.

»Guten Tag«, sagte der Junge.

»Guten Tag«, erwiderte das ältere Mädchen, das seine Haare zu langen Zöpfen geflochten hatte. »Wir haben auf dich gewartet.«

Die beiden Mädchen stellten sich vor. Sie hießen Guillemine und Chrétiennotte.

Floris lächelte verhalten.

»Das verstehe ich nicht«, sagte er. »Wer hat euch denn gesagt, dass ich komme?«

Guillemine lächelte nun auch.

»Die bläulichen Wesen, die du im Wald getroffen und deren Worte du nicht verstanden hast.«

Floris riss die Augen auf. Die Erscheinungen? Die mysteriösen Feen, denen er gleich nach seiner Ankunft in Heurteloup begegnet war? Sprach das Mädchen von ihnen?

»Sie sind nicht stumm, nur weil sie ihre Lippen nicht bewegen«, erklärte ihm Guillemine. »Ihre Stimmen klingen für die, die sie zu hören verstehen. Das ist alles.«

Floris streckte intuitiv die Arme aus und strich dem Mädchen über die Stirn, um zu überprüfen, ob es eine Fee war.

»Aber … wer sind sie?«, fragte er verwirrt. »Wisst ihr es?«

Die beiden Mädchen zuckten mit den Schultern. Chrétiennotte, die Jüngere, mit dem goldblonden Haar, schaute ihn aus ihren großen Augen schweigend an. Die Ältere antwortete ihm.

»Niemand weiß mehr, wer sie sind. Sie erscheinen seit jeher im Wald. Die Menschen haben sie durch Götter ersetzt, die man auf den Steinen sieht und die man verehrt, ohne sie zu kennen. Wenigen von uns wird die Gnade zuteil, Feen aus früheren Zeiten zu treffen. Sie zeigen sich nur, um denen zu helfen, die sie auserwählt haben.«

»Helfen?«, fragte Floris.

Guillemine wies mit dem Finger auf ihre Freundin, deren Gesicht zart und wunderschön war.

»Chrétiennotte allein kann sie sehen und hören. Seitdem sie die Sprache verloren hat. Sie wollten dich warnen, aber du musst ihnen zuhören, anstatt immerzu an einen Traum zu glauben!«

Floris dachte an das *Buch der Träume*.

»Mich warnen?«, fragte der Junge. »Warum?«

»Das musst du selbst herausfinden«, sagte Chrétiennotte Paquin plötzlich, die zum ersten Mal wieder sprach. »Öffne deine Augen! Öffne deine Augen!«

Die beiden Mädchen gingen leise lachend davon und ließen den Schüler allein.

Floris blieb eine Weile nachdenklich in der Gasse stehen. Er hörte Hammerschläge und sah zur Linken einen Mann mit Lederschuhen, Beinlingen und Lederwams, der auf einem in einen Baumstumpf eingelassenen Amboss Eisenringe formte. Die Schläge dröhnten Floris in den Ohren, und er ging rasch weiter. Das Buch von Daniel hatte nicht gelogen. Es bahnte sich etwas an – eine Gefahr. Der Junge zweifelte nicht mehr daran. Eine große Gefahr würde das Dorf oder Henno Gui heimsuchen, vielleicht sogar während seiner Abwesenheit.

Floris trottete besorgt weiter. Er nahm die Bauern in den kurzen Kitteln und die Handwerker mit Haubeilen und Ahlen, die ihm entgegenkamen, gar nicht wahr.

Mit gesenktem Haupt lief er an der Kreuzung von Domines und Befayt vorbei, wo einst die kleine Gipsstatue der Jungfrau gestanden hatte. Jetzt lagen die Scherben und Splitter wieder auf der Erde, die der Schnee und das Eis lange Zeit zusammengehalten hatten.

Floris hätte sich nur umzusehen brauchen, um zu seiner Linken auf der Straße nach Befayt eine große, dunkle Masse zu erblicken, die sich näherte. Es waren die Soldaten von Jorge Aja und Aymard du Grand-Cellier, die in Draguan aufeinander trafen.

Der Schüler, der fortwährend an das nahende Unglück dachte, schlug indes einen anderen Weg ein. Ohne etwas gesehen zu haben.

XIX

Henno Gui versuchte, alle Elemente, aus denen die vermeintliche Apokalypse bestand, zu verbinden und sich die Folgen vor Augen zu führen.

Durch die beiden Ausbrüche der Pest war das Dorf endgültig vom Rest der Welt abgeschnitten worden. Aber die Machenschaften des Klerus hatten die Entwicklung beschleunigt.

Die ganze Geschichte wäre niemals aufgedeckt worden, hätte sich nicht im letzten Jahr ein Herzog mit seinen beiden Kindern in dieses Sumpfgebiet verirrt. Die Menschen von Heurteloup hatten sie vermutlich für Dämonen gehalten. Die

Leichen, die sie in den Fluss warfen, hatten den Stein ins Rollen gebracht.

Der Pfarrer versuchte vergeblich, dem alten Schauspieler, der sich mit seiner Truppe im Krater aufhielt, weitere Geheimnisse zu entlocken. Der Mann richtete sich ganz offensichtlich aufs Sterben ein. Er litt an einer eingebildeten Wunde am Oberkörper und verlor sich in seinen Gedanken.

Seth war der einzige Mensch im Dorf, dem Henno Gui seine Entdeckungen anvertrauen konnte. Der Pfarrer erklärte ihm, wie man seine Väter hinters Licht geführt und ihnen vorgegaukelt hatte, das Ende der Welt sei gekommen. Hatte keiner der Männer die Täuschung durchschaut? Hatten sie alle der finsteren Komödie, die ihnen vorgespielt wurde, Glauben geschenkt? Henno Gui wusste es nicht. Auf jeden Fall könne eine Dorfgemeinschaft, die einen solchen Schock erlitten hatte, danach nicht mehr dieselbe bleiben, fuhr er fort. Ihr heutiger Glaube, ihre Weltsicht, die Worte, die ihre Vorfahren ihnen hinterlassen hatten, und ihre eigentümlichen Bräuche stammten größtenteils direkt von dem entsetzlichen Ereignis ab.

Henno Gui wählte sorgfältig jedes Wort aus, als er seine verwirrenden Enthüllungen vortrug, und Seth lauschte ihm aufmerksam. Er gab gewisse Übereinstimmungen zu. Die wahre Religion ihrer Väter beruhe in der Tat auf der Idee, dass die Welt plötzlich stehen geblieben sei. Inmitten dieses schrecklichen Weltendes seien sie die Einzigen gewesen, die überlebten, als hätten die Götter sie auserwählt.

Seth war bereit, dem Bericht des Pfarrers Glauben zu schenken. Aber er war nicht bereit, sein Wissen mit den anderen Dorfbewohnern zu teilen. Sie würden die Enthüllungen heftig zurückweisen.

»Versteht Ihr denn nicht, was diese Geschichte bedeutet?«, fragte Henno Gui.

Seth hob die Achseln.

»Was würde sich dadurch ändern? Die Neuigkeit hätte in unserem Bewusstsein so verheerende Folgen wie die vorgetäuschte Apokalypse bei unseren Vorfahren, falls sie denn wirklich nur von Gauklern gespielt war. Wollen wir das? Niemand ist bereit, die Wahrheit zu hören. Lassen wir sie fürs Erste beiseite. Letztendlich stören wir niemanden, mein Freund.«

Henno Gui schwieg betreten.

XX

Auf einer Lichtung im Wald vor den Toren von Draguan trafen die Truppen von Aymard du Grand-Cellier und Jorge Aja, der mit seinen Soldaten aus Passier angerückt war, aufeinander. Die bewaffnete Streitkraft bestand insgesamt aus knapp fünfzig Mann.

Der Bischof Aja begrüßte Aymard und Gilbert de Lorris, nachdem sie aus den Sätteln gestiegen waren. Die silberne Krümme seines aus Elfenbein gefertigten Bischofsstabes funkelte in der Sonne. Er erklärte den beiden Männern das Ziel des Feldzuges gegen das Dorf und beschrieb die Überlebenden von Heurteloup als gefährliche Ketzer. Um Aymard und Gilbert von der Notwendigkeit des Einschreitens zu überzeugen, schilderte er ausführlich ihren Frevel gegen das Kreuz, die Ermordung der drei Unschuldigen und legte ihnen den Mord an Haquin zur Last. Er ersparte ihnen kein Detail der Grausamkeit, mit denen die Opfer zugerichtet worden waren. Der Vortrag hatte die gewünschte Wirkung. Aymards Wille zu gehorchen war noch immer so stark wie nach seiner Reinigung durch Drona. Und Gilbert war ein ungestümer junger Mann, der sich von kriegerischen Worten schnell beeindrucken ließ.

Aja hielt ein altes Pergament in den Händen. Es war eine detaillierte Karte von Heurteloup, auf der die gesamte Umgebung und alle Schlupfwinkel eingezeichnet waren. Die Ränder des Pergaments waren eingerissen und wiesen schon braune Flecken vom häufigen Gebrauch auf.

XXI

Chuquet saß in seiner Klosterzelle in Rom über ein Schreibpult gebeugt, umgeben von Tintenhörnchen, Federn und Messern zum Radieren. Seine Haltung war angespannt, und er stöhnte mehrere Male. Die Spitze des vierten Fingers seiner Schreibhand lag an der Handwurzel, der fünfte Finger war aufgestützt und musste das Gewicht der ganzen Hand tragen. Er ergänzte die Aufzeichnungen, deren Original in Troyes in den Händen der Äbtissin Dana verblieben war.

An diesem Apriltag kratzte sein Federkiel früh morgens über ein Pergamentblatt aus Schafhaut, als es leise an der Tür klopfte. Der Mönch bat den Oblaten herein, ohne sich von seinem Pult abzuwenden. Ihm war für die Dauer seines Aufenthaltes bei den Nonnen ein junges Mitglied eines benachbarten Klosters zur Seite gestellt worden. Da keine Nonne in Kontakt mit dem »Signor von Troyes« treten durfte, hatte sich Mutter Nicole an einen Bruderorden gewandt und um Hilfe gebeten.

Die kleine Holztür wurde krächzend geöffnet, und Chuquet hielt in seiner Arbeit inne: Er erkannte weder das Klicken der Holzschuhe des Oblaten noch das Klappern des Kübels, den dieser jeden Morgen brachte. Plötzlich ertönte eine laute Stimme hinter »Anselme von Troyes«.

»Was Ihr macht, ist sehr gefährlich, Bruder Chuquet.«

Der Vikar von Draguan drehte sich abrupt um. Vor ihm standen vier Männer. Drei trugen braune Kutten, die in der Hüfte mit dicken Kordeln zusammengebunden wurden: Franziskaner. Es waren dieselben Ordensbrüder, denen Enguerran du Grand-Cellier zweimal begegnet war und die Vater Merle zu Bazan in die Kanzlei geführt hatten. Die drei unbeugsamen Geister waren die einflussreichsten Ratgeber des Papstes. Das Volk, denen mächtige Persönlichkeiten niemals verborgen blieben, hatte sie »Martins Dreifaltigkeit« getauft. Sie hießen Fogell, Choble und Bydu.

Etwas abseits erkannte Chuquet den Archivar aus Paris, Corentin Tau, der reglos im Türrahmen stand.

»Habt keine Angst«, sagte Fogell. »Wir sind gekommen, um Euch zu helfen.«

Chuquet rollte sein Pergament zusammen und versuchte es zu verbergen. Ein linkischer Versuch, der jedem sofort auffiel, wie der Vikar spürte.

»Wir arbeiten für Seine Heiligkeit Martin IV. Einzig und allein für den Papst«, erklärte ihm einer der Franziskaner. »Wir haben nichts mit denen zu tun, für die Ihr Euch interessiert und für die sich vor Euch der Bischof Haquin interessiert hat.«

Chuquet musterte den Archivar, der sich schüchtern näherte, mit finsterem Blick.

»Ich habe erfahren, was Euch nach unserem Gespräch in Paris widerfahren ist, mein Freund. Ich bin nur ein einfacher

Archivar und hegte keinen Argwohn gegen meine Schreiber, die jeden meiner Schritte überwachten. Unser Gespräch über Draguan ist der Grund für Eure Missgeschicke. Sie haben Eure Spur und die Eures Beschützers gefunden. Ein Räuber, der zum Glück als Mönch verkleidet war, kam an Eurer Stelle in der Herberge am Nordufer der Seine ums Leben ... Ich glaubte, seine Mörder hätten Euch gefangen genommen. Daher schickte ich an die Schutzmänner in der Stadt eine Mitteilung mit Eurer Beschreibung. Ein jämmerlicher Spitzel, Denis Lenfant, fand per Zufall Eure Spur. Der Bursche wusste nicht, wer Ihr seid und was für ein Komplott gegen Euch geschmiedet wurde. Er konnte mir Eure Ankunft in Troyes erst mitteilen, als der Winter seinem Ende entgegenging. Ich eilte sofort herbei, aber Ihr wart schon geflohen.«

»Wir folgen Euch seit ein paar Tagen«, erklärte Fogell ihm. »Wir wissen, dass Ihr in Santa Lucia wart, um das Kloster von Profuturus zu suchen. Leider sind die Bibliotheken des Vatikans noch sehr unzuverlässig: Auf der anderen Seite des Staates, an der Adriaküste, hättet Ihr heute Euren Mann und seinen Schlupfwinkel gefunden. Wir wissen auch, dass Ihr Lucie de Malaparte getroffen habt. Eure Enthüllungen haben sie schrecklich verwirrt. Wir brauchten viel Geduld, um sie zu beruhigen, ohne die ganze Wahrheit zu verraten. Ihr habt Recht: Die Kommission, die 1231 gegründet wurde, ist tatsächlich die Ursache für die Dramen, die Eure kleine Diözese heimgesucht haben. Lucies Vater stand dem Geheimbund bis zu seinem Tode vor.«

»Wir arbeiten seit dem Amtsantritt von Martin IV. an dieser Geschichte«, sagte Choble. »Auf dem letzten Konklave vor seiner Wahl hatte der jetzige Papst genauso viele Stimmen wie der Kardinal Ricci, den eine Koalition unterstützte, die sich nicht zu erkennen geben wollte. Der gewählte Papst wollte die Namen seiner heimlichen Widersacher erfahren, um sie in seiner Politik zu berücksichtigen. Für diese Aufgabe wurden wir in seine Dienste in den Lateran berufen, und dort begannen unsere Ermittlungen, die lange erfolglos blieben. Das müssen wir demütig gestehen. Eure Entdeckungen und die des Archivars Corentin Tau waren uns letztendlich eine große Hilfe. Euer Brief trug entschieden dazu bei.«

»Mein Brief?«, fragte Chuquet. »Welcher Brief?«

Der Archivar lächelte.

»Der Brief, den ich Euch in meinem kleinen Büro abgenommen habe«, sagte er. »Der Brief von Haquin, der seltsamerweise aus Rom verschickt worden war.«

Fogell fuhr fort:

»Von Haquin konnten wir die Spur bis Malaparte und von Malaparte bis heute weiterverfolgen. Wir haben Euch viel zu verdanken, Bruder Chuquet.«

Der Franziskaner Bydu zog unter seiner Kutte eine Capsa hervor, der er mehrere Pergamentrollen entnahm. Chuquet erkannte sofort die Rollen, die er der Äbtissin des Klosters in Troyes übergeben hatte und auf denen alles geschrieben stand, was Esclarmonde dem Vikar über ihren Bruder anvertraut hatte.

»Wie Ihr seht, sind wir keine Betrüger. Die Mutter Dana steht einzig und allein in den Diensten des Papstes. Sie würde diese wertvollen Aufzeichnungen nur Männern ihres Vertrauens übergeben.«

»Was habt Ihr damit vor?«, fragte Chuquet, dem Schweißperlen auf die Stirn traten. Sollte alles umsonst gewesen sein, die lange Reise nach Paris, die Fahrt auf der Schute, die Monate in der Zelle von Troyes?

»Ihr habt sie geschrieben. Wir brauchen Eure Signatur, damit wir sie registrieren und sie uns dienlich sein können.«

»Warum ich? Ihr könnt irgendeinen Eurer Stellvertreter bitten, eine Signatur unter das Manuskript zu setzen.«

»Ja, aber das würde nicht ausreichen. Der Text wird unserem Vater, dem Papst, übergeben. Martin IV. wird verlangen, den Urheber kennen zu lernen, denn er glaubt noch lange nicht alles, bloß weil es irgendwo geschrieben steht. Um ihn von der Wahrheit Eurer Enthüllungen zu überzeugen, müssen wir Euch zu ihm bringen. Ihr müsst seine Fragen unter dem Siegel des Schweigens beantworten. Natürlich könnte irgendjemand an Eurer Stelle signieren, um unsere Sache zu verteidigen, doch wir kennen niemanden, der es wagen würde, Seine Heiligkeit vor Gottes Augen zu belügen.«

»Werde ich diejenigen fassen, die Romée de Haquin erschlagen haben, wenn ich meine Unterschrift gebe?«

»Gewiss.«

»Könnte sich die Sache gegen mich wenden?«

Die drei Franziskaner schauten sich verlegen an.

»Das ist möglich«, antwortete Fogell. »Ich will ganz offen sein. Keiner von uns ist in Sicherheit, solange nicht über den Fall gerichtet wurde. Wenn unsere Anklage nicht ausreicht oder unsere Gegner von der Sache erfahren, ehe wir handeln, könnten wir alle in große Gefahr geraten.«

»Wann kann ich mit dem Papst sprechen?«

»Sofort.«

XXII

Der alte Enguerran du Grand-Cellier trat die letzte Etappe seines Bußgangs an. Trotz der Warnungen seiner Gattin hatte er beschlossen, sich an sein Gelübde, das er vor Artemidore und seinem Komitee abgelegt hatte, zu halten. Er steckte den Brief von Jorge Aja ein und machte sich auf den Weg zu den fünf neuen Landgütern, die er heimlich für die römische Kirche erwerben sollte. Bei jedem Gespräch erinnerte er sich an die prophetischen Worte seiner Frau: »Du verrätst deinen König!« Aber Enguerran dachte an sein Kreuz von Tunis, das er in den Händen des Kanzlers zurückgelassen hatte. Es gab für ihn kein Zurück mehr.

Als er seine Mission erfüllt hatte, trat er gesenkten Hauptes den Heimweg nach Morvilliers an. Die Anstrengungen der letzten Monate waren eine ebenso harte Prüfung, wie es einst die beiden verheerenden Kreuzzüge an Ludwigs IX. Seite gewesen waren. Der alternde Mann fühlte sich an der Schwelle des Todes, als er zu Hause ankam. Er war körperlich und seelisch am Ende. Er hatte ungeheure Summen aufbieten müssen, um seine Aufträge erfüllen zu können. Nur so konnte er die Gutsherren überzeugen, ihm ihr Land zu verkaufen oder die mysteriöse Truppe aus Italien passieren zu lassen. Die erste Prüfung hatte er hinter sich gebracht. Jetzt wartete eine zweite auf ihn: die Ermittlungen des Seneschalls Raimon de Montague im Auftrag des Königs von Frankreich. Der Chevalier Azur sah seiner Zukunft bedrückt entgegen. Wie sollte er den gesamten Landerwerb rechtfertigen? Enguerran du Grand-Cellier war so niedergeschlagen und kraftlos, dass er nicht einmal Aymard, seinen Sohn, verfluchen konnte, der ihn in diese Lage gebracht hatte.

Hilzonde begrüßte ihren Mann im Schloss mit feierlicher Miene. Sie hatte ihr Haar unter einem weißen *Gebende* verborgen und trug einen schmalen leinenen Stirnreif. In der Hand hielt sie einen Karton, auf dem Enguerran das Siegel der Kanzlei Roms erkannte. Erschöpft und zerknirscht öffnete er Artemidores neue Botschaft.

Die eingefallenen Gesichtszüge des alten Mannes hellten sich rasch auf. Auch die Gattin des ehemaligen Kreuzritters lächelte. Unten in dem kleinen Karton fand Enguerran sein wertvolles Kreuz von Tunis wieder! Ein Brief des Kanzlers lag der Sendung bei.

Darin beglückwünschte Artemidore ihn und bedankte sich für seine unermessliche Unterstützung des Papstes und der gesamten Christengemeinde. Mit dem heutigen Tage wurde er von seinem Pakt mit dem römischen Komitee entbunden. Der Kanzler des Papstes sicherte ihm seine immer während Unterstützung zu. Er war über den Argwohn des Königs und die vom Seneschall durchgeführte Beschlagnahmung zweier Goldkisten unterrichtet. Mit einem kleinen Dokument – einem meisterhaften Trick – löste Artemidore alle Schwierigkeiten, die dem alten Kreuzritter aus seinen Geschäften erwachsen könnten: eine offizielle Vereinbarung zwischen den Staaten des heiligen Petrus und Enguerran III. du Grand-Cellier. Dem Dokument zufolge würde das Heer des Papstes in den nächsten fünfzehn Jahren alle von Enguerran gezüchteten Streitrösser kaufen. Du Grand-Cellier wurde der alleinige Lieferant für die Reitställe des Papstes. Der Vertrag, der geschickt zurückdatiert worden war, brachte ausreichende Summen ein, um die gewaltigen Ausgaben des Chevaliers Azur zu rechtfertigen und die königlichen Steuern, die Paris verlangen könnte, zu bezahlen. Artemidores Geste stellte Enguerrans Ehre vollständig wieder her.

Der alte Kreuzritter las den Vertrag und lächelte, als er unten auf dem Blatt seine eigene Unterschrift erkannte, die bereits unter das Dokument gesetzt und durch sein Familiensiegel bestätigt worden war: Die Fälschung war perfekt.

Der Chevalier Azur erinnerte sich an Artemidore. Hinter der kalten Maske des Kanzlers, hinter der Distanz und Härte seiner Politik erkannte er Aures de Brayac wieder, seinen Jugendfreund, mit dem er einige Jahre auf Malta verbracht und dem er zweimal das Leben gerettet hatte.

Artemidore bescherte seinem alten Freund ein friedliches Lebensende. Der Chevalier Azur konnte mit der Würde eines Kreuzritters von Tunis auf den Tod warten, und niemand würde seine Ehrbarkeit, seine Loyalität je infrage stellen.

Enguerran seufzte erleichtert. »Es ist vorbei«, sagte er, als er Hilzonde in die Arme schloss.

XXIII

Die drei Franziskaner begleiteten Chuquet in den Lateranpalast in Rom.

Der Vikar hatte für das Gespräch mit dem Heiligen Vater seine Mönchskutte angezogen und seine dicken Pergamentrollen mitgenommen. Er wurde in die Privatkapelle des Papstes geführt, wo er allein wartete.

Der Papst war um die sechzig Jahre alt und hatte die sanfte, wohlwollende Miene der Mönche wohltätiger Orden. Der Pontifex maximus erschien heute in bescheidener Aufmachung. Er trug seinen langen, griechischen Talar und das hübsche, päpstliche Kreuz. Auf die übrigen wertvollen Symbole seines Amtes hatte er verzichtet. Um sich Chuquets Beichte anzuhören, war er wie ein einfacher Priester gekleidet.

In der Kapelle gab es keine Beichtstühle. Der Vikar kniete sich zu Füßen des Papstes nieder und begann seine mündliche Beichte in dem hellen Licht der Kerzen, die die Hauskapelle erleuchteten.

Nach ein paar einleitenden Worten lenkte das Oberhaupt der Kirche die heilige Anhörung auf Chuquets Erkenntnisse. Der Vikar von Draguan erzählte die Lebensgeschichte seines Herrn. Der Papst hörte mit geschlossenen Augen zu.

Romée, der Sohn von Pont de Haquin, war von seiner Mutter mit seinen Brüdern und seiner Schwester fern des verdorbenen Treibens des Pariser Hofes in Troyes erzogen worden. Die strenggläubige Mutter drängte keinen ihrer Söhne dazu, den Waffendienst anzutreten. Sie wurden alle Priester oder Mönche. Romée war der jüngste und fleißigste. Nachdem er zum Diakon geweiht worden war, führte der Junge seine Ausbildung in den besten Abteien Europas fort. Sein Wissensdurst war unstillbar. Zur Lektüre und zu den Aufzeichnungen seiner Studentenzeit gehörten christliche Kommentare, Texte der Bogomilen und der Schule von Chartres sowie irische Mönchsurkunden. Diese Ausbildung hätte für ihn vor einem Inquisitionstribunal verhängnisvolle Folgen haben können. Doch im Jahre 1230 traf er in Spanien einen gewissen Arthème de Malaparte, der ebenfalls einen scharfen Verstand besaß. Der ältere Mann, der über größeres Wissen verfügte als Haquin, fasste Zuneigung zu dem erstaunlich belesenen, jungen Geistlichen. Malaparte öffnete ihm die Augen über die Hierarchie der bekannten Gelehrten: diejenigen, die schon seit langer Zeit anerkannt waren, die Neuen, denen man misstrauen musste, und schließlich diejenigen, die ihrer Zeit voraus waren und über die man nicht sprechen durfte. Malaparte wurde der Lehrer des jungen Haquin. Er nahm ihn mit nach Rom, als er vom Papst gerufen wurde, um eine Kommission zu bilden, die sich mit Aristoteles' Werk beschäftigte. Nach dem Aufsehen erregenden Scheitern blieben die beiden Männer in Rom und führten die Kommission im aristotelischen Geist heimlich fort. In ihren Laboratorien wurden unter Malapartes Obhut und mit der Unterstützung von Romée de Haquin zahlreiche Experimente aller Art durchgeführt. Die vielfältigen Kenntnisse des Letzteren waren bei vielen wichtigen Untersuchungen eine große Hilfe. Er entdeckte einen Text aus dem 11. Jahrhundert, in dem Geistliche auf Kritiker antworteten, die sich kurz nach den schicksalhaften Daten der Jahre eintausend und eintausenddreiunddreißig gegen die Wahrheit des Evangeliums aussprachen. Der Apostel Johannes hatte zur tausendsten Wiederkehr der Fleischwerdung des Sohnes das Ende der Welt prophezeit. Außer einigen Hungersnöten und politischen Konflikten geschah in diesen Jahren jedoch nichts. Viele Theologen waren »enttäuscht« und sogar beunruhigt. Man musste den symbolischen tausend Jahren der Heiligen Schrift eine neue Glaubwürdigkeit verleihen oder – noch besser – das Geheimnis um den von Johannes vorhergesagten Weltuntergang richtig erforschen. Und genau das wurde damals gemacht. Herausragende Gelehrte bewiesen, dass die Zählung der tausend Jahre bis zu Jesu Rückkehr und des Herabkommens des himmlischen Jerusalems aus dem Himmel weder mit der Geburt noch mit dem Leiden und Sterben Christi begann, sondern mit der »Herrschaft des Sohnes«, das heißt mit der offiziellen Gründung der Kirche in Rom. Diese Gründung hatte ein Datum: das Jahr 325, das Jahr der berühmten »Schenkung« des Kaisers Konstantin. Am Ende seines Lebens hatte er beschlossen, den christlichen Bischöfen die Stadt Rom zu überlassen. Dadurch hatten sie die Macht, unabhängig von der kaiserlichen Autorität ihre weltlichen Güter zu verwalten und Steuern zu erheben. Dieser historische Tag wurde als Geburtsstunde der Kirche angesehen.

Die Geistlichen des 11. Jahrhunderts rechtfertigten auf diese Weise das Ausbleiben der Naturkatastrophe im Jahr eintausend und verschoben den Tag des Jüngsten Gerichts auf das Jahr 1325. Die Gelehrten der Kommission studierten gewissenhaft die ausführlich diskutierten Schlussfolgerungen. Die Möglichkeit eines Endes der Welt im nächsten Jahrhundert konnte nicht abgestritten werden. Ermuntert durch den aristotelischen Geist, beschlossen sie, sich auf diese Möglichkeit vorzubereiten. Das Studium der Heiligen Schrift und ihrer Kommentare genügte ihnen nicht. Sie hielten es für erforderlich, zusätzliche Wege einzuschlagen.

»Ebenso wie sie einen Skorpion mit einem Feuerkreis umzingelten, um ihn zu studieren und sterben zu sehen«, erklärte Chuquet, »beschlossen sie, ein kleines, abgelegenes Dorf zu suchen, um die Bewohner heimlich eine genaue Rekonstruktion der Apokalypse des heiligen Johannes erleiden zu lassen.

Die Reaktion der Menschen sollte dazu dienen, die Instinkte der christlichen Scharen besser zu entschlüsseln und vorab zu entscheiden, was man an ihrer Bildung ändern müsse, um sie richtig auf das mögliche Ende der Welt vorzubereiten. Diese Idee einer inszenierten Apokalypse gab dem Geheimbund, der auf die Kommission folgte, seinen Namen. Sie nannten sich fortan nach dem Namen des kleinen Dorfes in der Bibel, das die Wut Gottes am Ende der Welt erleiden sollte: Der Konvent von Armageddon.

Haquin erhielt den Auftrag, einen geeigneten Ort für das große Täuschungsmanöver auszuwählen«, fuhr Chuquet fort.

»Er bereiste den gesamten Süden Frankreichs. In dieser Gegend wimmelte es von ketzerischen Gruppen und von Dörfern, die durch den Krieg und die Pest schwer zugänglich waren. Nach zwei Jahren intensiver Studien wählte Haquin sechs Orte aus, die geeignet erschienen, sie eine Täuschung in dieser Größenordnung erleiden zu lassen. Er schickte seine Ergebnisse nach Rom. Wie es der Zufall wollte, traf er auf der Rückreise eine dieser unzähligen Bruderschaften, die zu jener Zeit durch das Abendland zogen und die irdischen sowie geistlichen Winkelzüge des Klerus anprangerten. Ihre Worte über den Ehrgeiz und die Verblendung der Gelehrten beeindruckten ihn stark. Haquin machte sie sich zu Eigen und begriff mit einem Male das ganze Ausmaß seiner entsetzlichen Vorbereitungen. Er erkannte, dass eine derartige Inszenierung bedeutete, an Gottes Stelle zu handeln. Das wiederum hieß, eines der schlimmsten Verbote zu übertreten: *Ihn* nicht in Versuchung zu führen.«

Der Papst nickte mit geschlossenen Augen. Er war offensichtlich sprachlos.

»Haquin beschloss, den Geheimbund zu verlassen. Er benachrichtigte Malaparte und beteuerte, sein Gelübde, bis in alle Ewigkeit zu schweigen, zu achten und das Komitee niemals zu verraten.«

»Was hat er anschließend gemacht?«

»Zehn Jahre lang bemühte er sich, die Scheinhandlung zu vereiteln. Er kehrte mit dem Titel des Bischofs, den er in Rom erworben hatte, in die öffentlichen Ränge der Kirche zurück. Auf seinen eigenen Wunsch wurde er nacheinander in den sechs Orten eingesetzt, die er persönlich ausgewählt hatte. Haquin zwang Malapartes Männer jedes Mal, ihre Vorbereitungen abzubrechen, ohne jemals einen Skandal heraufzubeschwören. Als er sein Amt in der sechsten und letzten Diözese

Draguan antrat, glaubte Romée de Haquin, sein Ziel erreicht zu haben. Die Apokalypse hatte nicht stattgefunden. Wenn der Konvent darauf bestand, sie an Menschen auszuprobieren, musste er es woanders vollbringen, in einem anderen Dorf und an Gläubigen, die Haquins Gewissen nicht belasteten. So lebte er dreißig Jahre in seinem Bistum und tröstete sich mit diesem Gedanken. Bis die drei Leichen aus dem Fluss gefischt wurden und sein Küster die unerwartete Existenz eines dreizehnten Dorfes tief versteckt in der Diözese feststellte. Als er damals für Malaparte einen geeigneten Ort suchte, wählte er die Diözese Draguan aus. Von dem kleinen, seit vielen Jahren vergessenen, isolierten Weiler ahnte er nichts. Die Entdeckung des dreizehnten Dorfes, das plötzlich aus dem Nichts auftauchte, traf ihn mitten ins Herz. Er begriff, dass seine Wachsamkeit versagt hatte.«

»Die Scheinhandlung fand in diesem Dorf statt?«, fragte der Papst, der die Augen öffnete.

»Der Bischof Haquin muss es geglaubt haben«, sagte Chuquet.

»Können wir es auch beweisen? Können wir es heute beweisen?«, fragte der Papst.

»Das weiß ich nicht. Ein junger Priester ist in diesem Winter in das Dorf gereist. Er allein kann die Frage beantworten.«

»Gut. Fahrt fort.«

»Mit der Entdeckung des dreizehnten Dorfes glaubte Haquin von seinem Schwur, den er seinem vor langer Zeit verstorbenen Meister gegeben hatte, entbunden zu sein. Er beschloss, sich an seine Vorgesetzten zu wenden und zur Entdeckung der Wahrheit beizutragen. Als er keine Antwort bekam, wuchs seine Unruhe. Er musste heimlich etwas unternehmen und auf eigene Faust einen Priester suchen, der dem

Amt, das er antreten sollte, gewachsen war. Romée de Haquin wartete mit wachsender Ungeduld auf den Priester, der nach Heurteloup gehen sollte. Er kam zu spät. Ein Gefolgsmann des Konvents war ein paar Stunden vor ihm eingetroffen und erschoss den Bischof Haquin, der zu lästig geworden war … mit einer ganz neuartigen, teuflischen Waffe …«

Der Papst schwieg eine ganze Weile. Nachdem er die Geschichte des Romée de Haquin gehört hatte, bekamen alle Indizien und mannigfaltigen Verdächtigungen, die die drei treuen Franziskaner seit Jahren hegten, einen Sinn. Nur dank der Ermittlungen eines einfachen Landvikars, der im Winter aufgebrochen war, um den Leichnam seines Herrn zu beerdigen, konnte die Wahrheit schließlich ans Licht gebracht werden.

Martin IV. segnete den Mönch wie nach einer normalen Beichte. Sein Blick war gütig und gefasst. Chuquet staunte über die Distanz und Beherrschung des Papstes. Er dachte an seine Begegnung mit Henno Gui in Draguan, der ebenfalls milde und unnahbar gewirkt hatte.

»Ihr habt recht gehandelt, mein Sohn. Ihr könnt sicher sein, dass unser Herrgott jedes Eurer Worte verstanden hat und Euch dafür lieben wird.«

Anstelle der priesterlichen Umarmung und des üblichen Segens nahm Martin IV. das hübsche Kreuz ab, das an seinem Hals hing, und schenkte es dem Vikar. Chuquet war zu Tränen gerührt.

»Danke«, sagte der Papst nur.

Kurz darauf war Chuquet allein in der päpstlichen Kapelle. Er hatte die Mission seines Lebens erfüllt.

XXIV

Artemidore wartete reglos auf der Terrasse des Laterans. Der mit Marmor ausgelegte Platz, der von antiken Balustraden gesäumt war, bot eine schöne Aussicht auf die Straßen von Rom. Der Mann schaute mit eisiger Miene auf das rege Gewimmel zu seinen Füßen. Er hörte die Rufe der Händler, das Rumpeln von Schubkarren, das Gelächter von Männern, die beim Spiel saßen. Es war ein schöner Tag. Nur am Horizont deuteten sich die ersten Vorboten eines Gewitters an. Die Sonne blendete ihn. Der Kanzler blinzelte einen kurzen Moment ins grelle Licht. Ein paar Sekunden lang verschleierte ein brennender Kreis seinen Blick, den er langsam über die Dächer Roms schweifen ließ.

Die Tür seines Büros wurde geöffnet, und Fauvel de Bazan trat ein. Der Sekretär sah aufgelöst auf und zitterte am ganzen Leib.

»Der Papst ist im Bilde, Exzellenz. Er lässt Euch dringend zu sich bitten«, sagte er mit zugeschnürter Kehle.

»Ja.«

Artemidore regte sich nicht.

»Dann ist es vorbei?«, murmelte der Diakon.

»Ja, Bazan. Es ist vorbei.«

Die Glocken des Lateranpalastes läuteten. Es war zwölf Uhr.

Der Kanzler runzelte die Stirn.

»Es wird ein langer Tag.«

In seinen Augen malte sich noch immer der grelle Schein der Sonne ab.

XXV

Nachdem Chuquet die Kapelle des Papstes verlassen hatte, wollte er den Rückweg in seine kleine Diözese antreten. Die Zukunft lag ungewiss vor ihm, aber er war sicher, seine Rolle, die das Schicksal ihm zugedacht hatte, richtig gespielt zu haben.

Ehe er sich ins Kloster Santa-Marta begab, verweilte der Mönch auf der Gregorbrücke, die sich über den Tiber spannte, und betrachtete die majestätische Engelsburg: Dort sollte – der Überlieferung zufolge – der erste Reform-Papst, Gregor der Große, auf der Spitze des Schlosses das Bild eines erhabenen, christlichen Soldaten mit einem roten Schwert erblickt haben. Er soll ihn aufgefordert haben, die verdorbene Kirche des 6. Jahrhunderts zu bestrafen und sie zur Reinheit der ersten Tage zurückzuführen. Diese Erscheinung stand am Beginn der bedeutendsten Reinigung der christlichen Ränge des Abendlandes. Dank neuer Gesetze und neuer Männer hatte die Kirche ihren ursprünglichen Sinn zurückerhalten. Chuquet erinnerte sich daran, wie er vor einigen Jahren die »Dialoge« von Papst Gregor dem Großen gelesen hatte, in denen dieser beschrieben hatte, wie durch Fürbitten Ertrinkende gerettet und Gefangene befreit wurden. Es genoss ein paar Minuten die ferne, symbolische Verbindung zwischen Einst und Heute. Hatte auch er innerhalb seiner Möglichkeiten mitgewirkt, um die Kirche von ihren verderblichsten Mitgliedern zu befreien?

In diesem Augenblick glaubte der Vikar von Draguan, der die Spitze von Sant'Angelo betrachtete, in einem Lichtblitz die Silhouette und das rote Schwert von Gregors Soldaten zu erkennen.

Tatsächlich waren Bewaffnete in seiner Nähe. Es waren zwei Männer in dunklen Gewändern, die sich auf ihn stürzten. Sie stießen ihm ihre langen Dolche in den Bauch. Chuquet blieb keine Zeit, sich zu wehren. Seine Mörder hoben ihn hoch und warfen ihn über das Geländer der Gregorbrücke. Chuquets Leichnam fiel wie ein Stein in das dunkle Wasser des Tibers.

Der Archivar von Paris, Corentin Tau, wohnte während seines Aufenthaltes in Rom in der französischen Gesandtschaft. Er ruhte sich gerade in seiner Zelle aus, als zwei Männer in Mönchskutten an seine Holzpritsche traten und ihn unter den Decken erstickten.

Zum selben Zeitpunkt wurde Vater Merle, der sich im Untergeschoss in einem Schwitzbad aufhielt, brutal die Kehle durchgeschnitten. Der Kämmerer fand ihn auf dem von Dunstschwaden beschlagenen Marmorboden.

Die drei Franziskaner des Papstes Martin nahmen an der Mittagsmesse teil. Der Bischof Courtanes, ein Vertrauter des Papstes, las die Messe. Seine Predigt handelte vom Verzeihen, von der ewigen Suche nach der Wahrheit, eine heilige Suche, die immer im Jenseits belohnt wird. Als er den Segen sprach, reichte der Mann Gottes den drei Franziskanern die ungesäuerten Hostien der Transsubstantiation, »den Leib Christi«. Eine Stunde später starben Fogell, Choble und Bydu nach einem qualvollen Todeskampf.

Martin IV. sammelte sich vor seinem Gespräch mit Artemidore in seiner Privatkapelle. Diese Momente der Meditation, in denen er sich in Gott verlor, dauerten gewöhnlich nur wenige Minuten.

Doch heute schien diese Zwiesprache ewig zu währen. Der Papst kam nicht mehr aus seiner Kapelle heraus.

Die langen, weißen Kerzen in der Kapelle waren durch Kerzen aus giftigem Wachs ersetzt worden: Der graue Rauch erstickte Martin mitten im Gebet.

Sein Gefolge fand ihn auf den Fliesen. Seine Glieder waren schon erkaltet.

Als Artemidore unterrichtet wurde, ließ er den Leichnam nach Perugia bringen. Erst dort, am 28. März 1285, wurde der Tod des Papstes bekannt gegeben. Sein Leichnam wurde im Dom aufgebahrt. Viele Laien und Kleriker, die sich an seiner Bahre niederwarfen, wurden von ihren Krankheiten geheilt. Artemidore berief sofort ein außerordentliches Konklave ein, das am 3. April den neuen Pontifex maximus wählte.

XXVI

Henno Gui, der neben der Kirche stand, versuchte, seinen Schüler zu beruhigen. Floris war vor zwei Tagen aus Draguan zurückgekehrt. Er war völlig außer Atem, und seine Stimme überschlug sich beinahe, als er eine Katastrophe prophezeite. Er sah seinem Herrn in die Augen und beschwor ihn eindringlich, unverzüglich das Dorf zu verlassen.

Der Priester konnte sich nicht dazu entschließen, sondern

zog stattdessen sein liturgisches Gewand an, um eine Messe zu lesen.

In diesem Augenblick drangen aus dem Wald laute Schreie.

Henno Gui schrak zusammen. Der Lärm kam aus der Höhle, wo die Spielleute waren.

Plötzlich prasselten brennende Pfeile auf das Dorf nieder. Manche bohrten sich in den Schlamm, andere in die mit Stroh bedeckten Holzdächer, die sofort entflammten.

Ein schrecklicher Donner grollte wie ein Gewitter.

Eine Horde Soldaten ritt mit lautem Getöse ins Dorf.

Die bewaffnete Streitkraft, die von Jorge Aja und Aymard du Grand-Cellier angeführt wurde, war unbemerkt in den Wäldern vor Heurteloup aufmarschiert und hatte sich in vier Gruppen aufgeteilt. Eine ritt mit ihren Pferden in die Höhle und metzelte die Gaukler nieder.

Gilbert de Lorris gehörte zu den Angreifern. Der junge Mann, der sich über sein Streitross beugte, verspürte eine leichte Übelkeit. Er hätte schwören können, dass er den Kopf, den er soeben abgeschlagen hatte, kannte. Der junge Soldat verharrte reglos und schaute sich um. Er erkannte die Truhen, die Tiere, die bunten Gewänder: Das war die Gauklertruppe aus der Herberge des Maître Roman! Gilbert hätte am liebsten laut geschrien. Diese Menschen konnten doch nicht die verfluchten Ketzer sein, von denen man ihm erzählt hatte. Es musste sich um einen Irrtum handeln. Eine schreckliche Verwechslung. Er versuchte, sich Gehör zu verschaffen, doch es war vergebens. Die aufgebrachten Soldaten warfen ihn fluchend aus dem Sattel.

Gilbert fiel zwischen den ausschlagenden Hufen und den fliehenden Menschen zu Boden. Ein wenig benommen hob er den Kopf und sah in einer tiefen Höhle zwei Gesichter, die ihm vertraut waren. Es waren der alte Gaukler und seine junge Tochter, deren Schönheit und Sanftheit ihn in der Scheune des Maître Roman so sehr berührt hatten.

Um nicht zu Tode getrampelt zu werden, brachte sich Gilbert am Rande des Kraters in Sicherheit. Das Mädchen versteckte sich hinter der Sänfte des Alten. Auf dessen Gesicht lag ein Lächeln, und erst allmählich begriff der junge Gardist, dass der Mann tot war.

Der junge Soldat zog den schwarzen Helm vom Kopf. Die Schauspielerin erkannte ihn. In unmittelbarer Nähe wurde der Kampf immer erbarmungsloser geführt. Gilberts Kameraden setzten die Habseligkeiten und die Leichen der Gaukler in Brand. Der Leichnam des jungen Vogelfängers, des kleinen Jungen, den er neben dem Sarg des Bischofs entdeckt hatte, wurde wie ein Paket Lumpen zwischen den Hufen hin und her geworfen. Ohne eine Sekunde zu zögern, zog Gilbert sein Schwert und zerschlug die Zweige vor der Höhle, um sich einen Weg zu bahnen. Er umklammerte den Arm des jungen Mädchens und zog es aus dem Krater, obwohl es sich heftig strampelnd wehrte.

Die vierzig Reiter, die in Heurteloup einfielen, zerschlugen gnadenlos die Türen und Dächer der Häuser. Henno Gui erblickte mitten im Dorf einen Mönch, der brennende Trümmer in den Händen hielt. Die anderen Soldaten entzündeten ihre Zweige oder Rohrstöcke an dieser Flamme und warfen sie auf die Hütten von Heurteloup. Der Mann mit den brennenden Trümmern war Aymard du Grand-Cellier. Die Gewalt rings um ihn schien seinen Zorn noch anzustacheln.

Systematisch metzelten seine Männer die Dorfbewohner nieder, die kaum Widerstand leisteten. Merci-Dieu brauchte die tragbare Kanone, die sie vorsichtshalber mitgenommen hatten, gar nicht einzusetzen.

Bald stand das ganze Dorf in Flammen. Eine Hütte nach der anderen stürzte ein. Auch die größten Behausungen sackten inmitten eines ungeheuren Funkenregens zusammen. Die unterirdischen Gänge wurden von dem Gewicht der Ruinen und Trümmer eingedrückt. Frauen und Kinder schrien. Lolek war der Erste, der sich in die Schlacht warf, um seine Mutter zu verteidigen. Eine Lanze traf ihn mitten ins Herz. Auch Henno Gui mischte sich unter die Kämpfenden. Pfeile und Steine flogen ihm um die Ohren.

Mardi-Gras holte unerbittlich zum Gegenschlag aus. Er durchtrennte mit einem Hieb seines Schwertes die Sprunggelenke der Pferde und stieß seine Klinge treffsicher durch drei Kettenhemden der Soldaten, die auf der Erde lagen. Einmal wehrte er mit einem Hieb drei Angreifer ab. Ein Pfeil, der ihn in die linke Schulter traf, hinderte ihn nicht daran, einem anderen Angreifer den Kopf vom Hals zu schlagen. Er zog den Pfeil noch nicht einmal heraus und warf sich ins Schlachtgetümmel. Dort traf er auf einen besonders unerbittlichen Feind. Der Riese wich zuerst zurück. Er glaubte im ersten Augenblick, inmitten der aufgewirbelten Staubwolken seinen Doppelgänger zu erkennen. Mardi-Gras stand Merci-Dieu gegenüber. Beide Männer hatten dieselbe Statur, dieselbe unheilvolle, mysteriöse Miene und dieselbe unbändige Kraft. Rund um die beiden Riesen entstand Leere, aber das Gemetzel wurde erbarmungslos fortgesetzt.

Als die beiden Männer aufeinander losstürzten, erschütterte ein gewaltiger Aufprall ihre Körper. Sie ließen ihre Waffen bald fallen und rangen mit den Händen. Die beiden Hünen umklammerten sich und rollten durch den Dreck. Der eine war kaum vom anderen zu unterscheiden, und keiner schien im Vorteil zu sein. Nun wurde Mardi-Gras der kleine Pfeil zum Verhängnis, der ihn kurz zuvor getroffen hatte. Merci-Dieu, der den Pfeil sah, umklammerte ihn und stieß ihn brutal in den Oberkörper seines Gegners. Der Riese schrie laut auf. Sein linker Arm wurde steif. Ihm stockte der Atem. Seine Kräfte ließen nach, und sein Blick trübte sich. Er kniete auf der Erde, als Merci-Dieu ihn mit einem zweischneidigen Schwert enthauptete.

Der Sieger konnte seinen Sieg nicht auskosten. Agricole warf sich mit voller Wucht auf ihn und stieß ihm das Ringknaufmesser zwischen die Rippen, das Mardi-Gras ihm zu Beginn des Kampfes gegeben hatte. Merci-Dieu sackte neben dem Leichnam seines Opfers zusammen.

Floris de Meung, dem der Angriff ebenso wie seinem Herrn die Sprache verschlug, obwohl er doch ein Unglück prophezeit hatte, versuchte, dem Gemetzel zu entfliehen. Zwei mit Lanzen bewaffnete Reiter verfolgten ihn. Der Junge rannte wie ein Wiesel in den dichten Wald. Seine beiden Verfolger sprangen aus den Sätteln, um ihn zu Fuß weiter zu jagen. Floris schürfte sich die Waden auf, als er über matschige Pfützen und frei liegende Wurzeln sprang. Zweimal hörte er das Pfeifen einer Lanze, die knapp neben seinem Kopf in einem Baum einschlug. Der Schüler war allein und unbewaffnet, und seine Verfolger kamen immer näher. Sein Jagdmesser hatte er im Dorf zurückgelassen, wo es im Bauch eines Soldaten steckte. Das Dröhnen der Stiefel wurde immer lauter. Plötzlich erblickte

Floris einen undeutlichen bläulichen Schein, der sich wie ein Trugbild wieder auflöste. Es wurde still. Das Keuchen hinter ihm und das Dröhnen der Stiefel waren verstummt.

Der Junge rannte noch ein Stück weiter, ehe er sich wieder umzudrehen wagte. Die beiden Soldaten standen wie angewurzelt mitten im Wald. Floris lächelte. Zwischen ihn und die beiden Männer hatten sich die mysteriösen Nymphen mit den luftigen Gestalten geschoben, die der Junge gut kannte. Die Erscheinung war so unwirklich wie die frühere. Die Soldaten staunten, als die Feen ihnen mit ihren zarten, durchscheinenden Körpern den Weg versperrten. Floris schaute sich noch mal um. Die größte Fee, die sich ihm einst genähert hatte, stand nicht bei der Gruppe, die die Männer aufhielt. Der Junge spürte seine Sehnsucht nach ihr immer stärker und suchte sie. Da tauchte sie ein paar Schritte von ihm entfernt auf einem kleinen Hügel auf. Floris erkannte sofort das lange, dunkle Haar, das schimmernde Gesicht und die rosigen, geschlossenen Lippen. Die Erscheinung beruhigte den Jungen auf der Stelle. Seine Panik verflog, und er atmete fast wieder normal. Er wollte sich ihr nähern, doch die barmherzige Gestalt hob schützend die Arme und entschwand in einem Lichtschein. Ihr Bild trübte sich wie in Bewegung geratenes Wasser. An ihre Stelle trat eine andere Gestalt. Sie hatte dieselbe Größe und ebenso wunderschönes Haar… Nur ihre Kleider sahen weniger märchenhaft aus. Sie kletterte den kleinen Hügel hinauf und nahm den Platz der Erscheinung ein. Das Mädchen trug eine Cotte aus bunten Flicken. Es starrte erregt in alle Richtungen. Das Wesen, das den Platz der blauen Fee eingenommen hatte, war keine Sinnestäuschung. Floris ging benommen weiter. Die wundersame Verwirklichung seines Traums nahm ihn gefangen. Die Gestalt schaute ihm ängstlich entgegen und schickte sich an zu fliehen. Als Floris sie mit einem Wort zurückhalten wollte, hörte er erneut eine Lanze durch die Luft sausen. Die Waffe flog über den Kopf des Jungen und traf mit voller Wucht das junge Mädchen oben auf dem Hügel. Sein Bild löste sich nicht auf, wie es eine phantastische Erscheinung getan hätte. Vielmehr schoss Blut aus seinem Bauch, und es sank tot zu Boden. Zwei Schreie zerrissen die Stille. Floris rannte den Hügel hinauf. Als er das junge Mädchen erreichte, stand plötzlich ein junger Mann neben ihm. Das war Gilbert de Lorris. Sie hatten beide laut geschrien. Floris drehte sich um: Die Feen waren entschwunden. Jorge Ajas Soldaten stürzten auf sie los. Gilbert und Floris setzten sich zur Wehr. Gilbert hob sein Schwert. Floris zog die Lanze aus dem Bauch der jungen Komödiantin, die der Erscheinung so sehr geglichen hatte. Den Rittern des Laterans blieb nicht viel Zeit, sich über die Sinnesänderung des Gardisten zu wundern. Die beiden jungen Männer töteten sie nach einem erbitterten Kampf.

Henno Gui bahnte sich mit Hilfe seines Pilgerstabs einen Weg durch die Reihen der Soldaten. Einige Reiter fielen aus den Sätteln. Der Pfarrer schlug blindwütig auf ihre Helme ein, bis sich die Männer nicht mehr regten. Sein Pluviale, um das er den Rosenkranz gebunden hatte, schützte ihn. Trotz der Befehle widerstrebte es den Soldaten, einen Geistlichen zu erschlagen. Immerhin war es seit der zweiten Lateransynode von 1139 bei Androhung der Exkommunikation verboten, Armbrust und Pfeil gegen Christen anzuwenden. Sie wichen zurück oder wehrten seine Schläge ab, ohne ihn mutwillig zu verletzen. Daher konnte sich Henno Gui bis zu dem seltsamen Mönchsoldat durchschlagen, der den anderen Kämpfenden als

Feuerspender diente. Aymard du Grand-Cellier beugte sich über die Mähne seines Pferdes. Sein Kopf wurde nicht durch einen Helm geschützt. Verächtlich musterte er den Pfarrer, der sich ihm näherte. Dieser richtete kein Wort an den Widersacher, sondern prügelte mit seinem Stock auf das Pferd und Aymards Beine ein, bis der Reiter aus dem Sattel fiel.

Du Grand-Cellier erhob sich, warf die Fackel weg und zog das Schwert, das an seinem Gürtel hing.

Die beiden Geistlichen standen sich mit unglaublicher Feindseligkeit gegenüber. Henno Guis Holzstock hielt Aymards Klinge zunächst stand. Glühende Feuerfunken flogen über die Köpfe der Kämpfenden. Du Grand-Cellier war ausgeruhter als der Pfarrer, der sich dennoch ungestüm zur Wehr setzte. Er schlug mit voller Wucht zu, als verkörperte der Unbekannte mit der Tonsur alle Übel der Kirche, alle scheußlichen Verschwörungen, die das Dorf Heurteloup und seine Bewohner zum Narren gehalten hatten. Aymard verteidigte sich. Er war mit seiner Lanze im Vorteil.

Der aus Eichenholz gefertigte Pilgerstab des Pfarrers traf auf die Schneide des Schwertes. Der obere Teil des Stockes zersplitterte. Henno Gui hatte nur noch einen Stumpf in der Hand. Er war entwaffnet. Aymard lächelte höhnisch und holte in aller Ruhe zum tödlichen Hieb aus. Sein Gegner war jetzt praktisch wehrlos – so glaubte der Sohn des Kreuzritters, der übersah, dass der Stumpf so spitz und scharf war wie ein Dolch. Bevor er den entscheidenden Hieb ausgeführt hatte, rammte ihm Henno Gui die tödliche Waffe in den Schlund.

Aymard ließ das Schwert fallen und brach zusammen, er röchelte mehrere Male und erstickte an seinem Blut.

Henno Gui wurde von fünf bewaffneten Burschen gebändigt und zu Jorge Aja gezerrt. Der Pfarrer von Heurteloup warf dem Bischof mit den weißen Seidenhandschuhen eines Kardinals, der inmitten der Kämpfenden und des brennenden Dorfes laut fluchte, einen hasserfüllten Blick zu.

Die Leichen der Dorfbewohner und der Komödianten wurden auf einen riesigen Scheiterhaufen geworfen. Henno Gui musste der öffentlichen Verbrennung zusehen. Alle Menschen, mit denen er in dem vergessenen Dorf gelebt hatte, wurden von den Flammen verzehrt: Lolek, Seth, Tobie, Mabel, Agricole, alle Dorfbewohner und auch Mardi-Gras, der Hüne, der ihm so oft geholfen hatte, dass Henno Gui ihn schon für unbesiegbar gehalten hatte. Doch Floris, sein Schüler, war nicht unter den Toten, und so blieb dem Priester die Hoffnung, dass wenigstens der Junge entkommen war und Zeugnis ablegen konnte von diesem schändlichen Verbrechen. Ajas Soldaten, die in der Schlacht umgekommen waren, wurden ebenfalls den Flammen des Scheiterhaufens überantwortet. Die Leichen verbrannten in einer dicken, schwarzen Rauchsäule. Diese drehte sich über dem Scheiterhaufen, aber Henno Gui erkannte kein Gesicht Gottes, kein Zeichen, das Seth als Gottesurteil hätte deuten können. Als alle verbrannt waren, kam er an die Reihe.

Die Soldaten banden ihn an einen dicken Holzpfahl, den sie mitten ins Feuer stellten. Die Flammen verbrannten im Nu die Stricke, die den Gefangenen an den Pfahl fesselten. Normalerweise brachen die Körper sofort darauf in der Glut zusammen. Das geschah in diesem Fall nicht. Auf wundersame Weise blieb Henno Gui inmitten des schwarzen Rauches und der Feuerfunken aufrecht stehen.

Wenn diese Geschichte der Welt nicht größtenteils vorenthalten worden wäre, hätten alle, die sich um den Scheiterhaufen drängten, bezeugen können, was nun folgte: Die Arme des Opfers fielen nach unten, nachdem die Stricke verbrannt waren. Kurz darauf hoben sie sich langsam in die Höhe und breiteten sich so aus, dass Henno Guis Gerippe die Gestalt eines Kreuzes annahm. Dann faltete er die Hände wie zu einem Gebet. All das geschah in dem schändlichen Rauch der Flammen. Als die beiden Handflächen von Henno Gui sich berührten, schien die Zeit stillzustehen … Alle hielten den Atem an.

Schließlich brach der Pfarrer wie ein Mann, der sich in sein Schicksal ergab, zusammen und verstarb.

Die Soldaten setzten die gesamte Umgebung des Dorfes in Brand. Eine riesige Feuerwelle fegte über das Land und vernichtete alles, was von den »Verdammten«, den von der Kirche vergessenen Dorfbewohnern, übrig geblieben war. Keiner konnte ahnen, dass die legendäre Feuerflut, die sich in den Überlieferungen dieser Menschen festgesetzt hatte, keine Erinnerung, sondern vielmehr eine Vorahnung gewesen war.

Das Feuer verzehrte alles.

Damit fand die Apokalypse des Armageddon-Konvents ihr Ende.

Epilog

Anhang … vom Berichterstatter der Synode, Sidoine Méliesse, zu Protokoll genommen und dem Prozess beigefügt, den Bérulle de Noy über die Vorfälle in der Diözese Draguan geführt hat.

Tarles, Sabarthès, am 6. Januar 1296.

Ich, Sidoine Méliesse, Berichterstatter des Gerichtshofes und der Synode von Passier, ausschließlich im Dienste des von Monseigneur de Noy geführten Prozesses, der in seinem Bistum Tarles am 7. September 1290 eröffnet und heute an diesem Ort von demselben Herrn beendet wurde, bestätige die Richtigkeit und Wahrhaftigkeit der Prozessergebnisse, die die Armageddon-Akte beschließen und vollständig in den Registern der Inquisition von Foix aufbewahrt werden.

Die Anhörungen des Bischofs Bérulle de Noy, die den Fall von Draguan betreffen, zogen sich über fünf Jahre hin. Sie wurden alle hinter verschlossenen Türen geführt. Nur der Bischof, der Vikar Quentin und der Berichterstatter Méliesse wussten, was sich seit 1233 hinter der finsteren Affäre verbarg.

Für die Bevölkerung wurde alles in vier undurchschaubaren Punkten zusammengefasst: In einer Diözese wurden drei Leichen in einem Fluss namens Montayou angeschwemmt. Ein Jahr später wurde ein Bischof ermordet. Ein Vikar verschwand spurlos. Schließlich entdeckten die Ermittler des Gerichtshofes vier Jahre nach dem Mord an dem Geistlichen ein verlassenes Dorf im Süden des Landes. Auf dem großen Platz des kleinen Weilers ragte ein grasbewachsener Hügel in die Höhe. Es handelte sich um die Rückstände eines riesigen Scheiterhaufens. Die Untersuchenden aus Tarles fanden die verkohlten Knochenreste von mehr als dreißig Männern, Frauen und Kindern. Ihre Identität konnte nicht aufgedeckt werden. Über Romée de Haquin und seine Vergangenheit drangen lediglich ein paar wirre Erinnerungsfetzen seiner ehemaligen Schäfchen an die Öffentlichkeit.

Das einfache Volk, das die Zusammenhänge nicht begriff, schmückte die Geschichte mit allerlei Beiwerk aus. Es musste für die zahlreichen Geheimnisse, die sich um das Dorf rankten, eine Erklärung geben. Für die einen war es der Teufel, für die anderen eine ungeheuere Verschwörung. Aber woher kam sie, wer führte sie an, und was verbarg sich dahinter? Das konnten nur die Herren des Tribunals in Tarles aufklären.

Der Bischof ließ die wenigen Personen, die er in mühsamer Kleinarbeit mit den Fakten des Prozesses in Verbindung bringen konnte, vorladen: Enguerran du Grand-Cellier, einen alten, tauben, blinden Mann, der in seinem Schloss in Morvilliers vor sich hin dämmerte. Denis Lenfant, einen Betrüger, der eine seltsame Geschichte über die Verfolgung eines Mönches aus der Provinz erzählte. Jorge Aja, einen eiskalten, geheimnisvollen Erzbischof. Und zu guter Letzt Floris de Meung und Gilbert de Lorris, die beiden mysteriösen Männer, deren Spur wahrhaftig schwer zu verfolgen war … All diese Personen glitten dem Inquisitor immer wieder durch die Finger, und als de Noy sie endlich zu fassen bekam und verhören konnte, musste er sein ganzes Geschick aufbieten, um die Wahrheit ans Licht zu bringen.

Doch in diesem Geduldsspiel ging Bérulle de Noy als Sieger hervor. Der von Artemidore geleitete Konvent stand heute vor dem Zusammenbruch. Der Prozess war beendet. Méliesse bereitete das Wachs vor, um die neunzehn dicken Schriftrollen zu versiegeln. Der Inquisitor betrachtete die Akten mit zufriedener Miene. Er hatte ein großes Werk vollbracht.

»Ein Punkt stört mich«, sagte Sidoine Méliesse zu seinem Herrn, ehe er die Texte versiegelte. »Die Aussagen des Augenzeugen Jorge Aja über die erste Scheinhandlung sind nicht vollständig. Über die Person des Pfarrers Cosme bleibt einiges im Dunkeln.«

»Was?«

»Ist er nun nach Heurteloup zurückgekehrt oder nicht?«

»Die Einzelheiten der Scheinhandlung sollen nicht in die Prozessakten eingehen. Aber ich kann deine Frage aufgrund einiger Verhöre, die ich außerhalb des Prozesses geführt habe, beantworten. Vater Cosme war – wie wir es geschrieben haben – der Pfarrer François aus Sauxellanges. Ein verwirrter Geist, der sich nach seinen beiden Heilungen zu einer heiligen, ihm unbekannten Mission berufen fühlte. Er kehrte in sein Dorf zurück und predigte seinen Gläubigen mehr denn je das Evangelium. Als die Männer des Armageddon-Konvents anfingen, die Scheinhandlung vorzubereiten, wollten sie sich dieser sonderbaren Person bedienen. Sie ließen ihm Briefe zukommen, in denen geschrieben stand, dass die Apokalypse die Welt verwüstete. Eine Frau war Papst geworden, das Heilige Grab brannte, Hungersnöte und Laster regierten die Welt... Auf diese Weise sollten der Pfarrer und die Dorfbewohner vorbereitet werden. Daher stammte übrigens auch die eigentümliche Sprache, die diese Wilden sprachen, als Henno Gui ins Dorf kam. Vater Cosme beherrschte das Latein nicht. Aus den Briefen, die ›der Himmel‹ ihm schickte, erlernte er die grammatikalischen Grundkenntnisse, um die Zeichen deuten und sie seinen Gläubigen zeigen zu können. Die gewagte Mischung aus Latein, Französisch und Okzitanisch überlebte ihn.«

»War er völlig ahnungslos? Die Vorbereitung einer solchen Scheinhandlung müsste doch jeder bemerkt haben, nicht wahr?«

»Die Männer des Armageddon-Konvents trockneten ein Stück vom Dorf entfernt einen kleinen Teich aus. Dorthin nahmen sie ihre Hunde mit. Viele Hunde. Sie streiften ihnen Lederkostüme über, um ihnen ein monströses Aussehen zu verleihen, und banden sie rund um ihre Baustelle fest. Sobald sich Dorfbewohner näherten, wurden sie von den Tieren, die sie für Teufel hielten, vertrieben.«

»Und was hat Vater Cosme am Tag der Scheinhandlung getan?«

»Die Briefe hatten die gewünschte Wirkung. Der Mann war bereit. Er war sicher, dass sich seine ›Mission‹ in der Stunde des Jüngsten Gerichts erfüllen würde. Die Scheinhandlung wurde an dem Tag einer Sonnenfinsternis inszeniert. Die Theologen hatten an alles gedacht. Das glaubten sie jedenfalls.«

»Was geschah?«

»Als die vier Reiter der Apokalypse auftauchten, widersetzten sich Cosme und die Dorfbewohner.«

»Sie widersetzten sich?«

»Ja. Die Männer des Konvents hatten alles bis ins letzte Detail geplant... alles, außer dass sie *untadeligen Christen* gegenüberstanden. Als die Ritter anfingen, ihre Sünden zu geißeln, und das Jüngste Gericht ankündigten, begingen sie einen furchtbaren Fehler. Cosme hatte seine Schäfchen vorbereitet. Sie waren rein... Es gab in der ganzen Christenheit keine untadeligeren Seelen.«

»Und dann?«

»Anstatt den von den Geistlichen vorbereiteten Schwindel zu erkennen, glaubte Cosme, den Schwindel von Christus selbst aufzudecken! Der Pfarrer warf sein Kreuz zu Boden, und als Jesus erschien, stieß er ihm seine Lanze ins Herz. Er hätte den armen Komödianten fast getötet. Die Scheinhandlung schlug fehl. Um sich zu rächen und zu verhindern, dass ein solch misslungenes Experiment jemals an die Öffentlichkeit drang, beschlossen die Männer des Armageddon-Konvents, alles zu verbrennen und zu vernichten. Auch das misslang ihnen zum Teil. Als die Feuerwelle auf Heurteloup zuraste, sahen die Dorfbewohner die Hunde kommen, die losgelassen worden waren und vor den Flammen flohen. Dank ihres Spürsinns und ihres Instinktes warfen sie sich ins Wasser, um sich auf einer kleinen Insel in den Sümpfen in Sicherheit zu bringen. Die Männer und Frauen folgten ihnen in ihrer Not. Nur wenige konnten sich vor dem Ertrinken retten…«

»Und Cosme?«

»Er überlebte. Von nun an erkannte er seine ›Mission‹ deutlicher denn je. Cosme sagte sich von der Kirche und Christus los. Er war überzeugt, dass er und die wenigen Überlebenden die einzigen Auserwählten für ein Leben nach der ›biblischen Apokalypse‹ waren. Der Pfarrer schuf eine neue Religion für eine neue Welt.«

Es herrschte eine Weile Schweigen. Méliesse schaute auf die Schriftrollen und Peciae.

»All das ist von größter Bedeutung«, sagte er schließlich. »Warum steht es nicht in unserem Bericht?«

Bérulle de Noy seufzte.

»Sollen sich die Christen am Tag von Jesu Christi Wiederkehr von ihm lossagen und ihn mit einer Lanze erschlagen, anstatt vor ihm niederzuknien?«

Er neigte den Kopf zur Seite.

»Nein, nein … Selbst in einem Bericht der Inquisition darf eine solche Geschichte nicht erwähnt werden.«

Glossar

Addendum – Zusatz, Nachtrag, Ergänzung.

Aedificium – Hauptgebäude der Klosteranlage.

Analekten – Sammlung von Auszügen aus dichterischen oder religiösen Texten.

Bastarda – eine Mischform aus Buch- und Kanzleischrift, die sich im Mittelalter, als eigenständige Schrift von Frankreich ausgehend, in allen Ländern verbreitete und regional veränderte.

Bliaud – Oberkleid aus Wollstoff, Seide oder Pelz für die Frau, eng auf den Leib geschnürt, mindestens zehn Zentimeter länger als die eigentliche Körpergröße der Trägerin, in einer langen Schleppe auslaufend.

Capitalis quadrata – altrömischer Schrifttyp, der im Mittelalter Verwendung fand, beispielsweise in der berühmten in Tours verfassten karolingischen Alkuin-Bibel.

Cappa – mantelartiges Übergewand, zumeist mit Kapuze und ärmellos, das von Mönchen und Kanonikern beim winterlichen Chordienst getragen wurde.

Capsa, capsae – zylindrisches Gefäß zur Aufbewahrung von Pergament- oder Papyrusrollen.

Caput Mundi – alte Bezeichnung für Rom.

Chainse – tunikaartiges Kleidungsstück mit unterschiedlich weiten Ärmeln, das seit dem 10. Jahrhundert von Frauen und seit dem 12. Jahrhundert auch von Männern getragen wurde.

Chemise – Damenhemd aus Seide oder Leinen, im 13. Jahrhundert meist gefältelt, plissiert; sie wird unter der Cotte oder dem Bliaud getragen.

Codex, Codices – im Mittelalter Sammlung von Handschriften, die zwischen zwei Holzdeckeln zu einer Art Buch zusammengefügt sind.

Cotte – langärmeliges Schlupfgewand aus Leinen, mit einem Halsausschnitt, der durch einen senkrechten Schlitz verlängert wird.

Cucullus – mit einer Kapuze versehener ärmelloser Umhang.

Decani iuniores – für die Disziplin und die Strafen zuständige Klosterbrüder.

Eleusinische Mysterien – nur Eingeweihten zugängliche kultische Feiern zu Ehren der griechischen Fruchtbarkeitsgöttin Demeter.

Fürspan – ringförmiges Schmuckstück, mit einer Scharniernadel ohne Nadelrast, das den Hemd- oder Kleiderschlitz an Hals oder Brust verschließt.

Gebende – ein mehrfach um den Kopf geschlungenes Tuch, das Oberkopf, Ohren und Kinn fest umschließt und im 12. und 13. Jahrhundert für verheiratete Frauen vor allem beim Kirchgang Pflicht war.

Ghibellinen – Anhänger des Kaisers bzw. der kaiserlichen Politik in Italien; Gegenpartei waren die Guelfen, die Papstanhänger.

Guimpe – auch Wimpel genannt; ein aus Seide oder Leinen gefertigtes Tuch, das die Nonnen um Kopf, Hals und Nacken drapierten.

Hierophant – Oberpriester und Lehrer der heiligen Bräuche, besonders in den Eleusinischen Mysterien.

Kettenbücher – Libri catenati. Um Bücher vor Diebstahl zu bewahren, wurde am vorderen oder hinteren Einbanddeckel eine Kette befestigt, deren Ende, ein Ring, über eine am Lesepult angebrachte Stange lief. Die Kettenlänge erlaubte ein Benutzen des Buches am Pultplatz; falls erforderlich, konnte der Bibliothekar sie mit einem Schlüssel lösen.

Komplet – Abendgebet.

Konnetabel – Oberfeldherr des französischen Königs.

Laudes – Morgengebet.

Lesestein – der Lesestein aus Beryllium (Bergkristall) war seit dem Ende des 13. Jahrhunderts in Europa verbreitet und kann als Vorläufer der Brille gelten. Er wurde auf den Text gelegt und vergrößerte ihn wie eine Lupe.

Mäeutik – sokratische Methode, durch geschicktes Fragen die im Gesprächspartner schlummernden, ihm selbst aber nicht bewussten richtigen Antworten und Einsichten hervorzulocken.

Miniatur – von lat. *minium*, was Mennige heißt und Bleirot meint. Die Miniatur ist im Mittelalter eine Buchmalerei, die den Text schmücken, illustrieren und kostbarer machen soll.

Mi-parti – Kleidungsstück, dessen linke und rechte Seite sich in Form und Farbe voneinander unterscheiden. Im 10. Jahrhundert erst bei Beinkleidern, danach auch an Oberkleidern und Gewändern. Fast nur von Männern getragen, meist Vasallen, Knechten, dann auch von Spielleuten, Henkern, Narren.

Mithra – wurde als Gott der Krieger zum Erlöser in einem Mysterienkult, der zeitweilig mit dem Christentum konkurrierte; die Initiierten verehrten Mithra in Grotten.

Nekronomikon – angeblich von einem wahnsinnigen Araber geschriebenes Buch über Dämonen und Flüche.

Oblate – (im Mittelalter auch) im Kloster erzogenes, für den Ordensstand bestimmtes Kind.

Pecia – eine Art Heft, ein zur Lage gefalteter Pergamentbogen. Die Lage umfasste in der Regel acht Seiten, die doppelspaltig beschrieben wurden.

Pektorale – seit dem 11. Jahrhundert als Chormantelschließe für liturgische Gewänder üblich.

Pluviale – vorn aufgeschlitztes liturgisches Gewand aus Seide oder Goldbrokat mit Fransen am Saum, das Priester und Bischöfe im Mittelalter bei allen Feierlichkeiten trugen.

Psalterium – unserer heutigen Zither ähnliches mittelalterliches Musikinstrument.

Rasorium – Kratzmesser zum Ausradieren der Schrift.

Rebec – aus dem Orient stammendes Instrument mit drei Saiten und birnenförmigem Corpus.

Refektorium – Speisesaal im Kloster.

Responsorium – kirchlicher Wechselgesang.

Skapulier – ein über Brust und Rücken getragener geschlossener, später auch offener Überwurf der männlichen und weiblichen Ordenstracht.

Stadion, Stadien – altes Längenmaß, 1 Stadion = 184,98 m.

Stilus – Schreibgerät aus Eisen oder Holz für die Beschriftung von Wachstafeln.

Suffragan – einem Erzbischof unterstellter Diözesanbischof.

Surcot – männliches und weibliches Obergewand des Bürgertums und des Adels.

Tertia – etwa 9 Uhr morgens.

Unziale – mittelalterliche griechische und römische Buchschrift aus gerundeten Großbuchstaben.

Waldenser – religiöse Reformbewegung des Mittelalters, die von Waldes von Lyon begründet worden war. Die Waldenser verwarfen Kriegsdienst, die Lehre von Ablass und Fegefeuer und die Marienverehrung und waren trotz Verfolgung bis in die Neuzeit wirksam.

Weihel – schleierartiges Tuch, das die Nonnen über der Guimpe (Wimpel) tragen.